I0712284

UN DON DE CUNA

El Legado de las Hadas: Tomo 2

PATRICIA BOSSANO

WaterBearer Press

UN DON DE CUNA
El Legado de las Hadas: Tomo 2

Copyright © 2023 Patricia Bossano

Esta es una obra de ficción. Los nombres, personajes, lugares e incidentes son el producto de la imaginación del autor o se usan de manera ficticia. Cualquier parecido con personas reales vivas o muertas, eventos o lugares es pura coincidencia. Las opiniones expresadas en esta obra son únicamente las de la autora.

Todos los derechos reservados. Ninguna porción de este libro puede ser utilizada o reproducida por ningún medio gráfico, electrónico o mecánico, incluyendo fotocopias, impresión o grabación por cualquier sistema de recuperación de almacenamiento de información sin el permiso por escrito del autor, excepto en el caso de breves citas plasmadas en artículos o críticas y reseñas.

Debido a la naturaleza dinámica del *internet,* cualquier dirección web o enlace contenido en este libro puede haber cambiado desde su publicación y puede que ya no sea válido.

Traducido del inglés por Patricia Bossano
Editado por María Virginia Cinquegrani, CABA, Argentina
Diseño de cubierta por Christina Wilson
Hada sobre el título por Tamra Gerard

Library of Congress Control Number: 2023921162

Publicado en los Estados Unidos de América por
WaterBearer Press, diciembre 2023
www.WaterBearerPress.com

Tapa dura: ISBN 979-8-9859699-4-8
Tapa blanda: ISBN 979-8-9859699-5-5
Libro electrónico: ISBN 979-8-9859699-6-2

Al correo de las brujas y los brujitos.
May we live on and prosper.

Hadas: visión universal

Nombre femenino, del latín fatum: *hado, destino. También* fata, fatae, fée, faery. *En el folclore: clase de seres sobrenaturales, generalmente de forma humana diminuta que poseen poderes arcanos con los que intervienen en los asuntos humanos. Otros apelativos: El Buen Pueblo, Seres Feéricos, El Pequeño Pueblo, los Señoriales, la Buena Gente.*
Glamour: *– Característica innata de la raza de las hadas, que es el principal rasgo diferenciador entre hadas y mortales. El* glamour *de las hadas, erróneamente llamado magia, es la cualidad que les permite a las hadas vivir en el mismo mundo que los mortales, pero en una dimensión diferente…"* –Enciclopedia de las Cosas que Nunca Existieron, *Michael Page y Robert Ingpen.*
País de las hadas: La Soberanía de las Hadas. Un lugar encantador, de belleza etérea. Cualquier región fascinante, extraordinaria.
Hadas gregarias: viven en comunidades o fatara.
Hada solitaria: no se asocia con otros de su raza.
Corte Luminosa: asamblea de hadas gregarias que tienden a hacer el bien, aunque entre ellas persiste un apego por las bromas que, de vez en cuando, causa estragos.
Corte Lóbrega: banda de hadas maliciosas que buscan malograr a otros, incluida la raza humana, para su propia diversión.

Las hadas gregarias tienden a organizarse en tropeles matriarcales gobernados por una reina. Celosas de su privacidad, crean sus magníficas viviendas bajo tierra desde donde irradian su incalculable energía para arborizar y embellecer su entorno, como los verdaderos rayos de sol que son.

El primer ser feérico surgió en Italia, donde se dice que el fausto sol, dador de vida, se complace en derrochar su esplendor. Las hadas se multiplicaron y se dispersaron por el mundo, durante la expansión del Imperio romano, buscando lugares remotos para establecer sus reinos subterráneos, aprendiendo el idioma de los países anfitriones y adoptando sus costumbres más afines como un acto de tácita diplomacia.

El poder innato que tienen las hadas para manejar y transmutar la energía dentro de sus cuerpos se llama glamour y su efecto es, ciertamente, asombroso, aunque limitado; las hadas no son todopoderosas. El glamour les permite vivir en el mismo planeta que los humanos, pero en una dimensión diferente.

Por lo general, la reina de un tropel elige una ubicación boscosa, ya que su práctica involucra el desarrollo de una simbiosis con su hábitat, a fin de compartir la longevidad de este para promediar la del tropel bajo su mando.

Las hadas crecen normalmente hasta la edad de quince años, pero, en adelante, sus cuerpos cambian a razón de un año por cada quince humanos. Por ejemplo, un hada que ha vivido ciento cuarenta años calendario lucirá como un humano de veintitrés, pues comparte la vida útil de su entorno en el bosque. Lamentable, o tal vez, cautivadoramente, la madurez emocional no corteja a la gran mayoría de las hadas sino hasta superados los doscientos años.

El glamour, en su máxima potencia, radica en la reina de las hadas, lo cual coteja su poderoso don de profecía. Por su parte, los miembros menores y menos dotados del tropel no son videntes confiables y, siendo mayormente pacíficos, ignoran los rastros de aquel don en sí mismos limitándose a desear que su reina nunca necesite usarlo.

Las hadas emplean su glamour en diversos grados de intensidad para emitir el deslumbrante atractivo que las vuelve irresistibles ante los humanos. Tanto las seductoras doncellas como los formidables donceles usan el glamour en sus cuerpos para realizar hazañas básicas como el cambio de forma y estatura, ensalmos caseros, dar obsequios de cuna a los bebés, y causar malestares pasajeros. Pero, al ejercitarlo en su más alta potencia, una reina regente, por ejemplo, logra franquear obstáculos que para otros resultan insuperables, puede cambiar el clima y es capaz de dotar a los bebés con dones de carácter que cambiarán el rumbo de su vida.

Las hadas no tienen alas, pero, gracias al glamour que las impulsa, tienen la facultad de movimiento vertical y horizontal. De todos sus poderes, este es el más básico, pero también el que les brinda mayor diversión y despierta su espíritu de competencia. Hay hadas tan bien provistas de esta facultad que son capaces de volar más rápido que un halcón.

Todas las hadas existen dentro de coloridas auras alimentadas por el glamour; a ello se debe su distintiva apariencia de orbes luminosos. El aura reguladora de temperatura sirve principalmente para aislarlos de los elementos. Sin embargo, en momentos de grave peligro, el aura también puede convertirse en un escudo protector. Los ojos de un hada son del mismo color que su aura y su cabello es veteado a juego, motivo de su fascinante donaire.

La estatura de un hada adulta oscila entre veinte y cuarenta centímetros, aunque pueden cambiar de forma a casi cualquier cosa que deseen, inclusive un humano adulto. Sin embargo, la mayoría de las hadas están tan satisfechas con su aspecto y tamaño que rara vez se dignan a plagiar a otros y, si lo hacen, es sin duda para perpetrar una travesura.

Debido a la dimensión que habitan las hadas y el poder encapsulado en sus auras, los humanos no pueden verlas a simple vista. Para que un humano pueda percatarse o reconocer un brillante orbe como lo que realmente es, el aura de un hada, el hada debe dirigir el glamour en su cuerpo a propósito de otorgar el don de vista feérica.

Lo anterior es el método más directo, pero hay dos formas adicionales de vislumbrar a los Señoriales, aunque pondrán a prueba la determinación del humano que lo intente, que seguramente se dará por vencido antes de lograr el éxito.

Sin ánimo de disuadir y a fin de cultivar el optimismo, se comparte lo siguiente: un humano debe conocer la ubicación del *portal hacia la Dimensión de las Hadas (en sí un dato sumamente difícil de obtener) y debe ingresar a dicha dimensión durante la luna llena, víspera del solsticio de verano (arriesgándose a ser castigado si lo descubren). Si lo logra, su recompensa será el inexpresable jolgorio feérico durante la noche más especial del año.*

Si se desconoce la ubicación del portal, el humano puede tratar de interceptar a un grupo de hadas viajeras, asumiendo que conoce de antemano su itinerario y ruta. Deberá esconderse y esperar el paso de la caravana, observando el terreno a través de una piedra horadada (una piedra lisa y plana, con un agujero redondo en el medio, causado por los tumbos dados en un arroyo). Desgraciadamente, dar con tal artefacto, como lo es una piedra horadada, es tan improbable como adquirir los planes de viaje de un tropel de hadas.

Si bien las hadas comparten toda la gama de rasgos humanos, las cualidades de un hada son más manifiestas, para bien o para mal. Si el funcionamiento interno de todas las hadas es un enigma y si sus pensamientos, emociones e instintos están plagados de paradojas, es porque los atributos de su raza han sido definidos por una destacada minoría, aquellos que no resisten la tentación, por sus actos, de sobresalir en los extremos de la gama. Afortunadamente, aquello implica que la gran mayoría de seres feéricos viven vidas pacíficas y plenas en la parte central de la gama de rasgos.

Por lo general, la reina de las hadas y los miembros mayores de la Corte Luminosa son considerados los más sabios, pues el enfoque de su existencia consiste en hallar equilibrio; lo reconocen como una estrategia clave para el logro de grandes éxitos y para evitar fracasos catastróficos. En su juventud, las hadas son, en su mayoría, impacientes, ensimismadas, frívolas, indiferentes con los demás y propensas a la agresividad. Las hadas tienden a actuar según el principio de que un acto bueno (o malo) merece otro; el problema es que su percepción es, en ocasiones, deficiente y la mayoría de las veces su reacción es desproporcionada con respecto a la acción que la causó.

A medida que envejecen, las rugosidades de su carácter se suavizan. Empiezan a ver su individualidad como parte de la unidad colectiva, descubren su propósito y su temperamento comienza a doblar hacia la amabilidad y la paciencia. Una vez que las hadas adquieren el gusto por la tolerancia, la practican con un ferviente deseo de agradar. Encuentran la alegría de ayudar a otros y, en muchas ocasiones, el deseo de mejorar el mundo las obsesiona, llevándolas a desplegar sus dones más audaces por el bien del tropel.

En la dimensión de las hadas, el tropel funciona de manera equivalente a la de una familia humana, pero con un manojo de adaptaciones estructurales. A diferencia de los miembros menores de la Corte Luminosa, quienes normalmente prefieren un solo compañero con quien reproducirse, la reina de las hadas, en su afán de cambio y variedad, suele elegir consortes masculinos temporales. Es de esperarse que una reina tenga múltiples consortes a lo largo de su vida y, dado que las hadas generalmente viven más de seiscientos años, es digno de mención que una reina necesitará intervalos a solas y, a veces, aquellos intervalos entre consortes duran siglos enteros.

Debido a que comparten el planeta con los humanos, y a propósito de allanar el camino para futuras relaciones, las hadas comenzaron su práctica, ahora tradicional, de aparecer en un hogar humano poco después del nacimiento de un bebé y otorgar dones de cuna al recién nacido (propicios o no, según su estado de ánimo o según cómo el hada haya percibido su recepción).

En los últimos siglos, y gracias a su curiosidad natural, las hadas expandieron su función original y comenzaron a inmiscuirse en los asuntos humanos, en detrimento de los intereses diplomáticos de la Corte Luminosa.

En general, las hadas se apegan a los de su raza, pero nunca faltan esporádicos informes de matrimonios entre hadas y humanos, que casi siempre terminan mal: el carácter caprichoso de la novia-hada, su estado de ánimo voluble y la inestabilidad de su actitud, inevitablemente incitan las protestas del hombre, y, cuando la confusión y la frustración del pobre mortal alcanzan su punto máximo, el hada convenientemente se libra de su compromiso y regresa a su dimensión, preguntándose por qué se le ocurrió marcharse en primera instancia.

Aparte de los fallidos matrimonios interraciales, las hadas y los humanos se llevan bastante bien, siempre y cuando no se *encuentren. La irremediable curiosidad de un hada y su deseo de terciar, siempre la llevarán a entrometerse. Un buen número de aquellos casos resultan simplemente molestos o entorpecedores, pero hay una práctica feérica que no puede rotularse con tal ligereza.*

El acto más injurioso que pueden cometer las hadas, regidas por su frívola curiosidad, es raptar hermosos bebés humanos (antes de que sean bautizados) y dejar reemplazos en sus cunas. La razón del hada para actuar de tal manera varía; puede ser una simple fascinación por la belleza o puede ser el deseo de criar un humano fuerte para que haga el trabajo pesado (muy conveniente en el caso de un hada solitaria). De cualquier manera, un hada que así se comporta muestra que no entiende ni respeta lo que la pérdida de un hijo significa para los padres humanos, tal vez porque, en el seno del tropel, lo que es de uno es de todos.

Cabe señalar que, en la mayoría de las Cortes Luminosas, el rapto de bebés se considera como una infracción vergonzosa que contrarresta el avance de la obra diplomática feérico-humana, pero el castigo y su gravedad varían de un tropel a otro, según el juicio de la reina regente.

Primera parte

Un don de cuna

Augusta hada, para este crío suplico tu favor. Acepta esta fresca nata y crema, humilde ofrenda de un campesino que implora desarmes todo mal para que benévolo albur y risueña fortuna acompañen, noche y día, a este nuevo ser.

Mas la voluble hada procederá según le plazca. Fuera del alcance de objeción terrenal y con la mirada cuajada de estrellas, se pregunta si existe acaso mejor fortuna que un plateado vuelo a la luz de la luna llena. O mejor destino que vibrar en su feérico resplandor por siempre.

Así, la augusta hada acepta la ofrenda y, muy a su modo, concede la súplica. Se lleva al crío a través del velo que divide un mundo del siguiente: allí le insinúa quiméricos futuros, juntos avistan portentosos ensueños y desdoblan misterios insondables al remojo en añeja pátina.

Capítulo 1

Detrás de un pomo de cristal lleno de isopos, la figura encapuchada con ojos luminosos de color aguamarina miraba sin pestañear la etiqueta pegada en una de las cunas en la sala de recién nacidos:

Nombre:	*Maité Bottini-Santillán*
Fecha y hora de nacimiento:	*21 de julio, 1992* *3:58 a.m.*
Madre:	*Alba Santillán-Bottini*
Padre:	*Sósimo Bottini*

«Dos horas de nacida», pensó lanzando una mirada irritada hacia la corpulenta enfermera que no dejaba en paz a los bebés dormidos. «Necesito solo unos minutos». Apoyándose contra la frescura del pomo, se mordió el labio a la vez que transfería su peso a la pierna que menos le dolía. Entornó los ojos en la penumbra, deseando que la enfermera se marchara de una vez.

Como activada por aquel luminoso mirar, aunque arrastrando los pies, la mujer por fin cruzó el pasillo rumbo a la estación de enfermeras. Agarró una taza humeante, se la acercó a la cara y aspiró con deleite. Cuando entabló una conversación en susurros con la otra enfermera de turno, la figura encapuchada salió de detrás del pomo para examinar mejor su entorno. Evitando la franja de luz del pasillo que cortaba el apacible resplandor dentro de la sala y pareciendo adoptar una forma de entre las sombras, la figura cambió su porte e irrumpió silenciosa, en tamaño humano, sobre la baldosa desinfectada.

Cuidando de no importunar a los residentes de las otras cunas, cojeó hacia la segunda de ellas, en la tercera fila. Apoyando las manos raspadas sobre sus rodillas, se dobló hacia adelante, tanto para aliviar sus extremidades doloridas como para recuperar el aliento.

—Eres tú —murmuró—. Se aferró al borde de acrílico, abrumada por una mezcla de alivio, cansancio y emoción. Un gemido de dolor salió de debajo de la deshilachada capucha añil—. Sí, eres tú. —Con una mano temblorosa, tocó la frente de la bebé y los ojos de Maité se abrieron—. *Egun on, maitagarri* —dijo—. *Bai*, pequeña. Ha pasado mucho tiempo desde la última vez que conferí un don de cuna. —Con un ademán atormentado, retiró la capucha. Una masa de rizos rubios salpicados de turquesa se regó sobre sus hombros, lo que la hizo estremecer de dolor. A pesar de ello, sonrió al reanudar su conversación con la bebé.

—Pero estoy aquí, pequeña. Soy yo, Nahia —dijo ignorando el dolor sordo que pulsaba desde la herida en su hombro hasta la muñeca. Sabía que Maité no recordaría este momento ni lo entendería por varios años, quince, precisamente, tal y como lo dictaba la tradición. —Con su brazo sano, Nahia aflojó la manta en que la enfermera había envuelto a Maité—. Mucho mejor, ¿no? —dijo enjugándose el sudor de la sien con el dorso de la mano—. Ahora, a lo que vine, mi *maitagarri*.

Mas algo en el manso ambiente de la sala cambió. La leve sonrisa en los labios de Nahia titiló y se le escapó otro gemido, espoleado por las persistentes punzadas de dolor. Su confianza en la barrera de energía que había conjurado vaciló.

«Dudo que me hayan seguido», pensó eligiendo creer que disponía del tiempo necesario, pero el leve zumbido que llegó a sus oídos le aceleró el corazón y manchó de rojo sus mejillas, obligándola a hacer un repaso febril de los detalles de su fuga.

—Estaba inconsciente. ¡Estoy segura de ello! —siseó Nahia, escudriñando otra vez la sala. En la penumbra, se le complicaba distinguir el origen del odioso sonido y su deseo de que se tratase de un truco de sus nervios se volvía cada vez más urgente—. El tiempo apremia —dijo Nahia, sesgando una mirada hacia Maité.

Su brazo herido colgaba inerte e inútil. Respiraba en sorbos entrecortados al ritmo del corte palpitante en su muslo y rogaba que, con suerte, lo de su tobillo fuera solo un esguince y no una fractura.

Nahia había luchado valerosamente, como lo dictaba su rango. Había vencido a los tres subordinados de la Bella, quienes, sin duda, obedecían la orden de capturar a Nahia y encerrarla bajo tierra. Allí le habrían exigido que entregase a Basajaun y la habrían obligado a revivir la Soberanía antes de hora. Haber escapado semejante trampa, ejecutada nada más y nada menos que en su dominio, era un pobre consuelo para Nahia en ese momento en que sabía la verdad: que, al cabo de varias décadas, la Bella había regresado dispuesta a destruir a Nahia y usurpar su trono de una vez por todas.

Con un suspiro resignado, Nahia reconoció que debía continuar a la altura del combate, pues esta no había sido su primera victoria y tampoco sería su última batalla contra la codiciosa Bella.

Nahia sacudió la cabeza, desarmando así sus funestos pensamientos.

—No tendré tiempo para darte todo lo que quería —dijo azorada, ondeando la palma de su mano temblorosa sobre la bebé. Ignorando el zumbido que a cada instante se volvía más intenso, Nahia recorría con la mirada todo rincón de la sala a la vez que el don de cuna se desprendía de sus labios en serena cadencia—. Tendrá que ser en sueños, mi *maitagarri*.

Busca allí la verdad, pues al dormitar podrás explorar la realidad que se esconde en la conciencia de quien duerme.

La melodía feérica empapaba la sala como si Nahia hubiera conjurado todo un coro. Gotas de sudor se juntaban como rocío en su frente de porcelana mientras que, de su mano, brotaban fragantes pétalos de jazmín que nimbaban a Maité, sellando el encantamiento.

El insistente zumbido parecía rodearla, aunque todavía, por fuera del edificio, Nahia lo escuchaba lamer las paredes. Inclinó la cabeza hacia un lado y tuvo que admitir que se le había acabado el tiempo. Aprensión y furia, en igual medida, se apoderaron de ella.

Mezclado con el portentoso zumbido, Nahia detectó la virulenta risa que conocía tan bien. «Esta es la verdadera trampa —asimiló por fin, y la enormidad de la maquinación la horrorizó—. No han logrado entrar, por ahora», pensó contrariada columpiando la mirada al son del galope en su pecho, entre la puerta abierta, las esquinas oscuras de la sala y la bebé.

—Guárdate de la Bella —advirtió Nahia, lista para partir, pero, cuando su mirada se posó en el rostro de Maité, los ojos abiertos y enfocados de la bebé la desorientaron. Maité se aferró al dedo meñique de Nahia, quien, abrumada por la ternura de aquel contacto, suspiró ahogada—. Esto es todo lo que puedo hacer, *maitagarri*; están casi sobre nosotros. —Nahia se inclinó sobre la cuna y besó aquel puño diminuto reconociéndose atada para siempre por la vulnerabilidad de la recién nacida. El pánico se apoderó de Nahia—. Si te encuentra por mi descuido… —gimió llena de culpa, pero al instante apretó los labios resuelta—. La Bella nunca sabrá la verdad, te lo prometo. Su ignorancia será su perdición.

Lágrimas de remordimiento brillaron en sus ojos al besar el pie de la bebé.

—*Agur, maitagarri*. Guárdate.

Aquella última advertencia flotó en el aire mientras el hada cambiaba de forma. Pareció disolverse en sí misma hasta quedar en apenas una quinta parte de la talla humana que había adoptado para la visita. Suspendida sobre la cuna, en el tamaño compacto que le resultaba más cómodo, Nahia miró con pesar a la bebé, consciente de que estaba tardando demasiado, pero vacilando de todos modos, hasta que un insólito crujido perforó el zumbido. Una horrible risotada ahogó todo lo demás y el oleaje de adrenalina borró el tormento de Nahia; su barrera de energía había sido penetrada.

—¡No me atraparán! —gruñó enfurecida, mientras la barrera protectora se derrumbaba a su alrededor. No había tiempo para conjurar un remiendo; solo podía y debía escapar.

Con un veloz movimiento horizontal, Nahia salió de la sala y salvó la estación de enfermeras sin ser detectada. Encontró una ventana entreabierta al final del pasillo y se deslizó por la rendija al aire fresco de la madrugada. Nahia se impulsó hacia adelante con todas sus fuerzas, tan ansiosa por huir que no vio la pared de vapor rojo que se materializaba frente a ella.

La espesa niebla detuvo su ímpetu con infernal solidez y Nahia se desplomó como una muñeca de trapo hacia la acera cuatro pisos más abajo. Nahia giró en el aire y fijó su mirada en la silueta que flotaba sobre la ventana por la que había escapado. Los ojos rojos y ardientes de la Bella la devoraban llenos de desprecio. En aquel instante, la criatura se abalanzó hacia Nahia, como atraída por una fuerza magnética, y la arrancó de las garras de la muerte en una fracción de segundo, antes de que Nahia golpeara el cemento.

Sacudida por la colisión con el engañoso vapor y entre asiduas rompientes de lucidez, Nahia no perdía de vista los mechones rojos y los ojos ardientes de su enemiga. Imposible remediar el vertiginoso ascenso, la fuerza de la gravedad comprimía sus sienes impidiéndole formular un plan de escape. Pronto, acechó la cruel pregunta: «¿Para qué me ha salvado?» y Nahia se encrespó entera ante la probable respuesta.

—Cualquier don concedido a esa bebé no tiene importancia. Su existencia es vana. —La voz arenosa de la Bella serpenteó en el oído de Nahia, abrumándola con odio y desesperación—. Igual que sus antepasados, esta tampoco tendrá poder alguno sobre mí.

Minuto a minuto, Nahia recuperaba su cordura mientras la criatura pelirroja derrochaba su tiempo buscando una ruta adecuada. La Bella dejó escapar una risa llena de altivez y Nahia sintió el cambio de trayectoria hacia el este a la vez que la Bella le rozaba el cuello y el oído con sus labios.

—¿Te das cuenta de que ahora estás en deuda conmigo?

Nahia solo jadeó. Los efectos de la colisión menguaban, pero todavía no dominaba sus extremidades y el momento de luchar se le escapaba inexorable.

—Por ahora; sin embargo —continuó la detestada voz, abriendo la boca de Nahia con sus dedos—, ¿algo para el cruce?

La amarga pasta que la Bella le untó en la boca empezó a licuarse y sus torpes intentos de escupirla fueron inútiles. Era demasiado tarde.

—¡No! —gimió Nahia, incapaz de detener el entumecimiento que ya se regaba por su garganta, obligándola a tragar la pócima. Muy pronto toda ella quedaría inmovilizada. El vendaval agitaba sus rizos veteados de turquesa y le arrancaba lágrimas rabiosas de los ojos. «Pronto estaremos del otro lado del océano. Pronto estaré atrapada bajo tierra. ¿Cómo cumpliré mi promesa a Maité?».

—Detente… —masculló Nahia, tratando de evitar que sus ojos se cerraran mientras la risa de la Bella, de Ederne, cascabeleaba por todo su ser.

Nahia perdió la batalla contra los efectos de la fuerte pócima. El pérfido rostro de Ederne, bañado por la luz de la luna, fue lo último que vio antes de desvanecerse.

El aire ya olía a sal.

Capítulo 2

Quince años después
Residencia Bottini-Santillán

La almohada de Maité todavía conservaba un aroma floral. Lo inhaló ingrávida en la tibia modorra justo antes de despertar. «Jazmín», pensó, deleitándose en la fragancia que desencadenó el recuerdo del sueño que acababa de tener. Maité vio los pétalos de jazmín nimbando la cabeza de un bebé y pensó: «Alrededor de mi cabeza; esa bebé era yo». Antes de que se marchara, sintió el beso de aquella mujer en su pie. Luego la vio, desmadejada e indefensa, en brazos de la criatura pelirroja y las vio remontarse por los aires. «Hacia el este».

Sin conocerla, Maité sintió ansiedad por la mujer con los rizos veteados de turquesa y la intensidad de esa sensación la despertó por completo. La mayor parte del sueño se esfumó, hasta de su subconsciente, sin siquiera percatarse de que la sala de recién nacidos en aquel sueño olía igual que su almohada.

Igual, nada de lo olvidado o recordado importaba, pues el 21 de julio había despuntado.

—Hoy cumplo quince años —dijo estirándose sobre su cama con una sonrisa complacida que se desdibujó al instante cuando se dio cuenta de que su cabeza estaba al pie de la cama. Sin poder explicarse qué acrobacias había hecho para acabar en semejante posición, arrojó su almohada al lugar que le correspondía y tiró de las sábanas también, pues se había enrollado un par de veces en ellas.

Por su mente pasó la imagen de unas manos rasguñadas que aflojaban a un bebé de su apretado envoltorio, pero, antes de que Maité pudiera seguir el hilo hasta el sueño olvidado, escuchó a sus padres, Sósimo y Alba, presuntamente empacando el auto para su paseo.

—Feliz cumpleaños a mí —les canturreó a las dos hadas, en sus marcos cromados, en la pared. Se imaginó que le hicieron un guiño y Maité se los devolvió. De un último tirón, liberó sus piernas de las sábanas y saltó de la cama. Un vistazo rápido al reloj de su mesita de noche le dijo que las festividades empezarían en apenas dos horas. Llevaban días planeando la celebración de su cumpleaños en Pineview Reservoir. Maité no podía imaginar una mejor manera de pasar su cumpleaños y ya no veía la hora de que comenzara el día.

A las diez de la mañana en punto, Maité, sus padres y los Allen —Verónica y su esposo—, Michael, más Emily, la mejor amiga de Maité, y el hermano menor de Emily, Gabriel, emprendieron el viaje, remolcando dos motos acuáticas y cuatro balsas inflables, además de dos baldes llenos de juguetes para la arena, toallas y sillas para todos.

Llegados a la represa, Maité y Emily ayudaron a descargar la camioneta. Tomaron la última hielera entre ellas y la depositaron en la arena junto a sus sillas. Maité se quedó un momento mirando el agua resplandecer, convencida de que toda la naturaleza había conspirado para obsequiarle un día perfecto. Se quitó la camiseta larga y colocó su silla al borde del agua. Llevaba un bikini blanco que le quedaba bastante bien, pues acentuaba su bronceado natural, o su tez sepia, como la llamaba Emily.

La melena rubio-oscuro de Maité colgaba en una gruesa trenza sobre el respaldo de su silla, casi tocando la arena. Sus borrascosos ojos grises miraban el agua azul a través de unas gafas de sol con montura blanca, y los ochenta y siete grados Fahrenheit que la envolvían le parecían óptimos.

A su lado, Emily, larguirucha y pecosa, completamente aderezada en bloqueador factor setenta, con un tankini y pantalones cortos, calaba la arena mojada con los pies. Maité esbozó una sonrisa notando los analíticos ojos color avellana de su amiga, sombreados por una gorra de béisbol, que seguían la pelota de fútbol americano que dos chicos, con el agua hasta la cintura, se pasaban entre ellos. Cuando uno de ellos se reintegró de un chapuzón exagerado por la pelota, sacudiéndose el agua del pelo como insinuándose a Maité, Emily rezongó:

—Párvulos presumidos.

—¿Quiénes? —preguntó Maité, fingiendo indiferencia, a pesar de que también había estado siguiendo la actuación de los chicos. Emily se limitó a señalarlos desdeñosa con el mentón.

—Vamos a jugar a la pelota con los presumidos y a refrescarnos también, ¿te parece? —sugirió Maité.

Emily se frunció esquiva, pero se levantó de inmediato. Maité rio de buena gana, tendiéndole los brazos y dejando que Emily la ayudara a levantarse de la silla. Jugaron fútbol con los chicos un buen rato y luego ayudaron a Gabriel a cavar hoyos en la arena.

Cuando su madre, Alba, sacó los pastelitos de la hielera, su grupo de seis, más los dos jóvenes que, aparentemente, habían aceptado a Emily a pesar de que lanzaba la pelota mejor que ellos, rodearon la mesa improvisada y le cantaron a Maité en un revoltijo de idiomas muy entretenido: Sósimo en italiano, Alba y Verónica en español, y todos los demás en inglés. Cuando terminaron, a excepción de Gabriel, que continuó el sereno con «*and many more, on channel four, and a big fat hen, on channel ten...*», hubo una ronda de aplausos, incluso de la gente que se resguardaba del sol bajo parasoles vecinos.

Maité hizo una serie de reverencias, puntuando cada una con un encantado.

—*Grazie, thank you* —y un gozoso—: gracias.

—Supongo que esto sirve, quiero decir, en lugar de una fiesta de quinceañera —dijo Emily, rodeando los hombros de Maité con un brazo y tocando su pastelito con el de Maité como si fueran copas de champán.

—Es perfecto, ¿no? —sonrió ella.

—Deberías haber salido con Finn —dijo Emily relamiendo el glaseado.

—Si tan solo me permitieran tener un novio y si él no se hubiera ido de vacaciones... —respondió Maité, fingiendo una tristeza que no sentía porque, para ocasiones especiales como esta, prefería un grupo pequeño. Atesoraba el sentimiento de pertenencia a una familia. Y estas seis personas, Alba, Sósimo, Verónica, Michael, Emily y Gabriel, eran su familia—. Hoy ha sido un día perfecto —dijo tomando un enorme bocado de su propio pastelito.

Emily se encogió de hombros y, dándole una palmadita en la espalda, dijo:

—Eso lo piensas porque más rara no puedes ser, pero igual te quiero montones.

Capítulo 3

Aquella noche, ya en su cama, Maité suspiró satisfecha. A pesar de que se había duchado en agua más fría que tibia, su piel aun retenía el calor del día. Dejando que la brisa que entraba por la ventana la acariciara, Maité respiraba al son de la dulce melodía que Sósimo le arrancaba a su violín.

Al cerrarse sus párpados, la película echó a andar y en los primeros instantes de aquella aletargada ensoñación, Maité reconoció a la mujer con la piel de porcelana. Un vago recuerdo de ella, en la sala de recién nacidos, titilaba en su memoria sustanciando la realidad de ambas cosas en su subconsciente y de la experiencia extracorporal por venir.

Maité notó que el aire olía a pino y la arena a sus pies era azúcar.

—Vuela conmigo —dijo la mujer, sin que se movieran sus labios.

Ceñuda, pues no lograba recordar el nombre de aquel personaje, Maité se encogió de hombros, se puso de puntillas y estiró los brazos hacia arriba. Los ojos aguamarina centellearon y el tintineo de su risa llenó los oídos de Maité.

—No. Así no.

«¿De qué otra manera se vuela, entonces?», pensó Maité, abochornada.

—Así —indicó la mujer, presionando el vientre de Maité con la palma de su mano.

12

Se estremeció impotente ante la rítmica pulsación, como el aleteo de algo muy grande, que despegó en su abdomen. El extraño batir de alas se volvió un cosquilleo que la hizo sentir ligera como una pluma. La mujer apartó la mano y la miró con travieso placer estampado en el rostro, pues, sin que Maité lo notara, ambas flotaban ya en el aire; arena y bosque por lo menos una milla debajo de ellas.

Maité gritó sorprendida, despertándose en el proceso. En la penumbra, se quedó mirando el techo de su habitación, haciendo una cuenta regresiva desde diez, para desacelerar los latidos de su corazón. «Este no fue un sueño normal», pensó. El extraño cosquilleo aún persistía en su vientre y se tapó la boca tratando de reprimir la risa que le provocaba. Cambió su enfoque hacia la experiencia en sí, reparando en todo lo que había visto, oído, sentido y olido, y confirmó que, efectivamente, podía separar sus propios pensamientos de los de la mujer. Era ese conjunto de sensación y conciencia lo que le daba al sueño la lucidez que tanto la desconcertaba.

Debía tratarse de un sueño. O tal vez, un recuerdo perdido que surgía tornasolado en el sopor de la conciencia dormida. Pero, a pesar de tanta vuelta que le daba, Maité volvía a la extraña certeza de que no había sido un sueño, en absoluto, y tampoco un recuerdo. La idea de haber saltado a un plano astral merodeaba atrayente en su mente. «Pero, en serio, ¿creo que salí de mi habitación y fui a otro lugar sin mi cuerpo?».

Maité negó con la cabeza, debatiéndose entre inquietantes posibilidades. Enfocó la mirada en la estrella fosforescente más grande en el techo de su habitación, la que aún brillaba, pues había apagado la luz apenas media hora antes. «¿Será que fue un viaje astral?», se preguntó, pero el círculo vicioso de alternativas reanudó su marcha y Maité se quedó dormida, exhausta por el día lleno de sol y satisfacciones.

Al cabo de tres semanas, después de muchos sueños igualmente reales, Maité volvió a despertar sobresaltada, preguntándose cuándo —si es que alguna vez— se acostumbraría a la extraña sensación que la invadía al momento de despertar. Cada vez que se acoplaba otra vez con su cuerpo, la golpeaba un sentimiento de culpa, como si se hubiera escapado para hacer algo ilícito sin que sus padres lo supieran.

—Esta vez, mamá estaba conmigo —protestó semidormida, pero, a medida que se despabilaba, se percató de que, hasta la fecha, sus sueños no habían incluido a nadie que ella conociera. Maité se desenredó de las sábanas, pues, una vez más, había amanecido con la cabeza al pie de la cama.

Siguiendo el tarareo de su mamá, que ya despistaba su pereza, bajó las escaleras atándose el cabello en un moño amorfo. Sentada al mesón de la cocina, Maité observaba a Alba beber su café y la escuchaba, con creciente agitación, mientras su madre contaba su propio sueño de la noche anterior.

—Es el lugar más hermoso que he visto en mi vida. ¿Recuerdas nuestro viaje a Sedona el otoño pasado? —preguntó Alba fascinada.

Sintiéndose acalorada muy de repente, Maité se reacomodó en su silla, pues ella también había soñado con aquella ciudad. Pero la Sedona de la noche anterior no había sido el mismo refugio desértico que habían visitado. Para nada. En el sueño que Maité compartió con su madre, Sedona estaba en la costa.

Limpiándose la frente con el dorso de la mano, Maité revivió el desvarío de su madre el otoño anterior en la habitación del hotel.

—¿No sería fabuloso el contraste de la tierra y peñones color mandarina de Sedona contra el telón de un océano azul? —había exclamado Alba, perdida en fantasiosos paisajes.

Lo que perturbaba a Maité era que en su sueño la noche anterior, Sedona se había convertido precisamente en lo imaginado por Alba: una ciudad litoral, y allí se habían encontrado Maité y su madre. Al escucharla recitar la conversación que habían tenido mientras caminaban sin zapatos sobre la arena roja, admirando los peñones que parecían arder bajo el sol poniente, se le hacía imposible cotejar la realidad de aquel sueño compartido.

—¿Qué pasa, mi cielo? —preguntó Alba.

Maité se erizó.

—Eh, nada, mami —dijo metiéndose una cucharada de cereal en la boca para disimular su confusión.

Alba continuó enumerando cada detalle del sueño.

—¡Qué locura! Fue tan real, te lo juro; no me habría sorprendido despertar esta mañana con los pies cubiertos de arena.

Maité contuvo la respiración. «Seguro mamá vio a la tercera persona en mi sueño», y su vientre dio un vuelco.

—Me encantó estar allí contigo, muñeca mía, y de verdad me entristecí cuando terminó —Alba confesó emocionada.

Maité no atinaba más que a sonreír y pestañear.

—Creí que estábamos solas en la playa. Por eso me desperté cuando vi a ese muchacho salir del agua.

Maité se sonrojó. Ella también se había despertado al verlo.

—No pude ver quién era porque el sol estaba detrás de él, pero la intrusión me sorprendió —admitió Alba en tono distante.

Maité se retorció en su silla. Ella tampoco había visto la cara del chico, pero sabía de quién se trataba: Finn. El rubor se regó sobre su cuello y pecho.

—¿Estás bien? —preguntó Alba poniendo una mano en el hombro de su hija y Maité asintió con la boca llena de cereal otra vez.

Mientras Alba enjuagaba su taza en el fregadero, Maité decidió no confiarle nunca a nadie la verdadera naturaleza de sus sueños. ¿Quién sabe qué tipo de situaciones podrían aflorar en semejante vida nocturna? Si iban a involucrar a Finn, de ninguna manera quería que su madre fuera testigo. Preferible dejarla creer que aquel sueño fue solo de ella, un exceso de imágenes subconscientes que generaban hermosas películas en la noche, en lugar de las proyecciones astrales compartidas que Maité, en ese momento, tenía razón de sospechar.

Además, Maité estaba segura de que su madre no lo consideraría normal y seguro reaccionaría acorde con eso. De repente, se vio a sí misma con la cabeza llena de electrodos rastreando sus ondas cerebrales, pero, en lugar de mostrar las señales eléctricas en un monitor, aparecían imágenes en vivo de cada sueño. «Eso sí que no puede pasar», pensó Maité alarmada.

En su cama esa noche, Maité caviló incómoda hasta que no le quedó más remedio que admitir su temor y, a la vez, rendirse ante el implacable anhelo de quedarse dormida y empezar a soñar. Resolvió volver a analizar los sueños anteriores, dispuesta a definir su naturaleza de una vez por todas. Empezó con la visita a la sala de recién nacidos que, en el mejor de los casos, era un recuerdo incompleto, pues de este solo quedaba la imagen de aquella mujer de ojos luminosos, que se había convertido en la habitual compañera de Maité a partir de esa primera noche. En un recoveco de su mente, también estaba la voz arenosa y profunda, llena de amenaza, en aquella sala llena de bebés inocentes.

Maité pensó que debía haber una conexión entre el primer sueño y cómo habían cambiado sus experiencias a partir de él. También creía que la mujer de los rizos veteados de turquesa tenía mucho que ver con que sus sueños se hubieran convertido en vuelos extracorporales.

A todo eso, Maité añadió lo sucedido la noche anterior: de alguna manera, había invadido el sueño de su madre, y en ese momento, en la penumbra de su habitación, se preguntaba si sería capaz de penetrar, a voluntad, en los sueños de otros. Sería emocionante incorporar a Finn, completo y tridimensional, a una de sus excursiones astrales, pues, hasta el momento, sus apariciones eran apenas una silueta indistinta, generalmente, contra un horizonte brillante.

Pero el sopor acechaba y Maité seguía dándole vueltas a su nueva habilidad sin llegar a una conclusión concreta. Las palabras de una corta frase se arremolinaban en su mente, hipnotizándola, hasta que sus párpados se rindieron. Solo entonces su voz extracorpórea murmuró:

—Un arma para mi arsenal.

Capítulo 4
Primer día de escuela secundaria

—Primer año, M. *Are we ready for this?* —preguntó Emily, absorta en atar los cordones deshilachados de sus zapatillas deportivas. Con un irritado «Aaaj», arrancó un trozo de cordón y lo guardó en el bolsillo de sus pantalones cortos de color caqui.

Dejando la zapatilla desatada, Emily miró a Maité, pues ella aún no había respondido.

—¿Y bien?

—Eh, tanto como tú, supongo. —Maité suspiró contemplando el nuevo entorno en muda batalla con el nervioso revoloteo en su vientre. A esa hora de la mañana, la ligera brisa volvía agradable la temperatura que al mediodía sería sofocante. El mes de agosto en Ogden no podía ser de otra manera.

Pronto sonaría la campana y entrarían en el austero edificio de la escuela católica, Our Lady of Grace, donde se desarrollaría una nueva era en la vida de Maité. Pero aquello no le parecía real, pues no lograba diluir el desagradable presentimiento que la experiencia sería de corta duración. Bajo el cielo azul de la mañana, que se teñía de amenaza, Maité se aferraba al secreto culpable de la nueva arma en su arsenal desviándose de las creencias de Alba, quien afirmaba que se debían contar los malos sueños para que no se cumplieran y guardarse los buenos para que se volvieran realidad. Maité se proponía guardar los buenos y los malos.

Hordas de jóvenes ya atravesaban el portón principal para adentrarse en los pasillos forrados de casilleros. Maité se sentía desfallecer con cada segundo que la acercaba al inicio del primer día de clases. No sabía cómo conseguir, aunque fuera un poco, la confianza y optimismo de Emily y la imposibilidad de lograrlo solo engrosaba la certeza de que se avecinaba una tormenta. A su lado, Emily golpeteaba el piso con el pie, impaciente pero ajena a la inquietud de Maité.

—Bueno, ¿entonces qué?, ¿te sientes mayor? —Emily retomó uno de sus temas favoritos—. ¿Más madura por lo menos?

—No ha sido ni un mes desde que cumplí los quince, Em, ¿cómo puedo sentirme mayor? Y, en serio, una persona madura no se estresaría tanto por un examen de conducir.

—¡Y dale con eso! La prueba es *multiple choice*. Te va a ir superbién —aseguró Emily, acompañando su comentario con una palmada en la espalda de Maité.

Maité sonrió dudosa.

—Aun así, me encantaría que la tomáramos juntas. ¿Qué tal si espero hasta tu cumpleaños en septiembre?

—*Dang*, M, *since when* te volviste cobarde? —Maité rio de buena gana, el *spanglish* de Emily siempre la ponía de buen humor—. Si Noah logró pasar, tú también puedes. Él dijo que es pan comido. Le tomó apenas diez minutos y tiene su permiso desde hace una semana —declaró Emily.

El campanazo sonó. Maité se estremeció, pero recogió su pesada mochila y siguió a Emily junto con los rezagados que, a lo largo de los pasillos, cerraban sus casilleros y se colgaban bolsos al hombro rumbo a la primera clase.

—*Thank God*. Esta semana será superfácil. Puras presentaciones y revisión de reglamentos —comentó Emily, quien había memorizado el folleto de orientación recibido por correo.

Ambas entraron en el soleado laboratorio de biología y eligieron una mesa larga en la parte posterior del salón. Se sentaron en sus taburetes, entusiasmadas con el microscopio y la placa de Petri que brillaba a la luz del sol.

—Primer día y ya tenemos un profesor suplente —le recordó Emily, que se sabía de memoria lo publicado en la página *web* de la escuela—. ¿Sabemos de quién se trata?

—Ni idea —dijo Maité, colgando su mochila en el gancho fijado al extremo de su mesa. Emily hizo lo mismo.

—Por favor, tomen sus asientos —dijo una voz profesional perteneciente al hombre que acababa de entrar al salón y que se dirigió al escritorio del profesor. Aquellos que todavía estaban acomodando sus bolsos, o visitando a amigos, se encaminaron a sus mesas. Dieciocho pares de ojos se dirigieron expectantes hacia el hombre bajito que aún no se había molestado en mirarlos, ensimismado con el montón de papeles que había sacado de su maletín de cuero.

Llevaba una camisa blanca pulcra y pantalones grises. Sus zapatos parecían haber sido lustrados esa mañana. Los anteojos de montura metálica le daban a su rostro recién afeitado un aire de precisión. Levantó una sola hoja de papel y, sin mirar a los estudiantes comenzó, enérgico, a pasar lista.

—Cody Aames.

—*Here.*

—Carissa Adams.

—*Here.*

—Emily Allen.

—*Yep.*

La mirada del profesor se posó en Emily. El sol destellaba de la montura de los anteojos. Con una mueca risueña, Maité murmuró entre dientes:

—Acabas de ser catalogada.

Emily se encogió de hombros.

Con los dieciocho estudiantes presentes para la primera clase del día, el profesor devolvió la lista a su maletín. De pie en el centro del salón, con las manos entrelazadas a su espalda, los miró fijamente durante unos segundos, como tratando de detectar a los alborotadores y los holgazanes. Todos se enderezaron y, aunque Maité no se atrevió a mirarla, pudo imaginar la expresión desafiante que seguramente se esbozaba en el rostro de Emily ante semejante escrutinio.

Adoptando nuevamente su tono profesional, dijo:

—Como bien saben, su maestra de biología, la Sra. Carlson, había solicitado una licencia de dos semanas, pero me informaron esta mañana que, debido a circunstancias personales, ella no podrá volver en quince días y, a pesar de que estoy en un año sabático, acepté tomar su lugar durante este año escolar.

Al igual que los estudiantes de las otras mesas, Maité y Emily intercambiaron miradas llenas de curiosidad. Era demasiado pronto para calificar al suplente.

—Yo soy el señor Marx.

—¿Será un pariente lejano de Karl? —preguntó Emily por lo bajo.

Maité se mordió el labio para disimular la sonrisa que afloró de golpe.

—Mi plan de estudios incluye material que normalmente no abordarían hasta el último año de secundaria. Pero, debido a que tengo una maestría en el tema, la administración otorgó una autorización especial. —Los estudiantes intercambiaron más miradas desconcertadas, esta vez no solo entre compañeros, sino también entre mesas—. Genética —anunció el señor Marx y Maité se estremeció junto con el resto de la clase.

—*Wow!* —soltó Emily fervorosa—. Amo al señor Marx.

Los ojos color avellana de Emily brillaban de emoción, pues las ciencias, la genética en particular, eran su pasión.

Que la primera clase de biología había sido todo un éxito era una atenuación. Al final de esos cincuenta minutos, todos los alumnos en el salón quedaron con las cabezas repletas de fascinantes palabras como células eucariotas, aberraciones cromosómicas, alelos y una sarta de términos que contenían en su significado las respuestas al misterio de la vida. O así lo insinuó el señor Marx mientras, por vigésima vez, Emily estrujaba la mano de Maité con entusiasmo.

Por su parte y aunque igual de deslumbrada, Maité sentía que la genética contenía una enorme verdad que ella esperaba descifrar como un todo, sin dividirlo en nanopartículas, como seguramente lo haría Emily.

Cuando sonó la campana, los estudiantes devolvieron los portaobjetos de muestra a sus cajas de almacenamiento, dirigiéndole miradas furtivas al coloso de la genética con el que habían pasado casi una hora. Sus murmullos de «Hasta mañana, señor Marx» ya respetuosos, ya maravillados, se sucedían unos a otros a medida que salían del laboratorio y se derramaban al pasillo.

Maité salió del salón con un gesto divertido en el rostro. Gracias al señor Marx, se veía a sí misma como un compuesto genético, una colección de células temblorosas, como las de la diapositiva, en constante movimiento y eterna interacción entre ellas, cada una respondiendo a ese milagroso centro de comando llamado cerebro, que dictaba cómo debía emplearse la energía de cada célula.

—Ojo con Mason —dijo Emily ni bien salieron del salón—. Ahora que tienes quince años, te acosará para un *date*. Recuerda que ha estado esperando desde el sexto grado.

—Nos vemos en la clase de literatura —apuntó Lorenzo Sánchez al paso, deslizándose entre Maité y Emily, pero sin detenerse.

—*You wish* —dijo Emily con los puños en la cintura, pero cuando él solo le guiñó un ojo, ella se volvió hacia Maité y la regañó—. *So*, ya estás llamando la atención de los estudiantes de segundo año, ¿no?

Mirando a Lorenzo que se alejaba, Maité reviró sus ojos.

—Lorenzo es inofensivo. Comparamos horarios hace un par de días, cuando mis padres los invitaron a cenar. La pregunta acá es por qué tuviste que decirle a Mason las reglas de mis padres sobre las citas.

—*Calm down*! Mason es mi vecino. Él, como todo ser humano, odia revolcarse en la ignorancia y, si puedo brindar, aunque sea un destello de conocimiento, por insignificante que sea, pues así lo haré.

—Te agradeceré que, la próxima vez, destelles tus propias revelaciones, no las mías, ¡lunática! —dijo Maité fingiendo indignación—. Y ya vete o ambas llegaremos tarde.

—Nos vemos —dijo Emily y la corriente de estudiantes, rumbo al segundo período de clases, se las tragó.

Capítulo 5

Maité se apresuró por el pasillo hacia su próxima clase, con los ojos fijos en la alfombra gastada y con la esperanza de no encontrarse con Mason.

—Mason —murmuró, temiendo el bochorno de tener que rechazarlo o, peor aún, que le faltara el ánimo para hacerlo y terminar en una cita con él. Maité se espelucó imaginando las miradas atortoladas del pobre muchacho y su semblante se oscureció. Lamentaba no poder corresponder a su entusiasmo y sabía que otro gallo cantaría si tan solo Finn Hayes la invitara a salir.

Maité había esperado con ansias su decimoquinto cumpleaños, albergando una secreta esperanza de que Finn se fijara en ella. Nunca se había animado a hablarle, pero lo veía todos los domingos en la misa, desde que él y su familia se habían mudado a Ogden el año anterior. Pero Finn era un estudiante de tercer año y los estudiantes de tercer año generalmente no se fijaban en los de primer año. Además, Finn siempre tenía un círculo de admiradoras a su alrededor, dondequiera que fuera. Y, para empeorar las cosas, incluso si Finn reparara en ella, Sósimo nunca le permitiría salir con alguien mayor que ella. Aquellos problemáticos pensamientos la acompañaron hasta la puerta de su próxima clase y ya se escuchaba la voz de la señora Simmons desde adentro.

—Tomen sus asientos, por favor.

—Hola.

Sorprendida, Maité levantó la mirada y se encontró con el propio Finn. Se quedó inmóvil, idiotizada por el grosor de esas pestañas que nunca había visto tan de cerca.

—Eh…

—Hablamos después de clases, *okay*? —susurró Finn, pasando junto a ella y tomando un asiento tres filas detrás de la única otra silla vacía.

—Señorita, ¿entra usted o sale? —dijo la señora Simmons, pues Maité demoraba en la puerta, atontada.

—Sí, Ms. Simmons —respondió al fin, tomando el asiento vacío. Aflojó el libro y el cuaderno que sostenía contra su pecho y los colocó sobre el escritorio, respirando hondo para calmar sus palpitaciones.

Mientras la señora Simmons recitaba una introducción a las civilizaciones del mundo, Maité no atinaba más que imaginar la mirada de Finn fija sobre su espalda. Juraba que la sentía.

«Está tres asientos detrás de mí», pensaba al ritmo del aleteo en su abdomen, deseando que su cabello espeso y ondulado no la hiciera quedar mal, pues las admiradoras de Finn eran todas rubias y lisas.

Cuando sonó otra vez la campana, Maité se tomó su tiempo recogiendo el libro y el cuaderno de apuntes antes de lanzar una mirada casual en dirección a Finn. Tres ruidosos satélites bloqueaban la línea de visión de Maité. Por mucho que quería darle a Finn toda oportunidad para hablarle, un impulso dentro de ella, aquel que a menudo azuzaba su orgullo, la hizo lanzar sus útiles en el bolso y salir del salón. De refilón, le pareció que Finn la cazaba ansioso sobre la cabeza rubia de Sienna Barnes, pero Maité no se volvió para confirmarlo.

Durante el quinto período, Maité y Emily se reunieron nuevamente, pero la clase de geometría del señor Randolph no era el lugar para discutir las posibles intenciones de Finn. La pizarra borrable, cubierta de líneas, ángulos y letras, presentaba un cuadro intimidante que exigía cada kilovatio de su atención.

—Vi a Finn —logró decir Maité mientras dos estudiantes repartían las hojas de trabajo—. Detalles durante el almuerzo.

Después de geometría, corrieron a sus casilleros e intercambiaron sus bolsos por almuerzos en fundas de papel. A pesar de sus súplicas, Alba y Verónica eran las únicas mamás en toda la escuela que no habían abierto una cuenta para los almuerzos de sus hijas.

Maité y Emily serpentearon por el pasillo lleno de estudiantes y llegaron al patio soleado mientras todos los demás se dirigían a la cafetería con aire acondicionado. Las cuatro secciones del edificio de la escuela convergían en una gran plaza adoquinada. En el centro había un estanque donde media docena de peces koi se deslizaban perezosos. El agua turbia se revolvía por las espitas del pedestal, desde donde vigilaba acogedora la Virgen María con sus brazos extendidos.

Las jóvenes se sentaron en el ancho borde de ladrillo del estanque y comenzaron a revisar el contenido de sus almuerzos. Los peces no eran más que manchas anaranjadas que de vez en cuando desaparecían bajo las hojas verdes y cerosas de los lirios. El agua se derramaba apacible de las cuatro espitas.

Maité cambió su pera por el plátano de Emily y sus Oreos por las galletas de mantequilla. Con un bocado de sándwich a medio masticar, Maité dijo:

—Casi me da un infarto cuando lo vi ahí parado y peor cuando me dijo «Hola».

Emily parecía no escuchar. Estaba tan concentrada en apilar sus galletas con queso y rodajas de pavo que Maité ya se preparaba para reclamar.

—Hola, *that's it?* —dijo Emily, levantando la mirada de su torre de seis niveles—. ¿Eso fue lo que casi te da un infarto?

—También dijo que hablaríamos después de clases —agregó Maité, acalorada.

—*Okay, okay.* ¿Y qué dijo al final de cuentas?

—Me fui sin hablar con él.

—*Gosh,* M! ¿Por qué?

—Es que estaba rodeado de chicas.

—Siempre lo está. Es solo el chico más *sexy* del estado.

—No iba a quedarme ahí esperando como una idiota a que su escolta se despejara. Y, peor aún, pelear a codazos con su coro zalamero. No hacen más que deshacerse en trinos con cada gesto de Finn.

—¿O sea que no hablaron después de clases?

—No-o —masculló Maité, con la boca llena de sándwich otra vez.

—*Crap-ola,* M, qué ignominia —dijo Emily, impaciente.

—Gracias.

—Consuélate —suspiró Emily resignada— con que el día no ha terminado.

—Finn es demasiado caballeroso. Nunca atina a saber cómo librarse de las atenciones no deseadas. Es, en serio, muy molesto. Pasa hasta en la misa —dijo Maité abriendo el paquete de galletas de mantequilla.

—El chico es tímido y ellas se aprovechan de eso —comentó Emily con naturalidad—. Especialmente, esa Sienna Barnes; es de lo peor.

—Aun así, si tiene algo que decirme, debe encontrar la manera de hacerlo, ¿no crees?

—*For sure*! El tipo es un gusano medroso.

—Tanto así, no. Solo necesita ser un poco más decidido —dijo Maité encogiéndose de hombros.

—Tienes razón. Un par de sesiones de Desaires 1.0 con Milo lo pondrían al pelo —rio Emily y Maité se unió a ella—. Y, si eso falla o demora demasiado, siempre puedes ser tú quien inicie la conversación con él.

La sonrisa se le evaporó y Maité imaginó millones de células ardientes que se acumulaban en sus mejillas.

—¿Y qué le diría?

—*How about* «¿De qué querías hablarme antes?»? En serio, Maité, eres peor que él.

En las aulas mal ventiladas, las últimas dos clases del día transcurrieron a paso de tortuga. El calor del sol arropaba los edificios, como empeñado en cocerlos, y los acondicionadores portátiles apenas movían el aire dentro de los salones. Maité se sumió en inútiles añoranzas que no apuraban la llegada de temperaturas más frescas en septiembre, pero que, al menos, abanicaban su letargo. A medida que se acercaba el final del día, los apuntes en su cuaderno se volvían menos legibles. Estaba segura de que un dolor de cabeza se avecinaba, sin duda, porque no podía dejar de pensar en Finn. Un revoltijo de aperturas correteaba en su mente distrayéndola hasta que finalmente las redujo a dos: «Hola, Finn», o «Qué hubo, Finn».

Maité casi casi había decidido pasar por el casillero de Finn, que estaba justo afuera del salón de arte donde ella se encontraba al momento. Tomaría cargo de la situación, tal y como lo había sugerido Emily. «Nada más sencillo. Tomaré la iniciativa y seré yo quien hable con él».

El último campanazo fortaleció su intrepidez. Maité cerró su cuaderno y guardó el caballo de cerámica que iba a ser su proyecto de arte para el primer trimestre. Por el rabillo del ojo, vio a Finn. Un escalofrío le recorrió la espalda. Él ya estaba en el pasillo y estaba mirando en su dirección. «¿Será que está esperándome?».

Tomó aliento, le dio un tirón a su camisa blanca y alisó su falda a cuadros preguntándose de dónde en su cerebro provenía la orden de sonrojarse, puesto que ya sentía su cara arder. Cómo desactivarlo era algo que tendría que esperar porque no había vuelta atrás.

Comenzó a cruzar el pasillo, sus ojos grises fijos en los azules de Finn. Con hipnotizante fluidez, él colocó un rebelde mechón de cabello tras la oreja a la vez que una sonrisa iluminaba su apuesto semblante. Convencida que de verdad él quería hablar con ella, y ya a dos pasos de su objeto, Maité soltó:

—Hola, Finn. —Pero sus palabras se ahogaron en un estridente chirrido y, de un empujón, bloquearon su trayectoria.

—¡Oh, Finn! ¡No vas a creer lo que pasó!

Al recuperarse del choque con la fila de casilleros, Maité vio los mechones rubios de Sienna Barnes, que ya había echado sus brazos alrededor del cuello de Finn. Esta vez, Maité lo vio empinarse sobre la cabeza de Sienna, buscando su mirada, con una expresión de pesar en el rostro.

Se dirigió a su propio casillero decepcionada y molesta por su propia impotencia. Imaginó que agarraba a Sienna por las greñas y la arrancaba de los brazos de Finn.

—¿Y luego qué? —murmuró, indignada—. ¿Hablar con él por turnos cada vez?

La sola idea de semejante vergüenza la descompuso. «Imposible. De ninguna manera».

Afuera, después de que Maité comunicó los detalles del infortunio, Emily le dio una palmadita en la espalda, pero no tuvo la oportunidad de decir nada.

—¡Hola, chicas! —dijo Mason, saludándolas jovial, con su rostro cubierto de acné, que seguro le dolía hasta para sonreír. Mason lucía encantado de haberla encontrado por fin.

Maité quería enterrarse viva. Sin atinar qué más hacer, le lanzó una mirada inexpresiva y masculló:

—Hola.

—Así que, me preguntaba... —dijo Mason, y Maité, ocupada como estaba en morderse la lengua, ignoró el codazo que Emily le propinó— ¿te gustaría ir al cine conmigo? El viernes por la noche —sonrió, impávido ante la presencia de Emily o la fría recepción de Maité. De hecho, su arrojo era inexplicable.

Maité se retorció, captando un destello de dientes cubiertos con frenillos y las bandas de goma que allí acechaban, sabiendo que debía responder.

—Eh, es que… —Maité buscaba a tientas las palabras para excusarse de lo insoportable—. No puedo. Yo, eh…, no tengo permitido salir con chicos.

—No-o, eso no es cierto. Cumpliste quince este verano, o sea que ya tienes permiso —argumentó Mason, aunque sus ojos parpadearon hacia Emily en busca de confirmación. Claramente, ella era su informante.

—Sí, ese era el plan original, pero mi papá cambió de opinión hace un par de semanas. —Emily volvió a darle un codazo, pero Maité estaba en racha y siguió adelante, muy molesta con su mejor amiga—. Dijo que quince es demasiado joven y ahora debo esperar hasta los dieciséis.

—¡Pues qué lástima! —dijo Finn, que se había acercado a Maité por detrás y había escuchado la retahíla dirigida a Mason. Finn lo palmeó en la espalda con una sonrisa alentadora—. No queda otra que abandonar la causa, amigo.

Mason se quedó perplejo; el labio se le había enganchado a media sonrisa en los frenillos, dándole un aspecto gruñón. Consternada porque Finn había escuchado su mentira, Maité se desinfló y Emily le apretó el brazo compadecida.

—¿Será que podemos lograr que tu papá recapacite? —imploró Mason con desesperado ahínco.

Maité sonrió a su pesar, pero la presencia de Finn la inquietaba. Ambos chicos la miraron expectantes y Maité quería morir, o al menos vaporizar toda truculenta neurona que la había hecho decir lo que había dicho. «¡Cómo se me ocurre!».

—¡Qué lástima y qué pena! —intervino Emily pues Maité no respondía—. No hay más que esperar hasta el próximo verano. —Y con eso, se volvió hacia la fila de autos que esperaban para recoger a los estudiantes—. Mira, mi mamá ya está aquí —dijo arrastrando a Maité.

Mason saludó con tristeza a Maité que seguía a Emily como un autómata, pero Finn la agarró por la muñeca. Ella lo miró sorprendida.

—Siento mucho lo que pasó en el pasillo —dijo resignado.

—Está bien —aseguró ella antes de que la soltara.

—¿Hablamos mañana? —dijo Finn y ella asintió sonrojándose nuevamente.

Su muñeca, donde él la había tocado, todavía hormigueaba. Se subió al asiento trasero del auto de Verónica sintiendo que Finn, vulnerable sin su siempre presente y ruidoso séquito, seguía mirándola. Se propuso transmitirle con una sola mirada que la nueva regla de los dieciséis años había sido una mentira, que le encantaría salir con él, al cine, a cenar, incluso a los bolos.

«De verdad quería invitarme a salir». No podía dejar de pensarlo y quería patearse a sí misma por no haber sido honesta con Mason. «Soy una idiota», pensó, saludando a Finn afligida mientras se alejaba en el auto de Verónica. Él respondió levantando la mano con similar desconsuelo, o así lo interpretó Maité.

El parloteo electrizado de Emily al relatar la fabulosa sorpresa de la inesperada clase de genética ya ahogaba todo sonido en el auto. Con la mirada perdida, Maité imaginaba un cúmulo de sus más deficientes células saludando disparatadas al cerebro y tropezándose entre sí para soltar sandeces. «Soy una idiota sin remedio».

—Ciertamente lamentable, mi amor —dijo Alba con un chasquido lastimero, cuando, después de mucho insistir, Maité finalmente le había relatado el fiasco—. Y ahora estás en este trance en el que, o admites que mentiste, o esperas hasta tu próximo cumpleaños para salir con este chico.

—La verdad, no importa, mamá —se quejó Maité, doblándose sobre el mesón de la cocina con la frente apoyada en los azulejos—. Él me lleva dos años, es un *junior*, y aunque no hubiera mentido, papá igual no me dejaría salir con él.

—Un *junior*, ¿eh? —dijo su madre alisando el cabello de su hija. Maité la miró de reojo—. Papá diría que no a las citas con *juniors* y *seniors*, es cierto, pero no veo por qué Finn no podría venir a cenar algún rato o ir con nosotros al cine.

Maité se enderezó esperanzada.

—¿Lo dices en serio?

Alba irradió su encantadora sonrisa, aquella que Sósimo proclamaba como el hechizo que lo mantendría felizmente casado, incluso en el más allá.

—Claro, mi cielo, no veo por qué no. De esa forma podremos conocer a Finn y...

La puerta de la cocina se abrió de golpe y entró Sósimo.

—Y cómo están mis bellas damiselas, ¿eh?

Alba se apresuró a recibir a su esposo con un abrazo y un beso. Maité intentó calmar su semblante, deseosa de no dejar traslucir la agitación que la invadía ante la posibilidad expuesta por su madre. Su mente se inundó de felices escenas en las que Finn cenaba con ella en el comedor de su casa.

«¡Eso sería ideal! Mamá lo arreglará todo con papá y yo podré ver a Finn, lejos de sus admiradoras adulonas. Lo tendré solo para mí». Su dicha fue breve, pues las dudas pronto la aguijonearon. «¿Qué le parecerá a Finn este plan? Finn, capitán del equipo de fútbol. Finn, el chico más *sexy* del estado, como dice Emily. Obvio que le parecerá ridículo; cenar en casa con una niñita como yo, vigilada por sus padres». Las fantasías de Maité empezaron a desmayar y sus mejillas se encendieron.

—¿Qué sucede? —preguntó Sósimo, mirando con risueña desconfianza de su esposa a su hija.

Alba le dirigió un guiño a Maité y, sonriendo cautivadora, dijo:

—Estamos maquinando. Es que no queremos cocinar, es por eso que...

—¡Ah! Quieren mi famoso *risotto* con almejas. ¿Esas son las maquinaciones?

—O podemos salir a cenar, pues tu hija sobrevivió a su primer día en la escuela secundaria.

—Ah, bella *figlia*, es verdad —dijo Sósimo estrechando a Maité en sus brazos—. ¡Vamos a cenar, entonces!

—En realidad, papá, tu cocina es mucho mejor que cualquier restaurante —dijo Maité, acurrucándose en el pecho de su padre.

Capítulo 6

—Soñaré con Finn esta noche —musitó fervorosa.

Las estrellas fosforescentes en el techo de su habitación empezaron a desdibujarse y Maité cerró los ojos, deseando de todo corazón lograr lo que se proponía. Lo que había empezado como una vaga noción se volvía una certeza, minuto a minuto. Cuando Finn la había tomado por la muñeca, algo se había desatado, algo que, al circular con velocidad sináptica, estableció una conexión entre ellos. «Tiene que ser así», pensó afiebrada. Aquel contacto fugaz seguro era el catalizador que le abrió el paso a los sueños de Finn y era hora de empezar. Entre que dudaba y se felicitaba por el éxito venidero de la misión, el sueño la pilló. Su respiración se volvió rítmica y, bajo los párpados, sus ojos oscilaban raudos.

Maité se sentó en el graderío de la cancha de fútbol en Our Lady of Grace. Finn, sin camiseta y sudoroso, se preparaba para cobrar un último penal, antes de que terminara la práctica. Anotado el gol, media docena de sus compañeros lo rodearon y uno de ellos levantó el mentón señalando a Maité. Finn se dirigió hacia ella, agarrando su camiseta al paso.

Ni una de sus admiradoras rondaba la cancha y, en un santiamén, Maité advirtió que era porque estaban soñando al mismo tiempo. Con inesperada destreza, apartó aquella observación de su mente, pues no estaba dispuesta a arriesgar el sueño. Tenía horas y horas para pasar con él si tan solo lograba permanecer dormida.

Finn saludó, indicándole que se encontraran a mitad de camino. Maité obedeció.

—Por fin podemos hablar —rio él, deteniéndose tan cerca de Maité que ella podía contar las hebras de cabello pegadas a su frente sudorosa.

—Y sin tu club de *fans* —bromeó ella ignorando el ahogo que sentía y haciendo lo posible por revestirse de serenidad. Lo último que quería era despertarse de la emoción.

Finn se encogió de hombros.

—El tema es que...

—Anda, dime cuál es el tema —lo animó Maité.

—Eh, es que se me complicó mucho la clase de español el año pasado y no puedo dejar que eso interfiera con el fútbol. Si mi promedio baja, mis padres me obligarán a dejar el equipo.

El suelo tembló, o eso le pareció a Maité, al escuchar semejante apertura, tan extraña y desprovista de romance. «Tal vez esté nervioso», lo disculpó, pero Finn continuó sin remedio.

—Mi mamá me contó que ustedes, tú y tu mamá, hablan español. Que tu mamá es hasta traductora e intérprete.

Maité asintió, desconcertada. No podía creer lo que escuchaba, pero se consoló pensando que, por lo menos, su propensión a los sonrojos no existía en sueños.

Ajeno a su confusión, Finn siguió de largo:

—Se me ocurrió que debo empezar fuerte con el español y mantener el ritmo para acabar el año con excelentes calificaciones.

Maité no atinaba más que mirarlo boquiabierta mientras Finn exponía su estrategia ganadora. Por más que lo sondeaba, no hallaba rastros de interés no académico en el apuesto rostro, ni un destello de atracción hacia ella y, peor, una pizca de intenciones románticas disimuladas en sus palabras. «Lo único que quiere es salvar su carrera futbolística». Maité exhaló ofuscada. Seguro Emily lo entendería y aceptaría, pero Maité no podía pensar en nada más que en su ceguera y su pésima interpretación de sentimientos más allá de los suyos.

—Me lo hice a mí misma —gimió.

—¿Hiciste qué? —preguntó Finn.

—Oh, nada. Nada.

—Entonces, ¿qué te parece?

—¿Qué me parece qué?

—¿Reunirnos, tal vez, una vez a la semana para repasar lo que cubrimos en la clase de español?

Maité resistió el impulso de darle un empujón y marcharse, que bien merecido se lo tendría por no ver más allá de su estúpido fútbol.

Pero también quería besarlo. «Es solo un sueño». La frase palpitó en su mente. «Si no un arma, tal vez una herramienta…».

El galope de su corazón amenazaba con despertarla, pero, antes de que eso sucediera, Maité tomó el rostro de Finn entre sus manos y lo atrajo hacia ella. Probó la sal en sus labios y, tanto se enfrascó en el delicioso momento, que toda posibilidad de despertar se esfumó.

Pero Finn ni siquiera cerró los ojos. No respondió en absoluto, solo esperó a que ella terminara, como si este fuera el tipo de inconveniente al que estaba acostumbrado. Maité se apartó de él avergonzada.

«¿Cuántas chicas le han hecho esto?». La idea la abofeteó, enfrentándola con la realidad de que ella, Maité, se había convertido en una más del club de *fans* que tanto despreciaba. Le había robado un beso que él no quería dar, todo para satisfacer su propio capricho.

Humillada a morir, dejó escapar un suspiro resignado y emprendió la retirada.

—Entonces, ¿qué? ¿Sí o no? —dijo Finn.

Maité se volvió hacia él.

—Me gusta tu mente unidireccional, Finn Hayes —dijo golpeándole el pecho con fingido disgusto—. Pregúntame otra vez cuando despiertes.

Maité abrió los ojos y miró el reloj en la mesita de noche: eran apenas las tres de la mañana. Ahogó un gemido en la almohada, acompañándolo con un puñetazo, por si acaso.

—¿En serio quiero ser tutora del chico más guapo del estado? —Sintió su rostro encenderse en la oscuridad y se alegró de que para Finn todo hubiera sido un sueño. Nunca se enteraría de que, como uno de los ruidosos satélites que deploraba, Maité le había robado un beso.

—Tutora es mejor que *fan*... Pero, por lo menos, sí conseguí mi beso. —La vergüenza pronto dominó la pasajera satisfacción y prometió juiciosa—. Nunca más lo vuelvo a hacer.

Finalmente, se calmó lo suficiente como para conciliar el sueño. Sus últimos pensamientos, antes de quedarse dormida, revolotearon alrededor de cómo, al día siguiente, enfrentaría a Finn, serena y fresca, cuando él la buscara.

—No me queda otra que ser su tutora.

Finn habló con ella al día siguiente, no sin que Maité escudriñara todo gesto suyo hasta convencerse de que no había rastro alguno del sueño compartido. Al final, ella se comprometió a ser su tutora. Emily asumió el trabajo de asistente con su habitual entusiasmo y demostró ser bastante innovadora.

Durante aquel primer año y para gran disgusto de Sienna Barnes, Maité se reunió con Finn una vez a la semana en la cocina de su casa, tal y como lo había imaginado. Y, tal y como Alba había prometido, ella y Sósimo congeniaron maravillosamente con Finn y se desarrolló un cariño mutuo entre ellos.

Al terminar el año escolar, Maité había convertido a Finn en un hermano mayor y él disfrutaba el papel hasta el punto de ser molesto, pues Maité perdió la cuenta de cuántos pretendientes Finn había desanimado. Cuanto más quería estrangularlo por ello, más parecía apreciarlo Sósimo.

Arrullando a Maité con una falsa sensación de seguridad, el segundo año de la secundaria llegó sin que se desataran tormentas. Ella y Emily habían obtenido sus licencias de conducir y compartían un viejo Jeep Wrangler que compraron con sus ahorros.

Finn se graduó con las calificaciones más altas de su clase en español, pero fue su talento y pasión por el fútbol lo que le representó una beca para la Universidad de Utah. De verdad, brillaba en el deporte.

—Estarás jugando para el Real Salt Lake en poco tiempo —aseguró Maité mientras ella y Emily lo miraban empacar para un corto viaje con sus padres.

A su lado, Emily asintió.

—No te vayas a olvidar de que fui yo quien pensó en combinar los repasos en español con los tiros penales.

—No podría haberlo hecho sin ti —sonrió Finn con una palmada en el hombro de Emily.

Maité se rio, recordando los miles de veces que ella y Emily habían cubierto la portería lanzándole verbos. Finn tenía seis balones de fútbol alineados a lo largo de la línea de penal y pateaba uno con cada conjugación. En poco tiempo, conjugaba sin esfuerzo cualquier verbo regular o irregular que le arrojaran. Y sus patadas, incluso con dos chicas luchando para bloquearlas, hallaban el fondo de la red con alucinante precisión. Debido a que Finn jugaba la posición de delantero, aquella era una habilidad impresionante que lo habían ayudado a perfeccionar.

—Te voy a extrañar en la escuela el próximo año —se lamentó Maité y Emily asintió otra vez, pestañeando como si tuviera algo en el ojo.

—La U no queda lejos. Además, tengo que estar a mano para aprobar tus pretendientes —dijo Finn con un guiño hacia Maité y una ceja arqueada dirigida a Emily.

—¿Te volviste informante? —exclamó Maité indignada mirando a su amiga.

—Es por tu propio bien —respondió ella encogiéndose de hombros y Finn se echó a reír.

—¿O sea que tengo que andar a escondidas? —se quejó Maité divertida—. ¡Ya van a ver! Si tengo que subirme a un avión y volar al otro lado del mundo para darme el gusto de una cita no calificada, pues así será.

La sensación de haber sellado su destino con esas palabras la abrumó tan de repente que sofocó hasta su buen humor. Finn cerró su maleta.

Capítulo 7

San Sebastián, España

La limusina negra de Lamborghini, única en su clase, se detuvo frente al elegante restaurante Martín Berasategui poco después del mediodía. El mes de junio apenas empezaba.

Sin disimular su curiosidad, los transeúntes admiraban el magnífico vehículo que ostentaba la parte delantera del modelo Gallardo 2003. Las ventanas polarizadas solo aumentaban la esperanza de los curiosos de ver a su ocupante por la minúscula rendija. Todos sabían que Eva estaba dentro.

Eva, la nueva y magnética imagen del fabricante de autos deportivos, era una de los suyos. El País Vasco estaba inmensamente orgulloso de ella. Eva había aparecido de la nada esa primavera y había conquistado las pasarelas parisinas. Se rumoreaba que mirar a Eva, la diosa de veintisiete años, a través del lente de una cámara era la única forma de sobrevivir al efecto embrutecedor de su belleza. Un simple avistamiento de aquella mujer resultaba en inmediatas revueltas callejeras muy bien publicitadas; todos querían verla de cerca y captar, aunque fuera, una sílaba que pronunciara. Anhelaban sentir el toque corpóreo de su misteriosa voz, algo que generaba indecible dicha en aquellos que tenían la suerte de estar al alcance de las penetrantes vibraciones. El cabello ondulado que caía en una cascada roja por su espalda, la mirada ardiente; los suculentos labios, y las piernas, San Ignacio de Loyola, ¡qué piernas!

Hombres por todo el planeta enmudecían ante Eva. La última sesión fotográfica de *GQ*, con Eva sobre el capó del Roadster Reventón, con apenas su largo cabello cubriendo la espectacular anatomía, causó estragos en docenas de las familias más adineradas de Europa cuando herederos de toda edad empezaron a ofrecer sus posesiones terrenales a cambio de al menos una mirada de Eva.

En el fresco interior de la limusina, Eva sostenía su celular al oído, retorciendo perezosa un mechón de cabello entre sus dedos.

—¿Lo ves? —preguntó la solícita voz masculina al otro lado de la llamada inalámbrica. Era el agente de Eva, Sergio, conocido en los círculos de la moda como Gío.

Habiendo resuelto que necesitaba a alguien que manejara su carrera, Eva había contactado a Gío una tarde. No solo por su experiencia, sino también por ser *gay*, Gío era la persona ideal para cumplir las órdenes de Eva; pues lo último que ella necesitaba era otro hombre que desfalleciera al verla. Gío saltó de alegría al recibir la llamada y por supuesto, aceptó de inmediato. ¿Quién no querría ser el agente de publicidad de Eva?

—No. Todavía no ha llegado —respondió ella, examinando otra vez la foto en blanco y negro de un hombre muy apuesto de unos sesenta años, pero muy bien conservado.

—Según lo averiguado, es del tipo puntual —aseguró Gío—. Debe estar por llegar.

Eva respiró hondo. Cerró los ojos momentáneamente concentrándose en su próxima movida y, al abrirlos, clavó las pupilas en su presa. El hombre se había detenido en los escalones que conducían a la entrada del restaurante; majestuoso y carismático, destilaba riqueza.

—Sí, Gío —murmuró Eva—. Ya lo tengo a la vista.

—Feliz cacería, guapa.

El ilustre Fernando Gonzaga no tenía idea de lo que estaba a punto de acaecerle.

En cuestión de días, las fotografías de Eva del brazo del añejo galán de irrefutable cepa aparecieron en las portadas de un sinfín de revistas de moda europea. Los furiosos seguidores de la diosa no se explicaban la buena fortuna de aquel hombre que la doblaba en edad y, por ello, abundaban las especulaciones sobre las verdaderas intenciones de Eva. Pero ella no se inmutaba y tenía ojos solo para él. Pronto empezó a circular el rumor de que, durante una escapada de fin de semana a Mónaco, apenas una semana después de su primer encuentro, él le había propuesto matrimonio, pero Eva lo había rechazado. El chisme se regó como pólvora y la esperanza se volvió a encender en los corazones de sus fanáticos. Gonzaga, sin embargo, se aferraba obstinado al sorprendente trofeo que consideraba suyo.

Para avivar el fuego, Gío dejó escapar a la prensa que Eva había impuesto una condición: un regalo de bodas, una muestra formidable de la devoción de Gonzaga. Sus fanáticos salpicaron las redes sociales con la esperanza loca de que ella hubiera pedido algo que él no podía dar. Por fin, Gonzaga tendría que renunciar a ella.

En un nido de almohadas de plumón, acariciada por la brisa mediterránea y muy segura de su éxito, Eva formuló su petición en murmullos azucarados. Tras una pausa, atormentado por su inhabilidad de conceder el único deseo de aquella mujer, Gonzaga tuvo que confesar:

—Esa propiedad pertenece a la familia de mi difunta esposa. Está fuera de mi alcance y solo mi hija puede disponer de ella.

Eva lo miró fijamente con sus ojos en llamas. Sin que Gonzaga lo detectara, la mente de Eva se precipitó a la eliminación del nuevo obstáculo: la detestable hija.

Capítulo 8

A la una de la madrugada, cinco semanas después del inicio de las vacaciones de verano, Maité se batía con los efectos de una pesadilla. Como repelida por su almohada, se sentó de golpe con un grito atrancado en el esófago, percatándose de su cuerpo tembloroso, el camisón pegoteado a su piel, los oídos que le zumbaban, y la pesadilla que se esfumaba de su conciencia y la dejaba ansiosa y desorientada. A tientas en las sombras, se desenredó de las sábanas sin reconocer su entorno. Todo estaba mal; incluso la ventana estaba en el lado equivocado de la cama.

—¿Dónde estoy? —masculló desconcertada.

Un leve crujido en la habitación, no causado por ella, la sorprendió, pero, con una ola de alivio, advirtió la segunda cama. «Emily», recordó, olvidando por completo la pesadilla. Los números digitales en el reloj sobre la mesita de noche marcaban la 1:23. La casa le parecía demasiado tranquila. Sintiendo la garganta reseca, decidió ir por un trago de agua antes de volver a la cama.

Frotándose los ojos, salió de la habitación de Emily. La gruesa alfombra en el pasillo amortiguaba sus pasos, mientras una serie de destellos subconscientes se organizaban en su mente para disipar su aturdimiento. «Estoy en la casa de mi tía Verónica, compartiendo la habitación de Em, hasta que mamá y papá regresen de su viaje de aniversario...».

Aunque a paso aletargado, pensamientos y eventos continuaron organizándose en su mente. Al cerrar la puerta del baño y encender la luz, millones de explosiones brillantes la cegaron. Parpadeó hasta que enfocó en el espejo su cabello enmarañado y sus ojos hinchados. Abrió el grifo mientras su cerebro seguía catalogando.

«Mamá y papá llegan mañana por la tarde. Están volando desde la isla de Guadalupe…». Un aullido se enroscó en sus entrañas. Sus manos se volvieron puños bajo el agua fría que corría; la horrible pesadilla le acuchilló el cerebro con monstruosa intensidad, oprimiéndole el corazón hasta ahogarla.

«¡Mi Dios! —El temblor de sus piernas le anunciaba un inminente desmayo—. ¡Mamá! ¡Papá!». Inclinada sobre el lavabo respiraba a borbotones mientras la cruel pesadilla se desdoblaba a su alrededor y dentro de ella. «Que sea solo una pesadilla. Solo un horrible sueño». Repetía las palabras una y otra vez como una plegaria, para acallar su terror.

—Dulce Virgencita, cúbrenos con tu manto…

La desesperada oración de su madre arrancó a Maité de la seguridad de su lecho en la casa de Verónica y, de repente, su cuerpo astral se concretó en un espacio minúsculo y movedizo. Presa del pánico, Maité se apoyó en las paredes que cimbraban, pues el compartimento en el que estaban se hundía y se elevaba con crujidos desalentadores, como una vieja montaña rusa sobre rieles que desaparecían al azar.

—Mamá, papá —gritó, con voz entrecortada, igual que un radio con mala recepción porque su cuerpo oscilaba entre sólido y gaseoso.

Desde su precaria posición, veía que Sósimo rodeaba los hombros de Alba con un brazo, mientras que, con el otro, acunaba la cabeza de su esposa contra el pecho. Perpleja, Maité examinaba su entorno con ojos desorbitados y pronto se dio cuenta de que estaban en una pequeña avioneta.

La desvencijada máquina se desplomó otros quince metros y Maité soltó un grito mudo. Con cada relámpago parpadeaban a la vista la frente grasienta del piloto, el panel de control con todos sus interruptores e indicadores, y el piloto que lo golpeaba como si le estuviera dando reanimación cardiopulmonar.

—¡Funciona, carajo! ¡Funciona! —Pero las agujas de los diales revoloteaban inútiles—. ¡Maldita sea, *mayday*! —rugía el piloto, mientras los labios de Alba formaban la oración silenciosa que zumbaba en los oídos de Maité a pesar del estruendo que los envolvía.

Relámpago tras relámpago iluminaba la cortina de lluvia afuera. Maité carraspeó y trató de hablar, pero no podía. Le dolían los brazos por el esfuerzo de mantenerse anclada.

—*Figlia! Ti amo, figlia!* —exclamó Sósimo sobre los insistentes *maydays* del piloto. Alba levantó la mirada y dejó de rezar. Sus ojos incrédulos se posaron en su hija.

—¡Maité! —imploró Alba.

A pesar de la confusión, Maité entendió lo que estaba a punto de suceder. Enfocó su atención aterrada en sus padres.

—¡Mamá! ¡Papá! —Su voz no se quebró esta vez.

—Te amo, Maité. Debes ser fuerte, mi cielo —gritó Alba, su voz superando el estruendo—. No temas por nosotros.

—¡Nunca te olvidaremos! —añadió Sósimo con voz ronca y los ojos vidriosos, como ensimismado por la aparición de su hija dentro de la cabina.

—¡Este aparato se va a partir por la mitad! —gritó Maité, sin atinar a saber cómo sujetarse mejor en el convulso compartimento—. ¿Hay paracaídas? Tenemos que salir de aquí —dijo desesperada, aunque sabía que era inútil.

—Es demasiado tarde, mi amor. Por favor, recuerda siempre cuánto te amamos —suplicó Alba.

Los relámpagos iluminaban la cabina con destellos rojo sangre, permitiéndole a Maité preciosos segundos para ver la sonrisa angustiada en el rostro de su padre. Aunque asustada y con los ojos llenos de lágrimas, su madre parecía reconciliada con su destino. Sósimo envolvió nuevamente a Alba en sus brazos.

—Maité, todo terminará muy pronto —dijo Sósimo, su voz parecía temblar tanto por la emoción como por los crueles sacudones de la desdichada nave.

—Lo siento, amigos —interrumpió el piloto, ajeno a la presencia de Maité—. Sujétense, porque nos vamos a estrellar.

—¿Que qué? —dijo Maité, descontrolada—. ¡Esto no puede ser! Se supone que vamos a California a ver los Redwoods la próxima semana. ¿No se acuerdan? —«Por qué miércoles estoy pensando en Redwoods cuando estamos a punto de estrellarnos»—. ¡Mamá, papá! ¡No!

La avioneta se fue en picada; Maité cayó de espaldas contra la pared que dividía la cabina del piloto y los pasajeros, y ya no pudo moverse. Alba y Sósimo estaban casi sobre ella, colgando de sus cinturones de seguridad.

—¿Por qué está todo rojo? —gritó Maité.

Dos manos muy fuertes la despegaron de la pared, aprisionándole los brazos a sus costados. Su inicial sorpresa se volvió rabia al sentirse impulsada hacia la puerta de la nave. Maité empezó a luchar contra aquellas manos, pues no estaba dispuesta a abandonar a sus padres. Todo era caos. ¿Cómo se las había arreglado el grasiento piloto para agarrarla? «¿Por qué miércoles no está tratando de aterrizar este cacharro con alas?».

Maité vio de refilón al piloto y se sorprendió de que estuviera en su asiento, en la cabina, tal cual donde debía estar. Se retorció para ver, de una vez por todas, quién la sujetaba. Entre destellos rojos vio una melena de cabello castaño y un par de ojos color ámbar que la miraban con temor mal disimulado.

—¿Quién eres?

Otro violento destello de luz roja y tuvo que volver la mirada hacia a sus padres. Quería ir hacia ellos, pero los poderosos brazos la sujetaban con más fuerza. En ese momento, ya sabía que no era el piloto.

El motor tosió sus últimos segundos con vacilantes crujidos.

—¿Por qué está todo rojo? —repitió Alba, pareciendo notar, por primera vez, la luz antinatural dentro y fuera de la avioneta. En silencio, cuestionó con la mirada al hombre que sostenía a Maité. Al no recibir respuesta, Alba se dirigió a su hija.

—Maité, mi amor, despierta. ¡Despierta ya!

Por la ventanilla de la nave, Maité vio la cresta de una enorme ola que se alzaba para devorarlos.

Maité había cumplido el último pedido de Alba. Abandonó a sus padres, un instante antes de que la avioneta se estrellara en el mar, y se despertó. Doblada sobre el lavabo, en la casa de Emily, Maité dejaba que el agua se llevara sus lágrimas. El corazón le martilleaba en el pecho, dominado por el dolor.

Capítulo 9

La puerta del baño se abrió con un leve crujido, pero Maité igual se sobresaltó.

—¡Em!

—Lo siento, no sabía que estabas… —bostezó Emily, y ladeando la cabeza añadió—: ¿estás bien? ¿Qué ha pasado?

Maité desvió la mirada y cerró el agua, dudando de sí misma. Tal vez no había sido más que un mal sueño.

—¿Estás llorando? ¿Por qué?

«No fue un sueño».

—Mi mamá y mi papá murieron. —Maité trató de tragarse el nudo que crecía en su garganta, pero el terror estalló dentro de ella, más horrible que antes, porque ya tenía la certeza de lo que había pasado. Debía enfrentar la realidad.

—*Dammit*, M, ¿de qué estás hablando? ¿Acaso alguien ha llamado?

—Están muertos. Yo lo vi suceder. —Su estómago se convulsionó, impidiendo el escape del terrible grito enroscado dentro de ella.

Emily la agarró por el cuello del camisón.

—¡Respira, M, respira, *please*!

Era una orden bastante simple, pero a Maité le parecía tan imposible como intentar detener un relámpago. De todos modos, hizo lo que pudo por mantenerse erguida y respirar mientras Emily seguía hablándole.

—Es que no puede ser. Has tenido una pesadilla; todo el mundo tiene pesadillas, especialmente después de comer tanta comida mexicana antes de acostarse. ¿Cuántos tamales te comiste?

—¡No fue la comida! —gimió Maité, apartándose de su amiga y sentándose en el borde de la bañera, dominada por la náusea—. Lo vi todo en mi sueño —dijo escupiendo en el inodoro la saliva que se acumulaba en su boca—. Estaban en una avioneta. Hubo una terrible tormenta. El piloto dijo que iban a estrellarse. Y así fue. Cayeron al mar.

Emily negaba con la cabeza, meciéndose donde estaba, pues no había suficiente espacio para pasearse por el baño.

—M, sabes que eso no puede ser verdad. Tiene que ser solo una pesadilla feísima, ¡horrible!

—Voy a despertar a la tía V. —Maité se levantó del borde de la bañera y alcanzó la puerta, pero esta se abrió sin que ella la tocara.

—¿Qué pasa? —susurró Verónica, haciendo saltar a Maité y a Emily—. Me pareció oír que discutían —dijo mirando de una a la otra.

—Tía V —comenzó Maité, pero se atragantó con el resto de sus palabras, temblando descontrolada.

—Maité, mi amor, ¿qué pasa? —Verónica la tomó en sus brazos de inmediato.

«Mi amor —pensó Maité—. Eso es lo que dijo mamá justo antes…».

—Tenemos que llamar al hotel —increpó, soltándose de los brazos de Verónica y enfrentando su rostro preocupado.

—¿Por qué? ¿Qué te ha pasado? ¿Estás bien?

—Ha tenido un sueño muy feo, mamá —ofreció Emily.

—¿Qué fue, Maité? ¿Qué soñaste? —instó Verónica inquieta y apartando los mechones desordenados de su cara.

Entre sollozos, Maité revivió el sueño en voz alta, retorciéndose bajo las miradas de horror que Emily y Verónica le lanzaban al escuchar los lúgubres detalles.

—¡Basta, Em! —suplicó ella—. Me miras como si yo hubiera causado la tragedia.

—Pero no sabemos que haya pasado, cariño —la tranquilizó Verónica.

Emily apartó la mirada.

—Lo siento, M, no fue mi intención. Es tan…

—Es por eso por lo que tenemos que llamar. Necesito saber —sollozó Maité. «No fue un sueño», insistía para sus adentros, sin sentir las caricias de Verónica.

—Bien, vamos abajo y hagamos la llamada.

—Gracias, tía V —dijo Maité un tanto aliviada, pero ya sentía la fría garra del dolor que significaría confirmar el siniestro.

—Las agencias de tránsito aéreo perdieron contacto con la avioneta hace unas horas, pero apenas disminuya la intensidad de la tormenta comenzarán la búsqueda —dijo Verónica luego de hablar con los hoteles en Guadalupe y en las Islas Vírgenes.

Maité asintió desconsolada, reconstruyendo y repasando las últimas acciones de sus padres según lo detallado durante las dos llamadas. El día en que Alba y Sósimo debían emprender su regreso, el vuelo programado de Guadalupe a las Islas Vírgenes se había cancelado debido a una huelga local. Contemplando también la repentina tormenta que se perfilaba, el conserje del hotel en Guadalupe les había recordado que, si no llegaban a tiempo a las Islas Vírgenes, perderían su conexión a Ft. Lauderdale. El conserje los refirió a Oliver García, el propietario de una pequeña nave, que justo en ese momento estaba en el vestíbulo discutiendo el transporte de equipaje olvidado de Guadalupe a las Islas Vírgenes.

A pesar de las nubes amenazantes y los fuertes vientos que soplaban, Alba y Sósimo agradecieron al conserje y se dirigieron, con su piloto privado, Oli, al aeropuerto. Con su gorra de béisbol roída, su mugrienta camiseta sin mangas y sus pantalones cortos deshilachados, Oli explicó, indiferente, que la tormenta se dirigía hacia el sur y que lo peor ya había pasado.

—*No' juimo'* —instó confiado.

Sósimo pagó los pasajes a Oli y, alrededor de la medianoche, él y Alba, junto con tres maletas olvidadas, abordaron la destartalada nave bimotor que tenía más facha de remolque con alas que de avioneta. Nunca llegaron a las Islas Vírgenes.

«La tormenta fue real, igual que la pesadilla». Un frío sepulcral se apoderó de Maité. Del otro lado del fuerte abrazo de Verónica, Emily lloraba silenciosa.

—Vamos, chicas, vamos. —Verónica las condujo de regreso a la habitación de Emily, donde se acomodaron en la cama, una a cada lado de ella. Hablándoles muy quedo, Verónica intentaba tranquilizarlas, alisándoles el cabello, besando las mejillas empapadas de lágrimas y ofreciéndoles pañuelitos de papel.

—Las autoridades nos mantendrán informadas. No debemos sacar conclusiones precipitadas —Verónica murmuraba y Maité se aferraba a aquellas palabras como a un bote salvavidas.

Después de cambiarse a la otra cama, con la cabeza en la almohada, Emily cerró sus ojos llorosos y pronto se quedó dormida. Maité se ovilló en su cama y, aunque tenía los ojos abiertos y fijos en un punto de la pared, estaba lejos de estar consciente. Tras el naufragio de sus emociones, se sumergió en lo más profundo de sí misma, ajena a las caricias de Verónica y al leve roce del pañuelo que secaba sus lágrimas.

—Estoy aquí, mi amor —susurraba Verónica—. Yo velaré por ti; puedes contar con ello.

Maité no podía responder; solo sentir el escozor de nuevas lágrimas antes de que empaparan su almohada.

La luz rojiza del sol ya se filtraba por las persianas anunciando el comienzo de un nuevo día. Sus ojos se cerraron en mustia despedida a la única vida que Maité conocía.

Capítulo 10

Maité despertó y salió de la habitación cerca del mediodía sintiéndose agotada y vacía por dentro. Su vientre famélico se quejaba, pero la idea de comer le repugnaba. De camino a la cocina, pasó por delante del despacho, donde espió a Verónica mirando por la ventana, sin moverse, por lo que decidió no molestarla.

Maité se sirvió un poco de agua y se la bebió pensando que lo único que lograría con ello sería reponer su suministro de lágrimas. Sus ojos estaban hinchados y como inyectados en sangre. No se sentía nada bien, por lo que decidió volver a la cama.

—Hola —saludó Maité con voz ronca, pasando nuevamente frente al despacho.

Verónica se volvió bruscamente. Lanzó una mirada cautelosa hacia ella, pero no respondió. Tenía el teléfono pegado a la oreja.

—Hablaremos más tarde. Maité está conmigo ahora. Yo cuidaré de ella.

Maité articuló un «Lo siento», decidiendo, al vuelo, no volver a la cama. Se dirigió a la sala de estar, preguntándose si había escuchado bien. «¿Con quién hablaba de mí en español?». Por un maravilloso instante, se le ocurrió que Alba había sobrevivido y que había llamado a Verónica de inmediato para tranquilizarlos a todos. Pero era inaudito que

Verónica no hubiera gritado semejante noticia a los cuatro vientos.

—Hola, M —murmuró Emily, todavía en pijama y tomando asiento junto a Maité. Los ojos hinchados de Emily eran apenas un par de rendijas y lucía esquelética con sus pantalones cortos de franela y su camisilla.

Maité escuchó a Verónica colgar el teléfono y se le encogió el vientre preguntándose otra vez por qué y a quién había mencionado su nombre.

Verónica finalmente entró a la sala con su taza de café.

—Hola, mis niñas —dijo mirando de Maité a Emily con evidente preocupación.

—Hola, mamá —dijo Emily, luego, a Maité por lo bajo—. ¿Y ahora qué pasa?

—Ni idea —contestó ella, ansiosa por formular la inquietante pregunta.

Como para ganar tiempo, Verónica besó a cada una en la frente, colocó su taza en la mesa y se acomodó parsimoniosa en su mecedora.

Frotándose los ojos con una mano, Emily preguntó entre bostezos.

—*Any news?*

Maité trató de calmar su respiración, pero algo en el semblante atribulado de Verónica se lo impedía. Tanto así que poco a poco, Maité avanzó hasta el borde del sofá como si del respaldo hubieran brotado agujas. «Realmente no veo cómo podrían empeorar las cosas», razonaba Maité mientras los segundos se dilataban, hasta que no pudo más.

—Tía V, lo siento, pero te escuché decir mi nombre en el teléfono hace un momento…

Nada podría haber preparado a Maité para la respuesta de Verónica, quien, con los ojos llenos de lágrimas y un inesperado tono de culpabilidad en su voz, respondió:

—Eh… estaba hablando con tu abuelo.

—Que ¿qué? —soltó Maité, atónita. A su lado, Emily le apretujó la mano con desesperación.

—Tu madre nunca te habló de él —se disculpó rápidamente Verónica.

Un profundo rubor le coloreó el rostro a Maité y el tempestuoso latido de su corazón retumbaba en ecos entre su pecho y sus sienes. Ya casi no sentía su mano de tanto que la apretaba Emily.

—¿Cómo es eso? ¡Un abuelo!

—Se trata del padre de Alba. Su nombre es Fernando Gonzaga —dijo Verónica retorciéndose los dedos, su taza de café olvidada por completo.

—*Gosh, mom*! ¿Te volviste loca? —dijo Emily, mirando incrédula a su madre y luego a Maité—. ¿Verdad que no tienes abuelos?

Maité abrió la boca, pero no supo qué decir. Por supuesto que tenía abuelos, pero siempre había pensado que estaban muertos.

—Sí que los tiene —dijo Verónica—. En realidad, solo le queda uno —añadió abatida.

—¡Imposible! La tía Alba nunca habló de un abuelo —insistió Emily—. Y tú tampoco, nunca lo mencionaste. ¿Qué está pasando?

Demasiados pensamientos correteaban por la mente de Maité. Fernando Gonzaga. ¿Cómo es que su madre nunca había tenido a bien contarle que tenía un abuelo vivo? Gonzaga. Un personaje que aparecía de la nada el día después del accidente de sus padres. ¿Por qué? Convencida de que el tema no terminaba ahí, presionó a Verónica, casi con enfado.

—¿Qué quería? ¿Cómo supo que podía llamar aquí? ¿Acaso lo llamaste tú?

Una sombra oscureció el rostro de Verónica.

—Siempre he tenido su número y ¿cómo no iba a contarle sobre la desaparición de tu madre? ¿Mi cielo, no estás de acuerdo en que había que decírselo?

Maité vaciló, aturdida.

—Pues sí, si mamá es su hija, claro que… Pero ¿cómo puede ser, tía V? Siempre pensé que sus padres estaban muertos. Aunque nunca lo dijo de frente, siempre lo dio a entender. ¿Por qué la intriga?

—Alba se proponía hablarte de él y de lo que pasó algún día. Nunca se me ocurrió que él... —Verónica se encogió de hombros y respiró pausadamente, como tratando de ordenar sus pensamientos.

Maité seguía en el borde del sofá.

—Ya, pero, entonces, ¿qué te dijo?

—Te lo juro. Nunca se me ocurrió que reaccionara así.

—Reaccionar cómo, mamá. ¿Es que se viene para acá? —tanteó Emily.

—No, cariño. Por ahora, solo me ha pedido que lo mantenga informado de todo.

Preguntándose por qué Verónica evitaba mirarla, Maité retomó el sondeo.

—¿Y qué más?

Emily empezó a tamborilear los dedos.

—Él quiere que vayas a España a vivir con él —soltó Verónica y se cubrió la boca con la mano, sofocando un sollozo.

Maité sintió las palabras como un latigazo en carne viva. Con la mente dándole vueltas, se dejó caer contra el respaldo del sofá, a la vez que Emily se levantó de un salto y empezó a cubrir el largo de la sala a grandes trancos.

—*Are you crazy*? Ni siquiera sabemos si los padres de Maité están muertos. ¡Puede que todavía estén flotando en el océano! —espetaba Emily en furibundo vaivén—. Y no es solo que M no quiere irse a vivir a España, sino que ¿a quién se le ocurre obligarla a que vaya a vivir con un completo desconocido? ¡En un país extraño, nada menos! Y otra cosa ¿cómo sabemos si él es realmente su abuelo? Ni siquiera tiene el mismo apellido que la tía Alba. No, *no way*! Esto no va a pasar, simplemente no pasará, es ridículo. Es...

La revelación no tenía ni pies ni cabeza; Maité no podía hacer más que escuchar los desvaríos de Emily en mudo asombro. Sus ojos la seguían sin verla. «¿Cómo hago para entender esto? Necesito saber por qué mamá...».

De repente, los pensamientos se le congelaron en el cerebro a la vez que se le taparon los oídos. En ese instante también, un espesor sensorial la envolvió como con una pesada manta. Su piel se volvió densa, igual que cuando le adormecían la boca en el dentista, excepto que la sensación se regó por todo su cuerpo. Sensuales labios rozaron sus oídos. Maité se estremeció. El aliento de alguien, cálido pero distante, inyectaba suspiros por todo su ser.

Maitagarri...

Al escuchar aquellas exóticas sílabas, se le puso la piel de gallina. Sintió que sus terminaciones nerviosas intentaban, sin éxito, salvar el nuevo grosor de su piel. *Maitagarri*. La entonación parecía venir de labios sonrientes.

Maité sentía desvanecerse, pues un silencio etéreo lo envolvía todo, como si de repente la hubieran encerrado en una celda acolchada. Todo sonido fuera de los límites de su cuerpo había sido bloqueado. Un miedo espantoso le invadió el corazón; no podía entender lo que pasaba, pero la sola insinuación de la serenidad encapsulada en aquella palabra, que ni siquiera entendía, la guardaba de perder la cordura por completo.

Emily continuaba despotricando y paseando furiosa, mientras Verónica se limitaba a seguirla con la mirada. Maité no oía nada, y tampoco quería, salvo el susurro: *maitagarri*.

Vislumbró, en un lugar soleado, la sonrisa aflorar en labios generosos, mientras el eco de la palabra la recorría entera. Era apenas una palabra, pero transmitía tantas sensaciones deliciosas. «¿De dónde conozco esa palabra? Yo sé que la he escuchado antes...».

El cálido hormigueo en sus oídos empezó a menguar. Maité dedujo que pronto podría volver a moverse. Aunque perturbada por el invasivo incidente, tuvo que admitir que había sido una experiencia grata, aterradoramente personal y profunda, pero, aun así, muy agradable.

Cuando ya podía escuchar otra vez, empezó a tomar conciencia del palabrerío que continuaba saliendo de Emily, pero pronto se encontró con los ojos curiosos de Verónica. «Debe haber notado mi distracción —pensó, alarmada, y desvió la mirada—. La tía V no sabe que estoy oyendo voces en mi cabeza. ¿Será que me estoy volviendo loca?».

La realidad era que, durante unos preciosos segundos, esa voz, esa sensación, fuera lo que fuera, la había sacado de su conmoción y dolor y la había transportado a una realidad alterna. Aunque solo por unos instantes, Maité sintió algo más allá de la intensa desesperación de las horas anteriores, y aquello le pareció más que suficiente motivo para atesorar la experiencia secreta. Por más breve que había sido, había encendido una esperanza inesperada en su corazón, una esperanza que desafiaba toda razón.

Capítulo 11

Tres días después del fatal accidente de Alba y Sósimo, y de que Fernando Gonzaga reclamara custodia de Maité, las autoridades locales de las Islas Vírgenes abandonaron la búsqueda. Habían encontrado solo un chaleco salvavidas, desgarrado, a dos millas de las últimas coordenadas reportadas por el piloto. Los vientos, semejantes a aquellos en plena temporada de huracanes, habían sido tan fuertes y el oleaje tan violento que arrasaron toda esperanza de localizar y, mucho menos, recuperar los restos del siniestro.

Tal fue el informe oficial que recibió Maité. Sentada a la mesa, frente a la cena que apenas había tocado, Maité asimiló que, a partir de ese momento, era una huérfana, menor de edad y que nada podía evitar que su abuelo la arrancara de su país. Él era su pariente más cercano y, por lo tanto, responsable de ella. Levantó su mirada hacia Verónica y Michael, que, a su vez, la contemplaban con la sombría conformidad de quien, voluntariamente, apropia la catastrófica pérdida de otro.

Alba y Verónica habían sido como hermanas desde la escuela primaria. Al cumplir la mayoría de edad, viajaron juntas, de España a los Estados Unidos, dispuestas a cambiar su mundo lleno de marchitas tradiciones por uno lleno de frescas experiencias y oportunidades de trabajo. La juvenil promesa de ser como hermanas hasta que la muerte las separara, en un asilo de ancianos, la llevaban escrita en sus corazones y nunca flaquearon. Desde el momento en que Maité aprendió a hablar, Verónica había sido su tía V, así como Alba era la tía Alba para Emily y Gabriel.

Por su parte, Michael Allen había perdido a su mejor amigo y socio en el estudio de arquitectura de Bottini & Allen. La creación de la empresa había sido el objetivo de Sósimo al dejar su bella Italia, después de la muerte de su madre, y había señalado a Michael como su futuro socio. Los dos jóvenes habían completado sus estudios de arquitectura en la costa este de los Estados Unidos, donde se habían conocido. Poco después de graduarse, Sósimo, febril de emoción por el auge de la construcción en el oeste, los convenció a todos de que su futuro estaba al pie de la cordillera Wasatch, en Utah.

Desde el otro lado de la mesa, Maité vio que los ojos de Michael se llenaban de lágrimas y se preguntó si estaría recordando aquellos tiempos; tal vez él también se imaginaba el pequeño automóvil, atiborrado con las pertenencias de las dos parejas de recién casados, viajando rumbo al sol poniente. Maité había escuchado la historia y había visto las cintas de ocho milímetros innumerables veces.

Al ver que Verónica apretaba la mano de su marido, Maité desvió la mirada, negándose a presenciar incluso ese pequeño gesto de cariño, resentida con sus propios padres por su ausencia. Miró por la ventana, odiando el sol de verano que aún brillaba afuera, preguntándose por qué diablos no se apagaba para siempre. Emily le sirvió más leche a Gabriel y él se la bebió en silencio.

Maité sabía que habría que cumplir con los rituales funerarios tradicionales, incluso sin que se ungieran los cuerpos de sus padres. Se dio cuenta de que había estado alimentando una morbosa esperanza de verlos por última vez, aunque solo fueran sus cadáveres. Ardientes lágrimas nublaron sus ojos otra vez. «Mamá y papá están muertos y nunca los volveré a ver».

Por la mañana, una semana después de la horrible pesadilla en la que fue testigo de los últimos momentos de sus padres, Maité se dirigió a la cocina y se sentó a la mesa indiferente. Tomó una tostada de la bandeja y empezó a mordisquearla. Frente a ella, Emily, que había recuperado el apetito, aunque no su ánimo de siempre, se aplicaba diligente al enorme bollo de canela glaseado, cuatro grasientas salchichas y huevos revueltos con queso derretido. Entre cada bocado, se despachaba un trago de leche, recordándole a Maité que ella también debía beber algo de líquido.

Se sirvió un poco de agua preguntándose otra vez cómo era que el cuerpo delgado de su amiga podía devorar tanta comida.

—El secreto está en el metabolismo —había asegurado Emily con un chasquido y un guiño. Aquel lejano día pestañeaba ligero en su memoria, pero, aun así, el recuerdo le dibujó una pequeña sonrisa en los labios, la primera en días.

Maité estrujó su servilleta, con la mitad de su tostada escondida en ella, y la tiró a la basura. Volvió a llenar su vaso con agua y subió las escaleras para darse una ducha. Verónica la atajó en el pasillo y le dio un fuerte abrazo.

«No hay manera de escapar de lo que va a suceder hoy», pensó Maité, apoyando la cabeza en el hombro de Verónica. Dos ataúdes vacíos iban a ser enterrados y, aunque no veía sus cuerpos, tendría que aceptar que sus padres estaban realmente muertos. Se entregó al abrazo maternal de Verónica, dejando fluir un torrente de desesperados sollozos. Todo su cuerpo temblaba y sentía la garganta entumecida por las emociones ahogadas que no podía expresar. Alba y Sósimo pronto estarían simbólicamente bajo tierra, fuera de su alcance para siempre. Superar aquel dolor le parecía una hazaña imposible.

Maité demoró en la ducha, llorando todo el rato. Las lágrimas le quemaban la cara y apenas registraba el agua que le mojaba el cuerpo. Una corriente de fantasiosos devaneos agravaba su perpetuo estado de reflexión interior hasta que, poco a poco, dejó de distinguir entre pensamientos y delirio. La asaltó una visión de su madre, adormilada en brazos de su padre. Estaban apoyados contra el tronco de un árbol. Una tierna brisa jugaba con el cabello de Alba y ambos respiraban serenos, al unísono. «Están en el cielo», se consolaba Maité, apoyando su frente en los azulejos mientras el agua corría.

Renuente a vestir de negro por fuera, como ya lo estaba por dentro, Maité sacó una camisa blanca del armario y una falda tubo color gris. Cepilló su cabello y lo ató en una cola de caballo. Su rostro, aunque cansado y pálido, todavía retenía la caricia del verano que contrastaba con sus ojos grises.

—Cada vez que te miro, vuelvo a creer en las hadas —le había dicho a menudo su padre—. Eres mi princesa de las hadas.

Nuevas lágrimas inundaron sus ojos y Maité le dio la espalda al espejo.

El sol brillaba en lo alto del cielo azul. La gente desfilaba apagada entre hileras de bancas acomodándose en puestos cerca del altar en la iglesia Saint Bartholomew. Maité y Emily se sentaron en la primera fila, con el resto de los Allen. Dos ataúdes cerrados se encontraban frente al sagrario. Dentro de ellos se encontraba el vestido de novia de Alba y el esmoquin que Sósimo había insistido en comprar para la íntima ceremonia de boda años antes. Maité y Verónica acordaron que aquellas eran las prendas adecuadas para enterrar en su lugar.

Su vida como la hija de alguien había terminado. A pesar del apoyo que significaba la cálida mano de Emily sobre la suya, una ola de miedo brotó dentro de Maité. Con una leve pero reconfortante sonrisa, Emily la abrazó muy estrecho y así permanecieron durante toda la misa.

Normalmente, en el verano, Emily usaba una gorra de béisbol, pantalones cortos y camisetas sin mangas, pero ese día llevaba una falda negra y blusa de seda color carbón, seguramente del armario de Verónica. Sus gastados *sneakers* habían sido reemplazados por sandalias negras. Se había cepillado y trenzado el cabello, el rostro lavado y sin maquillaje, y en sus ojos brillaba el tenue rastro de lágrimas.

Ver a Emily tan cambiada, aunque fuera solo por ese día, agregaba otra capa de entendimiento a la realidad de Maité, mostrándole lugares desconocidos en su corazón de donde destilaba dolor con nuevos matices.

La misa de reconocimiento por la vida de sus padres fue breve pero elocuente, y luego empezó la solemne procesión de concurrentes que desfilaban lentamente frente a los ataúdes. Maité se enterneció al ver a muchos de sus compañeros de clase, inclusive Finn, quien se volvió afligido hacia ella. Maité lo sintió estremecerse cuando la abrazó y le dio unas palmaditas en la espalda. Finn la besó en la mejilla, en muda congoja, antes de avanzar hacia Emily.

Maité se volvió hacia la siguiente persona en la larga fila, sin encontrar consuelo alguno en el rito. Aunque se le hacía imposible no reconocer tanta buena voluntad a su alrededor, Maité solo anhelaba que todo terminara. No le encontraba nada de cierto hoy a la vieja máxima que decía «La miseria ama la compañía», y es que no quería que la abrazaran, ni que la miraran con lástima, y tampoco quería sentirse mejor. Su estómago dio un gruñido y se arrepintió de no haber comido más que media tostada en el desayuno. El oleaje de mareos empezó a golpearla.

Finalmente, con los ataúdes asegurados dentro de la carroza fúnebre, Maité y los Allen encabezaron la procesión hasta el cementerio. El tramo de cuatro millas entre Saint Bartholomew y The Good Shepherd Memorial Park demoró treinta minutos.

Dentro de la limusina, proporcionada por la funeraria para la familia de los difuntos, la ansiedad de Maité crecía como una malaventurada nube negra en el cielo azul. «¿Cuándo terminará este día?», pensaba inquieta en el asiento junto a Emily.

Por fin, llegaron al cementerio. Al cabo de otra media hora, todos se habían amontonado alrededor de las tumbas.

Maité quería gritar para aliviar su impotente irritación. El sacerdote pronunció las bendiciones necesarias para el descanso de las almas de sus padres, y dirigió unas últimas palabras de consuelo en beneficio de la huérfana. Maité ya casi no veía ni oía.

El inclemente sol le acuchillaba la cabeza y el calor racheado auguraba un desmayo que Maité ahuyentaba oscilando su peso de una pierna a la otra. Mechones sueltos le hacían cosquillas en las mejillas, y sus sienes latían al ritmo acelerado de su corazón.

Para enzarzar el cuadro de su congoja, se le taparon los oídos.

Maité miró a su alrededor atontada; brotes de lavanda se mecían con la brisa cálida, pero no podía olerlos. En la tumba más cercana, una ráfaga traviesa volcó un jarrón con flores, pero nadie le prestó atención. El espeluznante grosor de la piel se apoderó de ella otra vez, aislándola del mundo exterior.

Todo ante sus ojos se desvaneció en sombras plateadas. En surrealista progresión, Maité vio abrirse la tapa del ataúd de su madre. Alba se levantó, no como lo haría un zombi en una película de ciencia ficción, pero como quien despierta de la siesta, en su propia cama, y le dedicó una radiante sonrisa.

«*Holy crap*! Ahora sí que perdí la cabeza». Maité no podía apartar la mirada del ataúd abierto. Sabía que estaba cerrado, sabía que no había nada allí, excepto el vestido de novia de Alba, pero igual las piernas le temblaban y los escalofríos la recorrían de pies a cabeza.

Se sentía desmadejada, atrapada dentro de su piel, que parecía haber aumentado cinco centímetros de grosor. Todo sonido a su alrededor cesó y de un lugar muy dentro surgió el susurro de una voz masculina: «*maitagarri*».

Maité no sentía ya el calor del verano, se concentró en la visión de su madre para que no se desvaneciera sin darle una explicación. Pero Alba sonrió enigmática. El fervoroso murmullo en su oído desapareció, al igual que el espejismo del ataúd abierto. «¿Dónde está papá?», se preguntó, sintiéndose perdida, sola, derrotada, a punto de derrumbarse.

Los ataúdes desaparecían ya en la tierra. Creyó oír el giro de las poleas. Los largos tallos de lavanda volaban horizontales. Mechones sueltos ondeaban sobre su rostro, pero no podía mover ni un dedo para apartarlos. El sacerdote masculló algo acerca de la vida eterna y el eco de sus palabras pareció ampliar un posible ataque de pánico en Maité. Se le aceleró la respiración.

«Perdida la cabeza, sin remedio». Sus extremidades todavía le pesaban. No se molestó en intentar moverse porque sabía que su cuerpo no respondería.

—Me siento mal —gimió.

Emily dejó caer el puñado de tierra que pretendía arrojar sobre los ataúdes y de un salto estuvo a su lado. El sacerdote dejó caer su libro de oraciones y se dirigió hacia ella. Lo último que sintió Maité fueron los brazos de Emily y de Verónica sosteniéndola, antes de que su cuerpo colapsara.

Empezó a tomar conciencia por grados y, entretanto, Maité soñaba. Con los ojos cerrados, se aferraba a la silueta de sus padres, caminando de la mano, en un largo tramo de playa. «Cálida y salina», pensó.

En algún lugar de su mente, sabía que estaba de regreso en la casa. La voz de Emily y el leve crujido de la silla que se mecía en la fresca sala de estar llegaron a oídos de Maité, lo que la alejó del pequeño paraíso por el que caminaban sus padres.

«Adiós», les dijo, pero ellos no se volvieron.

—Hacía demasiado calor —observó Emily.

—Lo sé. Pero tampoco es extraño, con todo lo que ha pasado —murmuró Verónica, alisando el cabello de Maité. Luego, con una nota de irritación en la voz, agregó—: ¡ya, Emily, que la silla no va a despegar!

Pensando risueña en cómo Emily maltrataba la mecedora cada vez que se sentaba en ella, Maité comenzó a espabilarse.

—Lo siento —dijo Emily y el crujido cesó de inmediato.

Verónica cambió el paño húmedo de la frente de Maité. Sus párpados revolotearon y se abrieron.

—Te ves mucho mejor, mi cielo —sonrió Verónica alentadora.

Pero Maité no se sentía mejor. Aunque añoraba despertar de la pesadilla, la realidad no presagiaba alivio.

Maitagarri.

Pensó en contarle a Emily y a Verónica sobre la extraña voz, pero decidió no hacerlo. «Pensarán que estoy loca. —Maité se puso de costado con las rodillas recogidas—. Es que lo estoy».

—Ya ves, mi cielo, el fresco de la casa te ha hecho bien —dijo Verónica con dulzura.

Maité hipó.

—¿Qué pasa, cariño?

—Justo ahora, digo, en el cementerio, me pareció ver a mi mamá, ¿sabes? —dijo Maité, decidiendo ahorrarles toda la visión de Alba incorporándose y saliendo del ataúd.

—Oh, mi cielo, ha sido un día tan difícil. Pero, aunque no lo creas, te hace bien pensar en tu mamá y en tu papá como eran, llenos de vida, llenos de amor por ti.

Cruelmente, el cerebro de Maité le mostró las caras de Alba y Sósimo, transmutadas por el pánico antes del accidente.

—Sí, tía V —dijo ella con voz apagada y Verónica continuó, ajena a la confusión de Maité.

—También sería bueno que empieces a pensar en San Sebastián. Es una ciudad hermosa y...

Emily, que había reanudado su abuso para con la mecedora, detuvo el movimiento en seco, acatando la amenazante mirada que Verónica le lanzó.

—Sí, M, tal vez un viaje no es cosa grave. Espera y verás.

—¿San Sebastián? —Maité se apoyó en un codo, secándose las lágrimas de un zarpazo. Extrañaba tanto a sus padres.

—Sí, así se llama la ciudad donde Alba y yo vivíamos, donde todavía vive tu abuelo.

—No lo sabía —balbuceó Maité, avergonzada por su apatía. ¿Cómo era que ni siquiera se había molestado en averiguar algo tan básico?

—Es una ciudad maravillosa. Te va a encantar —exclamó Verónica, sonando contenta de tener una distracción que ofrecer.

—¿Cuéntanos cómo es? —dijo Emily meciéndose moderada.

Maité se reacomodó en el sofá.

—¿Por dónde empezar? ¡Vaya! Espérenme que ahora vuelvo con fotos. —Verónica corrió escaleras arriba y, un par de minutos después, regresó con una caja llena de postales y fotografías, que vació sobre la mesa frente a las chicas.

—¡Es en la playa! —aplaudió Emily, mostrándole a Maité una postal en la que coloridas tablas de *surf* surcaban las crestas de olas azules.

Atacada de curiosidad, Maité se acercó al borde del sofá para ver mejor. Todo este tiempo había considerado su próximo destino como un gran agujero negro, pero, en ese momento, mirando las imágenes frente a ella, su porvenir comenzó a revestirse de soleada posibilidad.

—*Wow*! Mira, mira... ¡Es que tienes que ver esto! —exclamaba Emily poniendo más y más fotos frente a Maité.

—Es hermoso —murmuró ella.

Verónica sonrió satisfecha.

—Definitivamente, lo es.

Maité dio la vuelta a la postal que tenía en la mano y leyó en voz alta.

—Bahía de la Concha. —La playa en forma de luna creciente era demasiado perfecta; lucía falsa, como si hubiera sido retocada.

Verónica, que miraba por encima de su hombro aquello que Maité tanto admiraba, dijo:

—La casa de tu abuelo da a esa bahía.

La corta frase la recorrió como un escalofrío y Maité se sumergió en el paraíso de tarjetas postales llenas de sol. Por el espacio de un latido, se vio a sí misma en una ladera, barrida por el viento, desde donde dominaba la misma escena que sostenía en su mano. Una sonrisa tembló en sus labios al sentir que, de alguna manera, ya había respirado el aire cálido y salino de esa costa lejana.

Esa noche, Fernando Gonzaga hizo una tercera llamada telefónica para informarle a Verónica que el boleto electrónico de Maité la esperaba en el mostrador de la aerolínea. No pidió hablar con Maité, pero aseguró que alguien estaría en el aeropuerto de San Sebastián para recogerla dentro de dos días.

Verónica colgó el teléfono y le repitió la conversación a Maité.

—Es un hombre muy importante —balbuceó—. Yo sé que se preocupa por ti, estoy segura de ello, aunque creo que está fuera de la ciudad en estos días por negocios.

Maité se encogió de hombros como si no le importara, pero le pareció de muy mal agüero que su abuelo, su único pariente vivo, la despreciara así. «Le pagaré con la misma moneda —pensó—. Lo ignoraré hasta que se arrepienta de haber enviado por mí».

—No importa, tía V —dijo serena—. Me da igual si está en el aeropuerto o no.

—Lo siento mucho, cariño. Creo que las cosas no van a ser fáciles para ti sola con él.

—Si así resulta —respondió Maité—, yo puedo ser una gran dificultad hasta que se arrepienta de haberme llevado para allá.

—¡Eso! —Emily le palmeó la espalda.

—Y, además, solo será por un año, porque después de cumplir los dieciocho, volveré a la casa de mis padres.

—Así es, mi cielo —agregó Verónica—. Para entonces, la casa estará a tu nombre.

De regreso en la habitación de Emily, estirada en la cama, Maité meditaba sobre sus infortunios. Nunca se había sentido tan impotente como en ese momento. Su madre y su padre habían muerto y se habían llevado con ellos su hogar, sus planes, sus ambiciones e incluso su identidad.

«¿Quién me dará su opinión sobre la universidad? ¿Quién me aclarará las cosas cuando las opciones se vuelvan confusas? ¿Quién me indicará que cometí un error? ¿A quién perteneceré? ¿Y quién me pertenecerá a mí?». Maité suspiró frustrada. Resistiendo el impulso de arrancarse el pelo, se frotó los ojos y la cara como atacada por una irresistible comezón.

—¿Qué voy a hacer? —masculló, aplastándose los párpados hasta que su campo de visión se volvió un mar de puntos brillantes. Fue así como, al abrir los ojos y cuando se le aclaró la vista, espió el violín que Sósimo le había enseñado a tocar. El instrumento la llamaba desde un rincón de la habitación de Emily, luciendo desdeñado.

Algo se avivó dentro de ella. Maité tomó su violín y lo tocó por primera vez desde la muerte de sus padres. Las conmovedoras notas del aria «Voi Che Sapete» de *Las Bodas de Fígaro* la envolvieron como un dulce perfume. Era la favorita de sus padres.

La extrañeza de volver a sostener el instrumento que había tocado todos los días, desde los seis años, pronto se desvaneció. Su ánimo se serenó bajo el hechizo de la música; cerró los ojos, apoyó el mentón contra la madera barnizada y en su cabeza destellaron visiones de un apuesto y musculoso hombre haciendo girar a una hermosa joven. Se miraban raptos bajo el dosel de los árboles, y Maité se preguntaba cómo era que sus padres podían lucir tan diferentes en su imaginación.

Sabiendo que la música se escucharía por toda la casa, exhaló satisfecha, pues quería compartir con los Allen el sentimiento de esperanza que le producía tocar para Alba y Sósimo; era como sentir otra vez el cálido y musical abrazo de su padre.

Que las personas que bailaban al son de su violín no eran sus padres la eludió por completo.

Capítulo 12

Toda travesía, de la más larga a la más corta, arranca con un primer paso, solía parafrasear Alba. La mañana del viaje, Maité despertó zozobrando en melancolía y, a medida que pasaban las horas, la marea de desesperanza amenazaba con ahogarla. No lograba encontrar una razón para continuar; nada la satisfacía. Nada podía reemplazar el único consuelo que deseaba, que era simplemente que sus padres no hubieran muerto.

Emily había sembrado la idea, hacía apenas unos días, de que, tal vez, un viaje no era cosa grave, lo cual había picado su curiosidad, pero aquella curiosidad se asemejaba demasiado a una dichosa ilusión que Maité se sentía obligada a rechazar.

Mientras Verónica conducía, la agitación de Maité, en el asiento del pasajero, iba en aumento. En menos de treinta y cinco minutos llegarían al aeropuerto internacional de Salt Lake City. El sedal que la anclaba a su hogar se tensaba con cada kilómetro que recorrían: estaba a punto de romperse y disparar a Maité hacia lo desconocido.

—Te enviaré un *email* cada dos horas, y mejor sea que me respondas y me digas cómo vas —sentenció Emily desde el asiento trasero, conectándose a un par de auriculares y revisando las diversas aplicaciones y accesorios que había instalado la noche anterior en el ordenador de Sósimo, que se llevaría Maité—. Ya cargué las direcciones de *email* que vas a necesitar, obvio, la mía también. Así que no te olvides de chequear cada dos horas.

—*Okay* —dijo Maité, sospechando que no tendría la energía para responder a todos los mensajes que Emily planeaba enviar.

Tras unos minutos de silencio, como sintiendo su confusión, Verónica sugirió vacilante.

—Sabes, tu madre y yo fuimos mejores amigas desde la escuela primaria...

Maité no se atrevió a mirarla. «Me alegro —pensó amargada—. Eso solo significa que la conocías desde antes que yo. Que la disfrutaste más que yo». Lágrimas, como ácido, quemaron la tierna piel alrededor de sus ojos. Maité quería gritar y rabiar por la crueldad de sus circunstancias. Era una botella corchada a punto de estallar, y la impotencia en el tono de Verónica, al hablar del pasado, le colmó la medida.

Algo dentro de Maité se rompió y de súbito fuera de sí, empezó a gritar:

—¿Es que nadie lo entiende? Nunca volveré a ver a mis padres. ¡Nunca! No lo puedo aceptar. No sé qué hacer. ¿Qué debo hacer? Solo quiero... —Pero lo que Maité quería era imposible. Se cubrió la cara con las manos y rugió desquiciada mientras Verónica maniobraba hacia el arcén de la autopista y Emily, arrancándose los auriculares de un tirón, agarraba a Maité como podía por los hombros, pues aún llevaba puesto su cinturón de seguridad.

—*It's gonna be okay*, M, en serio. Vas a estar bien —aulló Emily, como un cachorro herido.

Maité se secó las lágrimas, enfadada:

—Quiero abrazarlos, quiero reír con ellos otra vez. Pero no puedo. Nunca podré volver a hacerlo. Y me muero de miedo. ¿Qué miércoles voy a hacer en España? ¿Qué?

Abrazando el asiento para abrazar a Maité, Emily suplicó:

—*Please*, M, no llores más.

—No puedo. Quiero que vuelvan hoy —sollozó ella, admitiendo en voz alta la desesperación que la consumía a causa de la horrible verdad que, hora tras hora, le rompía el corazón y que, aun así, no podía creer.

Verónica encendió las luces de emergencia y salió corriendo del auto. Abrió la puerta del pasajero y acunó a Maité en sus brazos por varios segundos, hasta que, como poseída de deliberada inspiración, Verónica dijo:

—Mírame, Maité. —Y ella obedeció, aunque no podía parar de llorar.

—Escucha, mi amor —Verónica sonrió cautelosa—. Vas a encontrar a tu madre en San Sebastián. —Eran palabras huecas que Maité no podía ni quería entender. Pero Verónica continuó—. Vas a estar en la misma casa en que tu mamá vivió la mayor parte de su vida y allí la vas a encontrar.

A través del caleidoscopio de sus lágrimas, Maité enfocó a Verónica y por fin empezó a asimilar lo que le decía. Las palabras surtieron el efecto de un fugaz bálsamo y la noción de descubrir la niñez de Alba en San Sebastián, antes de venir a los Estados Unidos y casarse con su príncipe italiano, cautivó a Maité. En ello, vislumbró un comienzo. Con un lloroso resuello, apoyó su cabeza en el hombro de Verónica, procesando lentamente la nueva idea.

Verónica la besó en la frente.

—Un día a la vez, mi cielo —dijo ella, sobándole la espalda—. Un instante a la vez, si es necesario.

Maité se enderezó, dejando que la curiosidad por la historia de su madre se apoderara de ella. Se secó los ojos con el pañuelito de papel que Emily le pasó.

—*Okay*, tía V. —Sintiéndose un poco restablecida preguntó—: ¿qué pasó exactamente entre mi mamá y su papá?

—Es una historia compleja —dijo Verónica—. Supongo que el problema más grave era que Alba y su padre tenían temperamentos muy parecidos.

—¿Quieres decir que su papá es un poco obstinado como mi mami?

Verónica soltó una risita.

—Eso sería una ambigüedad. Yo diría que tu abuelo es un perfil en terquedad, mientras que tu madre era apenas una principiante.

—Entonces, ¿por qué fue la gran pelea? —instó Emily que se había metido entre los asientos delanteros para escuchar mejor—. ¿Tuvo que ver con que tú y tía Alba se vinieron a vivir acá?

Maité lucía animada y Verónica le dirigió la respuesta a ella.

—La pelea no fue por nuestro viaje. Fue porque, a los tres meses de llegadas a Nueva York, Alba decidió que no volvería a España después los doce meses acordados por su padre.

—*Dang, mom.* ¿Qué es eso de solo doce meses? —reclamó Emily y Maité se lo agradeció en silencio, pues el ansia de control que suponía el mentado acuerdo le parecía sospechoso.

—Mi cielo, el padre de Alba tenía opiniones muy tradicionales sobre cómo su hija debía vivir su vida.

—Entonces, lo acordado era que mi mamá pasara un año en Nueva York y luego regresara a España. ¿Para qué? —preguntó Maité.

—Tu abuelo había escogido a alguien para ella y, al enterarse de que Alba se había atrevido a escoger por su propia cuenta, tu abuelo se descontroló. El hombre que él creía ideal para su hija la esperaba en San Sebastián, un tal Emilio Córdoba, si mal no recuerdo. Alba había accedido a casarse con él, pero solo si podía tener un año para ella sola. Un año para experimentar la vida antes de someterse a la voluntad de su padre.

—*What a drama!* ¿Y él le creyó esa mecha? ¿Que volvería en doce meses? —dijo Emily con un chasquido burlón.

—Cuando tu abuelo se enteró de la existencia de Sósimo, pensó que Alba había perdido la razón. Sósimo tenía que ser un «bueno para nada, un estafador, una basura», y tu madre ciertamente debía aspirar a algo mejor —dijo Verónica.

—¿Eso dijo de mi papá? —preguntó Maité, sintiendo un odio instantáneo hacia su abuelo.

—Con esas mismas palabras —respondió Verónica—. Pero tu madre estaba realmente enamorada y no había vuelta atrás. Ya sabes cómo era ella cuando se le metía algo entre ceja y ceja. —Maité, que sabía muy bien cómo era eso, sonrió llorosa—. El señor Gonzaga esperaba que Alba recapacitara a tiempo, pero después de un par de meses sin nada más que discusiones, sin que ninguno cediera, tu mamá recibió una carta de él diciendo que la retiraría de su testamento a menos que ella renunciara a su ridícula idea de casarse con ese vagabundo cazafortunas.

El pecho de Maité se hinchó de indignación escuchando el relato. Toda la historia sonaba como una telenovela. No podía imaginar qué clase de hombre podía considerar a Sósimo un cazafortunas y, peor, vagabundo. Para Maité, su padre siempre había sido un príncipe, el príncipe de su madre.

—¿Entonces qué hizo ella? —Maité instó.

—Alba envió su propia carta.

—¿Que decía qué? —apuró Emily.

—En realidad, era más nota que carta. Decía: «Lo necesitarás en algún momento, estoy segura de ello». Y Alba engrapó una copia de su certificado de matrimonio en esa nota. La fecha del certificado y del timbre era la misma, y, peor aún, en el certificado constaba que Alba había renunciado al apellido de su padre, Gonzaga, y optado por el de su madre, Santillán.

—Eso explica lo del apellido. Me preguntaba por qué mamá no tenía el mismo apellido —dijo Maité, alumbrada.

Emily dejó escapar un pasmado *«Wow»*. Verónica asintió.

—No exagero. El día de su boda fue una locura; correteamos por toda la ciudad para obtener un formulario de cambio de nombre y luego los análisis de sangre y la licencia de matrimonio. Lo hicimos todo el mismo día para que tu mamá se diera el gusto de enviar el certificado justo después de la ceremonia, para restar así toda importancia a las amenazas de su padre.

—Wow! —repitió Emily.

Verónica volvió a asentir, pero, cuando habló, su voz tenía un ligero matiz de pesar.

—Ese día también, Alba se despidió de España. Estaba tan desconsolada por la negativa de su padre y su cruel rechazo que decidió terminar con él y con todo su pasado en ese momento.

—¿Por qué estaba tan en contra de mi papá? ¿Era porque mi papá empezó de cero?

—El señor Gonzaga es un hombre acaudalado y nadie discute que su patrimonio es grandioso. Creo que esa es la fuente de su interminable orgullo. Tus antepasados, por el lado de Alba, han sido miembros destacados de la alta sociedad durante generaciones en San Sebastián. Para tu abuelo, una alta posición social lo es todo. No es difícil imaginar lo que significó para alguien como él que su única hija se casara con un *estafador italiano* en lugar de un español de buena cepa.

Maité arrugó su nariz ante esto.

—¿Por qué pensaba que mi padre era un estafador?

—Oh, todo fue una tontería por parte de tu abuelo. Nunca conoció a Sósimo, nunca le interesó conocerlo. Solo sabía que era pobre y provenía de una familia sin nombre. A partir de ahí, fue fácil para él concluir que Sósimo había manipulado la mente de su única hija. Imaginó un futuro plagado de cartas, que llegarían a diario, pidiendo dinero. Así se lo dijo a Alba, pero eso solo reforzó su convicción de lo equivocado que estaba el señor Gonzaga —dijo Verónica.

—*And then, what?* —apuró Emily, sacudiendo el respaldo del asiento.

—Nunca conocí a un hombre tan trabajador como tu papá, Maité. ¡Qué intrepidez! No importa cuán desesperada su situación, la sonrisa en el rostro de Sósimo nunca se desvanecía. Siempre confiaba en que las cosas saldrían bien. Si tu madre estaba perdidamente enamorada de él, él lo estaba peor aún por ella. Incluso lo metieron en la cárcel una vez por darle una serenata a tu madre y perturbar la paz —rio Verónica.

Lágrimas brillaron en los ojos de Maité. Estaba segura de que, si su padre había perturbado la paz, era por lo tarde que era, nunca por cantar mal. Según Maité, ni siquiera Bocelli superaba a su papá a la hora de cantar.

—En realidad, nos dio serenata a las dos, ya que tu mamá y yo aún vivíamos juntas —agregó Verónica—. Tu madre y yo vaciamos nuestros ahorros para pagar la fianza. Habíamos ahorrado quinientos dólares para el depósito de un pequeño apartamento en lugar del dormitorio que compartíamos en una pensión.

—¿Vivían en una pensión? —exclamó Maité—. Ella nunca me contó eso.

—Seguro porque no quería que te formaras una idea equivocada. Hoy en día no es la mejor opción para un par de jovencitas —dijo Verónica mirando a Emily de soslayo.

—¿Y luego qué pasó? —apuró nuevamente Emily.

—Eso fue todo. —Verónica se encogió de hombros—. El romance de Alba y Sósimo era contagioso. Nadie podía evitar ser feliz estando cerca de ellos.

—Poco después de que se casaron, en una de las muchas tardes que la visité, tu papá llegó del trabajo con un amigo. Sósimo entró bailoteando con un puñado de geranios que había recogido de la jardinera afuera de su edificio. Besó a tu mamá —Verónica tocó levemente la mejilla de Maité— y luego se volvió hacia mí diciendo: «Aquí te traje un esposo», así sin más. Te diré, mi cara pasó por al menos siete tonos de rojo. Quería meterme debajo de la mesa —admitió Verónica negando con la cabeza—. Pero, cuando miré al presunto futuro esposo que Sósimo me había traído de una de sus clases de dibujo, algo en sus ojos me dijo que yo también le había gustado y bastante.

—Ese era papá, ¿verdad? —preguntó Emily.

Verónica se frunció con fingida indignación.

—¡Por supuesto! Pero, volviendo al abuelo de Maité, según él, la situación financiera de Sósimo sería una lucha constante para Alba y por ello él hubiera preferido ver a tu mamá casada con alguien ya establecido tanto social como económicamente.

—Ni siquiera puedo imaginarme eso —observó Emily—. ¿Cómo puede la gente ser tan rara con el estatus y el dinero?

—Tienes suerte, Maité —declaró Verónica—. Te criaron en un hogar donde se preciaba la lealtad y el respeto, y el carácter lo medían según la capacidad de amar y de soñar de cada uno. Nunca olvides eso, mi amor, no importa a dónde vayas o lo que te pase, ¿de acuerdo?

«La capacidad de soñar», repitió Maité para sus adentros.

—No, tía V, no lo olvidaré.

Los Donaldson

Capítulo 13

Aunque las lágrimas todavía brillaban en sus ojos, Maité sentía su espíritu aquietarse por grados y aquello la animaba. Verónica volvió al asiento del conductor y pronto arrancaron nuevamente. Maité cerró sus ojos, sintiendo el movimiento del auto retomar la autopista.

La larga cadena de imágenes sobre la vida de Alba en España se perdía en el horizonte de su mente. La curiosidad que ello le causaba era un calmante para sus heridas. Sin querer, comenzó a reconstruir el andamio emocional que no había hecho más que desmoronarse, una y otra vez, en los últimos días. «Quizás esta vez permanezca en una sola pieza».

Alba había tenido una vida en San Sebastián, una vida de la que Maité no sabía nada. Pero lo iba a descubrir al seguirle los pasos a la joven que se había convertido en su madre.

Verónica estacionó en el garaje frente a la terminal y se bajaron del auto en silencio. Entregaron la maleta de Maité en el mostrador de la aerolínea y con solo el violín y la computadora portátil como equipaje de mano, se encaminaron hacia el control de seguridad. Como no había cola y habían llegado temprano, decidieron esperar juntas un rato más.

La conversación fue ligera y Maité contribuyó lo que pudo a pesar de que, en su cabeza, revoloteaban los detalles que Verónica había compartido minutos antes. Emily se distraía con ajustes en la configuración del ordenador, mientras que, al otro lado de Maité, Verónica suspiraba. Tal vez se preocupaba por lo que sería de la hija de su mejor amiga, sola en San Sebastián, con un abuelo al que nunca había conocido y sin nada más que el recuerdo de sus padres para sostenerla. Maité miró a Verónica y asintió. «Tal cual lo que me preocupa a mí».

—Creo que es hora —dijo Maité señalando a la veintena de pasajeros que hacían cola para el control de seguridad.

—*Okay*, mi amor —respondió Verónica dándole un fuerte abrazo y un beso.

—Cuídate —aconsejó Emily, abrazándola también y meciendo a Maité de lado a lado hasta que soltó una risita.

—Así lo haré —Maité dijo sorprendida de sentirse cada vez más ansiosa por subirse al avión. Más vale temprano que tarde, solía decir su madre.

—Que tengas un buen vuelo —dijo Verónica—. Recuerda llamarnos cuando llegues.

—*Mom*! Me va a escribir —la corrigió Emily.

Después del control de seguridad, Maité las saludó por última vez. Más ávida que triste, se dirigió a su puerta de embarque, atenta a los anuncios por el altavoz. Cuando por fin llegó la hora, Maité se enfiló con los demás pasajeros. Los inquietos latidos en su pecho abrumaron su calma. Este era el primero de tres vuelos, después de los cuales empezaría una vida nueva en otro país.

Se deslizó por el estrecho pasillo del avión, maniobrando violín y ordenador, y, cuando ubicó su asiento, se dejó caer en él, sofocada porque el aire acondicionado aún no estaba funcionando. Finalmente, los autorizaron para despegar. El motor rugió debajo de ella y la aceleración la prensó al respaldo de su asiento. Maité se esforzó por contener el súbito pánico que revoloteó en su vientre. No se atrevía a cerrar los ojos porque sabía que vería imágenes del último avión en el que había estado. Y ese vuelo no había salido nada bien.

Se agarró de ambos reposabrazos, repitiendo la oración que le había enseñado su madre.

—Dulce Virgencita, cúbrenos con tu manto y llévanos a nuestro destino sanos y salvos.

Ardientes lágrimas rodaban por sus mejillas, repitiendo las palabras invocadas por Alba segundos antes de morir. Mas, al estabilizarse el avión, Maité recuperó algo de su sosiego y, en rauda progresión, acudieron a ella los más recientes detalles en la hoja de vida de su madre. Maité comenzó a preguntarse si el plan que había formulado de regresar a los Estados Unidos ni bien cumpliera los dieciocho años sería truncado a deshora, como había sucedido felizmente con Alba.

Lo único que el señor Gonzaga había logrado con su categórico rechazo había sido que Alba hiciera lo que su corazón le pedía. Maité se dejó inspirar por la audacia de su madre. Cerrando la ventanilla con un risueño suspiro, fijó la mirada en un punto indiferente de la cabina hasta que, por grados, la rueda de pensamientos cansados la sumieron en un trance.

El conocido espesor de la piel se apoderó de ella. Se le taparon los oídos y Maité movió la mandíbula para disipar la presión, pero fue inútil. La profunda voz masculina invadió sus sentidos como antes, tal como lo había hecho aquella mañana en el cementerio. Sin la energía ni las ganas de romper el hechizo, Maité se rindió, atreviéndose a considerar lo que aquella atrayente voz le decía. «*Maitagarri*, eres valerosa».

Un cierto regocijo palpitaba en el breve refrán, recordándole la brillante sonrisa de su madre cuando se sentó en el ataúd, tan despreocupada como quien se sienta en la banca del parque. Aquel recuerdo fue lo último que vio Maité antes de caer en un sueño ligero, arrullada por la voz.

«*Maitagarri*, ven a mí...».

—Allá voy —murmuró cabeceando.

Alba estaba a su lado. De la mano, salieron del cementerio. Al cruzar el portón de hierro, las cosas que debían estar ahí, como Monroe Boulevard y el campo desocupado de Weber Applied Technology Center, se desvanecieron. Maité y su madre estaban en medio de un bosque alpino, fresco y verde. El aroma espeso de pino y tierra fértil disimulaba un perfume dulce que Maité no lograba identificar.

—Son las flores de azahar —le dijo Alba, pellizcando un pétalo blanco entre sus dedos, deleitándose en su olor—. Es raro, ¿no? No se me hubiera ocurrido que naranjos o limoneros crecieran aquí.

—¿Dónde es aquí, mami?

—No lo puedo asegurar, pero diría que estamos en los Himalaya. Lo único que no cabe en esta maravillosa espesura son los árboles de cítricos.

—¿Será que estamos en el cielo?

—No, mi amor. Es solo un sueño.

—Te extraño tanto, mamá.

—Lo sé, muñeca mía, pero vas a estar bien; sé que así será.

«*Maitagarri*», suspiraron los árboles, y madre e hija atisbaron ilusionadas el verdor, pero no vieron a nadie.

—*Maitagarri*, pronto llegarás. —La voz las acarició contagiándolas de júbilo.

—Es ese tipo otra vez —dijo Maité, pensando en la voz sonriente que venía escuchando hace días.

—Lo sé. Mejor sea que averigües quién es y qué quiere —dijo Alba con una sonrisa críptica en su rostro lleno de sol.

—¿Tú sabes quién es?

Alba volvió a mirar a su alrededor.

—No. Pero, ¿sabes?, creo que estamos en España.

El sonido amortiguado del bar móvil avanzando por el pasillo iba en aumento y pronto rompió el letargo de Maité. Cuando abrió los ojos, el efímero sueño retrocedió a su subconsciente llevándose hasta el más mínimo recuerdo de él.

Reacomodó la pequeña almohada y respiró hondo, desconcertada por el aroma floral que no podía identificar. Enterró el rostro en la almohada y aspiró de nuevo, encantada con el fugitivo aroma, dudando que fuera su champú. Fuera lo que fuese, se sentía tranquila y reposada, incluso cuando su mente repasó la cansada serie de eventos que la habían puesto en ese avión.

Milagro de milagros, el escozor de sus amigas las lágrimas no la quemó y el nudo asfixiante tampoco bloqueó su garganta. Maité exhaló aliviada.

Segunda parte

Al mundo de las hadas no solo se llega por aire, mar o tierra.

Si has de atender el llamado feérico, entorna la mirada y sortea todo paso en falso. Toma la transversal hacia la vertiente de los murmullos y… ¡bienvenida seas!

Descubrirás que aquí es preciso creer para ver. La paradoja se torna lógica cuando las hadas levantan la telaraña que oculta dimensiones y, solo de su mano, entrarás en la suya.

Qué encantos aguardan, ahora que los señoriales se disponen a compartirlos.

Deleita tu humano mirar en la hechizante lluvia de luz que es su morada o reposa bajo oscura manta, salpicada de estrellas, en manifiesto ensueño.

La dimensión feérica comprende un bien para cada mal y un respiro renovador para cada electrizante emoción.

El llamado feérico acecha en el mudo resplandor de la luna llena; entra por los ojos y anida, sin remedio, en el corazón.

Capítulo 14

Deambulando por los atestados pasillos del aeropuerto O'Hare de Chicago, Maité sentía que una riada de energía recorría su cuerpo cansado. Las hordas de empresarios y turistas que pasaban junto a ella, a la carrera o gastando tiempo, la contagiaban con una sensación de propósito. A pesar de su tragedia, avistaba una aventura diferente a todo lo que había experimentado. Tal vez por el puro agotamiento de la constante desesperanza, o tal vez gracias a la influencia de Emily, Maité sonrió cuando el indómito llamado de lo desconocido comenzó a hechizarla.

Al escuchar el anuncio de abordaje por el altavoz, el corazón le galopó en el pecho. Se armó con su violín y ordenador, y se puso en fila con todos los españoles que regresaban a su tierra. Mirando a su alrededor con disimulo, pescaba fragmentos de conversaciones en español aquí y allá, y, detectando el acento de su madre en los fluidos diálogos, sintió surgir su bravura.

«Una conexión más —pensó tomando su asiento—. Madrid y luego San Sebastián». Una vez en el aire, para pasar el rato, Maité encendió el ordenador. Repasó las capturas de pantalla que Emily le había compartido. Leyó sobre San Sebastián y el País Vasco hasta que le dolieron los ojos, seguro Emily aplaudiría semejante nivel de empacho intelectual.

Estirándose para aliviar la espalda, y pensando en que ya llevaba más de cuatro horas de vuelo, Maité se sintió animada y alerta. Sin embargo, después de la cena, la idea de que era la una de la mañana en casa la hizo caer en un estupor instantáneo.

La gente comenzó a levantar sus ventanillas y la luz del día la asaltó por todos lados. Con los ojos inyectados en sangre, Maité vio el bar móvil en la parte trasera del avión y se dio cuenta de que se había perdido el ajetreo del desayuno.

La voz del piloto por el altavoz la hizo saltar. Llegarían a Madrid en menos de una hora. La escala en Barajas de Madrid duró apenas tres horas, durante las cuales tuvo que hacer aduana, pasar por inmigración y volver a chequear su equipaje.

—El baño tendrá que esperar —masculló, corriendo para tomar el autobús de la terminal internacional a la nacional.

Agarrándose el costado, que le dolía por la carrera, Maité se acercó al mostrador disponible y respondió a las preguntas que le hizo el representante de la aerolínea. Con su tarjeta de embarque en mano, sin aliento y acalorada, Maité abordó la embarcación más pequeña que la llevaría a San Sebastián. Guardó el violín en el compartimento superior y se dejó caer en su puesto. Colocó el ordenador en el asiento vacío a su lado y se frotó los ojos.

—¡Necesito una cama!

El piloto anunció un retraso de veinte minutos y Maité dejó escapar un gemido desanimado. Cerró los ojos, lo que alivió la trasnochada al instante, pero también se le taparon los oídos y aquella voz la invadió otra vez.

«*Laister ikusiko dugu elkar, maitagarri…*».

Sus extremidades hormigueaban bajo la pesada manta que la envolvió.

—¿Qué diablos dices? —bostezó Maité. Creyó escuchar una respuesta, pero no pudo reaccionar. Se había convertido en papilla dentro de su gruesa piel y, rindiéndose ante la completa impotencia que sentía, se dejó llevar a un mundo donde todo le era transmitido en destellos. «Una imagen vale más que mil palabras —pensó o se lo recordaron—, más aún cuando se la puede aspirar y sentir».

En la rojiza oscuridad detrás de sus párpados, la sensación de alivio se volvió un inesperado placer. La impresión amodorrada de que el avión había despegado se apoderó de Maité, pero, en contraste con aquella noción, la infectó una reflexión muy cuerda; era algo más allá del avión despegando. Algo muy diferente que no lograba entender. Su mente exhausta le ofrecía explicaciones sin sentido, hasta que un instante antes de quedarse dormida, su cerebro le lanzó una última sugerencia: realidades superpuestas.

«Sí. Eso sí puede ser», pensó Maité, y cayó en un profundo sueño, donde la fantasía y realidad fluían indistintas.

Un par de ojos color marrón la miraban de hito en hito, sin burla ni malicia, solo con la inefable emoción de haber hecho contacto. Un destello de cabello oscuro y piel bronceada. Un hombre arrimado al grueso tronco de un árbol con la corteza lacrada por añejos pliegues. El fuerte aroma a pino y tierra fértil llenándole los pulmones. La cegadora luz del sol brillando en la superficie de un lago.

Sus pupilas se contrajeron, incluso debajo de los párpados. Bajos sus pies descalzos, la arena se sentía tibia y azucarada.

—*Maitagarri* —dijo el hombre.

Maité ansiaba verlo bien, pero temía suspender su vuelo astral con el mínimo movimiento. «Todo menos eso». Por fin estaba frente al hombre que había despertado su curiosidad con su llamado. Con un gesto cautivador, dirigió la mirada de Maité hacia una playa. Una palmera se destacaba de entre los pinos, y dos personas dormían a la sombra de sus frondas. «¿Mamá? ¿Papá?».

—*Laister ikusiko dugu elkar, maitagarri* —le repitió al oído.

—¿Pronto nos veremos? ¿Es eso lo que dices? ¿Qué tan pronto es pronto?

Cayendo en la cuenta de que había entendido el mensaje, a pesar del idioma, Maité se despertó sobresaltada. Meneó la cabeza, consternada, pues, con la sorpresa, no pudo escuchar su respuesta.

—Estabas hablando dormida —dijo la auxiliar de vuelo con un guiño, para gran alarma de Maité.

—¿Y qué dije?

—Nada revelador —respondió ella—. Algo sobre un lago y que pronto lo vas a ver.

Maité miró por la ventanilla, todavía turbada.

—Mmm, eso allá abajo no es un lago. El mar Cantábrico, ¿no?

—Correcto.

Maité ya estaba sobre su destino final. De trecho en trecho, a lo largo de la costa, se extendían muelles y malecones, como largos dedos sobre el agua. Los barcos de pesca se mecían y los veleros se deslizaban en la bañera de aceite azul verde que era la bahía. Gracias a las capturas de pantalla de Emily, Maité identificó la ciudad antigua de Fuenterrabía con la catedral elevándose sobre un mar de tejados de barro cocido. La parte más nueva de la ciudad se extendía a partir de la antigua, cubriendo el paisaje que, tiempo atrás, seguro había sido tan verde como las lejanas colinas.

La realidad era más emocionante que las imágenes a color que Verónica le había enseñado y, sin más, el deseo de bajarse del avión y verlo todo con sus propios ojos, incluso a su abuelo, la abrumó.

Capítulo 15

Madrid, España

En la terraza de un restaurante exclusivo en Madrid, Gonzaga escrutaba ceñudo la plaza y el jardín botánico a un costado del Museo del Prado. ¿Cómo era que su nieta pronto aterrizaría en San Sebastián y él estaba en Madrid? Apretó la barandilla, como queriendo arrancarla del propio piso y masculló:

—Lo correcto hubiera sido que yo la recibiera —desatando con ello la interminable pelea con su conciencia—. Si la niña ni siquiera me conoce, ¿qué importa quién la recoja en el aeropuerto? —dijo convirtiendo en suyas las conclusiones que Eva había formulado, al menos tres veces, durante su última *petite escapade*.

Gonzaga había vuelto a ceder a la lógica, o a la voluntad, de aquella mujer. No sabía a cuál y tampoco le importaba, pues no podía oponerse a ninguna. Era consciente de ello y lo consideraba un síntoma natural de estar enamorado, pero, a veces, cuando estaban separados, lo asediaba la inquietante sensación de que Eva lo manipulaba.

El lánguido interés con el que ella ejercía su influencia lo enloquecía y, a la vez, lo impulsaba a perpetrar impensables hazañas para conquistarla. También lo sumía en las viles profundidades de su naturaleza humana, donde humillarse ante ella ni siquiera le repugnaba. Se repetía para sus adentros que semejante pasión, que un amor como el de ellos, lo justificaba todo.

«Aun así, la madre de esa niña, mi hija, ha muerto». La débil voz de la razón persistía sobre ese punto y Gonzaga bajó la cabeza, por enésima vez, agobiado por el sentimiento de culpa. Un gruñido de derrota salió de él, pero la batalla no duraría. Todo lo que tenía que hacer era evocar ese nombre, Eva, para que la sensual genio se manifestara, dispuesta a conceder todos sus deseos, satisfacer sus anhelos más secretos con embrujadora destreza.

Gonzaga se tensó. Sin volverse, sus pensamientos se calmaron con solo detectar los ligeros pasos de Eva, que ya regresaba a su lado.

—¿No es Madrid una ciudad encantadora? —La misteriosa voz se enroscó en su oído, encendiendo esa llama abrasadora que despertaba de deseo cada milímetro de su cuerpo. Un par de brazos se deslizaron hábiles debajo de los suyos y lo abrazaron. Sintió cada curva del cuerpo de Eva amoldarse a su espalda.

El monólogo interno, la culpa, la preocupación y las dudas se esfumaron. Gonzaga exhaló e inclinó la cabeza hacia el rostro de Eva, atraído por el dulce aliento. El fuego de sus palabras aún ardía dentro de él; sus manos le acariciaban el pecho por encima de la camisa almidonada.

Cerró los ojos sintiendo a Eva a su alrededor.

—¿Puede algo ser encantador después de verte a ti? —preguntó a la vez que, con un movimiento fluido, la atrajo hacia sí y la besó bruscamente. Ella se lo permitió, dejando su mirada vagar por encima de su hombro hacia el magnífico paisaje, pero solo por un momento. Gonzaga reconoció la sensualidad calculada en la forma en que sus dedos le rozaban la mejilla y le arañaban el cuello. Eva lo turbaba y lo esclavizaba, y él se perdió una vez más en el palpitante roce de aquella piel. Incluso mientras su boca cubría la de ella, sintió los labios de esa mujer esbozar una sonrisa.

—Sí —suspiró ella y a él se le escapó un gemido, pensando que sería preciso regresar al hotel pronto.

Al ver que Eva por fin cerraba los ojos, como rindiéndose, las dudas que, tarde o temprano, lo asaltaban, se disiparon y se dijo una vez más que, donde la pasión era correspondida, no cabía la manipulación.

Capítulo 16

La aeronave aterrizó en San Sebastián a las 3:31 de la tarde. Maité exhaló aliviada, percatándose de haber acogido en su pecho el miedo subconsciente a estrellarse en cada uno de sus tres vuelos. Terminada su travesía, sin tragedias aéreas, se sintió ligera, libre del lóbrego peso. Por la ventanilla vio que no había un puente móvil, solo un tramo de escaleras que conectaron a la puerta del avión una vez que se detuvieron en la terminal.

Maité recogió sus cosas y salió al aire cálido y salino; evocador y antiguo, pero también espléndido y nuevo. Olía a un hogar centenario, un hogar llamado tierra, costa y montaña que se desplegaba frente a ella, invitándola a descubrirlo.

Tratando de acallar la inexplicable sensación de que aquel nuevo mundo era suyo, Maité bajó las escaleras. Siguió avivada a los otros pasajeros hacia la pequeña terminal, que constaba de dos puertas, un modesto Café que hacía las veces de tienda de regalos y, por lo que podía ver, solo tres mostradores de facturación.

No había carruseles de reclamo de equipaje, pero Maité encontró su maleta apilada contra la pared en la sección demarcada CUSTOMS -ADUANAS - INMIGRAZIO. Siguiendo el ejemplo de los otros pasajeros, Maité arrastró su maleta fuera del área de aduanas, preguntándose si en algún momento alguien pediría ver su boleto de reclamo de equipaje, su pasaporte o revisar su maleta. Nadie lo hizo.

No había carritos para cargar sus cosas. Sintiéndose acalorada y sudorosa por la breve caminata hacia la terminal, Maité se detuvo rodeada de sus pertenencias, observando cómo se dispersaban las personas que habían llegado con ella. Nadie la esperaba; nadie sostenía un cartel con su nombre.

Maité arrastró sus cosas al baño y salió unos minutos después, sintiéndose algo renovada. Nuevamente en el corredor desierto, Maité miraba la caja desatendida del Café, al solitario cliente escondido detrás de su periódico en una de las mesas. Se preguntó fastidiada cómo haría para llegar a la casa de su abuelo, pero tenía la dirección y supuso que no era cosa del otro mundo tomar un taxi.

—Porque al final de cuentas, no envió a nadie a buscarme —musitó colgándose al hombro el ordenador y agarrando su maleta y violín. Le dolía el cuello, le dolía la espalda, le dolía todo.

Afuera, el sol despiadado se empeñaba en partirle la cabeza. Haciéndose sombra con la mano, ojeaba la calle de arriba abajo en busca de un taxi. Nada.

—¿Será que tengo que pedir uno? —Sintiéndose por demás torpe, arrastró sus cosas de regreso a la terminal, donde por lo menos soplaba el aire acondicionado, en busca del teléfono público más cercano. Al ubicarlo, se dio cuenta de que no tenía euros y que el teléfono no aceptaba dólares.

—*Crap*. —Limpiándose el sudor de la frente, miró al único cliente del Café y se preguntó si él podría darle monedas por valor de un dólar. Tal vez hasta se comediría a llamarle un taxi. Maité empezó a recoger sus cosas otra vez cuando vio a un hombre entrando al aeropuerto. Sus miradas se encontraron, pues ella era la única otra persona en el pasillo vacío y él se apresuró a alcanzarla.

—*Crap* —masculló otra vez, viendo al hombre que se le acercaba a paso irritado. «¿A quién se le ocurre ponerse traje de tres piezas en este calor?» pensó y, aunque malhumorado, le pareció un hombre mayor, pero con un cierto atractivo.

Al alcanzarla, esbozó una sonrisa forzada que ni le llegaba los ojos ni le suavizó la voz.

—¿Señorita Maité Gonzaga? —inquirió en inglés con un leve acento británico.

—Maité Bottini-Santillán —lo corrigió a la defensiva y, arrepintiéndose de la brusquedad de su propio tono, estrechó la mano que él le ofreció sonriendo incómoda.

—Por supuesto, mis disculpas —dijo—. Tuve que estacionar el auto porque usted no estaba afuera, pero volveré a buscarlo ahora. Usted acerque sus cosas a la puerta, ¿le parece?

—Sí. Sí, lo siento, lo haré de inmediato. —Maité dedujo que de alguna manera ya había transgredido—. No sabía a quién esperar y no estaba segura de si alguien vendría a buscarme. Hacía tanto calor afuera, que yo...

—Bien, bien —la interrumpió despectivo dirigiéndose hacia la salida—. Vuelvo en un instante.

—¿Quién es usted? —reclamó ella, más fastidiada que apocada.

El hombre se detuvo. Giró sobre un talón y volvió a donde estaba Maité:

—Lo siento mucho, señorita —dijo esta vez con una sonrisa franca, como avergonzado de haber olvidado sus modales.

—Mi nombre es Emilio Córdoba —dijo con una breve inclinación de la cabeza, pero sin mirarla a los ojos. Tras aclararse la garganta, agregó—. Soy un buen amigo de su abuelo y curador del Museo de Historia del Arte de San Sebastián.

—Gracias, señor Córdoba, por venir a buscarme.

El señor Córdoba carraspeó nuevamente lanzándole una mirada culpable.

—Señorita Bottini, fue tan... Realmente lamenté mucho escuchar lo que sucedió con Alba. —Sus ojos se posaron en el rostro de Maité por un segundo y Maité sintió la sinceridad de sus palabras—. Vuelvo con el auto en un momento.

Lo vio salir al calor de la calle y Maité repitió aquel nombre turbada.

—Emilio Córdoba. *Córdoba.* —Era el escogido de su abuelo para Alba.

«Ni se compara con mi papá», pensó Maité, desdiciendo su impresión inicial de que, aunque severo, el señor Córdoba tenía un cierto atractivo.

Esperó dentro de la terminal hasta que vio un sedán plateado detenerse frente a la puerta. Ya en mangas de camisa, él abrió el maletero y ella tiró de su maleta, deseando que fuera la última vez, pues la sentía más y más pesada cada vez, y ya no aguantaba el dolor sordo que pulsaba entre sus omóplatos.

El calor de la tarde cobijaba la acera en difuso vapor y, en cuestión de segundos, Maité se sintió pegajosa otra vez. El señor Córdoba depositó la maleta y violín en el maletero, y ella deslizó el ordenador entre ellos.

—¿Se siente bien? —preguntó él, abriendo la puerta del auto. Maité empezó a sospechar que el carraspeo a cada rato era calculado para evitar que sus ojos se encontraran.

—Todo bien, de verdad. Solo cansada. Y hace tanto calor. —Maité lanzó una mirada recelosa al interior de cuero del vehículo.

—Ah, sí. En fin. —Cerró la puerta de Maité y se apresuró al lado del conductor. Puso en marcha el motor y de inmediato las rejillas de ventilación arrojaron aire caliente. De los parlantes salió la voz de un locutor de radio diciendo algo sobre una serie de conciertos en un parque desconocido.

—El viaje no será largo —prometió él subiendo el volumen.

Maité dedujo que no habría conversación y lo miró ceñuda, tratando de decidir si debía frustrar sus esfuerzos por evitarla. Que él había sido el prometido de su madre, de alguna manera, justificaba el deseo de Maité de provocarlo. No cabía duda de que el hombre se negaba a mirarla. «*Let it go*», pensó, razonando que seguramente le recordaba a Alba, pero sin acabar de entender por qué había él de incomodarse todavía después de tantos años.

—¿Conoció alguna vez a mi madre? —soltó ella.

—Hace mucho tiempo, sí —respondió, concentrado en conducir.

La breve respuesta sonó amarga y Maité prefirió no ahondar en la causa de su amargura y peor aún sus compunciones.

El locutor de radio terminó su introducción y comenzó una sonata de piano y violín. El sedán se deslizaba veloz en el tráfico ligero mientras Maité se distraía con uno de sus ejercicios favoritos: ponerle música de fondo a los momentos trascendentales de su vida. Qué mejor que el violín para fijar para siempre en su mente las primeras impresiones del País Vasco.

El aire acondicionado por fin empezó a enfriar y, en menos de media hora, entraron en la ciudad de San Sebastián. Altos edificios de apartamentos bordeaban la autopista y en muchos balcones había ropa limpia colgada para secarse. Observó divertida que no había ni un par de *blue jeans* en los cordeles.

El señor Córdoba tomó la rampa de salida marcada *Amara* hacia el oeste y rompió su silencio para llamar la atención de Maité hacia el río Urumea. Su tono fue seco y sus palabras escasas. Sin duda su intento de conversación parecía más una obligación que un deseo sincero de interesarla. Se preguntó si tal vez guardaba rencor por la negativa de Alba a casarse con él. Aquello sin duda explicaría el comportamiento poco sociable hacia la hija y, a partir de ese pensamiento, se le ocurrió lo angustioso que sería para él tener que hacer de chofer a la hija de la mujer que lo había rechazado.

«Y, si es así, qué pena», pensó Maité mientras él volvía a subir el volumen. El río Urumea, que fluía perezoso a lo largo de la carretera, la inundó con el súbito deseo de zambullirse y refrescarse en el agua resplandeciente. Llevaba más de veinticuatro horas enfundada en la misma ropa. Pero, la majestuosa arquitectura del otro lado del río pronto la distrajo. Atrás habían quedado los edificios de apartamentos. Todo lucía grandioso y ancestral.

Florituras de yeso adornaban cada borde, esquina y canaleta de lluvia de las grandes mansiones a lo largo de la avenida. Todas tenían cercado con portón, a través de los cuales se veían amplias escaleras que conducían a elegantes puertas principales. «Cómo le habrían encantado a papá estas mansiones», pensó, tragando grueso, pero maravillándose por igual de la espesa vegetación que brotaba alrededor de cada estructura. No tardó en decidir que el aspecto único de aquellas residencias se debía, en gran parte, a la vegetación viva y el deslumbrante brochazo de color de las buganvillas y geranios que saltaban a la vista por todas partes.

A medida que se acercaban a los enormes pilares a ambos lados de la avenida, Maité alcanzó a leer la placa de cobre en el más cercano: «PUENTE SANTA CATALINA». Al terminar de cruzar el viejo puente sobre el ancho río Urumea, una casona derruida atrajo su mirada. Era la única en semejante estado en toda la manzana. Sobresalía con el brío de unos pantalones cortos y camiseta entre vestidos de gala.

Como siguiendo su mirada, el señor Córdoba volvió a bajar el volumen y, sin apartar la vista del auto que iba delante de ellos, dijo:

—Mansión María Celeste.

Aquello no significaba nada para Maité:

—¿Perdón?

—Mansión María Celeste —repitió—. Esa residencia le pertenece a su abuelo.

—¿La casa tiene nombre? —dijo Maité asombrada.

El señor Córdoba soltó una risita, aparentemente accidental, pero asintió sin mirarla. El musgo brotaba de las grietas entre las losas de los cimientos de la María Celeste. Los arbustos y helechos, crecidos en exceso, junto con el estado general de deterioro de la casona, parecían causar el desprecio de los edificios adyacentes, que la desfavorecían con sus pulcros exteriores. Por razones inexplicables, aquello la incomodó sobremanera. Un instinto maternal, por completo irracional, se apoderó de Maité y declaró para sus adentros que, a pesar de su actual ruina, la María Celeste podría volver a ser la gran mansión que alguna vez había sido. Solo necesitaba un poco de atención.

Mientras duraba la luz roja, sus ojos recorrieron cada centímetro de la fachada descuidada, imaginando mampostería restaurada y pintura fresca, y los ventanales...

Algo, o alguien, se apartó de una de las ventanas del tercer piso. Maité se estremeció:

—¿Alguien vive ahí? —preguntó, conmocionada.

—No, señorita. Hace años que la casa está vacía.

—Pero ¿por qué? —Maité miró nuevamente hacia la ventana con su vidrio mugriento. Nada.

—Creo que nadie tuvo interés en restaurarla después del incendio —dijo el señor Córdoba, echando un vistazo a la casa que no mostraba rastros perceptibles de daños por el fuego—. Los dueños del Teatro María Eugenia —continuó, señalando el elegante edificio que flanqueaba la destartalada casona— han ofrecido a su abuelo comprarle la propiedad en repetidas ocasiones.

Aquello no le gustó para nada a Maité. Estropeada como estaba, la María Celeste era la encarnación de la posibilidad. El semáforo cambió y, si el señor Córdoba hubiera sido una persona más cálida, le habría pedido que se detuviera, que le contara sobre el incendio y le explicara por qué exactamente nadie quería arreglarla.

Absorta en visiones de restauración, continuaron el viaje en silencio hasta que Maité la perdió de vista en el espejo. Nubes como gazas ya se desenrollaban hacia ellos. Emily las llamaría, una capa marina. El señor Córdoba dio vuelta a la izquierda, alejándose del río por una ancha calle llamada Alameda del Boulevard. Ellos se deslizaban entre imponentes edificios que parecían albergar negocios y residencias, hasta que, de manera inesperada, los edificios ralearon y apareció el mar, resplandeciendo bajo el sol como un estanque de jade.

Maité se inclinó hasta donde se lo permitió el cinturón de seguridad para apreciar mejor el espectacular panorama. Devoró la espléndida bahía de la Concha, en vivo y en directo, registrando varias contradicciones en su interior: aquel esplendor la achicaba a la vez que la hacía sentir como el ser más afortunado del mundo. La atacaron los celos al pensar que otros ya disfrutaban de esto cuando ella apenas lo descubría y el inaudito deseo de ser parte de este descubrimiento, para siempre, empezó a oprimirle el corazón.

La bahía de la Concha era una perfecta medialuna. La postal que Verónica le había mostrado hacía toda una vida no empezaba a hacerle justicia. Nada le hubiera gustado más que tener a Emily a su lado, ese instante, para juntas desbordarse entusiasmadas al respecto. Era imposible reprimir una sonrisa de deleite; la realidad de la bahía estaba más allá de cualquier magia digital. Le sonrió al señor Córdoba y él asintió afable demostrando que comprendía su reacción.

La vereda bullía de gente en su descanso de la tarde. Las tiendas estaban cerradas, los restaurantes estaban abiertos y los hombres de negocios, las mujeres, los niños y los turistas corrían o paseaban por el paseo adoquinado con vistas a las arenas blancas y al agua cristalina.

Los árboles de tamariz, con sus copas aplanadas, eran parasoles verdes a lo largo de las aceras, tal como en las postales. Regalaban su sombra a cualquiera que quisiera sentarse en los bancos debajo de ellos.

Una vez más, Maité apenas pudo contener su deseo de escapar del auto, lanzarse al agua y dejarse acariciar y refrescar por las olas, y ser parte del gentío que tomaba el sol sobre la blanca arena. Ajeno a las fantasías de Maité, el señor Córdoba giró a la izquierda otra vez, alejándola de aquel milagro óptico, y comenzaron a subir por una colina empinada, sombreada por cedros y castaños a ambos lados. En cuestión de segundos, todo rastro de la playa desapareció.

Capítulo 17

Pazo Santillán, San Sebastián

El portón de hierro forjado estaba abierto. Al pasar, Maité vio la mitad de una S labrada en cada hoja que, al cerrarlas, completarían la letra. «S de Santillán —pensó Maité satisfecha mientras el sedán rodaba sobre un camino de grava—. Mamá renunció al nombre de su padre y tomó este». Siendo tan orgulloso el señor Gonzaga, Maité no se explicaba cómo soportaba vivir en un lugar que ostentaba un nombre que no era el suyo.

—¿Esto también es propiedad de mi familia?

—Así es.

Añejas encinas, entretejidas con palmeras canarias, bordeaban el camino dándole el aspecto de un túnel verde y sinuoso. El espeso dosel impedía ver el cielo más allá y, por más que lo intentaba, Maité no logró ver el fin del camino, sino hasta el último giro. Pazo Santillán hizo su aparición, de repente y de la nada, como una imponente erupción de piedra oscura que a Maité se le antojó una fortaleza medieval. Constaba de dos torres hexagonales, forradas en hiedra y conectadas por una sección rectangular. A juzgar por las ventanas talladas a intervalos en la piedra maciza, cada torre tenía tres pisos mientras que la parte central contaba con solo dos hileras de ventanas sobre la entrada principal. Era, de verdad, espléndido.

El camino de grava terminó en un redondel con una fuente de azulejos al centro. El señor Córdoba apagó el motor frente a tres amplias gradas que conducían a la puerta principal; dos enormes tablones de roble que alojaban un ojo de buey cada uno.

Al apagarse el motor, Maité también se apagó en la quietud, presa del agotamiento. Rebuscó en su interior la fuerza que necesitaba, de manera que cuando el señor Córdoba le abrió la puerta del auto, Maité pudo dominar su fatiga. De pie frente a la casa de su abuelo, sintió una especie de pesar, un anhelo profundo que no podía describir y se propuso averiguar en quién debía convertirse, ya que estaba sola. La grava a sus pies emitía un crujido seco.

Levantó la mirada hacia la ventana abierta en una de las torres. La brisa impulsaba varias yardas de gaza endeble, como lenguas color violeta que aleteaban dentro y fuera de una boca de piedra. Más allá, el calamitoso cúmulo de nubes que avanzaba tierra adentro no la oprimió ni la llenó de aprensión. Maité aspiró serena, convencida de que magníficas revelaciones se aferraban a cada sorbo de aire que entraba en sus pulmones. Saboreando el aroma de eucalipto y sal, el corazón le latía en la sien, el pecho y la garganta, al compás de las olas del Cantábrico, que fulguraba loma abajo, en matices oscuros y claros de turquesa.

Maité imaginó que se elevaba y se hundía con el hechizante ritmo de aquel cuerpo de agua que la mecía y arrullaba, y sintió deseos de llorar, de levantar sus brazos al cielo y declarar que era ahí donde ella pertenecía; que había regresado y nunca más se iría. Pero lo contuvo todo, desconcertada por la intensidad de semejantes sentimientos, y se preguntó cómo diablos podía ser, cuando apenas una semana atrás ni siquiera sabía que este lugar existía. Tenía que significar algo, ¿no?

—Gracias, señor Córdoba —balbuceó al darse cuenta de que él ya había bajado sus cosas del maletero y ella no se había ofrecido a ayudar.

—De nada —respondió él, secándose la frente con un pañuelo—. Nos veremos más tarde.

—¿Para…?

Un grito agudo estremeció a Maité, lo que interrumpió su pregunta. El señor Córdoba enarcó una ceja, como a sabiendas. Maité giró turulata, para ver de dónde provenía semejante aullido.

Una mujer corpulenta, casi tan alta como Maité, había salido estrepitosa de la casa. Secándose las manos en el delantal blanco que cubría su vestido, la mujer chillaba como una ambulancia.

—¡Mi niña! Es que ya ha llegado *mi niña* —repetía una y otra vez hasta que el cerebro cansado de Maité le traqueteó en la cabeza.

Sin más, aquella matrona la levantó del suelo y la estrujó contra su amplio pecho. Maité no tuvo tiempo de protestar ni de recuperar el aliento. Cuando la mujer finalmente la devolvió al suelo, Maité se dio cuenta de que el señor Córdoba había desaparecido con auto y todo.

—¡Qué bueno que estás aquí, mi niña! —declaró la mujer, rodeando la cintura de Maité con su brazo regordete y conduciéndola hacia la casa—. ¡Es que no puedo creer que por fin estás aquí! —Con su mano libre, pellizcaba la mejilla de Maité mientras que con ojos aprobadores inspeccionaba cada centímetro de su rostro.

Maité miraba boquiabierta a la extraña mujer que tan emocionada estaba de verla como si la conociera de antes. Mientras parloteaba sin respiro y se la comía con los ojos, Maité se preguntaba si sus costillas estaban intactas y si tendría oportunidad de decir algo.

—¡Mi niña, ven por aquí! Pero qué bonita estás —exclamó—. Mi nombre es Soledad, pero tú dime, Sole, ¿de acuerdo? Yo cuido de tu abuelo y de su casa.

—Eh, mi nombre es Maité —encajó las palabras al Soledad abrir una hoja de la puerta principal.

—Sí, sí. Claro. ¡Solo tengo que volver a abrazarte, mi niña! —Sin esperar siquiera un asentimiento, Soledad envolvió a Maité en otro fuerte abrazo—. Y cuando me enteré de tu mamá… —Soledad gemía desconsolada—. Mi pequeña Alba se nos fue—. Soledad la apartó de sus brazos solo para secarse la cara con el delantal y de inmediato volvió a apretujarla—. Cuánto quería yo a tu mamá…

Era imposible ignorar o escaparse de Soledad, por lo que Maité se entregó a su calidez con una mezcla de aprensión y añoranza. De una forma u otra, la conmovió hasta la médula sentirse bienvenida, ser abrazada por alguien que también había abrazado a su madre.

—Siento mucho que tu abuelo no está aquí para recibirte —dijo meneando la cabeza y arrastrando a Maité hacia el cavernoso vestíbulo de la residencia.

—¿Cómo dices? —espetó Maité fijando su mirada en Soledad. La nueva revelación hasta le impidió registrar la grandeza de su entorno.

—Sí, mi niña —resopló Soledad—. Vuelve el sábado.

—En tres días, pero ¿por qué? —Ya que quedaba aplazado el momento de conocerlo, Maité se percató de la viva curiosidad que sentía por ver a su abuelo. Se había convencido de que lo encontraría en la casa ese mismo día.

—Ah, porque se tuvo que ir de viaje con la mujer esa, la que no me gusta para nada.

—¿Qué mujer? —La cabeza le daba vueltas. Incluso con las bajas expectativas que creía tener de su abuelo, Maité consideró que tan prolongada ausencia era ofensiva, como si la evitara a propósito.

—Una moza que viene mucho a verlo. Pero ella no sirve para él yo creo —dijo con un chasquido funesto.

—Sole, ¿de qué estás hablando? ¿Qué moza?

—¡Ay! ¡Me llamaste Sole! —aulló ella, dándole otro apretón que le hizo temblar hasta los ojos en sus órbitas—. ¡Perdóname, mi niña! Es demasiado para ti que acabas de llegar. ¡Lo siento, lo siento! Tú no te preocupes por eso, ¿de acuerdo? —se disculpó vehemente y, tomando a Maité por los hombros, le plantó un sonoro beso en la frente—. Ven, que mejor te muestro la casa y tu habitación. Estás cansada, ¿no? —dijo cruzando el vestíbulo hacia una enorme escalera en zigzag contra unos ventanales por los cuales Maité podía ver el follaje que se mecía en la brisa.

Desconcertada, Maité repasaba sus reacciones y su actual estado de ánimo. Su abuelo no estaba en casa; estaba con una mujer que obviamente era más importante para él que la llegada de su nieta huérfana. Ciertamente no era lo que había esperado. Su abuelo no intentaría ganársela, como había imaginado en secreto.

El parloteo de Soledad disminuyó considerablemente mientras subían los tres tramos de escaleras. Al son de sus jadeos y gruñidos, Maité zozobraba en pensamientos turbulentos.

Ya en el último tramo, Soledad resolló aliviada y secándose el sudor con el delantal, dijo:

—Bajar es más fácil.

Maité sonrió cortésmente y se asomó por la barandilla, estaban en el tercer piso y el vestíbulo lucía tan lejano como el fondo de un pozo. Sin poder evitarlo, pensó resentida: «Él tampoco me interesa a mí y se lo haré sentir».

A su lado, Soledad respiraba hondo y emitía silbidos agarrada del pasamanos. Estaban en un aireado rellano con dos puertas en extremos opuestos que Maité imaginó que conducían a las torres.

—Yo ya no subo mucho hasta acá, pero tú eres joven, así que tú sube y baja estas escaleras, ¿de acuerdo? *Okay*, ¡aquí estamos! —dijo arreando a Maité hacia la derecha.

Con una sonrisa satisfecha Soledad abrió la puerta labrada para que Maité entrara. Era la habitación con la ventana abierta que Maité había visto a su llegada; estaba decorada en gamas violeta y blancas.

Una puerta francesa, enmarcada por dos ventanales, conducía al balcón privado de la habitación. Las cortinas de raso color lavanda se hinchaban con la brisa en ondas relajantes, como el mar verde más allá. Una cama con dosel, sus sábanas, almohadas, cubrecamas, todo en blanco, era la pieza central de la habitación y, al verla, Maité se sumió en planes de tomar una justa y necesaria siesta. «O caer en un coma».

El armario abierto estaba listo para sus cosas y, frente a la puerta francesa, espió el cuarto de baño, limpio y reluciente. Volvió a pensar en lo mucho que necesitaba ducharse y, de pronto, solo quería que Soledad se marchara y la dejara sola. Quería explorar su nueva habitación y ordenar sus pensamientos. Afortunadamente, Soledad pareció leerle la mente.

—Voy a terminar de preparar la cena, mi niña, y Plinio traerá tus cosas en un momento. Plinio también trabaja aquí. Él es muy buena persona. Tú te duchas y te duermes un rato, y luego vengo a llamarte para comer, ¿sí?

—Sí. Una ducha y una siesta. —Maité suspiró y Soledad lo tomó como una señal de que necesitaba otro abrazo. Esta vez Maité rio de buen talante y le devolvió el abrazo.

Soledad cerró la puerta al salir y la habitación quedó en delicioso silencio. «Está bien, abuelo, a mí tampoco me interesa usted», pensó otra vez, dejándose distraer con el rumor distante de las olas en la bahía y el ruido sordo de los autos a lo largo de la avenida.

Maité abrió la puerta francesa y salió a su estrecho balcón donde menguaba el calor de la tarde. Tres columnas de sol se abrieron paso entre las nubes y brillaron sobre el agua. El espectáculo era realmente de ensueño.

—No. No es un sueño, *maitagarri* —llegó la voz acariciante a sus oídos. El adormecimiento comenzó a tomar cargo de ella. Maité se estremeció, preguntándose si se lo había imaginado o si de verdad alguien le hablaba. Bien podía ser que un fantasma o un espíritu viajara con ella. «¿Por qué no?».

La voz no era de su padre; estaba segura de eso. Sin embargo, quienquiera que fuera, parecía estar al tanto de dónde estaba y de lo que le sucedía en todo momento, como un testigo invisible de todo lo que Maité pensaba o hacía. La voz no le causaba temor ni ponía su cordura en tela de juicio. Tan irracional como era que una voz incorpórea la había contactado, el hecho ya no le molestaba. Es más, lo acogía, aunque honestamente no podía distinguir si era para satisfacer su curiosidad o por el placer de entregarse a la espesa sensualidad de cada conexión.

En el balcón, la brisa la acariciaba, suave y cálida. Apoyó su peso en la baranda, tratando de no perderse en la lujosa pesadez que la impulsaba a soñar. Sus ojos se posaron en una masa de tierra, recubierta de arbustos, que sobresalía de la resplandeciente bahía. La había visto en postales, por lo que sin mucho esfuerzo recordó que se trataba de la isla de Santa Clara.

—Sí —dijo la voz, disipando las sensaciones invasivas de siempre, como si finalmente él hubiera logrado que viera lo que quería mostrarle.

Debajo de su espesa vegetación, la redondez de la cúpula del islote era de verdad peculiar, como si hubiera sido formada a propósito. Eso en sí ya era bastante extraño, pero no era todo; la isla también lucía desierta. Ninguno de los pequeños veleros se deslizaba cerca de ella o atracaban en su orilla. Los pescadores dispersos en sus canoas parecían decididos a guardar distancia. «¿Por qué?».

Hasta su balcón parecía llegar el misterioso llamado de la isla. Maité estudió la distancia desde la playa y se preguntó si podría llegar nadando. Pero, antes de formular una conclusión, la imperiosa necesidad de ducharse la trajo de regreso a la realidad. Sin más demora, se dirigió al baño.

Encontró toallas limpias y artículos de tocador, así como un batín colgado de un gancho detrás de la puerta. Se desvistió y entró en la ducha caliente, notando una fragancia dulce mezclada con el vapor, pero no podía creer que los detergentes de limpieza en España olieran tan bien. Tenía que ser el agua.

Quince minutos más tarde, a regañadientes, cerró la ducha. Para entonces, se había acostumbrado al aroma floral y pensó que la casa seguramente contaba con su propio manantial aromático. Se sentía maravilloso estar limpia otra vez. Se puso el batín y envolvió su cabello mojado con una toalla.

Alguien tocó a su puerta. Al abrirla, Maité se encontró cara a cara con un anciano terriblemente desfigurado y bilioso. Un par de pantalones toscos y una camisa de lino arrugada le daban el huraño aspecto de un espantapájaros.

«¿Abuelo? —pensó confundida—. No puede ser...». Atajó el grito antes de que se le escapara, pues al ver su maleta recordó de golpe que este debía ser el *alguien* que, según Soledad, le traería su equipaje.

Se aclaró la garganta para ocultar la incómoda sensación que la cohibía. No lo podía asegurar, pero le pareció que aquel hombre se había sorprendido al verla. Sería tal vez por su batín y turbante. O, a lo mejor, su presencia lo molestaba.

—Lo siento —tartamudeó notando que sus pies descalzos formaban auras de vapor en la madera pulida. Temiendo dañar el piso, se arropó lo mejor que pudo con el batín y apresuró su defensa—. Es que no tenía mi maleta, eh, de lo contrario me hubiera vestido.

Él desvió la mirada, ignorando sus palabras. Se colgó la bolsa del ordenador sobre su hombro huesudo y levantó la maleta y el violín con facilidad. Pasó cojeando junto a ella sin excusarse ni pedir permiso. Colocó todo junto al armario y se devolvió hacia la puerta, evitando la mirada de Maité; de hecho, ignorándola por completo, como si no la hubiera visto en primera instancia. Casi había salido de la habitación cuando se detuvo abruptamente. Pareció deliberar unos momentos, su mano marchita agarrando el marco de la puerta, y luego la miró de soslayo y soltó:

—Te he visto antes.

Con esa desconcertante declaración resonando en los oídos de Maité, el hombre dio media vuelta y tomó las escaleras.

«¿Será que mamá le mandaba fotos a mi abuelo?». Maité salió tras él.

—¿Cómo es que me has visto antes?

Él se devolvió amenazador y Maité se paró en seco. Aquel cuerpo encorvado volvía todo movimiento en algo premeditado y aterrador. Ladeó la cabeza, de modo que un ojo parecía rendija, y el otro, saltón y desorbitado. Amedrentada, Maité dio un paso atrás.

De aquella boca torcida salió un ladrido:

—Soy Plinio.

Desconcertada, Maité lo miró preguntándose si su mente, como su rostro, no estaba del todo allí.

—Eh, sí, gusto en conocerte.

Él la interrumpió:

—De nada.

Obviamente, los comentarios sin ton ni son eran su fuerte. Maité estaba segura de no haber preguntado su nombre ni haber pronunciado un «Gracias». O, tal vez, Plinio conversaba con alguien dentro de su cabeza igual que ella; podía ser que él también tuviera un corresponsal imaginario.

Plinio reanudó su cojera escalera abajo y Maité, habiendo desistido de su pregunta, observó su torpe descenso con una mezcla de terror y lástima. Si Plinio no quería atender sus preguntas, ¿por qué afirmar que la había visto antes y luego dejarla en ascuas? «Absurdo».

Capítulo 18

Todavía dándole vueltas a la actitud de Plinio, Maité volvió a su habitación, descartando la idea de tomar una siesta antes de la cena, pues si su cabeza tocaba la almohada, seguro no despertaría por una semana.

Recordando que Soledad había descrito a Plinio como buena persona, Maité soltó un pitido suspicaz, pues, dejando a un lado lo físico, a ella le pareció un tipo brusco y grosero, sin modales. Se quitó la toalla de la cabeza con enojo y comenzó a cepillar su cabello mojado.

—*No way* buena gente con esa vibra de maleante. — Colocó la maleta sobre una silla y rebuscó hasta que encontró algo cómodo para ponerse.

Todavía absorta en sus pensamientos, Maité salió de la habitación con la mirada baja hasta que llegó al rellano del segundo piso y, al otear un par de botas gastadas, dio un brinco. En un abrir y cerrar de ojos supo que en las botas había piernas y que sostenían a un alguien parado ahí como una estatua jorobada.

Del fondo de sus entrañas surgió un gemido espantado. Dio con el rostro de Plinio y él la miró a través de un ojo entrecerrado, con una sonrisa maligna que se extendía por su cara desfigurada. Lucía complacido de haberla pillado indefensa.

—¿Qué haces ahí? —exigió ella, indignada tanto por su propia reacción como por la malévola expresión en la cara de Plinio.

—Tengo algo para ti. —Su voz era un gruñido profundo.

—Di, de una vez, qué es.

—Ya verás —dijo con esa mueca que desfiguraba aún más sus facciones.

—¡No me interesa! —dijo ella crispada y, dándole la espalda muy a propósito, continuó escalera abajo—. ¿Qué le pasa a ese tipo? —masculló, cuidándose de no mirar hacia atrás, porque el malandrín se había quedado en el rellano, seguro ojeándola con descaro. «¿Cuál es el afán de tantos comentarios sin sentido?».

Aunque la inexplicable malicia de Plinio tuvo a bien reemplazar sus miedos, igual le preguntaría a Soledad si él acostumbraba a pasar mucho tiempo dentro de la casa.

Al llegar al vestíbulo, se detuvo a examinar el espacio que antes había visto solo al paso. Dos pórticos arqueados, adornados con espadas y escudos que colgaban de las paredes, y enormes vasijas de cerámica con frondosos ficus, le daban al vestíbulo un aspecto formal. Mirando de izquierda a derecha, se preguntaba cuál de los dos arcos la llevaría a la cocina.

A su izquierda, Maité escuchó el tintineo sordo de platos y se dirigió hacia allá. Encontró a Soledad en la cocina, ocupada en preparar la cena. El olor a pescado entre las capas de especias que saturaban el aire despertó su apetito de inmediato.

Aquí, como en su habitación, Maité encontró las puertas francesas, excepto que este par, en lugar de dar a un balcón, se abría a un exuberante jardín, completo con vides de tomate, hierbas aromáticas y un boscoso jardín de fondo. La cocina no tenía vista al mar, pero la fresca oscuridad debajo de los árboles, el canto de las aves y las hileras de plantas arbustivas prestaban su serenidad y alegría al dominio de Soledad.

—¡Aquí estás, mi niña! —Soledad chilló, apresurándose hacia ella y secándose las manos en el delantal antes de abrazarla—. ¡Mmm, qué rico hueles y qué bien te ves! —canturreó, y con un chasquido lastimero, agregó—: me recuerdas tanto a tu mamá.

—Gracias, Sole. ¿Qué estás haciendo?

—El señor Córdoba viene a cenar, llega a las nueve, y a él le gusta el pescado, ¿a ti te gusta?

—Claro que me gusta —dijo Maité muy cumplida, rezando que no fuera una receta por demás extraña. Se sentó al mesón, suprimiendo la inquietante visión de un bagre con ojos saltones, bigotes y todo, rodeado de perejil, en bandeja de plata.

—¡Bueno, bueno! —Soledad sonrió y se volvió hacia la estufa.

—¿Para qué viene el señor Córdoba si no está mi abuelo?

—Tu abuelo le dijo que lo hiciera. No quería que te sintieras sola.

—Qué atento de su parte —musitó Maité por lo bajo—. Hubiera preferido que…

—Sé que sé —atajó Soledad, solidaria.

—¿De qué voy a hablar con el señor Córdoba? Casi no dijo nada en el coche de camino acá.

—Sí. Es una lástima. Es que es un hombre muy reservado, pero su hijo también viene. ¿Quizás puedas hablar con él? —Soledad sonrió esperanzada.

—Perfecto. Mi primera cena en San Sebastián será con dos completos extraños. —Maité suspiró molesta. Y que inoportuno que la hora de la cena era tan tarde en España cuando lo que a ella le habría encantado a esa hora era estar en su nueva cama en lugar de apenas comenzar la noche—. ¿Y qué pasa con ese tal Plinio? ¿Cómo me dices que es agradable cuando…? —No pudo terminar, pues se dio cuenta de que Plinio estaba parado en la puerta de la cocina; había venido tras ella.

—¡Plinio! —regañó Soledad, agitando el cucharón hacia él—. ¿Qué haces ahí como un espantajo? No ves que vas a asustar a mi niña Maité. —Para completa sorpresa de Maité, el rostro lleno de cicatrices de Plinio se reacomodó en una expresión sobria que, acompañada por el tímido arrastrar de sus pies y el sombrero de paja que giraba en sus manos temblorosas, le tornaron el semblante de malévolo a vulnerable y contrito.

Plinio bajó la mirada y Maité se recuperó del susto.

—¡Anda, vete! —Soledad lo ahuyentó. Plinio abrió sumiso la puerta francesa y desapareció en el bosquecillo—. Ven, mi niña, ayúdame a llevar estos platos al comedor.

Maité la siguió a través de la estrecha puerta batiente que ocultaba un pasillo de servicio. Los faroles que echaban luz lucían adaptados y Maité imaginó que, años atrás, antorchas habrían ardido en su lugar. Al fin del pasadizo, por otra puerta batiente, entraron en el impresionante comedor formal.

Finos encajes cubrían una enorme mesa de caoba parcialmente dispuesta para la cena. Los cubiertos brillaban bajo la luz del candelero suspendido del techo. Soledad comenzó a arreglar hábilmente los cubiertos para tres personas. A Maité le pareció que había demasiados utensilios, platos y copas: cada configuración incluía tres tamaños de cristales. Maité sintió que algo pesado y frío se asentaba en su vientre imaginando, desde ya, sus futuras torpezas durante la elegante cena.

La delicada porcelana tintineaba al Soledad colocar un plato sobre otro, la cristalería refractaba la luz del candelero y Maité se sintió mal vestida e incapaz de manejar semejante formalidad. La comida rápida que había imaginado en la cocina con Soledad y el señor Córdoba no tenía nada que ver con estos pomposos preparativos. Seguro que a esto se había referido Verónica cuando había hablado de posición social.

En el mundo de su abuelo, había personas que valían y aquellas que no, y Maité empezaba a identificarse con la segunda categoría. El grandioso salón la oprimía cada vez más por su suntuosidad. Añoraba la calidez informal del mesón de la cocina en su casa, donde ella y sus padres comían la mayor parte del tiempo.

Los techos encofrados en madera tallada parecían mirarla con desaprobación. Tras el vidrio de los ventanales, la brisa que mecía las frondas de los árboles se burlaba de ella, viéndola atrapada en la ineludible fortaleza.

Hasta el mural de la pared, sin duda, encargado exclusivamente para este salón, la intimidaba. Maité jamás había visto algo tan rico en detalles. No era una pintura de mercadillo ni una litografía producida en masa. Era una representación, en sepia, de la propia bahía de la Concha. «Seguro que así lucía hace más de cien años», pensó amilanada.

Contó doce poltronas de cuero, con respaldos altísimos, alrededor de la mesa, y trató de medir, sin éxito, la enorme chimenea de piedra que ocupaba casi toda la pared opuesta al pasillo por donde habían entrado. El hecho de que pronto dos españoles muy estirados esperaban que ella hiciera el papel de anfitriona no la tranquilizaba en absoluto.

—¿Qué pasa, mi niña? —Soledad arrulló, sosteniendo un delicado plato de porcelana a medio camino de la mesa—. ¿Acaso te sientes mal?

—Eh, no. No —tartamudeó ella, intentando acomodar su expresión en algo menos enfermizo—. Creo que debo cambiarme de ropa, ¿no? —sugirió con la esperanza de ocultar lo inadecuada que se sentía.

—¡Ay, mi niña! —Soledad se rio—. Puedes cubrirte con papel de empaque y siempre serás la más hermosa en cualquier salón.

—Entonces, ¿me quedo con lo que tengo puesto? —Maité insistió, seguro algo debía hacer con su cabello húmedo—. El señor Córdoba va a aparecer en un traje de tres piezas y su hijo probablemente igual.

—No, no, estás bien. No te preocupes, mi niña. ¡Es solo la cena! —respondió Soledad, colocando el último platillo sobre la mesa.

A Maité no acababan de convencerla sus *jeans* y su camiseta de algodón. «¡Y llevo puestas havaianas!». Sentarse a una mesa como la que acababa de preparar Soledad vestida como estaba, ciertamente, ofendería al señor Córdoba y a su hijo.

—Voy corriendo y me cambio —dijo lista para lanzarse escalera arriba, pero el timbre la interrumpió. Maité se volvió hacia Soledad, quien le sonrió benévola mientras alisaba la última servilleta sobre la mesa.

—Que ya están aquí, mi niña. Ven conmigo hasta la puerta.

Maité sintió sus pies pegados al piso, pero Soledad pasó a su lado y, agarrándola por la cintura con un brazo fofo, la arrastró fuera del comedor, ya no por el pasillo de servicio, sino por el pórtico de regreso al vestíbulo.

Eran más de las nueve y Maité estaba muerta de cansancio. Además, temía las miradas desdeñosas y la censura que seguramente vería en los ojos de los señores Córdoba. Azorada, siguió a Soledad y permaneció en silencio junto a un ficus. Soledad se arregló el delantal y palmeó los costados de su cabello, acomodando hasta el último mechón rezagado detrás de las orejas. Maité retrocedió hasta tocar la pared deseando poder excusarse de todo el asunto.

A través del vidrio biselado y el hierro ornamentado de los ojos de buey, Maité pudo distinguir dos figuras. Ambos vestían ropa oscura. «Mejor sea que no lleven esmoquin», pensó presa del pánico y, en medio de tamaña confusión, se le taparon los oídos. El murmullo penetró ardiente en su cabeza, tomándola por sorpresa.

—Recuerda que eres mía, *maitagarri*.

Su gemido pasó desapercibido porque Soledad había abierto la puerta y ya estaba dando la bienvenida al señor

Córdoba y a su hijo con su jovialidad de siempre. Todos los sentidos de Maité se volcaron hacia adentro, arropados bajo el grueso manto de su propia piel. Nada existía más que ese delicioso escalofrío provocado por aquella voz. El cálido aliento en el cuello y oídos le recorría también la espalda hasta los pies. ¿Había sentido, de verdad, los labios de alguien rozándole la mejilla?

Distinguió dos siluetas masculinas frente a ella. El señor Córdoba hablaba, pero todo lo que Maité escuchó fueron fragmentos de cortesías.

—... verla de nuevo, confío... oportunidad para descansar...

—Eres mía, *maitagarri*.

Maité luchaba por ubicarse en el momento, pero se le complicaba muchísimo con sus oídos llenos de algodón y sus extremidades tan pesadas que apenas podía moverse. Hasta que poco a poco empezó a sentir los dedos regordetes de Soledad que le apretaban el codo. Aturdida, fijó la mirada en el rostro inquisitivo de Soledad y ese simple gesto pareció romper el trance.

De inmediato, la voz del señor Córdoba le llegó con más claridad.

—... de hecho, un viaje tan largo... circunstancia tan difícil... Lamenté mucho escuchar lo que les sucedió a sus padres...

—Recuerda: eres mía —insistió la voz y Maité se estremeció visiblemente, pero se obligó a reconocer al hombre que tenía enfrente.

Maité le ofreció la mano a modo de saludo y él la tomó, pero en lugar de estrecharla, el señor Córdoba la atrajo hacia él y la besó primero en un lado de la cara y luego en el otro. No sintió más que una ligera presión en ambos lados. Todavía parecía tener cinco capas de piel, aunque se estaban aligerando.

«Así es como la gente saluda aquí», razonó distraída. Fue incómodo, especialmente después de la forma en que el señor Córdoba se había comportado durante el viaje desde el aeropuerto; sin embargo, aquel saludo tuvo a bien desencantarla de los asaltos de su etéreo compañero. Tuvo que admitir que la intensidad del último contacto con aquella voz la había trastornado hasta los tuétanos; nunca antes se había desorientado tanto y eso no le gustó.

—Mía —corrió el eco de la voz por su ser.

—... conozca a mi hijo, David —continuó el señor Córdoba y Maité se esforzó por escuchar y reaccionar acorde.

—Mi *maitagarri* —declaró la voz, atenuándose, segundo a segundo.

«El hijo del señor Córdoba». Maité retiró la mano y la tendió mecánicamente hacia el joven. Al encontrase sus miradas, toda la desorientación y el grosor de la piel, la voz, el cálido aliento en su cuello, los escalofríos, todos se esfumaron por completo y quedó solo un joven frente a ella, sus ojos verdes destellando fascinación.

Aunque no vestía esmoquin, David parecía sacado de un catálogo de moda. «Y yo con mis havaianas», pensó ella y, entonces, él habló. El profundo barítono de su voz la transportó a un lugar donde estaban a solas. Él tomó su mano y Maité se estremeció confundida, como si la hubiera sorprendido teniendo pensamientos impuros, lo cual era cierto. Sus ojos animados no se desprendían de ella.

—Es un placer conocerla, señorita Bottini —dijo y, como había hecho su padre, la atrajo hacia él y la besó en la mejilla derecha y luego en la izquierda.

La batalla con los altibajos de su cuerpo era exasperante. Había pasado de un estado cercano a la parálisis con la voz de un hombre directamente a la taquicardia al ver a otro. Todo, en menos de dos minutos mientras Soledad parecía un molino de viento; sus brazos formaban grandes círculos invitando a los dos hombres a cruzar el umbral.

—Después de usted —indicó David a Maité y ella siguió a Soledad, quien los guio a una sala de estar a través del arco a su derecha.

Alarmada, Maité cayó en la cuenta de que no había pronunciado una sola palabra en los últimos cinco minutos. No había respondido al saludo de ninguno de los dos y no había intentado ningún tipo de conversación, a pesar de haber tenido oportunidad de entablarla. Mortificada y sin saber cómo rectificar su error, se sonrojó cuando David la invitó a sentarse.

Él tomó la silla contigua mientras Maité permanecía con la mirada fija en un punto indiferente de la alfombra. Soledad parloteó con el señor Córdoba unos instantes más, pero pronto se retiró a la cocina, informándoles que la cena estaría servida en media hora.

En el incómodo silencio tras la partida de Soledad, Maité pensó en su madre y se sintió más fuera de lugar que nunca, consciente de que Alba habría sabido exactamente qué hacer en un momento así, y resentida porque su madre no estaba allí para salvarla.

«Pero soy su hija», se dijo a sí misma, echando mano de los conceptos básicos de etiqueta que, por ley natural, estaban incrustados en sus genes. Alba había modelado su ejemplo a diario; Maité solo necesitaba aventurarse más allá de su timidez.

Se enderezó en su silla y levantó la vista hacia el señor Córdoba, que oscilaba de adelante hacia atrás sobre sus talones, con una sonrisa complaciente en los labios mientras inspeccionaba su entorno con interés. La expresión de Maité se relajó y, con una voz que sonaba fresca a sus propios oídos, se escuchó decir:

—Me gustaría ofrecerles algo de beber, pero, la verdad, no sé dónde está nada...

—Es usted muy amable —intervino el señor Córdoba—. Y, por supuesto, acaba de llegar. Si me lo permite, le mostraré un mueble donde seguro encontraremos algo de beber antes de la cena.

Maité asintió aliviada y se levantó con el señor Córdoba para ir en busca del mentado mueble. David también se puso de pie y, al encontrarse otra vez sus miradas, sus ojos parecían infundirle ánimo.

Maité no atinaba qué hacer con tan expresivo y penetrante mirar, lo cierto era que no se atrevía a prolongar el contacto visual, ni siquiera para descifrar sus intenciones. Volvió a mirar al piso y, al hacerlo, se fijó en los zapatos de cuero y los pantalones entallados de David. Lucían costosísimos.

«¿Por qué miércoles no me cambié de ropa?». Se le escapó un gemido y Maité se arrepintió al vuelo; sabía que los dos hombres lo habían escuchado y la humilló que fingieran no haberla oído.

La confusión interna de Maité tuvo que dar paso al asombro cuando, siguiendo al señor Córdoba, entraron a la biblioteca. Todavía no había estado allí y se quedó pasmada ante la grandeza de este nuevo salón. Los estantes estaban llenos de tomos encuadernados en cuero y libros de aspecto muy importante que alineaban cada centímetro de las paredes. Sillas tapizadas en terciopelo estaban dispuestas frente a otra enorme chimenea. Varias pinturas colgaban de la pared a cada lado de la entrada y Maité hizo una nota mental para estudiarlas más de cerca, ya que algunas parecían ser retratos de miembros de la familia.

Las ventanas que daban al apacible jardín estaban cubiertas con pesados cortinajes de color concho de vino y atados con cuerdas doradas.

—Permítame ser el anfitrión esta vez —dijo el señor Córdoba—. ¿Le gustaría una copa de vino?

—Oh, no, no para mí, gracias —dijo Maité—. Prefiero agua, por favor —agregó lo último, sintiendo que estaba mal no haber aceptado el vino. Pero no tenía ni cerca de veintiún años y, las pocas veces que sus padres le habían permitido un sorbo, no le había gustado.

—También tomaré agua —dijo David—. Venga, siéntese aquí, señorita Bottini. —Hizo un gesto hacia un mueble demasiado pequeño para ser un sofá y demasiado grande para ser un solo sillón, claramente con la intención de compartirlo con ella.

Maité se sintió arder y agradeció en silencio la tenue iluminación de la biblioteca.

—Por favor, soy Maité —logró decir. No se atrevió a mirar a David, pues no quería ver sus ojos burlones—. No puedo acostumbrarme a que me traten tan formalmente. —Se sintió inmadura al hacer tal admisión, pero así estaban las cosas.

—Por supuesto. Y es que todo es tan informal en los Estados Unidos —comentó David.

Al escuchar la sencillez en su tono, Maité relajó sus puños dejando que la sangre le circulara a los dedos otra vez.

—Entonces, Maité, no hará falta que seamos tan formales. Podemos empezar a ser amigos, ¿no?

—Claro que sí —asintió ella; ya recuperando cierto grado de compostura y envalentonada, se permitió una mirada furtiva para admirar su perfil mientras él escuchaba atento a su padre.

—Aquí estamos —dijo el señor Córdoba, entregándole una servilleta y una pesada copa de cristal llena de agua. David tomó la suya también. El señor Córdoba levantó su copa llena de vino tinto y declaró—: bienvenida a San Sebastián, señorita Bottini. Estamos encantados de tenerla aquí.

Maité sonrió imitando lo que había hecho el señor Córdoba. David entrechocó su copa con la de ella y, mirándola a los ojos, se inclinó más cerca y dijo:

—Gracias por venir a San Sebastián.

Sus ojos se abrieron asombrados. «¡Está coqueteando conmigo!». Al advertirlo, sintió el rocío de algo tórrido en su vientre que además le dibujó una sonrisa incrédula en los labios.

Después de media hora en la biblioteca con los dos hombres, los ataques de rubor de Maité se calmaron un poco. Habiendo aprovechado cada oportunidad, por efímera que fuera, de echarle ojeadas más largas a David, no logró encontrar defecto alguno en él. Su apostura desafiaba una descripción y el afán que Maité sentía iba en aumento; deseaba estar a solas con él, pero no sabía qué diría o haría si ese fuera el caso.

Durante la cena, el señor Córdoba mantuvo la conversación casi por su cuenta, lo que dejó a Maité libre para resolver sus nervios y confusión, y para esquivar las miradas de David; parecía que él tampoco podía quitarle los ojos de encima. Su vientre agitado le recordaba vagamente la primera vez que le habían enseñado a volar en sus sueños. Y, como aquella vez, Maité puso la mano sobre su estómago, reflexionando sobre las similitudes entre las dos sensaciones.

Para cuando Soledad trajo el postre y el café, Maité se había enterado de que el señor Córdoba no solo era curador del museo, sino también el asesor financiero de su abuelo y albacea del patrimonio Santillán. Era la mano derecha del señor Gonzaga.

—Perdóneme —murmuró Maité vacilante—. ¿Por qué lo llama Santillán? ¿No debería ser Gonzaga?

David la miró atento mientras ella planteaba su pregunta y luego se recostó contra el respaldo de su silla transfiriendo su atención hacia su padre.

El señor Córdoba carraspeó, como era su costumbre:

—Sí, por supuesto. —El *por supuesto* parecía ser su forma preferida de comenzar cada respuesta. Seguro era una fórmula para recordar que la gente no compartía su considerable sabiduría, lo cual, en el caso de Maité, era perfectamente cierto. Dejó su café sobre la mesa y continuó—. Ha sido así durante muchas décadas. En algún momento, a mediados del siglo dieciocho, hubo una consolidación de dos vastas propiedades a través del matrimonio de Celeste Santillán con Étienne St. Michel. Se podría decir que ahí comenzó la riqueza de la familia, pero no fue hasta 1916 que se redactaron los documentos legales. En ellos, Santillán era el nombre que se usaba para referirse a las propiedades de la familia.

Maité asintió. Claramente, alguien con el nombre de Gonzaga no podía poseer legalmente aquello que ostentara el nombre de Santillán, pero no se atrevió a presionar, pues no quería confesar su ignorancia de asuntos legales.

—La familia posee varias propiedades por todo el País Vasco y sus inversiones siempre han sido sólidas. Hoy en día, el patrimonio Santillán consta de tres partes: Mansión María Celeste junto al río, la que vio usted antes y que vale su tamaño en oro, solo por su ubicación. Luego está Pazo Santillán, igualmente valioso; y las vastas tierras al pie de los Pirineos occidentales. Estas tres propiedades forman el patrimonio que confiere la sólida posición social y la estabilidad financiera de las que goza la familia.

Todo había estado bien durante años, lo oyó decir Maité, pero luego entró una mujer en la vida del señor Gonzaga, la mujer con la que estaba su abuelo esa misma noche y que, por razones que solo ella conocía, quería adueñarse de la tierra al pie de los Pirineos. El señor Córdoba enarcó una ceja al hablar de aquella mujer, pero Maité no captó su significado. No tenía forma de comprender la gravedad de las circunstancias, inconsciente como estaba de los antecedentes.

El señor Córdoba suspiró y miró hacia otro lado, lo que ella interpretó como resignación ante el desperdicio que era explicarle semejantes cosas a una niña. Sintió una punzada de orgullo herido y se reprendió a sí misma por permitir que la cercanía de David la distrajera de la delicada información que el señor Córdoba le ofrecía con una obvia intención de incluirla en los asuntos de su abuelo. Maité resolvió reparar su negligencia de inmediato, pero el señor Córdoba se le adelantó, volviendo a carraspear.

—Señorita Bottini, lamento mucho haberla preocupado con tanto detalle y espero me disculpe.

A Maité no le gustó el tono condescendiente que había asumido. Algo estaba mal.

—No hay nada que perdonar —tartamudeó, mirando impotente a David y tratando de descifrar la mezcla de empatía y alegría que vio en sus ojos.

David vino al rescate, diplomático y agradable.

—Tu abuelo no regresará hasta dentro de unos días. Estoy seguro de que te gustaría descansar y orientarte mañana, pero ¿puedo llamarte al día siguiente y mostrarte nuestra hermosa ciudad? San Sebastián es la joya del País Vasco.

Maité agradeció la proposición de David con un trémulo movimiento de cabeza, pero sus ojos volvieron al señor Córdoba, todavía sintiendo que había dejado escapar algo importante.

—Es una excelente idea, señorita Bottini —dijo el señor Córdoba—. Permita que David le muestre los alrededores; no tiene sentido que permanezca encerrada aquí con un clima como el que tenemos en esta época del año. —Y, sin más, el papá de David había vuelto a la conducta cordial y reservada que tanto la irritaba.

Maité quiso protestar, pero no sabía por dónde empezar. Había tantas cosas que desconocía que no le quedó más remedio que aliviar su propia frustración con una promesa mental de remediar su ignorancia lo más pronto posible.

La cena terminó y, en un despliegue de buenos modales, los dos hombres se negaron a prolongar su visita e imponerse más a la hospitalidad de su agotada anfitriona. De regreso en el vestíbulo, los señores Córdoba impartían cordialidad mientras Soledad les hablaba a todo volumen. Los acusó de no venir más a menudo y de trabajar demasiado, pues los veía desgastados. Sin tomar aliento, Soledad pasó a abrazar a David, de la misma manera que venía abrazando a Maité desde que llegó, casi levantándolo del piso.

—¡No has venido a verme, mi David, y cómo sigues creciendo! —lo reprendió, y él se rio de buena gana—. Tal vez ahora vienes más seguido, ¿no? —insinuó Soledad con un guiño hacia Maité, quien se estremeció ante la idea.

El señor Córdoba volvió a besar a Maité. «Las despedidas son de a tres besos», pensó mientras ofrecía una y otra mejilla.

David también le deseó una buena noche y ella pronunció un tímido:

—Para ti también—. Sus labios demoraron cerca de su oído después del tercer beso—. Hasta entonces —dijo él recorriendo el rostro de Maité con la mirada y haciendo que le temblaran las piernas. «¿Cómo voy a sobrevivir un día entero con él?».

—Hasta mañana, perdón, pasado mañana —se corrigió Maité, y David le dedicó una sonrisa cautivadora.

—Pasado mañana.

Soledad le rodeó la cintura con un brazo, dándole un fuerte apretón, mientras saludaba con el otro al dúo Córdoba que partía.

—No estuvo tan mal, ¿eh?

Maité negó con la cabeza, mirando a David alejarse. «Nada mal».

Capítulo 19

En menos de media hora de vertiginosa parrafada, Soledad organizó todo lo que Maité había desempacado. La ropa fue doblada y depositada en gavetas o colgada en el armario frente a su cama y el violín miraba a Maité desde el rincón, donde Soledad lo colocó, prometiendo buscarle un atril.

—Tiene que haber uno en el desván.

—Gracias, Sole —dijo Maité, dándole un beso de buenas noches y recibiendo a cambio un último abrazo.

Maité cerró la puerta del dormitorio, pendiente de los quejidos de Soledad, discernibles hasta el rellano. Suspiró cansada mirando su nuevo espacio y sonrió cuando David apareció en sus pensamientos.

—No. No estuvo nada mal —susurró y el nervioso batir de alas atravesó su abdomen ante la perspectiva de verlo otra vez. «¿De qué hablaremos? Será mejor que se me ocurra algo».

Pero ese algo cayó en el olvido tan pronto como vio su ordenador en la mesita de noche al lado de su cama. Enferma de culpa, Maité la encendió y vio más de cuarenta nuevos *emails* esperándola.

—¡Em! ¿cómo pude olvidarte así?

Tanto la habían descompuesto los pormenores de su llegada que no tuvo cabeza para más y, luego, la cena con David y su padre, que había suspendido hasta su agotamiento. Pero allí la realidad volvía a ella cual gélida resaca. El porqué de su viaje y lo que había dejado atrás le provocaron una especie de náusea espiritual que Maité sintió que se merecía. ¿Por qué se había dejado cautivar por una casa? Era solo un edificio. ¿Y por David? Es solo un chico. ¿Cómo podía haber olvidado que sus padres estaban muertos? Nada, absolutamente nada, debería haber apartado ese hecho de su mente. «¡Cómo pude!».

Sin aviso, la risa de Alba le llenó la mente, trayendo consigo el recuerdo de un día lejano.

—Eres una hadita —la acusó su madre y, cuando Maité, de once años, pareció confundida con ello, Alba le habló de la naturaleza transitoria del hada en el libro que estaban leyendo. Dijo que los sentimientos de las hadas eran mayormente superficiales, caprichosos—. A las hadas les cuesta concentrarse en cosas que no están sucediendo al momento —había explicado Alba.

—Pero yo no soy un hada —dijo Maité retomando el presente y separándolo de los recuerdos—. Así que no tengo excusa. —Con un gemido, revisó los numerosos y cada vez más desesperados mensajes de su mejor amiga.

> *Hey*, M, a estas alturas estoy segura de que has aterrizado. Te daré un par de horas para que llegues a la casa de tu abuelo, te instales y me cuentes cómo te fue. Con amor, Em.

Diez mensajes después:

> Oye, M, ¿te apresaron en la aduana? Espero que todo esté bien. Deberíamos haber revisado eso del euskera, ¿sabes? Al menos algunas frases básicas. *Where are you*??? Con amor, Em

A partir de ese último, los mensajes aparecían a intervalos de diez minutos.

> ¿M? Mi mamá dice que seguro estás agotada y que lo último que se te ocurriría es contestar *emails*. ¿Es así? Preocupada por ti, Em.

Dammit, M, ¡maldita sea! ¡Oh, no! Se me acaba de ocurrir algo. ¿Acaso te robaron el ordenador? ¿O será que alguien te atacó y estás medio muerta en una alcantarilla, con los dedos tan aplastados que ni siquiera puedes escribir un mensaje? ¿M? Aún más preocupada por ti, Em.

Los mensajes se volvieron más enardecidos y cada vez más inverosímiles. Si no se hubiera sentido tan culpable, Maité se habría reído de las locuras de Emily.

Hizo clic en el último mensaje:

—No me importa lo que diga mi mamá. *I'm calling you right now!*

Maité apenas tuvo tiempo de comprobar a qué hora había enviado el mensaje cuando oyó sonar el teléfono en la planta baja. Salió corriendo de su habitación y se estiró sobre la barandilla; en un par de segundos, vio aparecer a Soledad.

—Es para ti, mi niña. Es tu amiga Emilia —dijo luciendo aliviada de no tener que subir las escaleras.

Maité bajó corriendo y le arrebató el teléfono inalámbrico de la mano.

—¡Gracias! —dijo sin aliento.

Soledad le pellizcó la mejilla, haciéndole arrullos, como si fuera una bebé, antes de dejarla a solas. Maité se puso el teléfono al oído, divertida al instante por lo que escuchó:

— ...español y todo, pero es E-mi-ly, no Emilia, *okay*?

—Hola, Em.

—*Where have you been*? ¿Y por qué diablos no has contestado mis *emails*? Pensé que te habían matado y ahora, gracias a esa mujer que insiste en llamarme Emilia, me desayuno que has estado cenando como si nada, mientras yo estaba enferma de preocupación, sin saber qué te había pasado.

—Emily resolló y Maité aprovechó la oportunidad.

—Lo siento, ¡lo siento muchísimo! De verdad, Em, y no tengo excusa. Me distraje tanto con... eh, bueno, es que las cosas no son para nada lo que esperaba y no...

—¿Cómo es tu abuelo? Mi mamá dijo que no es feo. ¿Es viejo y malhumorado? ¿Interesante y distinguido? ¿Qué?

—Esa es una de las cosas que no me esperaba. Ni siquiera he conocido a mi abuelo.

—¿Que qué?

—Él no estaba aquí cuando llegué y resulta que tardará unos días más —dijo Maité tratando de sonar despreocupada.

—O sea, un desaire frontal.

Maité revivió el escozor de su primera impresión y escucharla en boca de Emily la volvió aún más punzante.

—Sí, bueno —comenzó ella, a la defensiva—. Entiendo que quiere vender una propiedad en las montañas y la mujer con la que ha estado saliendo está interesada en comprar…

—A ver. En lugar de estar en casa para recibirte, anda de parranda con su pareja, y eso después de que tu mamá acaba de morir. ¡Era su única hija y tú, su única nieta! Y la mentada pareja encima quiere comprar una parte de tu herencia, ¿en serio?

Las mordaces palabras de Emily resumieron las últimas horas en una luz que, por dura que fuera, resaltó la verdad que no acaba de concretarse en su propia mente. Las insinuaciones del señor Córdoba sobre la propiedad, las miradas intercambiadas ante la mención de la posible compradora y hasta la misma Soledad le había hablado de aquella mujer que no era aconsejable para su abuelo, pues, según ella, era más víbora que señora.

«¿Cómo es que Emily puede ver esto a diez mil millas de distancia en menos de cinco minutos cuando, como una completa idiota, no até cabos hace horas?». Herida por el sarcasmo de Emily y sintiéndose el blanco de un agravio, Maité se revistió de ánimo y mintió.

—Ya, Em, antes que nada, no me siento desairada en absoluto. No conozco a mi abuelo y realmente no me importa llegar a conocerlo. Me han dicho que los negocios y el estatus son lo primero para él, por lo que no me sorprende que cuide de sus intereses. Y, por último —Maité respiró hondo, resuelta a decir esto último sin que le temblara la voz, pues era lo más hiriente—, si él está con esa mujer por razones románticas, entonces me siento aún más segura de que es un viejo egoísta y que nunca perdonará a mi mamá por desobedecerlo, y es por eso por lo que jamás me molestaré con él.

—*Yowza*, M! Cálmate, *okay*? Me has tenido tan preocupada que no he dormido en toda la noche y todo el día me lo he pasado esperando saber de ti.

—Lo siento. De verdad, lo siento montones, Em, pero desde que llegué ha habido tanto que ver, y luego descubrí que el tipo que me recogió en el aeropuerto también vendría a cenar. Apareció con su hijo y tuvimos una cena por demás elaborada. En serio, qué espectáculo, con todos los tenedores y cucharas y toda la vajilla ¡solo para tres personas! Y luego...

—¿Dijiste *hijo*? —Emily interrumpió.

—¿Qué?

—Tú dijiste *hijo*. ¿Cuántos años tiene? ¿Qué aspecto tiene?

—Eh, bueno, no lo sé —balbuceó Maité sonrojándose hasta las orejas—. Tal vez diecinueve años, no sé, ¿veinte?

—Sí, y ¿qué facha tenía?

—Se ve bien, supongo —dijo tratando de sonar desinteresada.

—¿Solo *bien*?

—Tal cual.

—Si tuvieras que compararlo con una estrella de cine, ¿a quién dirías que se parece? ¡Dale, M, suelta los detalles!

—Em, no más. El tipo está bien, *okay*?

—Debe ser un verdadero bombón si no me lo quieres describir.

Maité podía oír la risa en la voz de Emily; su amiga la conocía demasiado bien.

—No más, *please*, Em —dijo irritada—. Ha sido un día larguísimo y no sé cómo sigo en pie. Prometo responder a tus *emails* mañana apenas amanezca y te contaré todo lo que ha pasado desde que llegué.

—Asegúrate de incluir, por lo menos, una página de estadísticas sobre *el hijo*.

Maité soltó una carcajada.

—Cuánto te extraño, Em, y, bueno, haré lo que pueda para adjetivar al hijo y también te contaré sobre Plinio.

—¡Oh, no! ¿Y quién es ese personaje?

—Te lo cuento mañana porque, si no me meto en mi cama este rato, me quedo inconsciente aquí donde estoy.

—*Okay, OKAY*. Duerme bien y sueña conmigo; voy a estar refrescando mi pantalla cada treinta segundos.

—¡Estás loca! *Please*, besa a tus papás de mi parte y a Gabriel también.

Maité colgó y, con la sonrisa aún plasmada en su rostro, se dirigió a las escaleras, solo para descubrir que alguien la había estado observando y escuchando. Plinio estaba en el rincón más oscuro del vestíbulo, el blanco de los ojos le brillaba hostil. Maité se heló.

A modo de explicación, él levantó la barbilla hacia el candelabro y Maité supuso que había estado esperando a que terminara su llamada para apagar todo. Un algo infecto gorgoteó en la garganta de Plinio, eliminando todo rastro de vulnerabilidad. Tal vez solo Soledad podía hacerlo lucir contrito. Sin atreverse a quitarle los ojos de encima, Maité dio un amplio rodeo hacia las escaleras. Quería tomar los escalones de dos en dos, pero se contuvo, pues lo último que quería era dar a Plinio la impresión de que estaba asustada.

Entró a su habitación y cerró la puerta con llave, rezando que Plinio no tuviera poderes de traslado y que se hubiera materializado, tal vez tras las cortinas. Con las rodillas temblorosas, echó una ojeada al dormitorio y, solo al confirmar que estaba sola, Maité dejó que el agotamiento la invadiera y le suavizara el ánimo deshilachado por las tensiones del día.

Una vez en su nueva cama, apagó la lámpara y con las cobijas hasta el cuello, dejó escapar un profundo suspiro, hundiéndose en las almohadas. Tardó unos segundos en acostumbrarse a la oscuridad. Pronto empezó a perfilarse la habitación en el brillo cobrizo de la ciudad que entraba por las ventanas.

Ansiaba relajarse y quedarse dormida, pero algo no estaba bien. Algo la molestaba. Tal vez estaba demasiado cansada. Volvió a pensar en Emily y se dijo a sí misma que a primera hora la premiaría con un *email* muy largo. Maité sonrió en la oscuridad pensando en su amiga, pero luego su sonrisa se congeló, golpeada por un inconexo destello de comprensión.

Lo había visto por el rabillo del ojo al apagar la lámpara: algo en la pared sobre la cabecera de la cama, algo que no había estado allí antes. La pared estaba vacía antes de la llamada de Emily; sin crucifijo, sin nada. Estaba segura de ello.

Maité cerró los ojos con fuerza, bloqueando la siniestra convicción de que algo horrible la vigilaba desde la pared.

—Tengo algo para ti —había dicho Plinio con su mueca maligna y, en ese momento, sin duda, ese algo colgaba sobre su cabeza.

Se le secó la boca y su pecho de repente no podía contener los latidos de su corazón. Se limpió las lágrimas con el dorso de la mano harta de jugar el papel de la víctima.

—Recuerda que eres mía, *mait…* —el cálido susurro se inyectó en su cabeza con ensordecedora intensidad, y Maité se levantó de un salto.

—¡No más! ¡No más, por favor! —siseó, tapándose los oídos con las manos. El enfado consigo misma y con su situación borró el terror de unos segundos antes y dejó en su lugar un profundo malestar por el sinfín de extrañezas que venían asaltándola sin tregua.

—No quiero escuchar más —dijo al intruso invisible, tirando la cadenilla de la lámpara, pues se sentiría más atrevida con la luz encendida.

Brillantes puntazos llenaron su campo de visión, desdibujando el agujero negro a otra dimensión o la espectral guarida del monstruo conjurado por su mente sobrestimulada. Maité se armó de valor para ver, de una vez por todas, lo que había sobre la cabecera de su cama. Cuando por fin se enfocó, el objeto resultó ser solo un retrato.

Maité se relajó. Al no detectar tentáculos ensangrentados que la acechaban a través de la pared, Maité se aventuró a examinar más de cerca. Era un lienzo enmarcado en madera de color verde bosque. Nada extraordinario. Lo notable era la joven plasmada en el lienzo: era Maité.

La habían representado en medio de un frondoso bosque, al borde de un estanque, a punto de sumergir su pie en el agua. El resplandor del estanque iluminaba sus rasgos, mientras los árboles a su alrededor permanecían en espeluznante tiniebla, interrumpida solo por unos puntos de luz que Maité no podía explicar. Brillaban aquí y allá entre las frondas, como enormes luciérnagas.

Maité continuó estudiando su retrato con avidez y pronto afloró la incongruencia clave; los ojos de la joven no eran grises sino ámbar, como miel. Fue entonces cuando se dio cuenta de que la chica no era ella en absoluto.

—Cómo iba a ser yo… —dijo en voz alta, disipando lo último de su confusión—. Nadie me conoce acá, ¿y quién iba a tener una foto mía? —Pero, aun así, arrodillada sobre las almohadas, se acercó lo más que pudo al lienzo para continuar su exploración. Encontró tres símbolos en la esquina derecha de la pintura, dispuestos en una especie de triángulo y seguidos de lo que se imaginó que era el año en que el cuadro había sido pintado: 1844.

Volvió a escuchar las palabras de Plinio tan claramente como si estuviera de pie junto a ella. «Te he visto antes». Se estremeció sin querer, por fin entendiendo lo que había querido decir. El parecido era asombroso. Pero ¿quién era la joven del retrato?

La curiosidad sobre la identidad de su gemela la obsesionó tanto que ya ni le importaba cómo había llegado el retrato a su habitación. Sus especulaciones se volvían cada vez más fantasiosas, como si Emily se las estuviera dictando y, tal vez por eso, no logró afinar una conclusión satisfactoria de entre ellas. Finalmente, cuerpo y mente capitularon ante el agotamiento. «Obvio, tiene que ser un pariente», fue su último pensamiento.

Ni siquiera apagó la luz.

Capítulo 20

La luz del sol calentando su almohada la despertó. Maité tardó varios segundos en advertir que el mediodía estaba en retrovisor porque había dormido quince horas. Estiró sus extremidades con felino deleite y volvió a examinar su habitación saboreando el perezoso placer que ello le provocaba hasta que vio el retrato sobre su cama.

Todas las sensaciones de la noche anterior volvieron a ella: el miedo que había sentido y la certeza de que la mujer del retrato, que parecía su gemela, tenía que ser una pariente perdida en el tiempo. Arrodillada sobre sus almohadas, Maité empezó a examinarlo otra vez, pero el agudo pitido del ordenador le llamó la atención.

—¡Miércoles! —Maité saltó de la cama y lo enchufó, regañándose por haber dormido tanto y porque seguro habría más furibundos *emails* de Emily. Dejando la batería cargar, salió al rellano fuera de su habitación y miró escalera abajo. Al no detectar sonido o movimiento alguno, decidió averiguar si la habían dejado sola.

En el vestíbulo, encontró una nota de Soledad que leyó con una sonrisa. Cansada de esperar a que Maité despertara, Soledad había salido a hacer la compra. Se dirigió a la cocina y se sirvió un vaso con leche, también tomó un plátano y una pera antes de volver a su habitación dispuesta a cumplir la promesa que le había hecho a Emily.

Escribió un mensaje larguísimo contando lo que había sucedido desde que se había bajado del avión en San Sebastián y, cuando llegó a la parte sobre David, se frunció pensativa por un instante, y luego tecleó: «David es súper». Sonrió de oreja a oreja, imaginando la reacción de Emily y, con la certeza de que respondería enseguida, Maité se duchó y vistió en quince minutos. Pero todo su apuro quedó en nada. Emily no se dignó a responder.

«Probablemente le está releyendo todo a la tía V», pensó Maité, tomando el violín antes de salir al balcón. Con el mentón contra el instrumento, comenzó a tocar, dejando vagar la mirada por el verde Cantábrico y demorando en la isla de Santa Clara.

Maité cerró los ojos, meciéndose con la música, mientras, en su mente, Santa Clara se despojaba de su redondez y se tornaba plana. Imaginó la isla cubierta de arena azucarada en lugar de los arbustos que sabía que la recubrían en la realidad. Un oasis de palmeras, sus frondas jugando en la brisa, la invitaban a resguardarse del sol.

Sin aviso, una pareja se introdujo en el ensueño. Al son que les tocaba en su violín, ellos danzaban sin tomarla en cuenta, hasta que Maité abrió los ojos, dejando que arco y violín colgaran a sus costados. Con la mirada fija, contempló la visión que se desvanecía y volvía a su arbustiva realidad. La pareja también se evaporó. Maité estaba segura de que los había visto antes, que había tocado para ellos en otro sueño. Pero no pudo seguirle el hilo a esa cavilación porque, como desde el fondo de un pozo, el llamado de Soledad llegó hasta el balcón:

—Mi niña, ya regresé.

Maité devolvió el violín a su atril y echó un último vistazo a la isla que seguía ahí, inmóvil y recubierta de sotos. Bajó las escaleras a la carrera y ayudó a guardar las compras, mientras Soledad le hablaba de Alba sin parar.

Entre que iba y venía, Soledad compartió docenas de detalles con Maité, como dónde solía sentarse Alba en el mesón de la cocina: el mismo lugar que había elegido Maité. Sus comidas favoritas: le encantaban los tomates de la huerta, con nada más que cebollas rojas y un chorrito de jugo de limón, igual que a Maité. Toda sílaba era un maravilloso regalo para ella, un brochazo de color que daba vida a una joven Alba, entregada a sus rutinas de antaño. Así fue como la dulce crónica borró de su mente tanto el retrato como las preguntas sobre su origen.

Cuando terminaron de organizar la compra eran cerca de las nueve y media, y Maité optó por una taza de té y tostadas.

—¡Eso sí que no! Si me rechazas la cena, mi niña, por lo menos te me comes un par de huevos revueltos.

Maité aceptó contenta.

Para las diez de la noche, Maité volvió a oír el llamado de su cama y almohadas. Le dio un gran abrazo a Soledad y, mientras subía las escaleras hasta el tercer piso, se prometió que al día siguiente terminaría con el *jetlag*.

Fiel a su autosugestión, Maité despertó a las ocho de la mañana. Se dio una ducha rápida antes de bajar a desayunar, una vez más gratamente sorprendida por el agua con aroma floral que brotaba de la ducha. «Tendré que contarle a Em sobre eso», pensó y luego, a su reflejo en el espejo, agregó cejuda:

—Emily, que no ha contestado todavía. —Pero David venía por ella y tendría que indagar el porqué del silencio de su amiga al regreso.

Se puso una falda larga de algodón, una camiseta y un par de sandalias de cuero atadas en los tobillos, y se dirigió a la cocina.

—¡Mi niña! Buenos días. ¿Dormiste bien? —Soledad la abrazó, meciéndola de lado a lado, mientras le hablaba.

—Sí-gra-cias —entonó ella.

—Ven, siéntate, mi niña, que el desayuno está listo.

En la mesa de la cocina había bandejas de comida como para media docena de personas.

—No puedo comérmelo todo —exclamó Maité, horrorizada.

—Come lo que puedas —dijo Soledad acercándole la silla de Alba.

Maité se sentó y tomó un plátano del frutero mientras Soledad se servía una taza de café y la bebía arrimada al mesón. Inspeccionó la mesa tratando de decidir qué tomaría después de la fruta, pero, con la repentina aparición de Plinio en el umbral de la puerta, a Maité se le escapó un chirrido. La figura torcida llenaba todo el marco, pero fue la conspiradora mueca en su boca la que le recordó a Maité que compartían un secreto.

Con la mano en el pecho por la reacción de Maité, Soledad se volteó para ver qué la había sorprendido. Al ver a Plinio, lo regañó estrepitosa:

—¿Por qué estás ahí como espantapájaros? Te dije que asustas a la gente con eso.

Todo el semblante de Plinio se reacomodó escarmentado y, la verdad, le sentaba mucho mejor que la desfigurada sonrisa. Se quitó el sombrero a toda prisa y empezó a retorcerlo en sus manos; hizo ademán de entrar en la cocina, pero se detuvo en seco y dirigió a Soledad una mirada inquisitiva.

—Entra ya —dijo ella con las manos en las caderas.

Plinio entró y dejó su sombrero en el mostrador. Se sirvió una taza de café y empezó a beberla en silencio.

—Tuvo un derrame cerebral hace unos meses, mi niña —explicó Soledad, sentándose a la mesa y sorbiendo su propio café—. Por eso no puede mover un lado de la cara. De ahí que, cuando sonríe, luce como un villano.

Empezando a ver cuan infundada había sido su agitación y sintiendo una punzada de arrepentimiento por su falta de piedad, Maité se dispuso a empezar de cero con él. Asintiendo pensativa, Maité dirigió una mirada cortés hacia

Plinio y, aunque no del todo lista para ser mejores amigos, consultó vacilante.

—Entonces, me puedes contar sobre el retrato que apareció en mi habitación.

Soledad miró de Plinio a Maité.

—¿Qué retrato?

—El de una doncella.

—¿Qué doncella? —exigió Soledad, obviamente consternada de no estar al tanto de algo que sucediera bajo su techo.

—Es su retrato, de ella —dijo Plinio señalando con la barbilla a Maité y disimulando el cascabeleo de su voz con otra espesa tos.

—¿Cómo que su retrato? —Los ojos de Soledad empezaban a desorbitarse.

Maité intervino para apaciguarla.

—El día que llegué, Plinio me dijo que me había visto antes y que tenía algo que mostrarme —explicó, evitando el vergonzoso drama y terror que había sentido durante la experiencia original—. Resultó ser el retrato de una joven que se parece mucho a mí. Bueno, *yo* me parezco a ella —agregó lo último, recordando la fecha borrosa en la esquina inferior del cuadro.

—Plinio, ¿qué retrato le has dado? —exigió Soledad.

—El que esa mujer se quería llevar —tosió Plinio, agarrando el sombrero del mostrador y golpeándolo en el costado de su pierna como para desempolvarlo.

Era el turno de Maité de estar confundida.

—¿Qué mujer?

—¿El retrato que fue donado? —exclamó Soledad, ignorando la pregunta de Maité.

—Es que yo lo escondí —confesó Plinio.

Soledad soltó un chasquido burlón.

—El que el señor Gonzaga estaba tan molesto que no pudiste encontrar y ella estaba tan enojada.

—Sole…, ¿qué mujer? —Maité insistió, pues su ansiedad iba en aumento. Plinio, obviamente, se sentía mal por lo que había hecho, pero qué era aquello Maité no tenía ni idea.

—Lo escondí porque era un retrato de familia.

—Hiciste bien —dijo Soledad—. ¿Quién se cree que es? ¡Serpiente! ¿A razón de qué quiere apropiarse de los cuadros de la familia de otros?

—¡¿Qué mujer?!

Soledad por fin le dedicó una mirada compasiva.

—Mi niña, es la mismísima mujer de la que te hablé. La que quiere atrapar a tu abuelo.

Maité asintió, pero al instante negó con la cabeza, pues la verdad era que no sabía.

—¿Qué quieres decir con atraparlo? ¿Quién es ella?

—Su nombre es Eva, mi niña —respondió Soledad, y al oír ese nombre, algo se aceleró en Maité—. Ella es muy joven y demasiado famosa para tu abuelo, pero muy bonita. Mucho mucho cabello rojo —dijo Soledad abanicándose los hombros y el pecho para ilustrar la abundante cabellera de Eva.

«¿Bonita? Con mucho pelo rojo y famosa. *Holy crap*», pensó Maité.

—¡Mi dios, Sole! ¿Acaso estás hablando de Eva, la supermodelo?

—¡La misma que viste y calza! —Soledad afirmó—. No me preguntes qué quiere con tu abuelo; él es demasiado viejo para ella. Tal vez porque lo encuentra muy guapo y porque vive muy bien, tal vez esta mujer…

Acodada en el mesón, con expresión avinagrada, Maité sintetizó mordaz.

—Mi abuelo anda de novio con la famosa Eva, que seguramente es veinte años menor que él. ¿Qué demonios quiere ella con él? —exigió Maité indignada, recordando la revista que los chicos de la escuela habían circulado en la que Eva posaba sobre el capó de un automóvil, cubierta con nada más que su propio pelo rojo. «Emily no me lo va a creer».

—Ella insiste en que ama a tu abuelo. —Soledad resopló como si no creyera ni una sílaba de semejante superchería—. Pero el señor Gonzaga es buen mozo y es un caballero. Una mujer como esa seguro que nunca conoció a un hombre encantador como él y no lo querrá soltar.

Resultaba obvio que Soledad no consideraba a Eva una digna compañera para el señor Gonzaga, pero aquello no le impedía presumir por la conquista lograda. Maité había captado el tono de orgullo en la voz de Soledad, incluso mientras desdeñaba a la famosa modelo.

—Pero ¿por qué quería ella ese cuadro? —insistió Maité, sacudiéndose de conjeturas que no eran de su incumbencia.

—¡Dios sabrá! Ella lo vio una vez en la casa vieja al lado del teatro. Fue ella la que le dio a tu abuelo la idea de limpiar la casa y de donar las cosas viejas que había ahí. Cuando tu abuelo envió a Plinio a recogerlo todo, ella dijo, como quien no quiere la cosa, que, de toda la basura en la casona, ese retrato era lo único que ella quería rescatar.

Plinio interrumpió; aparentemente, Soledad estaba omitiendo demasiados detalles.

—Ella se vino a la mansión María Celeste antes de que yo terminara y me ordenó: «Deja este a un lado, que es para mí» —remedó Plinio, señalando el aire con un dedo torcido—. Le dije que tendría que consultar con el señor Gonzaga, pero eso no le gustó. —Soledad soltó un bufido socarrón que Plinio ignoró—. Ella hizo un ruido como una serpiente y me dijo que le trajera el cuadro al señor Gonzaga y que me arrepentiría de haberla contrariado.

—¡Ay, bandido! Cuéntanos qué hiciste después —instó Soledad emocionada.

—Tomé el cuadro de la pared y lo escondí para poder recogerlo otro día. Luego envolví otra pintura cualquiera en papel de empaque y la puse en la camioneta con lo demás. Me fui a la Cruz Roja, porque el señor Gonzaga había dicho que la donación era para ellos. Luego me vine a la casa. —Terminó con su sonrisa torcida de siempre, pero que, para Maité, ya no era tan aterradora, sabiendo cuál era la causa.

—¡Bandido, nunca me contaste esto! —intervino Soledad, mirando sin aliento de Plinio a Maité—. Y entonces, la joven del cuadro ¿se parece mucho a mi niña?

—Dale, Plinio, ¿qué pasó después? —dijo Maité, apretando la mano regordeta de Soledad, instándola a guardar silencio.

—Cuando llegué a la casa, ella ya estaba aquí.

—Recuerdo ese día. ¡Estaba tan enojada! —se regocijó Soledad.

—Cuando me lo pidió el señor Gonzaga, le entregué el cuadro envuelto en papel de empaque junto con el recibo que me dieron en la Cruz Roja por lo demás. Ella sonrió todo el rato, con esa sonrisa, ya sabes a la que me refiero, la que no es una sonrisa.

—¡Claro que la conozco! —asintió Soledad estremeciéndose.

Maité miraba del uno a la otra.

—Y, entonces, ¿qué pasó?

—Ella tomó el paquete y arrancó el papel. Cuando vio que no era el correcto, pensé que iba a gritar, pero no lo hizo porque el señor Gonzaga estaba ahí.

—¡Esa bruja! —Soledad dijo apretando la mandíbula y levantando un puño amenazador.

—Le lloró al señor Gonzaga diciéndole que no era el cuadro que había pedido. Dijo que yo lo había hecho a propósito. Cuando él me preguntó qué pasó, yo juré haber envuelto el que ella había señalado.

—¡Bandido! ¡Bandido! —soltó Soledad, otra vez dejándose llevar por la emoción y dándole a Maité un gran apretón.

Maité vio la satisfacción brillar en la mirada de Plinio al continuar con el relato.

—El señor Gonzaga dijo que no tenía de qué preocuparme. Él dijo: «Vuelve a la María Celeste y trae el cuadro correcto». Ahí tuve que anunciar que ya todo había quedado en la Cruz Roja.

—¡Ay, ay! Fue entonces que ella gritó. Todavía puedo oírla. —Soledad casi levitaba de gozo.

—Le dije al señor Gonzaga que lo sentía mucho —continuó Plinio— porque el día que fui a la Cruz Roja fue el día que el camión se fue a la central de Madrid y el camión partió justo después de que ayudé a cargarlo todo.

Soledad se echó a reír.

Por su parte, sin entender todavía la razón de aquella mujer para querer un retrato familiar, Maité se limitó a sonreír aturdida, reconociendo la frustración de Eva ante la comedia de errores de Plinio. Entre tanto, la hilaridad de Soledad había progresado a tal nivel, que cuando Maité la enfocó, tambaleándose en la silla y secándose las lágrimas con el filo del delantal, no tuvo más remedio que unir sus carcajadas a las de Soledad. Junto a la puerta, Plinio tiritaba de risa limpiándose los ojos con el dorso de la mano.

—¡Ay, Plinio! Cuánto bien me hace reír así —resolló Soledad.

Cuando por fin se recuperaron y ya los ahogos de Soledad menguaban, Maité volvió a la carga.

—*Okay*, si no sabemos por qué Eva quería el cuadro, ¿sabemos por lo menos quién es la mujer del cuadro? Es una pariente, ¿cierto?

—Toma tu desayuno y te cuento lo que dijo tu mamá sobre ella —apuró Soledad.

Maité picoteaba su comida distraída, desayunándose de que Soledad tenía apenas diecinueve años cuando la madre de Alba había fallecido, dejando viudo al señor Gonzaga, que no tenía la menor idea de cómo criar a una niña de dos años.

Soledad llevaba apenas unas semanas de trabajar para la familia Santillán, pero, igual que su madre, Soledad pretendía hacer de ello la obra de su vida, pues el sueldo era más que justo, la responsabilidad era mínima y todos le respondían a ella.

—Incluso el señor Gonzaga —alardeó Soledad.

Criar a la pequeña Alba había sido el cometido de Soledad y su recompensa. Lo hizo con mano firme, pero brindándole todo el amor que una niña pudiera desear, ganándose así la confianza y devoción de Alba.

—Por eso tu mamá me escribía cada mes —sollozó Soledad.

En ese momento, el tenedor que sostenía Maité cayó estrepitoso. Soledad le estrujó los dedos de la mano en un solemne apretón. «Todos esos años… Mientras yo crecía sin la más remota idea de su otra vida».

—Pero, un día, a tu abuelo se le ocurrió vender la María Celeste y contrató un puñado de trabajadores para que arreglaran la casa —continuó Soledad y Maité se tragó su resentimiento con jugo de naranja.

Sin nada mejor que hacer ese verano, Alba había ido todas las mañanas a la casona a vigilar a los carpinteros y pintores. Con su imaginación hiperactiva, la María Celeste pronto se había convertido en su palacio. Por las tardes, en la cocina con Soledad, Alba había vaciado su mente de todas las ideas que había acumulado en el día. Quería vivir ahí, quería arreglar la casona, quería resucitarla.

Alba le había rogado a su padre que no la vendiera, pero él se había rehusado a escuchar. Aunque decepcionada por la negativa, Alba dobló su empeño, confiando en que algo sucedería para socorrer su causa. Fue así como, mientras el equipo reparaba las estatuillas de yeso en las esquinas exteriores del tercer piso, Alba encontró un lienzo enrollado en la polvorienta buhardilla donde todavía no había llegado la restauración. Tanto la intrigó la mujer del retrato que decidió llevárselo a casa. Se lo mostró a su padre, renovando la súplica de retener la mansión, exponiendo que, como aquel retrato, la casona guardaba valiosas reliquias.

—La casa en sí es un tesoro —había asegurado Alba— y todo lo que hay dentro le pertenece a nuestra familia. ¿De verdad pretende venderlo todo o regalarlo? —Pero el señor Gonzaga volvió a ignorar el ruego de su hija y le exigió que dejara de entrometerse en asuntos de adultos.

Esa triste tarde, Soledad no pudo hacer más que abrazarla fuerte y alisarle el cabello, mientras Alba se rehusaba a perder su palacio, pero ¿cómo convencer a su padre?

—Así fue como mi Alba concretó su primer hechizo cuando tenía solo doce años. Yo estuve a su lado cuando lo hizo —dijo Soledad sobrecogida y la particular elección de palabras impresionó profundamente a Maité.

Los ojos de Alba se habían llenado de lágrimas y, aunque su voz tembló de emoción, se mantuvo firme al exigirle a su padre que detuviera la venta de la propiedad. El señor Gonzaga esperó circunspecto hasta que su hija terminara de hablar y, sin reconocimiento alguno de los deseos y sentimientos expuestos, le pidió que se retirara porque tenía mucho trabajo que hacer.

—Pero su carita se endureció —dijo Soledad apretando las manos de Maité entre las suyas—. La sentí ponerse rígida y yo me estremecí cuando, con la voz muy fría y calculada, mi Alba dijo: «La María Celeste vive y respira como un ser humano y sangra también. Esa sangre corre por mis venas, papá, por eso, jamás la venderá usted».

Su mente se volvió un enjambre alrededor del relato de Soledad, contemplando de súbito la posibilidad de que hubiese heredado de su madre el poder de hechizar o, tal vez, solo la obsesión de Alba por la casona. Maité había visto la María Celeste al paso, pero ese solo vistazo había sido suficiente para suscitar en ella un inexplicable afán de ser su dueña y señora.

—Jamás la venderá usted —murmuró Maité, pero Soledad estaba en una racha y solo Plinio captó lo que dijo. Intercambiaron una mirada entendida.

—A escondidas de su papá, Alba decidió construirle un marco al retrato. Fue Plinio quien la ayudó a cortar la madera y encajar las piezas, pero ella misma lo lijó y luego lo pintó. Se lo llevó de regreso a la casona, que al final de cuentas no se vendió, y estuvo colgado allí durante años.

—Sí, mi niña —asintió Soledad—. Tu abuelo se cansó de pagar el mantenimiento, pasaron meses y meses y la casa no se vendía. Y es que las plantas y la maleza crecían más rápido en la María Celeste que en cualquier otra propiedad; hasta la pintura del exterior parecía oxidarse más rápido que en los edificios vecinos.

Con mística convicción, Plinio se incorporó otra vez al relato.

—Pronto corrió la voz de que la María Celeste estaba embrujada. Compradores a diestra y siniestra perdían interés y no había forma de recordarles qué era lo que los había atraído en primera instancia. Eran pocos los que no habían escuchado los rumores y venían ansiosos a ver la propiedad, pero, tan pronto como se abría la reja oxidada, algo se apoderaba de ellos y no había como persuadirlos más allá de unos pasos hacia la puerta principal. Encantada con las favorables vueltas del destino, Alba se dedicó a registrar el inventario de la María Celeste en planillas cubiertas de borrones y tachones. Clasificó las reliquias y personalmente separó las donaciones de los despojos. Pronto crecieron pilas con vestidos antiguos y apolillados, docenas de libros amarillentos y muebles apenas aptos para combustible. Pero las cosas que consideraba tesoros las subió al gran salón del tercer piso de la casona.

—Mi Alba iba a vivir en el tercer piso algún día. Me lo repetía, una y otra vez.

Maité no veía la hora de adentrarse en la casona y examinarlo todo. Recordó que, camino del aeropuerto, le pareció que alguien vigilaba desde una de las ventanas. «¿Era en el tercer piso?», se preguntó emocionada, incapaz de visualizar la respuesta.

—Fue allí arriba donde tu mamá encontró un diario —dijo Soledad—. La escritora era una señora que se llamaba

Xiomara y, cuando mi Alba lo leyó, se enteró que la mujer del retrato se llamaba Celeste y era parte de la familia.

—O sea, ¿Xiomara y Celeste son parientes?

—Sí, mi niña.

Alba siguió yendo todas las semanas a la María Celeste y volvía donde Soledad, con la cabeza llena de fantasías, diciendo que hasta las paredes le hablaban. A Soledad le preocupaba la obsesión de Alba, pero no se atrevía a sugerir que la abandonara. A la postre, lo que Alba sí abandonó fue la casa de su padre para no volver jamás.

Enfurecido por la decepción que le había causado su hija, a saber, su matrimonio con Sósimo, el señor Gonzaga juró que se desharía de las cosas que Alba más amaba. Al enterarse Soledad de la decisión del señor Gonzaga, ni corta ni perezosa, le dijo a Plinio que vaciara el tercer piso, donde Alba había guardado sus verdaderos tesoros. No podía soportar la idea de perder todo lo que había alegrado la vida de Alba durante tantos años.

Plinio había recogido y traído todo al desván del pazo, donde Alba ya había dejado algunas cosas que quería tener más a mano. Los retratos del piso principal de la María Celeste, incluido el que Alba había enmarcado, tuvieron que quedarse atrás, porque el señor Gonzaga los conocía, y Soledad y Plinio no querían correr el riesgo de que notara su desaparición.

Maité había tomado apenas dos bocados de pan tostado y los huevos revueltos estaban fríos.

—Y entonces todas las cosas de mi mamá… —Se aclaró la garganta; su voz sonaba ajena a sus propios oídos, particularmente, la palabra *mamá*, como si hubiera sido eliminada de su vocabulario. Todo el rato había imaginado a la niña, Alba, en tecnicolor, y el salto repentino de la niñez hacia la mujer le anudó la garganta—. Entonces, todo lo que mi… *mamá* acumuló ¿ahora está en esta casa?

—Sí, mi niña. En el desván. —Soledad parecía rebosar de anticipación por el goce que estaba en sus manos ofrecerle a Maité.

—Será que puedo…

—Plinio te lo mostrará.

Maité saltó de su silla, aplaudiendo como una niña.

—¡Mil gracias! —dijo depositando un efusivo beso en la mejilla regordeta de Soledad.

—¡Ay, mi niña! Ve a jugar con las cosas de tu mamá. —Soledad suspiró, secándose las lágrimas con una servilleta.

Maité salió de la cocina detrás de Plinio, abrumada por su clarividencia y la de Soledad al escoger salvaguardar los tesoros de Alba, para que, años más tarde, ella pudiera verlos, tocarlos, y perderse en la infancia de su madre.

Capítulo 21

Con el taburete que Plinio le dio a cargar, Maité lo siguió hasta el tercer piso. Después de lo que le pareció una eternidad, por fin se detuvieron frente a la mesa con el gran espejo. Tal como había dicho Soledad, la trampilla estaba en el techo, justo sobre el conjunto. Plinio hizo a un lado la mesa y juntos descolgaron el espejo y lo apoyaron contra la pared. Al abrir la trampilla, una escalera de cuerda con peldaños de madera se desenrolló frente a Plinio. Se volvió hacia Maité con su sonrisa, que ya no tenía nada de espantosa, se bajó del taburete y la invitó a trepar.

—Gracias, Plinio —murmuró ella, dándole un apretón al paso. Ascendió palpitante hacia el pasado de su madre, vagamente consciente de que Plinio cojeaba escalera abajo.

Maité asomó la cabeza por la abertura. El desván era una estancia de cinco por siete metros; cuatro paredes y un techo en diagonal componían el sencillo espacio. Un millón de partículas de polvo se arremolinaban en el cubo de luz que se filtraba por la claraboya en el centro del techo.

Maité acabó de trepar y, de pie, con los brazos en jarra, miró a su alrededor con inefable satisfacción. Se desplazó soñadora hacia el mueble más cercano y, acariciando los lomos polvorientos de libros olvidados, dejó que su mirada recorriera los antiguos baúles de cuero alineados al fondo y los marcos labrados de pinturas descoloridas que colgaban aquí y allá.

Como suspendido en el tiempo, un maniquí de modista lucía un vestido de raso con perlas a juego que Maité rozó con sus dedos, sabiendo que su madre las había puesto allí. En su mente parpadearon los infantiles designios de Alba, izándose esperanzados de entre los trebejos que había rescatado de la María Celeste.

Llena de ilusión, Maité levó anclas rumbo a la desconocida vida de sus ancestros, con todos sus colores y sus cartas, sus libros amarillentos y encajes que se desintegraban en perfumados secretos.

La mirada de miel de la mujer del retrato se infiltró en su mente, recordándole que tenía que encontrar el diario de su antepasada, de Xiomara. Empezó a catalogar los libros, en su mayoría novelas, que sus familiares seguramente habían disfrutado. ¿Los habría leído su madre? Muchos estaban en un idioma que no entendía y que ni siquiera reconocía.

El diario no estaba en ninguno de los estantes, por lo que Maité se acercó a los tres baúles. Tras mucho guerrear, logró forzar uno de los candados y perdió por completo la noción del tiempo clasificando su contenido. Estaba tan absorta en su búsqueda que no se dio cuenta de que alguien había subido por la escalera de cuerda y la miraba desde la abertura. Cuando sus ojos se posaron en el intruso, se les escapó un grito.

—David —chirrió ella, preguntándose por qué David parecía como congelado en el tiempo, acodado en el piso del desván. Ante los segundos que se dilataban inexorables y en silencio, Maité enarcó una ceja y dijo—, hola.

David parpadeó y Maité tomó súbita conciencia de su propio aspecto. Con una mano mugrienta arrancó el lápiz que le sostenía el cabello en un moño sobre la cabeza y empezó a alisarlo. «¡Estoy hecha un desastre!», pensó despegando un trozo de telaraña de la manga de su camiseta.

—Hola —dijo David—. Sole me dijo dónde estabas.

Maité intentó sonreír, pero no pudo y tampoco se le ocurrió qué decir. Se levantó ignorando el hormigueo en las piernas y sacudiendo a manotazos el polvo de su ropa. Entre tanto, David se había incorporado al desván y se acercaba a ella ofreciéndole el pañuelo que sacó del bolsillo de sus *jeans*.

Como una estatua, junto al baúl abierto, contuvo la respiración dejando que David le pusiera una mano en el hombro y con su pañuelo le limpiara algo de la mejilla. Al ver la mancha negra en la tela blanca, Maité recordó el residuo grasiento en la cerradura de los baúles y se sonrojó.

—Deja que me encargue de esto —ofreció David, desdoblando su pañuelo y terminando la obra como si se tratase de una niña.

—Listo —dijo satisfecho.

—Gracias —tartamudeó ella, sintiendo disiparse el calor que la mano de David había dejado en su hombro.

—Te iba a enseñar la ciudad —le reprochó.

El corazón de Maité dio un vuelco.

—Cuánto lo siento, David. No sé ni qué decir —balbuceó, limpiándose las manos con un trapo.

—Cuéntame si encontraste lo que buscabas —sonrió David, oteando el contenido desparramado del baúl.

—Yo, eh, bueno…

—¿Te puedo ayudar?

—Seguro. Sí. *Okay* —dijo temblorosa, preguntándose si sobreviviría la experiencia, pues, desde que David había aparecido, la presión le subía y bajaba sin ton ni son.

—Entonces, ¿qué es lo que buscamos? —Se sentó frente al segundo baúl y lo abrió sin resistencia alguna de la cerradura.

Maité se calmó un poco y se sentó junto a él. Sus inseguridades se desvanecieron al hablarle sobre el retrato en su habitación, la historia que había escuchado en el desayuno y el diario que revelaba la identidad de su pariente gemela. David escuchó sin interrumpir y, cuando ella terminó, solo dijo:

—Será mejor que empecemos entonces.

Soledad dejó una bandeja en el rellano con el almuerzo. David fue a retirarla y comieron con avidez, intercambiando sus impresiones sobre el trivial contenido del segundo baúl. Libros, acuarelas pintadas por niños, una colección de frascos vacíos y un enorme mantel con dieciséis servilletas a juego cubiertas con paisajes en punto de cruz.

Apenas minutos más tarde, o así le pareció a Maité, absorta en vaciar el tercer baúl y examinar su contenido, Soledad apareció, esta vez con la cena. El tiempo había volado y el diario aun los eludía.

Fue cuando terminaron de cenar y miraron a su alrededor, en muda decepción, que Maité notó el cuadro de una espartana fortaleza con vistas a un hermoso valle. El marco colgaba torcido en la pared sobre el baúl que, al momento, hacía las veces de mesa. Seguro lo habían movido sin querer, en su afán de búsqueda, pero allí se podía apreciar algo como una grieta en la pared detrás de él. Maité se acercó para inspeccionar la firma del cuadro. Aunque descolorido, Maité distinguió el nombre: Xiomara.

—¡Esta es la persona que escribió el diario!

—¿En serio?

—¡Sí, es ella!

Descolgaron el cuadro y se miraron alborozados ante el descubrimiento de un nicho en la pared. Medía alrededor de treinta centímetros cuadrados y contaba con dos asas anulares que Maité tiró hacia ella. La tapa de yeso se desprendió enseguida y en su entusiasmo por ver el contenido, se asomaron al mismo tiempo y se golpearon la cabeza.

—Tú primero —concedió David, frotándose la frente.

Maité metió la mano y sacó lo único que había dentro: un maletín de cuero con las iniciales A. G. grabadas entre dos hebillas. Lo colocó sobre el baúl.

—A. G., Alba Gonzaga. Esto era de mi madre —dijo con la voz llena de emoción. Estaba segura de que la última persona que lo había tocado había sido la misma Alba. Rozó el suave cuero con sus dedos cerrando los ojos y sintiendo la presencia de su madre a su alrededor.

Sus oídos se taparon de repente y la familiar calidez hormigueó sobre su piel, mientras que cerca de su cuello el sigiloso alguien murmuró.

—*Maitagarri*…

Pero, al abrir los ojos, se encontró solo a David; su mano cubriendo la de ella y, por un instante, se preguntó si, de alguna manera, era él quien le venía susurrando al oído hace días.

—No —fue la respuesta instantánea—. Eres mía, *maitagarri*…

«*Okay*», pensó estremeciéndose sin querer y registrando un cierto alivio de que su acompañante incorpóreo y David no fueran la misma persona.

—Ábrelo —dijo David.

Maité desabrochó las hebillas oxidadas. Levantó la solapa de cuero y el corazón le dio un vuelco.

—Es el diario, ¿no?

—Sí —respondió casi sin aliento, sacando la pila de cuartillas encuadernadas con una trencilla de seda—. Es todo un libro. Y mira esto —agregó retirando un pergamino suelto que alguien había colocado tras la portada.

—Parece un árbol genealógico. Comprende casi doscientos años —dijo David señalando las fechas del antiguo documento. Pero los ojos de Maité estaban fijos en las anotaciones que, sin duda, habían sido escritas por su madre, de su puño y letra.

—Mi mamá escribió esto —le dijo a David, mostrándole la anotación en bolígrafo que actualizaba el árbol genealógico con el nacimiento de Alba.

Paloma (1793–1837)
casada con Bautista Santillán
en 1817

Elise casada con
Edmond St. Michel
en 1810

...

Celeste Santillán (1819–1882)
casada con Étienne St. Michel (1814–1882) en 1838

*** St. Michel —Santillán ***

Exteban
(1839–1901)

Xiomara
(1840–1906)
casada con Andrés Orizaga en 1863

Bastien
(1842–1912)

...

Alaia Orizaga St. Michel-Santillán
(1864–1916)
casada con Ricardo Ferrer en 1882

...

Calisto Ferrer Orizaga St. Michel-Santillán (1886–1953)
casado con Anahi en 1914

...

Zorione Santillán (1915–1961)
casada con Antonio Carlos Da Costa (1911–1972) en 1936

...

Mireya Santillán-Da Costa
(1937–1989)

Carlos Da Costa-Santillán
(1937–1991)

...

hija (ilegítima) de Mireya:
Catalina *Santillán (1953–1975)*
casada con Fernando Gonzaga (1948–) en 1971

Alba *Gonzaga-Santillán (1972–*

Como si leyera su mente, David sacó un bolígrafo del bolsillo de su camisa y se lo entregó. Maité murmuró un «Gracias» y, en su mejor letra, emulando el formato de las inscripciones anteriores, anotó el nombre de su padre junto al de Alba. Escribió el año en que había nacido Sósimo, luego el año de sus muertes, y de repente la invadió la trascendencia del momento.

Maité no pudo contener las lágrimas. Desde lo más profundo de su alma, brotó el amargo resentimiento por el abandono y volvió a llorar por la pérdida de sus padres, por la soledad y la confusión en la que estaba sumergida, y por el miedo constante que sentía ante la perspectiva de tener que seguir adelante sola.

David se deslizó junto a ella en el piso y, sin decir una palabra, la rodeó con sus brazos. Agobiada por dolor y gratitud en igual medida, Maité se apoyó en el hombro de David y él la meció en silencio hasta que se serenó.

—Gracias —gimoteó ella, enderezándose.

—De nada —murmuró David y Maité sintió una cercanía con él que no tenía nada que ver con el hecho de que su brazo aun le rodeaba los hombros.

Debajo de los nombres de sus padres, con mano temblorosa, Maité escribió el suyo, seguido del año en que había nacido. Juntos miraron la página actualizada y ella derramó más lágrimas por el consuelo de encontrarse entre las ramas de la genealogía apenas descubierta.

Alba Gonzaga-Santillán (1972–2009)
casada con Sósimo Bottini (1969–2009)
en 1991

* * *

Maité Bottini-Santillán (1992–

En silencio, Maité y David contaron los repiques del reloj en el vestíbulo. Eran las once.

—Es hora… Se voló el día, ¿no? —dijo David.

Maité sintió una punzada de culpa cuando él la ayudó a levantarse. Había desperdiciado todo su día en ella.

—Mil gracias por tu compañía —dijo acomodándose un mechón rebelde detrás de la oreja, consciente de que tenía los ojos y la nariz hinchados por tantos sentimientos cruzados.

—Realmente fue un placer.

Maité quiso protestar, pero algo en la mirada de David le decía que no era pura cortesía y se sintió calentita y complacida por dentro.

—¿Me puedes llevar a la María Celeste mañana? —soltó ella, arrepintiéndose al instante por su imprudencia. David no estaba a su disposición.

Los ojos de David brillaron y, tras una breve pausa, la besó en la frente.

Maité se quedó mirándolo perpleja. Aquel beso, aunque casto, había sido tan espontáneo que su mente se percató de él solo cuando terminó y entonces empezó a borbotear su decepción. Estaba tan segura de que él había coqueteado con ella antes, pero allí la trataba de una manera casi fraternal. Fue entonces que se le ocurrió que David podría estar representando un papel. Claro. Su papá le había pedido que entretuviera a la huerfanita y, siendo el buen hijo que seguramente era, eso era lo que estaba haciendo.

—Por supuesto —respondió él. Su mirada verde y jovial solo empeoró las dudas de Maité. «Soy solo una niña para él», se achacó en bochornoso silencio, dando por hecho que estaba enguirnaldada con telarañas y embarrada de grasa para bisagras. Sus viejas amigas, las células del sonrojo, se precipitaron hacia su rostro. David le acarició la mejilla, desencadenando una deliciosa emoción que amordazó sus recelos.

—¿Paso por ti mañana alrededor de las diez y media? —dijo prolongando el dulce roce.

Maité asintió, esperanzada hasta el último segundo de que David podría besarla, mas no lo hizo.

—Listo, nos vemos a las diez y media —dijo él, colgando el cuadro en la pared mientras Maité devolvía el diario y el pergamino con el árbol genealógico al maletín de Alba.

—Después de ti —dijo David, señalando la trampilla.

Una vez abajo, Maité lo acompañó hasta la puerta principal, decepcionada a morir por su incapacidad para leer a las personas. «Es otro Finn», pensó angustiada y de repente no quería nada más que llegar a la puerta y desearle una buena noche sin más intercambios desmañados.

Aunque solo de refilón, en el sombrío vestíbulo, notó que David sonreía y sintió el rubor que le trepaba por el cuello. Maité soltó una risita nerviosa. «Al menos Soledad no dejó las luces encendidas», pensó y ¡clic!

Las luces se encendieron.

—David, mi niño. ¡No vayas a rodar por las escaleras! —dijo Soledad, que venía esquivando obstáculos hasta la puerta—. Terminé con los platos y los escuché hablar y pensé: «¡Necesito encender las luces!».

La brisa de la noche refrescó el rostro de Maité y alisó sus emociones.

—Gracias, Soledad —dijo David—. Regresaré por la mañana para llevar a Maité a la María Celeste.

—Ay, qué bueno. Entonces vienes a desayunar.

—Sí, por favor, acompáñanos a desayunar. —Maité se sumó a la invitación. Le dio las buenas noches a David y le agradeció nuevamente por su ayuda. Apretando el maletín de Alba contra su pecho y con el brazo fortachón de Soledad alrededor de su cintura, lo vio desaparecer en la oscuridad.

Capítulo 22

Sola en su habitación, Maité se duchó y se cepilló cabello y dientes. Se puso su camiseta larga de dormir, colocó las almohadas al pie de la cama y se recostó sobre ellas para que el retrato en la pared estuviera a la vista cada vez que levantara la mirada.

Se dejó atrapar otra vez por las similitudes entre ella y la mujer del retrato, a quien ya conocía como Celeste. «Es mi abuela a la séptima potencia», pensó sumida en la mágica cualidad de la pintura, donde todo parecía estar a punto de reanudar actividades suspendidas: el furtivo parpadeo de orbes entre los árboles oscuros y su reflejo en el estanque insinuaban un esplendor palpable y tridimensional. El pecho de Celeste parecía subir y bajar con cada respiro, y la superficie del agua ondeaba apacible impulsada por la misma brisa que hinchaba las cortinas en su habitación.

—Magia…

Maité acarició el maletín a su lado. Luego, recordando que era cerca de la medianoche y que se proponía leer todas las cuartillas, suspiró y empezó la tarea. Abanicó las páginas, tratando de calcular cuánto tiempo le llevaría. La autora no las había numerado, pero estimó que eran cerca de trescientas. A juzgar por las manchas de tinta en varias páginas, todo había sido escrito con pluma y tintero.

Según el árbol genealógico, Xiomara tenía dieciséis años, igual que Maité, cuando había escrito su obra. Escaneó la portada, admirando la exquisita caligrafía y deteniéndose en la dedicatoria en negrita:

Herencia Encantada: un regalo de las hadas
Dedicado a mi bienamada madre, Celeste
Tu hija,
Xiomara
1856

Algo en su vientre se estremeció y la llenó de aprensión, pero también de un profundo entusiasmo ante el importe de aquellas palabras. Miró el retrato y suspiró:

—Un regalo de las hadas.

Pasó la página y sus ojos se posaron en un párrafo escrito en una letra que no era la de Xiomara.

Para leer más allá,
tu lealtad debes ofrendar.
Basta una promesa antes de continuar
solo así evitarás desventuras
y hasta la ruina
que una identidad deificada
es capaz de suscitar.

Aquellas palabras no solo habían sido escritas por alguien que no era Xiomara, sino que la página misma tenía un tono y textura diferente a las demás. De hecho, no era papel en absoluto; era más como tela o tal vez...

—Vitela —dijo Maité, recordando la palabra correcta para la piel de ternera pulida, pero eso se volvió insignificante al caer en la cuenta de que había sido agregada años después, tornando el párrafo que acababa de leer en algo mucho más interesante.

Con la página prensada entre el pulgar y el índice, releyó cada palabra para descifrar el significado de la advertencia. Tal era su concentración que el corte, aunque microscópico, la tomó de sorpresa.

—¡Aaaj! —se quejó, chupándose el pulgar. Una gotita de sangre manchó la vitela, pero incluso mientras la miraba, preocupada de haber arruinado el preciado documento, la sangre se absorbió y la vitela quedó limpia en cuestión de segundos.

Maité se miró el pulgar; no había marca alguna, ni sangre, tal vez la superficie porosa de la vitela explicaba que hubiera desaparecido por completo. «Puede ser». Encogiéndose de hombros, Maité volteó la página y se zambulló en renglones que le sabían a ensueño.

Avivada por ímpetu sobrenatural, los minutos se convirtieron en horas sin que los sintiera. Las palabras que Xiomara había escrito hacía tantos años la transportaron a la vida de personas cuyos nombres estaban en las frondas superiores del árbol genealógico que consultaba, una y otra vez, mientras leía.

Cinco felices horas después, afloró del mágico pasado. Pronto saldría el sol, pero Maité no sentía efecto alguno por la falta de sueño. Los lugares que Xiomara había descrito desfilaban por su mente en fascinante comparsa: Santillán y St. Michel, grandioso escenario donde las vidas de Celeste y Étienne se habían desarrollado. La Alameda Florida, sede de Oihana, ¡reina de las hadas! Otros nombres como Nahia, la princesa de las hadas; el apuesto Amets; el travieso Sendoa y la desdeñosa Ederne, se trenzaban con sugestivos términos y conceptos como *pociones, ensalmos, glamour,* el *Bien* y el *Mal.*

Maité apenas podía contener su fascinación, pero, como no podía saltar de la cama y correr hacia esas montañas en busca de su pasado, dejó que sus pensamientos volaran raudos hacia Paloma, su tatarabuela (no sabía cuántos bises o tátaras eran apropiados). Estando ella embarazada, había sido sentenciada a muerte por la bruja Arantxa, quien la había desterrado para hacerse pasar por Paloma, dar a luz a su propia hija, y apropiar la gran ciudadela de Santillán. Pero Paloma, que no murió como Arantxa había planeado, encontró una vida encantada con un tropel de hadas. Allí, la reina de las hadas, Oihana, suavizó la maldición para que Paloma no sufriera la indignidad de parecerse a la horrible Arantxa por el resto de sus días. Así fue como, en el seno de la Soberanía de las Hadas, Paloma tuvo a su bebé y la llamó Celeste.

—Y, luego de varias generaciones, resulta que yo parezco la gemela de Celeste.

Maité se masajeó las sienes, rastrillándose el pelo con los dedos. No necesitaba cerrar los ojos para ver el mundo al que Xiomara había dado vida. Era como asomarse a una ventana mágica donde se sucedían las celebraciones del solsticio entre las exploraciones de Celeste y Nahia. Podía ver a sus antepasados bañándose en estanques, jugando con hermosas hadas, durmiendo al aire libre, aprendiendo a volar, viendo danzar a las Claros de Luna, mezclando pociones y aprendiendo sobre el *glamour* y encantamientos. Y luego, el drama que la llegada de Étienne causó: pues él y Celeste se enamoraron. Pero la princesa de las hadas, Nahia, la condenó por ello. La muerte de Paloma, sin embargo, unió a Celeste, a Étienne y al tropel de hadas, porque por fin descubrieron la manera de exponer la traición de Arantxa.

—Hadas en cada página —suspiró Maité. ¿Acaso se trataba de un cuento imaginado por Xiomara? Después de todo, era solo una niña de dieciséis años cuando lo escribió. ¿Lo haría para entretenerse a sí misma y a su madre? ¿Será verdad que Celeste y Paloma fueron desterradas por una malvada hechicera? ¿De verdad convivieron con un tropel de hadas todos esos años?

«Hadas». Apretando el diario contra su pecho, Maité salió al balcón. El montículo oscuro que era la isla de Santa Clara se elevaba sobre el agua, instándola a reflexionar sobre los nuevos detalles del fantástico relato que Xiomara había compuesto. Entre los arbustos oscuros que cubrían la isla, creyó ver una luz diminuta parpadeando en la distancia, pero se desvaneció rápidamente y no logró espiarla otra vez. Se preguntó si habría gente allí, tal vez adolescentes haciendo travesuras antes de que comenzara el día. «O tal vez es un hada». Maité sonrió, apretando el diario con más fuerza.

—¿De verdad me lo creo? —Dejó que la pregunta se desvaneciera en el aire mientras repasaba otra vez lo que había leído.

Volvió a su cama antes de que el sol asomase por el horizonte. La palabra *sí* escapó de sus labios antes de quedarse dormida, con el diario a salvo debajo de su almohada. Cayó rendida y se sumió en mágicos sueños de Paloma en su hora de peligro, el triunfo de Celeste y su regreso al mundo humano, para comenzar una nueva vida con su príncipe. Una vida que, con el tiempo, dio vida a Alba «y luego a mí», pensó.

Entre sueños, Maité supo que la historia no era un mito, que era completamente cierta. Maité sospechaba que su madre también lo creía, pero Alba había renunciado a esa verdad y a la aventura de encontrarla por la vida que descubrió en América. Maité no lo haría.

En su sueño, la luz parpadeante que Maité había visto en la isla de Santa Clara se lanzó hacia su habitación y explotó en destellos de luz que le permitieron ver la piel de porcelana y los suplicantes ojos aguamarina de una mujer muy familiar; rizos dorados y veteados de turquesa le enmarcaban el rostro.

—Ven por mí.

Capítulo 23

Entre soñolientos parpadeos, la soleada habitación parecía desearle buenos días. El distante graznido de gaviotas difuminó la súplica de la misteriosa mujer internándola en el laberinto subconsciente de Maité. Se estiró perezosa en su cama dejando que todos los descubrimientos de la noche anterior se arremolinaran en su mente hasta que sintió el bulto debajo de la almohada. Lo extrajo y, como venía haciendo desde que lo encontró, lo apretó contra su pecho.

Queriendo examinar el retrato otra vez, Maité se arrodilló frente a él y empezó a escudriñar las ramas de los árboles en busca de los puntos luminosos que tanto le habían llamado la atención. Algunos incluso tenían su reflejo atrapado en la superficie del agua.

Sin mucho esfuerzo, Maité se imaginó a sí misma en la quieta escena creada por el desconocido artista, preguntándose cómo se sentiría que alguien la pintara, pincelada tras pincelada, hasta que su rostro y su cuerpo cobraran vida de la forma en que esta mujer en el lienzo parecía vivir y respirar. Con un suspiro, rozó la cara de Celeste. «¿Qué me quieres decir?».

Lentamente, Maité recorrió la silueta de Celeste hasta donde su pie estaba suspendido sobre el agua y lo que vio de refilón la inquietó: el reflejo brillante de una luz en forma de diamante, que a la distancia parecía no ser más que eso, en ese

160

instante, a escasos centímetros de ella, Maité podía ver claramente que el reflejo incluía un rostro pequeño pero perfecto. También tenía brazos, un cuerpo y piernas que se desdibujaban en el aura resplandeciente que la rodeaba.

Maité buscó en el árbol detrás de Celeste, tratando de encontrar el orbe que producía tal reflejo y allí estaba la joven, con más detalle aún, dentro de su aura color verde mar. El conjunto de aquel rostro de porcelana, enmarcando por rizos dorados con mechones color turquesa, provocaron un efímero ataque de *déjà vu*, y los ojos llenos de curiosidad que parecían mirar a Maité fueron como un latigazo que le hizo galopar el corazón.

Escaneó las otras ramas y, efectivamente, diferentes caras envueltas en su propia luz, más de una docena de ellas, contemplaban la escena. La mente de Maité se deshiló en preguntas. «¿Acaso el artista se inventó estas caras? ¿Qué significan? ¿Es solo para agregar un toque de magia a la escena? ¿O será que pintaron el cuadro para ilustrar el diario? Pero no, la fecha del retrato es 1844; tiene que ser al revés. El diario se escribió a partir del retrato».

Aquella desbocada conclusión decepcionó a Maité. Ansiaba tanto creer la historia de Xiomara, pero, de alguna manera, a la luz del día, parecía infantil considerar la idea y, ni se diga, la existencia de tanta magia y de todo un tropel de hadas. Se dejó caer sobre la cama, con ganas de llorar y sintiéndose ridícula por ello. Fue entonces que el sueño volvió a ella con portentosa celeridad.

—Ven por mí —dijo la voz y en la boca de un laberinto surgieron los ojos color aguamarina en la cara de porcelana. Maité se incorporó de un salto y se quedó mirando el cuadro, resuelta a confirmar la loca idea que se había apoderado de ella.

—El aura verde mar… ahí estás. ¡Eres tú! ¡Soñé contigo! —Maité se desplomó sobre la cama otra vez—. Pero ¿qué significa esto? ¿Quién eres?

A manera de respuesta, sintió la familiar llamada que se acercaba, desde el reino de la fantasía. El delicioso peso ya se posaba sobre ella, hundiéndola en su lecho.

Maitagarri… Maitagarri…

Maité luchó contra la paralizante sensación, segura de que por fin había reconocido la palabra. Había visto letras dispuestas de manera similar en los volúmenes examinados el día anterior en el desván, no la palabra en sí, pero ¿quizás era el mismo idioma? El grosor de su piel se disipó de golpe y Maité saltó de la cama. Bajó corriendo a la cocina, donde Soledad estaba ocupada preparando el desayuno.

—¡Buenos días, mi niña! —Soledad la saludó feliz—. David estará aquí ya mismo.

—Buenos días, Sole. ¡Uyuyuy! Tienes razón, hoy viene David por mí. —Maité besó a Soledad en la mejilla—. ¿Tenemos un diccionario?

—¿Claro que sí, quieres un diccionario en castellano o en euskera?

—En euskera. ¡Perfecto!

—Ven conmigo.

Maité siguió a Soledad a la biblioteca. La enormidad de la habitación y su contenido volvieron a impresionarla, excepto que esta mañana la intimidaba solo pensar en lo difícil que sería encontrar un libro en este pajar. Pero Soledad sabía exactamente dónde buscar: en el cajón del escritorio.

Maité agarró el diccionario de bolsillo y volteó las páginas hasta que encontró la M, y luego, Ma… Mai… Mait… y ahí estaba. *Maitagarri.*

—Soledad, ¿tú lees euskera? ¿Qué dice? —preguntó Maité, tamborileando la palabra antes de devolverle el diccionario a Soledad. Ella lo examinó cejuda y pronto soltó un chasquido irritado.

—Persona de fantasía, persona pequeña con poderes, puede ver el futuro, esta joven. —Disgustada con su traducción y tras un segundo chasquido, Soledad hurgó en el escritorio y le entregó otro diccionario a Maité—: este es euskera a español.

Maité apenas podía contener su emoción mientras leía:

—*Maitagarri*: hada: ser mítico del folclore y el romance, generalmente tiene una forma humana diminuta y posee poderes mágicos. Diosa del destino.

Y ahí estaba, en blanco y negro. En ese instante, sabía que alguien la creía una *maitagarri*. Y ese alguien persistía en su llamado.

«¿Para qué?», se preguntó Maité.

—¿Por qué, mi niña? ¿De qué se trata esto?

—No sé, Sole. No lo sé.

Su mente se fraccionó en un revuelo de pensamientos y emociones. De entre el tumulto se destacaba el inefable deseo de halagar de quien la consideraba una criatura mítica. Maité ahora sabía que su corresponsal secreto la consideraba una de esas luminosas bellezas del retrato. «Superhalagador».

Tercera parte

Guárdate del mirar feérico y rehúye sus voces cantarinas.

Avistar aquellos ojos y dejarse acariciar por señorial aliento es desvanecerse en un instante luminoso.

Te sabremos trasmutado por feérico ensalmo, pues así lo declaran la mirada desconcertada y la sonrisa velada, distintas a las de ayer.

¡Guárdate de la Corte Lóbrega!

Si has de resistir, es preciso reconocer y respetar.

Afina la mirada y el oído, advierte la temible fuerza de quien se aloja en el envés, aférrate a tus verdades, so pena de perderte en el ensueño de cálidos murmullos y de labios sonrientes que enturbian, de por vida, la serenidad del corazón.

¿Osas volar con las hadas?

Revístete de bravura, que no es empresa de cobardes.

<h1 style="text-align:center">Capítulo 24</h1>

Maité se encaminó a su habitación en boyante contemplación del porvenir. Se proponía estar lista para cuando llegara David, pues irían a la María Celeste luego del desayuno.

Inmersa en arcana asociación de ideas, se espeluznó entera al llegar al rellano. El inquietante supuesto de que la vieja casona era, en efecto, un portal hacia la dimensión revelada en su lectura de la noche anterior blandía el esplendor prestado de una verdad mitológica. Debatiéndose entre desvaríos y razonamientos, entró en su habitación.

Mientras se bañaba, Maité memorizó la definición de *maitagarri* y, cuanto más lo pensaba, más se enredaba en la incertidumbre de si su corresponsal secreto se engañaba a sí mismo o si su propósito era engañarla a ella.

La palabra *hada* había salpicado la vida de Maité desde sus más tempranos recuerdos. Para su padre, siempre había sido la princesa de las hadas. Durante años, su habitación había sido un pequeño país de las hadas, adornado con murales de bosques mágicos pintados por su madre. En ese momento sabía por qué: Alba había intentado recrear la María Celeste para su hija. Hadas de cumpleaños y hadas de otoño vigilaban su ventana, y, todas las noches, Maité se quedaba dormida mirando el techo estrellado sobre su cama.

Cuando cumplió trece años, Maité decidió modernizar sus paredes y cubrió los murales con trazos en dorado, mandarina y fucsia, que le robaron parte de la cualidad celestial a su techo. Las velas, el incienso y las cuentas hicieron su aparición en escena, pero Maité no podía deshacerse de sus hadas; no del todo. Hasta el día en que tuvo que abandonar su casa, hadas modernas y estilizadas, en marcos cromados, adornaron las paredes de su antigua habitación.

«¿Dónde estarán esos cuadros? Tal vez se vendieron en un *garage sale*… o fueron donados. No. Conociendo a la tía V, están embodegados hasta que yo regrese».

A Maité no le parecía una casualidad que Alba hubiera inundado su infancia con tantas referencias y tributos a las hadas. Tal vez lo que el escrito de Xiomara logró con su madre fue alimentar su deseo de restaurar la María Celeste y, al abandonar España, tuvo que trasplantar la idea de la casona a los Estados Unidos, donde crearía el mundo de su hija.

—A imagen y semejanza del diario de Xiomara —musitó, mirando el cuadro de Celeste por enésima vez. Le agradaba, a la vez que la asustaba, ver cuán parecidas eran y, por un instante, Maité consideró la posibilidad de la reencarnación. «¿Será que soy Celeste vuelta a nacer?». Pero descartó la idea de inmediato al escuchar el resoplido de Emily en su cabeza. *One chance* es todo lo que tenemos.

Mientras se secaba el cabello, Maité imaginaba la vida de su madre como un largo cordel que Alba había ido trenzando a lo largo de los años. Sus ataduras habían comenzado en el desván de Pazo Santillán. Y Maité había retomado ese cordel y lo había seguido de regreso hasta España para descubrir esa parte de la vida de Alba, enfrentar el pasado, y esclarecer su futuro.

Pero ¿cuál era de verdad su pasado? Cuánto añoraba creer en las hadas del retrato, en el diario que le hablaba de las fabulosas experiencias de sus antepasadas, Celeste y Paloma, con las hadas. Y la voz en su cabeza que llevaba casi dos semanas exhortándola. Y lo último en el ya desconcertante tramo de ese cordel, la criatura de los ojos color aguamarina, la que había aparecido en sus sueños, suplicando que fuera por ella.

«¿En serio se trata de Nahia, la hija de la reina de las hadas en el diario de Xiomara?». La descripción ciertamente coincidía. Maité salió del baño encantada con el aroma floral de la ducha que le saturaba la piel y que la transportaba a lejanas escenas de Celeste y Paloma bañándose en su estanque. Pasajes del diario la invadieron de nuevo y su actual entorno conspiró a favor de recrear el Camerino del *glamour*, construido por Celeste, Nahia, Sendoa y Amets. Como por ensalmo, sus dudas cedieron y Maité empezó a aceptar la versión relatada por Xiomara como la historia de *su familia*.

A pesar de su deslumbramiento, Maité se las arregló para poner asunto a lo que vestiría ese día. No había excusa para que la pillaran desprevenida. Vestir adecuadamente le daría más confianza y tal vez incluso la ayudaría a evitar los sonrojos.

Satisfecha con el vestido de tubo, estampado en acuarela verde, y sus *sneakers* blancos, Maité recogió su melena en una gruesa trenza. Le sonrió a su reflejo en el espejo, pero por las mismas, se le encogió el corazón al ver el ordenador en la esquina inferior del espejo. Se volvió hacia el computador olvidado como si estuviera rechinando a todo volumen. Al abrirlo, la veintena de mensajes de su mejor amiga la llenaron de culpa.

—¡Oh, Em! —Maité comenzó a escribir de inmediato—. Sé que nunca me vas a perdonar. —Incapaz de inventarle excusas a Emily, escribió exactamente lo que la había tenido ocupada y lo escribió tal cual como le salió de la cabeza, confesando por fin, aunque sin mucho detalle, sobre la voz que había estado escuchando desde el funeral de sus padres, deseosa de que la revelación suavizara la ira de su amiga. «Ojalá crea que estoy loca y se apiade de mí».

Tecleó sin parar durante veinte minutos, sin molestarse en mantener los hechos en sucesión. Le habló del diario, el retrato y el árbol genealógico. La definición que había memorizado. El sueño de la mujer con la piel de porcelana y, en mayúsculas, el hecho de que iría, momentos después de apretar el botón de enviar, a la María Celeste, a seguir los pasos de su madre toda la tarde. Terminó con «*Please*, dile a la tía V, que tenía razón: aquí estoy descubriendo a mi mamá ☺».

Al revisar su mensaje, se dio cuenta de que no había ni un salto de párrafo. Todo había salido en una larga cadena, sin apenas comas ni puntos, pero ya no había tiempo para corregir. Seguro David estaba por llegar. Lo firmó «*Love u*, siempre, M» y presionó el botón de enviar, riéndose de la reacción de Emily ante semejante testamento.

«Eso la mantendrá entretenida durante unas cuantas horas», pensó mientras flotaba escalera abajo, atraída por el cautivador barítono de David que ascendía ya desde el vestíbulo. El rostro de Maité no se encendió cuando sus labios demoraron en su mejilla, dos veces para saludar, ni se sintió desfallecer cuando David sonrió y le rozó la cara con el dorso de la mano, diciéndole que lucía limpia, sus ojos llenos de buen humor.

Comieron en la cocina y toda ella permaneció en un tono neutral a pesar de las miradas penetrantes de David y las sonrisas que le causaban hormigueos en las rodillas. Soledad revoloteaba entre los dos, rellenando vasos, ofreciéndoles una segunda ración y al pendiente de todo, con la cuchara de madera en alto, lista para comentar en cualquier momento.

Cuando terminaron de comer, Soledad se negó rotundamente a dejarlos ayudar más allá de recoger la mesa, por lo que Maité y David retrasaron su partida solo para conversar con Soledad hasta que terminara de lavar los platos.

Era cerca del mediodía cuando por fin salieron. Una vez afuera, el aire caliente y húmedo entró espeso en los pulmones de Maité; parpadeó aturdida ante la esplendorosa luz del sol y del Cantábrico que centelleaba verde al pie de la colina. Maité se dio cuenta de que llevaba dos días sin airearse. Respiró hondo, lo que David pareció entender, de nuevo, como si leyera sus pensamientos. Le regaló su mejor sonrisa, aquella que producía un hoyuelo en su mejilla, mientras la ayudaba a subir al auto.

Tratando de reprimir la emoción que sentía ante la perspectiva de estar en compañía de David todo el día, Maité se fijaba, a propósito, en lo casual de sus modales, preguntándose como era que igual la cautivaban. David destilaba una confianza que contrastaba dolorosamente con la inquietud que ella sentía en su presencia.

«Sobreviví el desayuno sin una sola mancha y eso ya es algo», se felicitó, aunque no del todo convencida.

—Así que ¿cuántos años tienes? —espetó ella tan pronto como él subió al auto y de inmediato se crispó ante tan desdichada pregunta. «Lo que sea —pensó, enfadada consigo misma—. Seguro el calor dentro de este horno con ruedas ya me tiene roja entera».

David puso el motor en marcha.

—¿Cuántos años crees que tengo? —fue su respuesta juguetona.

—No sé. ¿Veinte? —dijo ella, desviando la mirada.

—Veintiuno —corrigió satisfecho.

«Es cinco años mayor que yo. ¡No! Solo cuatro, porque mañana cumplo diecisiete».

—¿Y vas al colegio? —preguntó, con repentino desconsuelo porque, por primera vez en su vida, nadie le daría importancia a su cumpleaños, ni siquiera lo reconocerían.

—Estoy en vacaciones de verano, pero sí, voy a… ¿estás bien? —preguntó, con una mirada preocupada.

—¿Eh?

—¿Estás bien? Te ves molesta.

—Oh, lo siento. Sí, estoy bien. Pero ¿qué estabas diciendo? ¿A dónde vas al colegio?

—La Universidad de Deusto. Podemos pasar por ahí al regreso de la María Celeste si quieres. No queda lejos.

Ella asintió.

—¿Qué estudias?

—Ciencias biomédicas.

—Y ¿en qué se convierte un estudiante de ciencias biomédicas?

—Hay varias opciones, pero a mí me gusta la investigación y desarrollo.

La idea de verlo enfundado en un mandil, encerrado en un laboratorio, no concordaba con las fantasías de Maité.

—No te queda bien —comentó sin pensar.

—Y, según tú, ¿qué me conviene? —dijo él, enarcando una ceja.

Maité se sintió hervir. «¿Y ahora qué le digo? Ah, ya sé, él es Tarzán y yo soy su Jane, tendremos bebés en la jungla y viviremos de plátanos. Qué idiota soy».

—Yo, eh, no lo sé. ¿Un doctor? —dijo detestando su inmadurez. David la había visto escribir su fecha de nacimiento en el árbol genealógico y estaba segura de que la diferencia de edad entre ellos le daba pausa.

Al final del sinuoso camino, se detuvieron en el semáforo al pie de la colina. El aire acondicionado por fin había empezado a soplar fresco.

—Y tú tienes un año más de secundaria, ¿verdad?

—Dos, en realidad. —Las mejillas de Maité ardían. Odiaba ser tanto más joven que él. Miró por el parabrisas al Cantábrico que tenía delante, preguntándose otra vez si David solo cumplía las órdenes de su padre y consideraba su deber entretenerla por ser la nieta de un cliente importante.

«No soy más que una obligación de trabajo y David seguro tiene la novia más *sexy* del planeta». Maité se inclinó contra la ventana y empezó a hincarse con banderillas imaginarias. David la había besado en la frente, un beso fraternal o, como mucho, paternal, como Sósimo la había besado un millón de veces. De repente, no quería nada más que escapar de los confines del pequeño automóvil. David no podía estar interesado en ella. «Con cuatro años de diferencia entre nosotros, nunca me verá de otra manera».

—O sea que el próximo año, serás un *junior*, ¿verdad? —David continuó.

—Sí —dijo a secas, deseando dar con cualquier otro tema de conversación. Se sentía trabada, incapaz de superar la esperanza de que él sintiera alguna atracción hacia ella. Y dale con la indecisión. «Pregúntale de una vez» sería la recomendación de Emily, pero Maité no lograba formular la pregunta en su cabeza y, mucho menos, verbalizarla.

El semáforo cambió y David condujo el auto hacia la izquierda. El Paseo de la Concha, a lo largo de la bahía, bullía de gente que disfrutaba de la tibia brisa de la tarde o se distraían en los coloridos quioscos regados por todas partes. En el agua, los surfistas subían y bajaban en sus tablas, esperando atrapar la siguiente ola; pequeños barcos con sus velas hinchadas se deslizaban alegres cerca de la orilla. Miles de parasoles salpicaban la arena blanca, dando sombra a madres y niños, mientras los rebeldes, con sus cuerpos bien aceitados y tumbados sobre esteras de colores, absorbían hasta el último rayo de sol.

David maniobró el auto tierra adentro. A su izquierda, el río Urumea fluía perezoso hacia el mar mientras Maité admiraba la arquitectura clásica a su derecha. En cuestión de minutos llegaron a la María Celeste, pero David tuvo que dar varias vueltas a la manzana antes de encontrar un lugar para estacionar a dos cuadras de distancia.

Se sentía bien estar fuera del auto y estirar las piernas. Maité decidió que, a la segura, diría lo menos posible, y aquello fue como un mágico permiso para disfrutar del paseo. David caminaba a su lado, señalando diferentes edificios y dándole breves explicaciones de su propósito. Con él hablando todo el tiempo, Maité se permitía un «Oh» o un «Ah, sí» cuando correspondía, sin perderse cada nota de su voz y de su encantador acento.

—¿Entonces dos años más de escuela secundaria? —preguntó de nuevo, rompiendo con su papel de guía turístico—. ¿Has pensado en una carrera?

Era extraño pensar en algo tan real como una educación universitaria cuando le habían sucedido tantas cosas insólitas en tan poco tiempo. Muy de repente, Maité sintió que todavía no había asimilado cuan fuera de la normalidad estaba. Reflexionó por un momento en los planes que había hecho con sus padres y, al rato, farfulló:

—Quería ser arquitecta, como mi papá. —Parpadeó para suspender sus lágrimas al recordarlo—. Iba a ser el tercer socio en el estudio de arquitectura de Bottini & Allen algún día. —Maité se preguntó dónde habían quedado esos trozos de papel y servilletas donde ella y su padre habían garabateado los planos de la casa de sus sueños. «Seguro mamá los tiró». Alba siempre los había regañado por dejar basura por toda la casa.

—Hasta que esos garabatos sean planos reales, no los quiero ver desordenando mis mesones.

El recuerdo de la testarudez de su madre pasó como una sombra por el rostro de Maité, pero su expresión se suavizó cuando David volvió a hablar.

—Arquitectura, ¿eh? —dijo él, deteniéndose en la acera, sin preocuparse de la gente que los esquivaban—. ¿Y ya no?

—No sé lo que quiero —admitió ella, obligándose a sostener la mirada de David y a pensar en su situación, en lugar de disolverse en lágrimas—. Pensé que lo sabía hasta que... hasta que mis padres murieron y luego todo cambió.

Fue un alivio decir las palabras; David sabía lo perdida que se sentía y no le importó parecer débil o inmadura. Buscó huellas de burla en su cara, tal vez un rastro de superioridad en sus ojos; después de todo, ella era una niña para él; todavía no terminaba la escuela secundaria, mientras que él casi había terminado la universidad. Pero no encontró tal mirada.

La frente de David se frunció, dando a su rostro una expresión de vacilación que la desconcertó, más aún al desvanecerse su sonrisa.

—Sabes —dijo desviando la mirada como si escondiera algo—, mi madre murió cuando yo tenía once años y todavía no he logrado lidiar con eso. Para el caso, tampoco mi padre.

—No tenía idea. Lo siento muchísimo —dijo aturdida por aquella confesión que, en un instante, reemplazó su autocompasión con solidario interés en las circunstancias de David.

Él sonrió incómodo. Se limpió algo del ojo con brusquedad y enganchó casualmente los pulgares en los bolsillos de sus *jeans*.

—Fue un accidente automovilístico —explicó—. Un camión se pasó la luz roja y golpeó el auto de mis padres en el lado del pasajero. Mi padre sobrevivió, pero mi madre no —dijo tratando de sonar indiferente, aunque para Maité fue obvio que el *quid* de su pesar era el «pero mi madre no».

David miraba de los edificios a las mansiones y de los árboles en sus jardineras al cielo azul, claramente a cualquier lado menos al rostro atento de Maité.

—Creo que se culpa a sí mismo —dijo refiriéndose a su padre y apretando los puños, pero luego exhaló y, encogiéndose de hombros, agregó—: nunca supe los detalles de lo que sucedió. Sé que fue un accidente, pero creo que, de alguna manera, yo también lo culpé. —Ante esto, por fin la miró.

El impulso de consolarlo, de protegerlo, era insoportable. Maité parpadeó y dos lagrimones rodaron por sus mejillas, lo cual pareció aumentar la angustia de David. Hundió los puños en los bolsillos y bajó la mirada, apretando la mandíbula casi con enojo. Ella aprovechó para secarse la cara a dos manos, dispuesta a no incomodarlo más.

—Nunca vi ojos como los tuyos —dijo en transparente empeño de romper la tristeza del momento—. Se me antojan borrascosos.

Los segundos se dilataron y a Maité no se le ocurrió decir ni un «Gracias». Solo podía mirarlo; ahí de pie, con las manos en los bolsillos, luciendo guapísimo. Quería abrazarlo y quería que él le devolviera el abrazo. Quería besarlo y hacer que el dolor desapareciera de sus ojos. ¿Cómo había logrado ocultarlo todo este tiempo? ¿Que su madre había muerto, que se había sentido culpable por culpar a su padre? Ella no lo había notado antes, pero, en ese momento en que él se lo había mostrado, no podía ver nada más que la amarga tristeza que emanaba de él.

—Ya casi llega… —comenzó a decir, pero ella lo interrumpió dando un paso hacia él.

Con el corazón acelerado, Maité lo besó. Los ojos de David se abrieron incrédulos, pero ella ya no podía echarse atrás; besarlo era demasiado maravilloso. David cedió y, cerrando los ojos, la rodeó con sus brazos.

«¡Esto no es un beso fraternal! Este no es Finn». El delirio era tal que Maité quería desahogarse a carcajadas. Nunca la habían besado de esa manera. «Ay, por favor —oyó decir a Emily—, no hay quién te crea esa mecha, M, ¿quién está besando a quién?». Una vez más, la hilaridad del momento la invadió; Emily tenía razón. Sintió que su corazón estallaría de placer; volvió a cerrar los ojos y se entregó al abrazo de David y al latido de su propio corazón que retumbaba en sus oídos.

David la levantó y dio media vuelta con ella en brazos. Maité echó la cabeza hacia atrás, riendo satisfecha. Y en aquel incomparable momento, el cálido susurro se inyectó en sus oídos. «*Maitagarri*».

Sintió su piel engrosar, como si alguien le hubiera puesto una capa de plomo. Se preguntó si David podía sentir su pesadez, pero nada había cambiado en su actitud.

«Eres mía…».

Maité contuvo su respiración; la voz tenía que detenerse. Nada debía interferir con este beso. «Ahora no». Hubo un breve silencio durante el cual Maité se esforzó por oír la voz, pero nada. «¡Lo detuve!». Maité se felicitó, pero su triunfo fue agridulce. El silencio sabía a reproche.

Una ligera brisa tocó su piel cuando el espesor comenzó a disiparse. Ya solo sentía a David acariciándole el cuello con sus besos y el tenue rastro de su loción para después de afeitarse.

Gradualmente, las voces de las personas que pasaban junto a ellos recuperaron su volumen, y Maité se percató de las sonrisas furtivas dirigidas hacia ellos. Nada de eso importaba, pues la tristeza en la mirada de David había vuelto a su escondite en lo profundo de su corazón o, mejor aún, tal vez había desaparecido por completo.

«Misión cumplida», pensó satisfecha. La calidez de aquel primer beso aún vibraba en sus labios.

—Estaba tratando de decir… —dijo David, mientras ella lo estrechaba contra sí— que ya casi llegamos, ¿ves?

Maité siguió la dirección que le indicaba y allí estaba la María Celeste. Se elevaba ante ellos, como una ruina encantada, en su nidal de ladrillos y vegetación.

Capítulo 25

Maité y David cruzaron la calle. Avanzaron a lo largo del muro de ladrillos hasta que llegaron a un portón de hierro oxidado con las letras MC soldadas, como un escudo, sobre el aldabón. Estaban en la parte trasera de la propiedad. David desenrolló la cadena, que afortunadamente no tenía candado. Abrió el portón a la fuerza, dejando un cuadrante grabado en la tierra apisonada debajo.

—No hay mucho tráfico por acá —observó Maité.

—La mayoría de los visitantes entraban por la puerta principal —respondió David, forzando el portón de nuevo a su posición de cerrado—. Pero hace años que ya nadie la visita.

Se internaron en la densa jungla de cítricos y arbustos donde el aroma de las flores de azahar permeaba las frescas sombras debajo de las ramas. Maité se preguntaba si eran el tipo de árboles que florecían en pleno verano —pensaba que no— y, aunque no tenía idea de la temporada de cosecha, estaba segura de que casi todo florecía en la primavera en esta latitud.

Era obvio que las mujeres de su familia preferían los naranjos y limoneros. Su preferencia se remontaba a los días de Paloma y de Celeste, donde los cítricos supuestamente florecían durante todo el año en la Soberanía de las Hadas. «¿Será que la magia de las hadas llega hasta el centro de la ciudad?», sonrió Maité, arrancando una florecilla blanca y aspirando su dulce aroma.

—¿Cómo es que no trajimos machetes? —bromeó ella, siguiendo de cerca a David que, cual intrépido explorador, abría el paso hacia la mansión.

Habiendo llegado a un patio enlosado, David se detuvo y Maité, asombrada, lo tomó de la mano observando cada detalle: el musgo espeso y verde que se desbordaba entre los adoquines; el calor de la tarde que se evaporaba de las losas en temblorosa neblina. Un par de troncos disecados, como cadáveres, bloqueaban la entrada a la mansión; si se habían podrido o los había tumbado el viento, Maité no podía decirlo.

Limpiándose la frente con el dorso de la mano y lamentando no haber traído una botella de agua, Maité contó cinco ventanales mugrientos a cada lado de la puerta trasera. Algo como un recuerdo se agitó dentro de ella o tal vez era un sueño. Fuera lo que fuere, incluso la puerta trasera de la mansión se le antojaba un portal misterioso al mundo que se moría por descubrir.

Se volvió hacia David emocionada.

—¿Entramos?

Él asintió y le indicó que siguiera adelante. Rodearon los árboles caídos hacia la puerta entreabierta.

—¿Crees que alguien ha tratado de meterse a la casa? —preguntó Maité.

—La puerta no luce forzada —observó David—. Pero iré primero, por si acaso.

—Mi héroe —dijo ella y él hizo una reverencia antes de entrar.

Pasado el umbral, Maité se detuvo a mirar a su alrededor, sin registrar que la puerta crujía al cerrarse detrás de ellos.

—*Wow!*

—Sin duda —dijo David.

Estaban en el recibidor más grande que Maité había visto en su vida, equipado con muchos estantes y ganchos para chaquetas, sombreros y paraguas. Atravesaron la estancia a paso de turista, hasta que salieron a lo que parecía una galería flanqueada por pilares. David lucía tan asombrado como ella. Avanzaron a la deriva, en direcciones opuestas, pero no habían cubierto más de un par de metros, cuando la risa de alguien llegó a sus oídos.

Maité se heló. Algo espantoso, pero muy familiar resonaba en aquella risa, volviéndola hueca y amenazante. Sin apartar la mirada de la escalera, de donde provenían las voces, sintió a David acercársele. «¿La casa está embrujada?». Pero no, la puerta estaba abierta.

—Son intrusos o ladrones. ¿Debemos echarlos? —musitó ella.

—Eh, no creo que sea un intruso. —David la sostuvo por el codo, como para prevenir que actuara por impulso.

Una mujer apareció en lo alto de las escaleras. Llevaba un vestido con faldón del más escandaloso tono mandarina, que parecía equipado con su propio ventilador, pues la tela se hinchaba a intervalos revelando sus piernas bien formadas. Una melena roja ondulada caía suelta sobre sus hombros y le enmarcaba la parte del rostro que Maité podía ver. Entre risas y mimos, la mujer acariciaba al hombre que sonreía peculiarmente a su lado.

Era un hombre mayor, pero no cabía duda de que había envejecido con apostura. El cabello canoso le sentaba bien y, a pesar de la sonrisa afectada, tenía una mandíbula fuerte y una mirada decidida que acentuaba su semblante.

—Ese es el señor Gonzaga —susurró David al oído de Maité.

Por un momento miró irritada a aquel hombre que sonreía enajenado y luego las palabras de David hicieron clic. Ahí estaba su abuelo.

—Y esa debe ser Eva —susurró Maité, incapaz de contener un pequeño aleteo de emoción; después de todo, Eva era una celebridad. ¿Cuándo había estado Maité tan cerca de alguien famoso? Nunca.

Eva se aferraba al señor Gonzaga riendo y besándole el cuello.

—¿No sería esto encantador, Fernando? —dijo y la voz profunda y arenosa resonó otra vez en el gran salón, llegando a oídos de Maité y David—. ¿No nos imaginas aquí, amor? —dijo Eva, despegándose de él en un torbellino de brazos extendidos, faldones flotantes, y mechones que rebotaban mientras miraba codiciosa a su alrededor. Mas cuando sus ojos dieron con Maité, se tambaleó sorprendida.

Que Eva se detuviera repentinamente pareció despertar al señor Gonzaga de su trance y él también miró a Maité. Una chispa de reconocimiento brilló en sus ojos y, tras una brusca tos, empezó a bajar la enorme escalera a paso empresarial. La sonrisa enajenada se había esfumado.

Eva permaneció inmóvil por un instante, pero el impacto inicial se disipó y ella también entró en acción. Alcanzó al señor Gonzaga y enroscó su brazo en el de él, de modo que cuando llegaron al pie de las escaleras, formaban un frente unido. La mirada de él era altiva y controlada; la de ella, peligrosa.

David soltó el codo de Maité. «Así que este es mi abuelo —pensó Maité, sus ojos oscilando entre la pareja—. Y esta es la mujer interesada en nuestras propiedades».

Maité se acercó a ellos con David a su lado y observó un cambio en el rostro del señor Gonzaga; pareció suavizarse, pero no con los esperados sentimientos de un abuelo. Era más bien curiosidad, o una especie de extrañeza al verla. En cuanto a la mirada desdeñosa de la mujer, Maité no pudo evitar sentir que Eva la había reconocido o que, al menos, la consideraba una presencia no deseada, y aquella noción también era inquietante.

Maité se detuvo frente a su abuelo, todavía catalogando cada detalle de su apariencia, mientras Eva, luciendo indignada, parecía escuchar los pensamientos de Maité. El señor Gonzaga no podía dejar de causar una buena impresión; su estatura, y las marcas de la edad en su piel acentuaban su atractivo con la sabiduría que siempre acompaña a la experiencia y buen entendimiento. Pero, más allá de eso, Maité también pescó un rastro de vulnerabilidad en los ojos negros de su abuelo, y aquello la turbó.

Eva se aferró aún más al brazo del señor Gonzaga y le acarició el cuello, como desafiando a Maité, quien más que nunca se negaba a reconocer su presencia. Un instinto primordial le anunciaba que la menor cantidad de contacto con aquella mujer era lo mejor. Después de casi un año del tipo de sueños que dominaban sus noches, Maité sospechaba que podía establecer una conexión con solo mirar a alguien a los ojos, especialmente, ojos como los de Eva. No quería encontrársela ni en sueños.

Al Eva despegarse del cuello del señor Gonzaga, Maité vio evaporarse la fugaz vulnerabilidad que había espiado en su mirada. «Ella se la arrebató».

—Usted es mi abuelo, ¿no? —dijo Maité con toda la censura que pudo inyectar en su voz. Odiaba que este hombre, un pariente suyo, se dejara influenciar por una mujer como Eva. No sabía qué le molestaba más: la diferencia de edad entre ellos o que Eva fuera tan pegajosa.

—Sí. Soy tu abuelo y no estoy muerto como tu madre te hizo creer todos estos años.

La amargura en la voz del señor Gonzaga le habló a Maité del profundo resentimiento, agravado por la muerte de Alba, lo que lo había obligado a asumir custodia de su nieta.

—Apenas te enteraste de mi existencia hace unos días. ¿No es así? —continuó él. Eva, con la cabeza apoyada en su hombro, sonreía desagradablemente.

—Lo dice como si fuera mi culpa —respondió Maité, evitando los ojos de Eva. El señor Gonzaga desestimó su comentario.

—No tengo idea de por qué estás perdiendo el tiempo aquí. Me imagino que la razón es un grado de curiosidad, tal vez incluso una fantasía infantil —dijo en tono policial, pero Maité intuyó que ambos pensaban en la obsesión de Alba de años atrás—. Así que adelante. Estoy seguro de que David responderá las preguntas a tu entera satisfacción, pero te ruego que no te demores ni retires nada de esta propiedad.

Maité se estremeció ante semejante mandamiento. Era una insinuación desagradable, con toda probabilidad destinada a herir la memoria de su padre. ¿No había dicho Verónica que su abuelo consideraba a Sósimo como un fracasado, un estafador? Además, no se le escapó que Eva había vuelto a ejercer la más leve presión sobre el brazo de su abuelo, como incitándolo a pronunciar la cruel declaración.

Como para confirmar sus sospechas, el señor Gonzaga pasó su brazo alrededor de la cintura de Eva y agregó:

—Estaré fuera de la ciudad unos días más, durante los cuales te familiarizarás con la ciudad. Cuando regrese, hablaremos de tu educación. Allí también David puede abordar cualquier inquietud preliminar que puedas tener.

Aquello fue demasiado para Maité. Sus ojos relumbraron con enojo hacia su abuelo.

—Señor Gonzaga —dijo sintiendo la influencia de su madre a su alrededor—, si tuviera otra opción, no estaría aquí, así que no me hable usted como si me estuviese haciendo un favor. Sé lo que pensaba de mi padre, por lo que no me sorprende que opine lo mismo de mí. No necesito ningún recordatorio sobre de quién es esta propiedad. —Su voz tembló solo un poco. Todavía la encabritaba que alguien pudiera pensar mal de su papá. «Estafador italiano... *no way!*».

Maité deseaba de todo corazón que este intercambio le recordase al señor Gonzaga de su última discusión con Alba. Maité amaba a su padre y, si ella no lo defendía, ¿quién lo haría? Como nunca, Maité se sentía una digna hija de su madre.

—Mi padre fue un gran hombre. Él, mi mamá y yo hablamos sobre mi educación, y ellos proporcionaron los medios con antelación. No hay necesidad de que apresure su regreso. De hecho, no regrese usted hasta que yo cumpla los dieciocho, que yo estaré feliz de olvidar que alguna vez nos conocimos.

El señor Gonzaga la miró estupefacto. Parecía estar a punto de decir algo que no acabó de manifestarse. La visión de aquella mujer, todavía aferrada al brazo de su abuelo, la azuzó aún más.

—¿De qué te ríes? —ladró Maité y Eva levantó la cabeza lánguidamente, fingiendo interés—. Como parece que a ti te confía las decisiones, quédatelo todo el año.

Un anillo rojo se encendió en las pupilas de Eva por solo una fracción de segundo, pero fue suficiente para que Maité retrocediera alarmada. «¿Qué diablos fue eso?». Su confianza vaciló y, en ese momento, el señor Gonzaga encontró las palabras para reprender a Maité.

—Es suficiente, jovencita. No permitiré que nos faltes al respeto a Eva o a mí, ¿está claro?

Por el rabillo del ojo, Maité captó la mueca satisfecha de Eva, sabiéndose la favorita del señor Gonzaga. Con la sangre que le hervía, abandonó toda precaución y volvió los ojos de lleno hacia Eva, arriesgándose a establecer una conexión visual que podría tener consecuencias.

«Qué se aparezca en mis sueños y ya verá», pensó Maité temeraria, y la súbita imagen de pasadas clases de español, combinadas con prácticas de fútbol, revivieron en su mente. La cabeza de Eva era el balón y Maité, en lugar de Finn, pateaba penales, uno tras otro.

Fue entonces que sucedió lo insólito. Alguien miró a Maité por encima del hombro de Eva. Debajo de la capucha añil relumbraron unos ojos color aguamarina en un rostro enmarcado por rizos dorados y veteados de turquesa. El dedo anular sobre los labios rojos de la mujer le pedía a Maité que callara.

Su conmoción fue tan obvia que Eva tuvo que echar un vistazo a sus espaldas para confirmar que no había nadie allí. Agitada, Maité decidió cumplir con el pedido de la breve aparición. Se contentó con lanzarle a Eva una última mirada mordaz antes de volverse hacia su abuelo. El semblante del señor Gonzaga predicaba que su ira era algo digno de contemplar, pero Maité, que se había esforzado por despertarla, sabía que no había vuelta atrás.

—Ojalá pudiera decir que fue un placer conocerlo, señor Gonzaga, pero me enseñaron a no mentir —dijo Maité. Con eso, giró tan abruptamente que David tuvo que saltar fuera de su camino para evitar chocar con ella.

Maité, que ya iba de salida por donde habían entrado, escuchó a David despedirse y, sin demora, estuvo de regreso a su lado.

Capítulo 26

Furiosa, Maité salió al patio soleado y salvó los troncos sin rodeos. David se le adelantó, dispuesto a apartar una vez más la maleza camino al portón. Estaba tan enojada con su abuelo que no lograba explicarse cómo un hombre como él podía permitir que alguien lo manipulara.

El solo recuerdo de la actitud de Eva, entre grosera y presumida, aumentaba el arrebato de Maité. Y, para colmo, por culpa de Eva, Maité no había podido satisfacer su deseo de explorar la casona, ni siquiera había pasado de la galería. Ahí había quedado su plan de recoger los pasos de su madre.

Maité temblaba de rabia y estuvo a punto de dar media vuelta y regresarse, pero no, la mujer de los rizos dorados había dicho que no. Lágrimas de indignación centellearon en sus ojos.

—Por favor, llévame de regreso al pazo.

—Por supuesto —respondió David sin volverse, su atención fija en apartar ramas del sendero.

Maité lo seguía de cerca, sin atinar qué decir. Sus pensamientos eran un remolino y no quería nada más que estar sola. Las cosas no eran en absoluto como las había imaginado en secreto. Además, sentía que se estaba convirtiendo en alguien que desconocía. La intensa furia que le provocó el primer intercambio con su abuelo eliminó la esperanza, por pequeña que hubiera sido, de encontrar un aliado en él siendo que la misma sangre corría por sus venas. Pero, por otro lado, ¿no le había insistido a Verónica y a Emily que el mentado abuelo no le importaba? «Tal cual. No debe importarme cómo me trate».

Con una chispa de comprensión, le quedó claro que el señor Gonzaga no la veía como familia. Prefería a Eva en lugar de su propia nieta. «Ya sabía que la desobediencia de mi mamá es algo que nunca olvidará —pensó amargada—. Pero entonces, ¿por qué diablos me trajo a su casa?».

—¿Eh? —David se detuvo y se volvió hacia ella. La pequeña jungla los encerró.

—¿Qué? No. Es nada; estoy pensando en voz alta —murmuró, mirando el entorno como si no supiera dónde estaban—. Lo siento, David, es solo que esa mujer es… No sé qué es.

David asintió.

—Lamento que no hayas podido ver toda la mansión —dijo retirando un par de hojas secas del cabello de Maité.

—¿Toda? Con las justas pasamos del recibidor, ¡aaj! Ella me… Es tan… No me gusta.

David sonrió comprensivo y reanudó su trabajo.

—Dale, desahoga tu ira y consuélate, que, exceptuando a tu abuelo, todos reaccionamos de la misma manera hacia ella.

Llegaron por fin al portón. David lo abrió y le permitió pasar antes de volver a cerrarlo. Caminaron de regreso al auto, quitándose ramitas y hojas del pelo y la ropa. Condujeron en silencio. El esplendor del mundo fuera del auto se había vuelto extraño en apenas una hora.

Maité empezó a temer que había actuado mal.

—De verdad te irritó —tanteó David.

Maité negó con la cabeza.

—¿Piensas que fui grosera y dura? No sé qué me pasó —admitió.

—No te culpes demasiado; ella tiene una forma de ser que hace que la gente se sienta amenazada —dijo—. Casi todo el mundo está de acuerdo en que está usando a tu abuelo para sus propios fines.

—¿Casi todos? ¿Quién no se siente así?

—Tu abuelo. Eva parece haber borrado su sentido común y él va donde ella señale, como si fuera la única persona digna de su confianza —dijo David acalorado.

—¿Atrás de qué anda esa mujer?

—Es un asunto delicado y estás más involucrada de lo que crees.

—¿Cómo así?

—El patrimonio Santillán le pertenece, en rigor, a la mujer designada que lleva el nombre de Santillán, específicamente, una descendiente de Celeste Santillán. Al menos, así lo indica el testamento ológrafo de hace décadas.

—Un testamento ológrafo… ¿Qué es eso?

—Un testamento escrito a mano. Los expedientes de la sucesión lo mencionan —aclaró David.

Maité volvió a negar con la cabeza.

—Estoy perdida.

—Sucede que el testamento ológrafo real se extravió, pero su referencia continúa en vigor desde años atrás. Tu abuelo busca prescindir de la referencia, insistiendo en que solo el original debía ser respetado. Y todo a raíz del pedido de Eva que quiere hacerse de una gran parte de la propiedad.

—Espera un minuto, quieres decir que…

—Que la herencia, el patrimonio, solo puede pasar a una mujer de la línea de Celeste Santillán, según el propio testador.

—Celeste es la heroína del diario de Xiomara. La herencia encantada comienza con ella, en la parte superior del árbol genealógico que… termina conmigo.

David asintió.

—Después de la muerte de tu madre, te convertiste en la única descendiente viva de Celeste. Pero, mientras seas menor de edad, tu abuelo tiene custodia legal y puede actuar en tu nombre.

Una furiosa ráfaga de calor subió el color a su rostro. Maité se mordió el labio considerando la imposibilidad de persuadir a su abuelo para que retrasara su decisión. Seguro Emily recomendaría una demanda.

—Se están redactando escrituras de transferencia para dos de las propiedades. Mansión María Celeste y una gran cantidad de terrenos al pie de los Pirineos. Los terrenos valen una fortuna y la María Celeste, por su ubicación, es un inmueble de primera. Nadie duda por qué Eva quiere apropiarlos. Lo que nadie puede entender es cómo logró convencer a tu abuelo. Las propiedades han sido parte del legado de Santillán durante siglos. Es desconcertante, por no decir reprensible, que le transfiera títulos a una extraña.

—¿Transferir? ¿Quieres decir que ni siquiera se lo venderá?

—Correcto. Parece que Eva accedió a casarse con él si él le cede las escrituras. Si hay un intercambio monetario, mi padre no ha sido informado de ello. Por eso es una situación tan delicada. Esta es la primera vez que el legado ha sido amenazado y no hay cláusulas para abordar la minoría de edad de la heredera.

Maité se quedó muda. Las cosas estaban realmente mal. El señor Córdoba había tratado de introducir el tema hacía un par de días y ella ni siquiera se había dado cuenta. La pobre Soledad seguramente no sabía cuán avanzada estaba la situación o habría dicho algo.

—Algunas personas piensan que, si se casan, la propiedad queda en la familia y no importará quién está en la escritura, pero otros, como mi padre, temen que Eva no tenga intención de casarse con tu abuelo, porque sigue insistiendo en que la firma de las escrituras sea antes de la boda. Que tu abuelo no considere aquello sospechoso es ciertamente insólito.

—Entonces, ¿qué espera para firmar todo? ¿Por qué no se ha hecho ya?

—El retraso original fue la dificultad que representaba conseguir la firma de tu mamá, pero ahora que ella... —David hizo una pausa, pero Maité lo instó a continuar con un gesto alentador—. Ahora que ella ya no está, él puede actuar en tu nombre, sin más demora.

Pensamientos sediciosos revolotearon en su mente y, de repente, Maité se vio en el centro de un conflicto igual al que Alba había tenido con el señor Gonzaga sobre la María Celeste. Solo que, en el caso de Maité, luchar no tendría sentido. Como menor de edad, sus deseos no tenían peso.

—Y Eva tendrá lo que tanto desea —dijo Maité—. Pero ¿para qué miércoles lo quiere? No puede ser solo codicia; seguro tiene millones por su propia cuenta.

—No podemos hacer más que adivinar.

Entre una y otra suposición, rodaban ya sobre el Paseo de la Concha y pronto estarían de regreso en el pazo. La isla de Santa Clara, que flotaba en la bahía, logró descarrilar los pensamientos de Maité, enfocando su atención en la concurrida playa y el paseo adoquinado a lo largo de ella. La isla parecía una enorme tortuga que había dormitado por siglos y que no despertaría ni con toda la actividad a su alrededor.

«Ven por mí». Maité apoyó la frente contra la ventana. El interior del auto estaba fresco, pero podía sentir el calor afuera a través del vidrio. «¿Qué hago primero: encontrar a esa mujer o averiguar qué quiere Eva con los terrenos y con la María Celeste? ¿Y cómo hago para que mi abuelo no se las dé?».

El cambio de marcha la devolvió al presente. Habían comenzado el empinado ascenso a casa. Maité cerró los ojos y se secó las rebeldes lágrimas que rodaron por sus mejillas. La grava ya crujía bajo las llantas.

David le estrechó la mano y ella le devolvió un apretón. «Gracias», pensó. La mano le hormigueaba; sus dedos estaban entrelazados y entre ellos corría una influencia positiva que

Maité acogía. Su mente se deslizó lateral hacia panoramas desconocidos.

Reconoció a David de inmediato en el niño que espió, sentado en un banco barnizado, en una catedral vacía. Sus ojos verdes fijos en el altar iluminado por docenas de velas, al pie del cual se encontraba un ataúd cubierto de flores. Una mano rasguñada apretó el hombro del niño, pero David no reaccionó hasta que el señor Córdoba, con voz desfallecida, le dijo que era hora de marcharse.

David miró a su padre con una inconcebible expresión en su rostro: era odio; era culpa, y parecía decir: «Debiste ser tú». Y bien pudo haber dicho las palabras, porque el señor Córdoba pareció entender. Dio un paso atrás y sus hombros cayeron como derrotado.

—¿No crees que habría muerto en su lugar si hubiera podido escoger? —La tensión de la admisión marcaba la voz del señor Córdoba y, al ver su expresión torturada, Maité fue visitada por el deseo de consolarlo, al menos darle una palmadita en el hombro.

El niño David inclinó la cabeza. Sus manos inertes a sus costados y ella vio las lágrimas caer sobre sus pantalones negros. Le dolía el corazón por el niño; tenía muchas ganas de abrazarlo, pero él se levantó de la banca. Enfrentó a su padre con el semblante alterado de quien siente horror y remordimiento; el padre había visto lo que el hijo escondía en su corazón.

—Lo sé, hijo. Lo sé —dijo el señor Córdoba, estrechando a David con su brazo sano. Luego lo agarró por los hombros, su mano izquierda vendada ejerciendo tanta presión como la otra. El niño se estremeció alarmado ante la mirada penetrante de su padre.

—Que le di a tu madre más de un momento de duda con mis tonterías es la cruz que llevaré a cuestas el resto de mi vida. Pero preciso sacarme esta culpa del pecho —exclamó casi desquiciado, suplicando a su hijo de once años que escuchara su confesión—. Pensé que amaba a Alba y, como un adolescente resentido, me contrarió no haber logrado mi objeto con ella. Guardé ese resentimiento sin importar cuán hiriente era para mi querida Catalina y, ahora que está muerta, siento que su devoción por mí se cuela en cada rincón de mi alma, y sé, sin lugar a duda, que fue solo a ella, a tu madre, a quien amé y amaré siempre. ¡Qué necio fui!

El señor Córdoba estaba casi sacudiendo a David en el colmo de su culpa, pero pronto capituló.

—¿Quién es Alba? —el niño preguntó sin comprender.

El señor Córdoba soltó los hombros de su hijo y se enderezó; la pregunta lo había devuelto a sus cabales.

—No tiene importancia. Y lo dicho ya no amerita repetición —fue su respuesta tajante.

David se limitó a mirar a su padre, conjeturando quién sabe qué en torno al nombre de Alba. Maité los vio salir de la iglesia; el señor Córdoba resuelto, a pesar de la leve cojera que aún conservaba del accidente, y el pequeño David pareciendo llevar un gran peso sobre sus hombros.

Habían transcurrido menos de cinco minutos y ya estaban frente a la puerta principal del pazo. Desorientada, pues Maité se sentía aterrizar de un largo viaje a otro mundo, miró a David y él le soltó la mano. Casi podía ver al niño de once años en los rasgos del varonil rostro.

—¿Sabes quién era Alba? —aventuró en voz baja, tomándolo por sorpresa con la revelación de que había compartido sus recuerdos.

—Ella era tu madre —David respondió cauteloso.

—Mi abuelo quería que ella se casara con tu papá.

David se encogió de hombros. Claramente desconocía esa parte.

—Yo tampoco lo sabía hasta hace poco —admitió ella, odiando ser testigo de su confusión. Intuyendo que las palabras de su padre de ese día, por fin, tendrían sentido para él, formuló la muda plegaria para que de ahí surgiera una absolución.

Los segundos se convirtieron en minutos, durante los cuales ninguno se pronunció. Maité quería reparar cualquier daño que la revelación pudiera haberle causado a David, pero no se le ocurría qué decir. David volvió a estrecharle la mano y, sin soltarla, dijo:

—Si el señor Gonzaga hubiera logrado casar a Alba con mi padre, hoy no estaríamos aquí ni tú ni yo.

Maité asintió nerviosa.

—¿Tal vez el señor Gonzaga está contemplando un matrimonio concertado para su nieta? —insinuó David con una sonrisa traviesa.

—Y, si así fuera, ¿qué te parecería?

—Si el arreglo fuera conmigo, sería redundante; el destino ya se encargó de eso —dijo besándola en la boca.

Maité cedió. «Él se cree mi destino. Él *es* mi destino».

Se bajaron del auto y, aunque todavía mareada por las palabras de David, su mente volvió a la información que él le había dado sobre su patrimonio. Sin saber qué hacer con las violentas emociones que aquello desencadenaba en su interior, subió los escalones hacia la puerta pensando: «La María Celeste es mía, también las tierras al pie de los Pirineos, donde vivían Celeste y Étienne. No solo ellos, el patrimonio incluye la historia de mi familia, su legado. Son míos y nadie me los va a quitar», decidió con la feliz certeza que ni siquiera el rechazo de su abuelo la podría disipar.

David le rodeó la cintura.

—¿Está todo bien?

Ella lo abrazó, su mirada vagando por encima de su hombro hacia la isla de Santa Clara.

—Sí.

Las nubes se reformaban veloces en el cielo; si no fuera por los brazos de David, Maité podría perder el equilibrio. Una imprudente ráfaga de viento trepó por la ladera hasta donde ellos se encontraban, trayendo consigo un suave aroma que se desvaneció tan rápido como llegó. Las nubes se abrieron, revelando dos orbes de cielo azul, extrañamente teñidos de verde como el Cantábrico y, por un instante, Maité pensó que eran los ojos color aguamarina de esa mujer, solo que allí se cernían sobre ella, como si fuera una simple estatuilla en el titánico escenario donde fuerzas sobrenaturales, ajenas a su voluntad, le desenredaban la vida.

Las nubes se arremolinaron indómitas sobre ellos. Maité estrechó a David entre sus brazos y sonrió, sabiendo que su única opción era confiar en las imágenes y los mensajes que recibía, segura de que sería capaz de distinguir entre el bien y el mal cuando llegara el momento.

—Sí o sí, todo está bien —dijo Maité y lo volvió a besar.

Capítulo 27

El regreso antes de hora tomó a Soledad por sorpresa, pero pronto recuperó su júbilo al tenerlos de vuelta en su cocina, donde podía mimarlos a su gusto. A pesar de sus objeciones, les preparó un refrigerio que colocó sobre la mesa junto con una jarra llena de limonada helada y dos vasos.

Al ver el improvisado tentempié, Maité se dio cuenta de que, después de todo, tenía mucha hambre. Ella y David se sentaron a devorar el queso y los embutidos.

—A ver, Sole, ¿qué pasa? —dijo Maité, sirviéndose más limonada y mirando a Soledad de soslayo, pues ella no paraba de orbitar la mesa, emitiendo risitas aquí y allá. También era el colmo de sospechoso que Soledad evitara la mirada de Maité y que no le hubiera propinado ni una caricia ni pellizcado la mejilla, como era su costumbre cada vez que pasaba a su lado. Cuando Soledad no respondió, Maité insistió:

—Algo pasa, Sole, ¿qué es?

Fuera lo que fuera que Soledad intentaba callar, ya no podía más. De repente estalló en una risotada y muy pronto David también tuvo que sonreír, mientras Maité la observaba pasmada.

—¡Cuéntamelo ya!

—¡Estoy tan feliz, mi niña! —soltó Soledad, secándose los ojos con el delantal.

—Qué bueno, Sole, pero ¿por qué?

—Ya verás. Es una sorpresa. ¡Ya verás! —Soledad apoyó su mano regordeta en el mesón, respirando hondo y, justo cuando parecía recuperar la compostura, lanzó un largo aullido que sacudió a Maité—. ¡Aaaay, mi niiiiiiñaaaaa!

Maité se agarró el pecho, mirando a Soledad, mientras David se encogía de hombros. Entonces una voz muy conocida repicó detrás de ella.

—Escucha, mujer, ya deja de meter tanto escándalo. ¡Le vas a dar un infarto a la cumpleañera!

Maité no lo podía creer. No quería darse la vuelta temiendo que fuera una alucinación. Después de todo, esa parecía ser la tendencia con ella en estos días. Pero ver a Soledad carcajeándose así era tan reconfortante.

Maité se volvió y, de verdad, Emily estaba allí, en el umbral de la cocina, desde donde, con la toalla como un turbante en la cabeza, pantalones cortos, una camiseta sin mangas y zapatos de lona, amonestaba a Soledad con la mirada. La otra se atacaba de risa con cada gesto de Emily y no hacía más que cubrirse la cara con el delantal.

Maité saltó de su silla. Emily estaba realmente allí, con esa sonrisa en el rostro que Maité conocía tan bien, y que gritaba:

—*Gotcha!* —Se abalanzó sobre su amiga y la abrazó, adorando ver una cara familiar.

—Cómo iba a dejar que pasaras tu cumpleaños sola —dijo Emily, palmeando la espalda de Maité.

—No tenía ni idea de…

—Si revisaras tus *emails*, M, lo habrías sospechado, por lo menos. Pero ni siquiera te diste cuenta de que no había respondido. O sea, después de la descarga de esta mañana, que no te respondiera era pista suficiente, ¿o no?

David tosió y Maité se volvió bruscamente hacia él.

—Perdón. Emily, él es David.

Emily la miró de reojo mientras David le besaba un lado de la cara y luego el otro.

—Encantada —dijo ella, agarrándole la mano y estrechándola con fuerza, como si el ejercicio de besitos al aire no hubiera contado como un saludo.

Con una sonrisa indulgente, David acercó una silla para Emily y los tres se sentaron. Soledad empezó a dispensar caricias y abrazos al azar, entre Maité y Emily, mientras renovaba el refrigerio.

Emily comenzó a interrogar a David de inmediato; aquel era su procedimiento estándar, por lo que Maité no la interrumpió y, al vuelo, ella también descubrió cosas nuevas sobre él. Como el hecho de que tenía un pequeño velero que sacaba todos los fines de semana durante el verano y que el tipo de investigación que más le interesaba era la genética.

Maité se incomodó en su silla. «¿Cómo es que Emily sonsaca información así de fácil?».

David reía entretenido y Maité sintió una punzada de celos, alarmada ante la posibilidad de que él encontrara a Emily tanto más interesante que ella, especialmente, porque tenían la genética en común.

Emily discurría largamente sobre todos los temas que Maité debía haber tenido la imaginación de abordar con David. Durante varios instantes, no atinó más que inyectarle una naturalidad escurridiza a su mirada hasta que, de repente, recordó que David era su destino; él mismo lo había declarado y, con eso, logró recuperar un grado de ecuanimidad. Al rato, David anunció que tenía algunas cosas que revisar en su trabajo e hizo ademán de marcharse.

—¡Oh, no! —Maité protestó poniendo su mano sobre la de él e ignorando la ceja arqueada de Emily.

—¿Vienes a cenar esta noche? —Soledad le preguntó, secando una olla con un paño de cocina.

—Sí, por favor, ven —Maité instó.

—Claro que sí —respondió David—. Volveré a las nueve.

—Habrá un refrigerio antes de eso, ¿no? —dijo Emily en voz baja a Maité.

—De hecho, sí. Yo tampoco me acostumbro todavía a que la cena sea a la hora de acostarse —simpatizó Maité.

Después de acompañar a David a la puerta y decirle adiós con un apretón de mano, Emily detonó:

—¡Dios mío! M, *súper* a secas ni siquiera comienza a describirlo. Y no puedo creer que ya andan agarraditos de la mano —acusó Emily—. ¿Has visto sus ojos? Y apuesto a que debajo de esa camisa hay un par de… —Maité guio a la parlanchina Emily de regreso al vestíbulo, reconociendo que su amiga estaba teniendo la misma reacción hacia David que ella había tenido. No podía culparla, solo continuar lentamente hacia las escaleras, escuchando sus conclusiones—. … se nota que es uno de esos tipos educados, pero vas a tener que darle un respiro y dejar que yo…

—¿Tú qué?

—Ya sabes, que hable con él.

—¿Qué quieres decir con darle un respiro?

—*Gosh*! Calma, M, te lo acabo de decir. Tu David es del tipo bien educado. Claro que me seguía la corriente, seguro porque estoy recién llegada y eso, pero es obvio que prefiere estar pendiente de ti. —Emily se detuvo ladeando la cabeza para estudiar a Maité.

—¿Qué?

—Ya veo a lo que te refieres con los sonrojos —comentó Emily en tono forense. Maité dejó escapar un suspiro resignado. Emily se encogió de hombros—. Sea como sea, el chico está enamorado, y lo único que digo es que debes darle un respiro de al menos media hora, para que yo pueda interrogarlo sobre su proyecto, el del gen anómalo.

Maité asintió. Si Emily lo había notado, era más que seguro que David estaba enamorado.

—Veré qué puedo hacer —prometió Maité y, luego, señalando con el mentón los tres tramos de escaleras, soltó—. ¡En sus marcas-listas-fuera!

—*Cheater*! ¡Empezaste antes que yo!

Medio ahogadas por la carrera, pero risueñas y ya en la habitación de Maité, reanudaron la cobertura de los hechos. Emily no tardó en bautizar a Eva como una simple oportunista y no parecía importarle mucho los detalles de la aventura de Eva con su abuelo. Contenta de abandonar el tema, Maité pasó a las cosas que realmente la emocionaban. Revisaron el retrato con renovadas exclamaciones de asombro y analizaron el pergamino que contenía el árbol genealógico. Maité lo tenía guardado bajo la portada del diario, tal como lo había encontrado.

Maité deslumbró y aumentó la anticipación de su amiga leyéndole extractos del diario de Xiomara, que Emily se negó a leer por sí misma hasta que estuviera completamente descansada y pudiera darle el tiempo merecido.

Estaban una al lado de la otra en el balcón de Maité, con los brazos entrelazados, mirando la isla de Santa Clara. Maité le habló a Emily sobre esa parte de la historia y confesó su sospecha de que Santa Clara era el lugar donde debía buscar a la misteriosa mujer que aparecía en sus sueños. Era tan agradable tener a alguien en quien confiar.

—*Holy crap*, M, te dejo sola por menos de una semana y te desvías a otra dimensión —dijo Emily, dándole un empujón.

—Solo tú lo ves así. Todos los demás jurarían que perdí la cabeza —rio Maité.

—*Yeah but* quién sabe si al final de cuentas no hay tal dimensión. Sería irresponsable descartar que estés loca —aclaró Emily, jalando a Maité de regreso a la habitación—. Si vamos a resolver este misterio, debemos abordarlo súper organizadas.

—Oh, no —Maité revoleó los ojos anticipando un plan de acción por demás puntilloso.

—Lo digo en serio, M, es la única manera. De lo contrario, no habrá progreso. No tienes ni idea de la bendición que es que yo esté aquí —dijo Emily.

—Claro que lo sé —dijo Maité, abrazando a su amiga—. Sí que lo sé.

—Entonces, pongámonos a trabajar.

—*Okay*, y ¿qué vamos a hacer?

—Comenzaremos con un resumen de los hechos y todo lo que sabemos. Luego haremos un *flowchart* —dijo Emily cepillándose el pelo.

—¿Un qué?

—Un diagrama de flujo con los pasos a seguir para que vuelvas a estar cuerda.

—O volver a una dimensión normal —bromeó Maité.

—Como sea. El tema es que estaré aquí solo por dos semanas y me gustaría tener este proyecto terminado antes de irme.

—Entonces, así será.

Eran cerca de las siete cuando comenzaron y el tiempo voló. Emily disparaba preguntas, una tras otra, e interrumpía ansiosa cada vez que surgían nuevos detalles. Cerca de las nueve, Maité se dio una ducha rápida y se vistió para la cena mientras Emily, sentada en la cama, ingresaba datos en su ordenador.

La cena resultó ser un asunto moderado, ya que el señor Córdoba había decidido unirse a David. Maité lamentó la pérdida de oportunidades de tomar la mano de David, cohibida bajo la mirada escrutadora de su padre. Se dio cuenta de que Emily también estaba un poco tensa, pues no comía con su entusiasmo habitual.

Como era de esperar, Emily estaba agotada por el viaje, así que tan pronto como David y su padre se fueron (Emily nuevamente les permitió besarla, pero luego insistió en estrecharles la mano), Maité y Emily dijeron sus buenas noches a Soledad y a Plinio. Luego, de la mano, subieron las escaleras. Asegurándose de que su querida invitada tuviera todo lo que necesitara, Maité se retiró a su propia habitación.

Capítulo 28

Eva y Gonzaga abandonaron la mansión poco después de Maité y David. Consideró que sería mejor distraerlo del primer encuentro con su nieta, aquella arrogante humana. Eva pidió a su chofer que los llevara al restaurante Martín Bersategui, donde se habían conocido, y ahí se tomaron un par de copas. Pasadas las ocho, salieron del restaurante y se dirigieron al apartamento de Eva, a escasas cuadras de distancia.

Luego de un revolcón en el regio lecho de Eva, se bebieron una botella de vino mirando el sol hundirse en el Cantábrico. El fuego del atardecer todavía relumbraba en las paredes de la suntuosa suite cuando ella, no sin antes darle un beso ardiente, se retiró a su aposento, dejando a Gonzaga en el sofá luciendo satisfecho.

Desde el umbral de su habitación, sin más que el largo cabello cubriendo su desnudez, Eva lo escuchó al teléfono, su expresión una mezcla de desprecio e irritación, pues su contrariedad al no poder controlarlo tan fácilmente como había estimado recrudecía cada vez con más frecuencia.

Gonzaga le dirigió una sonrisa halagadora cuando sus miradas se cruzaron, pareciendo confundir la intensidad en los ojos de Eva con deseo. Por si acaso, ella produjo un puchero seductor antes de que él pudiera conjeturar lo contrario y le voló un beso, para rematar el efecto.

—Primera clase, por supuesto —dijo él, volviendo su atención al agente al otro lado de la línea telefónica y Eva cerró la puerta de su aposento, dejando que finalizara el itinerario para su viaje a París.

Entró en el lujoso baño y cerró esa puerta también tomando la precaución de echarle llave. Mirándose en el gran espejo sobre su tocador, Eva se juzgó espléndida y se entregó a la admiración de sus encantos mientras acariciaba distraída la superficie de granito, atestada de cajas enjoyadas y frascos de cristal llenos de aceites de colores y perfumes caros.

Sin más, Eva pareció esfumarse, pero solo había asumido su tamaño compacto de veinticinco centímetros de altura. Descalza, sobre el tocador, nuevamente admiró su reflejo, complacida por cómo los frascos de colores resaltaban su cuerpo desnudo. Con un movimiento lánguido y bien practicado se cubrió el pecho expuesto con su espesa cabellera roja.

Pero los ojos grises de Maité parpadearon en su mente, haciendo arder el borde de sus propios iris.

—Esa rapaza infeliz me recuerda mucho a su ancestro, Celeste, la idiota —masculló irascible, caminando de puntillas entre los cristales, mientras observaba cada parte de su sinuoso ser en el espejo—. Pobre Amets, por culpa de ella, ya no puedo confiar en él. Pero tendré que apurar mi plan; Fernando se me escapa con demasiada frecuencia y la tal Maité presenta un riesgo demasiado real. Si tan solo mi poder no menguara al aumentar mi estatura —siseó. Su situación tan fresca en su consciente como el día en que había irrumpido en el mundo de los humanos. En menos de veinticuatro horas, Eva había descubierto que el cambio de forma y mantener el aumento de estatura consumían una gran cantidad de su energía. Como si eso fuera poco, su habilidad para cautivar y someter a los humanos se volvía apenas un tercio de lo acostumbrado.

Por suerte, Eva todavía contaba con su encanto innato. Su fama y la reacción que experimentaban sus admiradores al verla se debía, mayormente, a sus dotes naturales y a la sensualidad que exudaba, y que atraía a los hombres como si fuera un imán, con muy pocas excepciones. Fue así como, con la ayuda de Gío, la carrera de Eva, su antifaz, quedó asegurada sin mayor sacrificio, lo cual resultó auspicioso, pues no podía desperdiciar esfuerzos en alguien que no fuera su objetivo. Su fracturada energía era toda para Fernando Gonzaga.

—No debo subestimar a esa muchachita —dijo Eva—. Quizás su madre no era el verdadero obstáculo.

La manija de la puerta del baño se movió y Eva, devuelta a su estatura humana, la desenllavó, dispuesta a recibir a Gonzaga, tal vez en la bañera, sin perder de vista su objetivo: la firma de las escrituras, en París, lejos de Maité.

Capítulo 29

Agotada por el día repleto de sensaciones encontradas, Maité se hundió en su cama a las once de la noche. «Ha sido un buen día», pensó, estirando piernas y brazos hasta que crujieron. La llegada de Emily había adormecido el careo con su abuelo, al menos por el momento.

Raudo, el sueño la dominó y, a la deriva, sus pensamientos dieron con la mujer de los ojos color aguamarina. Volvió a pedirle que guardara silencio, pero, a partir de ello, el recuerdo real se trasmutó en algo nuevo y diferente.

Con un gesto alentador hacia Maité, la mujer comenzó a subir las amplias escaleras de la María Celeste; las otras tres personas no se fijaron en ellas. El señor Gonzaga dijo algo sobre la necesidad de retirar algunas cosas de la casona, a lo que Eva respondió que ya las tenía en cajas y listas para subirlas al carruaje tirado por caballos que esperaba en la calle. David dijo que el proceso de aprobación para retirar cosas del patrimonio iba para largo, por lo que no sería posible que se llevaran nada.

Maité se alejó del grupo sin escuchar la respuesta de Eva. Siguió a la mujer escalera arriba. A nadie parecía importarle que se había alejado de ellos. Maité se apresuró a seguirla, pero sus piernas se movían con lentitud y sentía que le faltaba el aire. Solo veía, paso a paso, el dobladillo de la túnica de la mujer, lo que la mantenía en constante temor de perderla de vista. El corazón de Maité se aceleró imaginando lo qué encontraría al final y pronto perdió la cuenta de la cantidad de pisos que habían subido. «¿Fueron cinco?». En lo que le quedaba de lucidez, Maité sabía que la María Celeste tenía apenas tres pisos, pero continuó trepando.

En el siguiente rellano, la enorme grieta en una de las paredes revelaba el cielo azul. Cuando se asomó, Maité vio nubes arriba y una niebla tan espesa debajo que no podía distinguir ni la calle ni la maleza que rodeaba a la mansión. Se tambaleó en la atmósfera enrarecida, pero el dobladillo de la túnica desapareció detrás de una puerta, incitándola a continuar.

Siguió el leve sonido de la tela que barría el piso de madera y, al cruzar el umbral, estaba en la orilla de un lago que resplandecía a la luz de la luna. Habían abandonado el interior de la casona. «¿O será que esto es lo que esconde el tercer piso?».

Una ligera brisa refrescó el rostro de Maité y se percató de la arena a sus pies, fría y húmeda. «¿Dónde dejé mis zapatos?». Desde la orilla opuesta del lago, la mujer de los rizos dorados parecía decir algo que Maité no entendía.

Primero, el agua solo le lamía los talones, pero pronto se arremolinó alrededor de sus muslos y Maité continuó adentrándose. Debía alcanzar a la mujer o, al menos, acercarse más para captar sus palabras. Empezó a nadar. «¿Qué dices?». Se le dificultaba respirar y le dolían los brazos. Flotó de espaldas para descansar. El agua le llenó los oídos y se le perdió la mirada en el cielo de añil, preguntándose como era que la María Celeste no tenía techo.

Las estrellas titilaban claves cósmicas que Maité se esforzaba por entender, hasta que una voz profunda irrumpió en su calma. La atacó de varias direcciones a la vez, burlándose de ella y desorientándola, pero Maité la reconoció.

«Ni se te ocurra. —Maité intentó ponerse de pie, pero no encontró fondo y comenzó a hundirse—. ¡No!».

Pataleó arrebatada hacia la orilla, pero con cada esfuerzo el agua parecía espesar, o su cuerpo se volvía más denso, más difícil de controlar. Uno de sus pies rozó algo debajo del agua que la hizo encogerse, presa del pánico. En la creciente oscuridad, a punta de revirones, trataba de ver qué era lo que se deslizaba debajo de ella.

Un algo oscuro y maligno surgió del agua a solo unos metros de distancia. Maité se lanzó en dirección opuesta con renovado furor, pero no podía escapar el eco cenagoso de aquella aparición que parecía adivinar sus movimientos. Malévolas carcajadas repicaron en sus oídos, confundiéndola aún más. Una garra helada le apresó el tobillo y la arrastró hacia el fondo. Maité se sacudió y luchó durante agonizantes segundos. Le dolían los pulmones y tenía los muslos acalambrados por el esfuerzo; se había vuelto de plomo.

Al abrir los ojos en la acuosa penumbra, Maité se encontró con el rostro de Eva que casi tocaba el suyo. Su grito no fue más que un patético gorgoteo. La mata de cabello de Eva era una rojiza nubosidad, suspendida alrededor del diabólico rostro. La risa triunfal penetró hasta la última fibra de su ser y Maité supo que era porque estaba muerta… *casi* muerta.

Soltó lo último que le quedaba de aire con un gruñido, los ojos se le desorbitaron, la garganta se le cerró. Sus extremidades se entumecieron.

La voz masculina, su compañero secreto de varios días, susurró:

—Este es *tu* sueño, *maitagarri*… Puedes hacer lo que quieras con él. Incluso morir. Si así lo deseas.

Sus oídos estaban a punto de estallar; no lograba procesar la revelación contenida en aquellas palabras. Una oscuridad fría y mojada era todo lo que podía sentir y ver.

—Morir… si así lo deseas.

Maité miró hacia arriba. La superficie del lago parecía estar a leguas sobre ella. «¿En serio me quiero morir así?».

—¡No! —Maité soltó; el enorme esfuerzo pareció exprimirle oxígeno a nivel celular causándole un dolor insoportable.

«Este es mi sueño», Maité pensó, recordando el taller al que había asistido con su madre, *El exquisito mundo de los sueños*, y al instante la invadió una loca esperanza. «Haré lo que me dé la gana con él». Consciente como para saber que estaba soñando, pero aún lo suficientemente dormida como para continuar a su manera, Maité respiró profundo. La soñolienta alquimia extrajo preciado oxígeno del agua que le llenaba los pulmones y, como por artificio, el dolor del pecho desapareció y el cerebro nublado se le despejó.

Sintiéndose revivir, su miedo se transmutó en aguda fiereza. Imaginó una candente lanza autoguiada que arrojó hacia Eva.

—No me voy a morir hoy y menos contigo en mi cabeza —rabió y, aunque las palabras salían como a través de una almohada, la intención era irrebatible en su mente.

Eva esquivó la lanza de energía de Maité y se disparó hacia la superficie. Maité la persiguió, pero, al abrir los ojos y mirar a su alrededor, Eva se había esfumado, llevándose la oscuridad con ella. El resplandor de la mañana inundaba su habitación. Las gasas color lila se hinchaban con la brisa.

Capítulo 30

La pesadilla desapareció apenas la puerta se abrió y Emily entró, todavía en pantalones cortos y camiseta, con los pies descalzos y el cabello recogido en un moño desmadejado.

—Ah, qué bien que estés despierta. *Happy* cumpleaños! —entonó Emily, agitando dos hojas de papel en el aire y acomodándose sobre la cama.

—Gracias, Em, y buenos días —dijo Maité sentándose también para dejarle más espacio a su amiga. Debajo de la sábana, sentía las piernas adoloridas.

—Ídem. Pero mira lo que preparé —anunció Emily, bandereando lo que parecía ser un horario.

—¿Hiciste esto anoche? Pensé que estabas agotada —dijo Maité, escaneando los papeles.

—Lo hice esta mañana. Es que el sol sale como a las seis en mi lado de la casa y pega directo sobre mi almohada. ¿Cómo no me diste una habitación que da al oeste como la tuya? —rezongó Emily examinando el espacio con intensidad fiscal.

Maité se rio, leyendo el programa que Emily había garabateado en ambos lados de cada hoja, y que había titulado: «Proyecto *Maitagarri*. Fase I». Debajo había enumerado cosas como pedir un barco prestado para ir a Santa Clara, volver a la María Celeste y hacer un recorrido, leer el diario completo de Xiomara, pedirle a David que las llevara a las montañas, tratar de llamar a las voces, ver si Eva estaba en un directorio telefónico de la ciudad, almuerzo.

—*See this one?* —dijo Emily señalando el escrito que decía «Desarmar la ducha para ver de dónde viene el olor»—. Es solo para que sepas que no olvidé nada.

—Veo que has estado ocupadísima, pero ¿qué pasó con el *flowchart*?

—Enumerar los pendientes resulta mejor porque, este rato, no tenemos más que elementos de acción —dijo con aire de suficiencia—. Un diagrama de flujo no tiene sentido por ahora y, además, no traje un *mouse* normal y me demoro eternidades haciendo diagramas con ese botoncito inútil.

—*Wow*, Em, hay cosas aquí que ni siquiera se me habían ocurrido.

—¿Como qué?

—Almuerzo, por ejemplo —Maité bromeó.

—Antes de eso, hablemos del desayuno. ¡Me muero de hambre! —dijo Emily y, agarrando a Maité de la mano, la sacó de la cama.

Bajaron las escaleras y entraron a la cocina donde Soledad las esperaba con la mesa ya dispuesta: jugo de naranja, café humeante, pan caliente y fruta fresca.

—¡Feliz cumpleaños, mi niña! —canturreó Soledad tan pronto como vio a Maité y el estrujón que acompañó a aquel saludo la dejó mareada.

Apenas se sentaron, Soledad trajo una sartén en la que chisporroteaban embutidos al lado de una enorme tortilla. Repartió generosas porciones de cada cosa y Maité y Emily atacaron la buena comida de Soledad hasta que no pudieron más. Después de ayudarla con los platos, volvieron a sus habitaciones.

Ya duchada y vestida, Maité estaba trenzándose el cabello frente al espejo cuando Emily entró.

—Ya lo entiendo —dijo ella—. Olí tu ducha desde el pasillo.

—¡Buenísimo! Eso significa que no estoy loca.

—La lista de pendientes es larga y apenas estamos empezando. Imposible decidir si estás loca o delirando solo a partir de unas aguas perfumadas —dijo Emily con un guiño—. *Ready*?

—Lista.

—*Okay*, comenzaremos con el diario. Como tú ya lo leíste, deja que me ponga al día con eso. Si no te importa, quiero leerlo en tu cama para poder mirar el retrato cuando lo necesite.

—¡Sí, señora! —Maité la saludó al estilo militar.

—Más tarde desbaratamos la ducha. Tal vez Plinio nos puede ayudar.

—De acuerdo y, mientras lees *Herencia encantada*, cargaré el árbol genealógico en el ordenador, para que podamos usar la copia, no vaya a ser que perdamos o dañemos el original. Casi quiero enmarcarlo.

—*Okay*.

Maité sacó el diario de su mesita de noche y retiró el delicado pergamino antes de entregárselo a Emily.

—Háblame en cuatro horas —dijo ella, acomodándose en la cama de Maité con su libreta, un lápiz y dos manzanas a la mano.

Maité se quedó mirándola por un momento, agradecida a morir de tener a Emily con ella, compartiendo todo detalle y ayudándola a resolver el misterio. Colocó el árbol genealógico en la mesa junto a su ordenador, pero, antes de que Maité pudiera empezar a transcribir, un gruñido de frustración hizo que se volviera.

—¿Qué pasó?

Luciendo sospechosa y resentida a la vez, Emily miraba a Maité desde la cama.

—Em, ¿qué es?

—Ya te digo —acometió Emily—. Es que este papel me ha picado el dedo tres veces. ¡Si sigue así voy a necesitar una transfusión! No me deja leer más allá de esta estúpida primera página.

Horrorizada, Maité corrió hacia Emily y le quitó el diario. Efectivamente, tres gotitas de sangre saltaron a la vista en diferentes etapas de ser absorbidas por la vitela.

—A mí me pasó lo mismo, pero ¿a qué te refieres con que no te deja leer?

—*Exactly that*! Que no puedo leer una palabra de esto. —Emily abanicaba enfurecida las gruesas páginas. A pesar de la velocidad en que lo hacía, Maité pescaba palabras al vuelo, pero Emily insistía—: nada. Esto no es más que un largo garabato. ¡Ni siquiera son letras!

¿Cómo podía ser aquello? Para Maité la pequeña punzada del papel no fue más que una distracción pasajera y de inmediato pasó a leer el resto del diario, perfectamente legible para ella.

—Em, yo veo muy bien las letras. Mira justo aquí. —Maité detuvo el abanico de páginas e instó a Emily a mirar—. ¿No reconoces esta palabra? Dice *Celeste*. Las letras, por lo menos distingues cada letra, ¿no?

—*Crap*, M, eso es lo que te digo —gimió, agraviada—. No veo letras, solo un montón de garabatos, unos cortos, otros largos, y todos sin sentido.

Perpleja, Maité empezó a preguntarse si tal vez Emily estaba bromeando, pero el ceño fruncido de su amiga decía lo contrario. Maité casi podía escuchar el cerebro analítico zumbando dentro de la cabeza de Emily en busca de una explicación. ¿Cómo fue que Maité pudo leer todo el diario y Emily no?

—Será que uno tiene que ser pariente de esta Xiomara para poder leer la maldita cosa —sugirió Emily turbada.

Maité reflexionó sobre aquello, tratando de decidir si se trataba de un nuevo componente que debían catalogar.

—¿Segura que no me estás embromando?

—¿Me estás embromando tú a mí? —objetó Emily.

—No tengo por qué hacerlo. —Maité abanicó las páginas llenas de texto reconocible.

—*Now, what*? —exigió Emily.

—Pues, no sé. ¿Será un conjuro o un hechizo?

Emily asintió desalentada y Maité notó algo parecido al miedo estampado en el rostro pecoso. Miedo de algo que la metódica Emily no podía racionalizar. «Magia».

—¿Qué tal si repaso los capítulos contigo al vuelo? —Maité sugirió conmovida y ansiosa por ahuyentar el desconcertante momento. No quería perder la audacia y el aliento de Emily y, si le permitía ahondar en ello, seguro se trastornaría. Mejor mantenerla activa y enfocada en cosas prácticas—. Iremos capítulo por capítulo, para que tengas una idea general del contenido.

—Bien —dijo Emily, parca, y mirando de soslayo al grueso libro que la había ofendido.

—¿Em?

—Qué.

—Antes de continuar… —Maité pausó, sin saber cómo decir lo que de repente había comenzado a preocuparla. Si iba a transmitir el contenido de este diario a alguien que no podía leerlo por sí misma, tal vez era mejor obtener, por lo menos, una promesa verbal.

—Dale, pues.

—Quiero evitar desventuras y ruina —dijo Maité, rozando la vitela, de donde ya había desaparecido todo rastro de la sangre de Emily—. Basta una promesa.

—*Okay*. De acuerdo —respondió Emily. Revoleando los ojos se acercó al diario y, con cuidado de no tocarlo, repitió lo que Maité sugirió—. Ofrendo mi lealtad a las identidades reveladas y aquí deificadas.

—Gracias, Em.

Maité se sumió en los aspectos más destacados de la historia, sonriendo cada vez que un gruñido burlón o un suspiro se le escapaba a su público de uno. A veces, Emily examinaba el retrato sobre la cama o recorría con el dedo el árbol genealógico, donde estaban impresos, en exquisita caligrafía, los nombres de los fundadores del clan Santillán. Lo que Emily no hizo fue interrumpir la narración de Maité, ni siquiera una vez, aunque su decepción parecía aumentar a medida que la pila de páginas por leer se reducía.

Al cabo de un par de horas, Emily soltó un silbido.

—Así que estos son tus ancestros —dijo pareciendo olvidar su resentimiento mientras devolvía el árbol genealógico a su lugar debajo de la portada del diario.

—Así es —suspiró Maité.

—¿Y crees que todo esto es cierto?

La pregunta de Emily parecía enroscarse al final con un rabillo desafiante, o así lo sintió Maité. Bajó la mirada y cerró el diario, incapaz de responder. Imposible confesar que se lo creía todo; si lo hiciera, Emily seguro concluiría que Maité estaba fuera de alcance de toda razón.

—Será mejor que pongamos el árbol genealógico en la computadora —dijo evasiva.

Si Emily captó la indirecta, o si la idea de abordar una tarea práctica la entusiasmó, Maité no lo podía asegurar. Se dio por satisfecha con que Emily abandonara la inquisición y que volcara su brío en la genealogía de Maité y en los pasos prácticos a seguir. Mientras le leía las fechas y los nombres a Emily, Maité imaginaba un rostro para acompañar a cada uno de los principales actores, con quienes ya sentía una íntima conexión.

—Al lado de Calisto, va Anahí —dijo Maité y, mientras se lo deletreaba a Emily, repentinos pensamientos sobre la mujer de los rizos veteados de turquesa la distrajeron, «Ven por mí...», pero Maité se sacudió y continuó leyendo el resto de los nombres.

Media hora más tarde, Emily declaró:

—Y sanseacabó. —Levantándose del escritorio y haciendo estiramientos antes de tumbarse sobre la cama para mirar el retrato otra vez—. *Wow!*

—Y, ahora, ¿qué? —preguntó Maité.

—De verdad, te pareces mucho a esta Celeste.

Maité se trepó a la cama abrazando sus rodillas contra el pecho.

—De hecho, hay un gran parecido, aunque los ojos de Celeste eran color marrón.

—¿Qué te pasó? —exclamó Emily, señalando el tobillo de Maité.

Asustada, Maité estudió el oscuro moretón, como un grillete, alrededor de su tobillo.

—No lo sé —dijo sin aliento, palpándolo y confirmando que realmente le dolía. Un escalofrío le recorrió la espalda; podía sentir la adrenalina como un chorro de agua caliente dentro de ella—. O sea, sí sé lo que es, pero es que no puede ser. ¡Maldita sea!

—¿Qué? ¿Qué es lo que no puede ser?

La pesadilla resurgió y Maité trató de agarrar bien el hilo antes de responder. Cuando se sintió anclada, le relató el mal sueño a Emily, quien no pudo hacer más que mirar el tobillo de Maité como si la garra de Eva todavía estuviera aferrada a él.

—*Holy crap*, M.

—De verdad trató de matarme —murmuró ella, auscultando el moretón.

—Pero tu otro novio te salvó —espetó Emily, irónica.

—¿Eh?

—Claro. Fue él que te indicó cómo sobrevivir, ¿no?

—Sí, supongo…

—*Yep*, ya lo sé, te sientes fatal porque él te salva la vida, a pesar de que lo has ignorado por estar enredada con David…

—Ay, Em, ¡cómo hablas bobadas! —Maité replicó, cruzándose de brazos afrontada.

—Es la verdad, ¿sí o no? No debías jugar con dos tipos al mismo tiempo. Tienes que decidirte. ¡Elige uno y suelta al otro!

—¿Te oyes lo que dices?

—No —rio Emily—. Creo que es el hambre hablando, mejor no me prestes atención. Pero, para que lo sepas, si yo fuera tú, haría lo mismo. Trataría de llevarme bien con los dos hasta que decida cuál me conviene más. Por supuesto, en caso de necesidad, elegiría al tipo al que puedo ver, oír y tocar.

—Estás loca, Em, mejor sea que te reenfoques porque el tema aquí no son los dos tipos. Es este moretón en mi tobillo.

—Tienes razón —respondió Emily, observando circunspecta que había comenzado a ponerse amarillo en partes—. Esa mujer de verdad quería matarte. Si tan solo los chicos en el nuevo continente supieran que la diosa de Lamborghini es una oportunista, engañanecios, hija de…

—¡Emily!

—Pues lo es.

—¿Pero es posible? Quiero decir, fue solo un mal sueño —se quejó Maité, temiendo que Emily retractara sus palabras anteriores; que ella, Maité, se había desviado a otra dimensión y que, en su lugar, la declarara poseída o loca.

—He leído estudios sobre los sueños —comenzó Emily, sorprendiendo a Maité una vez más con su objetividad—. Tu mente puede construir cosas locas en torno a una sola idea cuando estás soñando. De hecho, ha pasado antes que las personas hacen cosas rarísimas mientras duermen. Es posible que tu misma te hayas moreteado mientras dormías. —Maité asintió, aunque convencida solo a medias—. Qué tal si te enredaste el tobillo entre las sábanas y, luego, soñando que tratabas de librarte de Eva, tú misma ceñiste la sábana y te magullaste así.

La lógica de Emily derrumbó las esperanzadas conjeturas de Maité. Era más razonable que se lo hubiera hecho a sí misma más que que alguien como Eva tuviera el poder de afectarla físicamente dentro de un sueño, mucho más que la voz de un hombre desconocido susurrándole aliento para que se salvase a sí misma, más aún que aquel hombre resultase ser un hada, e infinitamente más que ella, Maité, fuera parte de un centenario conflicto feérico. Maité se sonrojó ante sus infantiles deseos que se desvanecían.

«Pero ¿qué de la página de advertencia en el libro?», pensó esperanzada. ¿Cómo podía ser que un diario perfectamente legible para Maité no fuera más que una colección de garabatos para Emily? ¿Todo por una muestra de sangre rechazada? ¿No era aquello magia? ¿No era aquello prueba contundente de que algo científicamente inaudito había sucedido?

«¡Miércoles! ¿Cómo es que Emily descarta semejante cosa? Un trozo de papel que le saca sangre a uno, la analiza y luego permite, o no, la lectura de su contenido». Aquello era nada menos que un cifrado mágico, en opinión de Maité, y Emily tendría que admitirlo tarde o temprano.

—¡Mis niñas! —Soledad llamó desde el pie de la escalera—. ¡El almuerzo está listo!

—*Bless her* —dijo Emily fervorosa, saltando de la cama y haciendo estiramientos como quien va a participar en una carrera.

Salieron de la habitación, Maité detrás de su amiga, sintiéndose optimista. No lo dijo, pero estaba segura de que Emily tendría que aceptar que la respuesta a sus preguntas se encontraba más allá de la ciencia. Y aunque solo por esta vez, la magia tomaría su lugar en el gran esquema de sus circunstancias.

Capítulo 31

Cuando Maité refirió lo sucedido el día anterior en la María Celeste, Soledad se declaró convencida de que todo había sido obra de Eva.

—¡Esa no es una mujer, es una serpiente! —Soledad masculló rumbo al teléfono, enganchando, al paso, la tarjeta de la compañía de taxis pegada al refrigerador.

«Tal cual», pensó Maité, pero no debía dejar que Eva acaparara sus pensamientos. Había cosas más importantes por resolver. Incluso si Emily decidiera descartar las cualidades mágicas de sus circunstancias, Maité estaba dispuesta a explicarlas desde ese ángulo.

«En serio, ¿quién oye voces en su cabeza? ¿Quién siente el aliento de un desconocido en su cuello en los momentos más extraños? ¿Los sueños de quién son tan reales como para causar moretones? Gente loca y psicótica —fue la respuesta que fulguró en su mente, pero la apagó con otro pensamiento—: ¿qué tal si lo que hice fue cruzar el umbral de una dimensión cotidiana y entrar a un lugar donde cosas como el tiempo, la distancia y las limitaciones de los cinco sentidos no existen?».

—El taxi estará aquí en cinco minutos —dijo Soledad colgando el teléfono.

—Gracias, Sole —dijo Maité y Emily asintió desde el mesón de la cocina, donde estaban terminando su almuerzo.

Con el estómago lleno y emocionadas por el paseo a punto de empezar, las chicas esperaron junto a la puerta principal hasta que llegó el taxi. Soledad las despidió con promesas de una rica cena y ellas le volaron besos desde el asiento trasero.

El taxi descendió por la serpentina loma hacia el Paseo de la Concha y el panorama nuevamente causó euforia en Maité. ¿Será que algún día podría acostumbrarse a la belleza de todo aquello? Verlo de nuevo, a través de los ojos de Emily, solo aumentó su goce. En escasos días, el alto desierto que era Ogden, con su vegetación recia y resistente a la sequía, se había vuelto un borroso recuerdo disuelto en la exuberante espesura, las suaves brisas y el aire yodado y tibio de San Sebastián.

Luego de pagar al taxista que las dejó en la puerta trasera de la María Celeste, Maité tomó la delantera para abrirle camino a Emily como lo había hecho David el día anterior.

—¡Esto es una selva! Y en medio de la ciudad —se quejaba Emily mientras Maité apartaba ramas.

—Maravilloso, ¿no? —canturreó ella, emocionada ante la inmediata realidad de examinar la mansión entera esta vez.

Irrumpieron al patio en menos tiempo de lo que ella y David habían demorado. La casona volvió a aparecer como de la nada; los ventanales altos, las puertas francesas con paneles de vidrio rotos que conducían al recibidor. El yeso quebradizo del exterior, tatuado en óxido, daba cuenta del paso del tiempo. Igual que el día anterior, los minúsculos helechos y espeso musgo que brotaban de cada grieta y hendidura pusieron a Maité a soñar. La mansión estaba llena de vegetación tan desesperada por escapar como ella por entrar. Voces desconocidas parecían llamarla desde adentro.

—¿De verdad te gusta este lugar? —dijo Emily abrazándose, como escalofriada.

—Me encanta.

—Espero que ninguna de estas plantas resulte ser una hiedra venenosa o algo peor. ¡Ay, no! Qué horror, mira ese bicho enorme. ¿Qué es? ¡*Yuk, yuk, yuk*! —chilló Emily pisoteando con desmedido furor una inofensiva araña del tamaño de una moneda de diez centavos—. Te apuesto cualquier cosa a que esta... esta tumba —dijo Emily, revoleando los ojos hacia la María Celeste con miedo irracional— ¡está infestada de ratas, murciélagos y cosas que se arrastran!

Maité la escuchaba fruncida. Aunque poco le faltaba para perder la paciencia, Maité notó cuán fuera de lugar parecía Emily en medio de tanto deterioro. Para Emily, la idea de actividades al aire libre se limitaba a comer sándwiches en el graderío de una cancha de fútbol. Pero al colocarla en la naturaleza y enfrentarla con las pequeñas criaturas que se deslizaban por ahí, se volvía una niñita petrificada que perdía la cabeza si la rozaba la hoja de un árbol o el silbido del viento.

Emily dejó de chequear la suela de su zapato y por fin pareció notar que Maité no se había movido ni dicho nada por varios segundos.

—¿Qué?

—Tú. ¿Qué más va a ser? —Maité sonrió—. ¿Prefieres quedarte aquí en el patio? En caso de que la casa esté repleta de termitas con pinta de cucarachas y murciélagos que podrían cargar a un bebé. —Emily palideció—. Calma, Em, si estoy bromeando. Pero si quieres quedarte acá, puedes pasar el rato releyendo nuestra agenda y elaborar un plan para que visitemos la isla de Santa Clara —sugirió Maité esperanzada, pues la idea de Emily chillando y rebotando de las paredes, asustada por cada pelusa que flotaba en la casona, simplemente no era lo que Maité tenía en mente para su gran recorrido exploratorio—. Me demoraría apenas una hora.

—Oh, *please*, un bichito aquí y allá no me va a molestar.

Maité reviró los ojos.

—A ti, no, pero a mí sí. Mírate, eres un manojo de nervios.

—*I'll be fine* —dijo Emily, enderezándose—. Quiero entrar contigo, de verdad.

—No si vas a protestar todo el rato. Puede que haya ratones.

—¿Ratones? —Emily tragó saliva—. Está bien. *I'll be fine*.

—¿Emily?

—Lo prometo, estaré bien. Estoy segura de que, si hay ratones, van a tener más miedo de mí que yo de ellos —dijo como tranquilizándose a sí misma.

—*Okay*. Vamos, entonces —suspiró Maité.

—Dale —tosió Emily, apresurándose tras Maité.

Los marcos de las puertas francesas estaban casi intactos, el vidrio era otra cosa, varios paneles estaban quebrados o simplemente no existían. Al probar la manija, Maité la encontró cerrada con llave.

—Seguro mi abuelo la dejó así ayer —supuso Maité, cruzando una mirada con Emily. Ambas rieron ante la inútil precaución, pues Maité simplemente introdujo la mano por uno de los paneles sin vidrio y la abrió. Con eso empezó su lista mental de reparaciones.

Cruzaron el recibidor y se detuvieron en medio de la galería. Maité y Emily recorrieron el inmenso espacio con la mirada; una, fascinada; la otra, midiendo y buscando bichos. A su izquierda, había varias puertas cerradas a lo largo de la galería y, a su derecha, a unos quince metros, se encontraba la gran escalera donde había visto por primera vez a su abuelo y a Eva. Calculó que el ancho de la escalera era, al menos, cuatro metros, y desde donde ella estaba, los escalones parecían llegar hasta el mismo cielo.

Animada, Maité observó que las paredes y el piso de la planta baja estaban en muy buenas condiciones comparados con el exterior del edificio.

—Este lugar es asombroso —dijo Maité, sobrecogida.

—Es como estar dentro de un hangar de aviones —declaró Emily admirada.

—Em, juro que la oigo respirar. Es como si la casa estuviera tratando de hablar —dijo Maité.

—No vas a empezar con tus síntomas dementes, ¿cierto?

—No estoy demente. ¿No la oyes?

—¿Oír qué?

—¡Sshh! —Maité giró hacia la escalera con Emily justo detrás de ella. Sintió cada molécula de aire acumularse y empezar a comprimirla. Se le taparon los oídos, pero, a pesar de su empeño, no logró ver a nadie—. No es nada. Solo pensé… —Su voz se apagó al captar algo de refilón; la piel ya se le volvía de plomo.

—Ahí —susurró Maité—. En las escaleras. ¿La ves?

Su propia voz sonaba extraña, como si estuviera escuchando una grabación.

—¿Qué debo ver? ¿A quién?

—Creo que no nos ha visto todavía —dijo Maité.

—¿Quién? ¿Quién no nos ha visto?

Maité sentía el aliento de Emily en su cuello. Desde donde estaban, en medio de la galería bordeada por pilares, Maité podía ver a la mujer de pie en la mitad de la escalera, con la mano apoyada en la barandilla polvorienta. Lucía frágil y pequeña enmarcada por tan maciza arquitectura.

El espectro ni se movía ni las miraba. Pareció una eternidad hasta que algo por fin cambió.

—Ya nos ubicó —dijo Maité sin poder contener una sonrisa. Adoraba cada nueva revelación, cada nuevo giro de sus circunstancias.

—Me asustas, M. ¿Quién nos ubicó? —gimoteó Emily.

—¿No la vez? Está justo ahí —dijo Maité, estirando el mentón hacia las escaleras.

—*Dammit*, M! No veo nada.

—¿Tienes los ojos abiertos?

—¡Eh! Sí —respondió Emily y luego agregó—: bueno, los abrí hace unos segundos.

La silueta miraba distraída a Maité. Parecía más preocupada por el deterioro de la barandilla que por la presencia de intrusas. Al principio, Maité pensó que llevaba una túnica, pero luego se dio cuenta de que era más bien un capuz deshilachado y mugriento. El cabello enmarañado clamaba por un buen lavado y peinado. El rostro pálido y polvoriento le daba el penoso aire de un mueble olvidado.

—Mejor vámonos, M, vámonos este instante —suplicó Emily.

—¿Estás loca? No nos vamos a ninguna parte.

—¡Maité! Los ratones son una cosa, pero ¿fantasmas?

—Cálmate. Los fantasmas no pueden hacerte daño. Y, además, ni siquiera la puedes ver.

—No puedo verla, pero juro que siento sus garras alrededor de mis tobillos. ¿Estás segura de que los fantasmas no pueden hacernos daño?

—Te lo prometo. Y, es más, lo que está allá en las escaleras —Maité volvió a señalar con el mentón— no es un fantasma.

—¿Que qué?

Las palabras de la mujer por fin llegaron a oídos de Maité.

—Ven por mí...

Había tanto desconsuelo en su voz que Maité sintió deseos de llorar, pero la mujer le dio la espalda. Maité siguió con la mirada el dobladillo del capuz que se arrastraba escalera arriba hasta que desapareció en el segundo piso.

—Vamos tras ella —dijo Maité dispuesta a resolver el misterio.

Emily resolló incrédula.

—La perdí de vista al tope de las escaleras. Tenemos que seguirla. Es tal cual como en mi sueño.

—*You're nuts*! Sabes muy bien lo que pasó en tu sueño.

—Sí, pero dudo que haya un lago allá arriba. Además, tú estás aquí. —Maité sonrió—. Si resulta que hay un lago y que me voy a ahogar, te encargo que me salves.

—*Okay, okay*!, pero, por si acaso me atraso, *please* no intentes respirar el agua, porque estoy súper segura de que ese truco no funcionaría en la vida real.

—*Okay*.

Llegaron al primer rellano, al fondo del cual se encontraron con una puerta cuarteada. Maité la abrió como pudo y examinó al vuelo un balcón de dos metros de profundidad. La barandilla de hierro forjado se extendía por todo el frente, quizás incluso alrededor de las tres caras restantes de la casona. Cerró la puerta, satisfecha con lo que había visto.

De regreso en el pasillo rectangular que rodeaba la escalera, observaron tres enormes arcos que conducían a distintas secciones del segundo piso.

—Esto es genial —exclamó Emily aventurándose por uno de los arcos—. Es como una pequeña sala de lectura con su propio balcón. ¡Se ve un río desde aquí!

—Es el río Urumea —aclaró Maité, feliz de que las ansiedades de su amiga se empezaban a dispersar.

—*Wow*! Te volviste toda una guía turística en un así —apuntó Emily con un chasquido de sus dedos.

Subieron otro tramo de escaleras y encontraron lo que Maité decidió que debía ser el corazón de la casa. «Aquí es donde vivía de verdad mi familia». Anhelaba examinar más de cerca este piso y afortunadamente, la mujer del capuz deshilachado se recostó contra una pared, mirando a Maité, como dándole permiso para demorar.

Identificaron cuatro dormitorios, uno en cada una de las cuatro esquinas. Tan grandes eran estas habitaciones que a Maité le parecieron más bien modestos apartamentos, completos con baño y terraza. La puerta principal de cada habitación se abría al área central, en forma de cruz, con la escalera al centro, enmarcada por una barandilla ornamentada.

—Esto tiene que ser como una sala familiar, ¿no crees?

—Así parece —dijo Emily, pasando los dedos por las estanterías y luego sentándose en un taburete de piano—. Me pregunto qué se hizo el piano.

Maité miró con pesar el retrato que aún colgaba de la pared. En el lienzo parcialmente desgarrado, Maité podía distinguir una pareja con rostros borrosos y agrietados. El hombre vestía un traje a medida y ella un vestido ligero de color turquesa.

—Mira esto —silbó Emily—. Es un bar, y este es uno de esos viejos fonógrafos, con todo y embudo roto.

Sumida en sensaciones y olores añejos, Maité revisaba el armario de madera de cerezo, imaginando qué objetos guardarían sus parientes en las gavetas. Del más allá llegaban las exclamaciones de Emily sobre lo que ella descubría por su cuenta. Maité se acercó a los vitrales y, aunque no podía ver hacia afuera, el efecto de la luz que brillaba a través de ellos era hermoso. Sintiéndose flotar entre suaves y relajantes ondas de color, se le escapó un suspiro.

—Me pregunto quién en mi árbol genealógico construyó este lugar —dijo Maité.

—Ni idea. Tal vez debemos preguntarle al señor Córdoba cuándo construyeron la mansión y partir de ahí.

—Buena idea —dijo Maité, invadida por la sensación de ser parte de una gran familia. Compartían la misma sangre y, estando en aquel lugar, Maité entendió lo que su madre le había dicho al señor Gonzaga hacía tantos años: «La María Celeste vive y respira, como un ser humano, y sangra también, y esa sangre corre por nuestras venas. La gran casona era la huella genética de su familia».

Sintiendo una emoción centenaria, Maité se dirigió hacia las escaleras para continuar el ascenso, pero se detuvo curiosa al advertir la vasija de barro quebrada que sobresalía de un enclenque soporte de hierro. Echó un vistazo y se sorprendió de encontrar un tierno brote que se aferraba al montoncito de tierra en el fondo.

—¡Emily, mira esto!

—¿Qué es? —dijo Emily acercándosele—. *Dang*!

Cediendo a la breve figuración, Maité abrazó la semejanza entre la lucha de aquel frágil retoño y la suya.

—Sea el tipo de planta que sea, es resistente y constante —declaró—. Me la llevo conmigo y la ayudaré a crecer. —El leve murmullo del capuz rozando los tablones llegó de nuevo a sus oídos —. Esa es nuestra señal —dijo Maité dirigiéndose al rellano.

—¿Qué señal? —preguntó Emily, que no sintonizaba las mismas ondas que Maité.

—Allá —dijo Maité, señalando la escalerilla en caracol, desatendida en una esquina—. Debe ser que hay un cuarto piso.

—¿Será cómo un ático? —tartamudeó Emily, recelosa—. Acuérdate de que el ático en mi casa es un avispero.

—Y nosotros sin repelente de insectos.

A pesar de sus temores, Emily siguió a Maité, peldaño tras peldaño, hasta el cuarto piso, que no habían imaginado. No había trampilla como la de Pazo Santillán, por lo que el último peldaño colocó a Maité directamente sobre una zona en construcción.

Imposible no sentirse apocada por la enormidad de aquel espacio. Maité permaneció inmóvil por unos momentos, devorando con la mirada la obra sin terminar y preguntándose qué iría a ser. Emily, que también observaba en silencio, soltó un pitido admirado. Vagaron entre el polvo y los escombros de la construcción, tratando de descifrar el propósito del arquitecto. Había estructuras enmarcadas en forma de columnas que rodeaban lo que obviamente iba a ser una piscina, a juzgar por la plomería a medio terminar. Las columnas, que llegaban hasta el techo de la cúpula de cristal, habían sido texturizadas para asemejarse a troncos de árboles.

—Este tiene que ser el baño más grande que he visto en mi vida —dijo Emily.

—Creo que la idea era recrear un bosque —sugirió Maité, examinando las columnas agrietadas y preguntándose cómo sería bañarse bajo las estrellas en este bosquecillo. Sin dificultad alguna, Maité imaginó un mundo señorial, puertas adentro, pero diseñado para imitar a la naturaleza en todo sentido. En la cuenca de su mano, la pequeña planta que Maité había rescatado esbozaba en su imaginación una arboleda hecha por cientos de sus hermanas.

—Estás pensando en Paloma, ¿cierto?, bañándose en el bosque —acusó Emily recorriendo el perímetro a tranco largo.

Maité levantó la vista asombrada. No se le había ocurrido, pero era cierto, alguien podría haber querido recrear el estanque de Celeste y Paloma.

—Es enorme —dijo Emily desde el otro lado de la inmensidad cubierta de escombros—. Calculo entre ciento cincuenta por, eh, noventa pies —dijo satisfecha.

A pesar de ello, el aire se sentía viciado, seguramente por la deficiencia del aislamiento. El sol que brillaba a través del vidrio sucio de las ventanas intensificaba el calor y resaltaba las partículas de polvo que Emily había alborotado con sus mediciones. Maité limpió uno de los vidrios y espió la calle abajo, bordeada de autos estacionados y el tráfico que avanzaba lento en ambas direcciones. La gente esperaba taxis y autobuses en las áreas designadas, mientras que otros se desplazaban veloces a pie. Cuando volvió la mirada hacia el interior, Maité se percató de las palabras escritas a lápiz en el marco de la ventana: vidrio tallado, verde/púrpura.

—Mira, Em, aquí hay unas anotaciones —anunció encaminándose hacia la siguiente ventana en busca de otras instrucciones. Descubrió que todas las ventanas serían de vidrio tallado y la mayoría de ellas teñidas de azul, verde, púrpura y rosa.

—Es que ya me lo imagino, Em, esto iba a ser todo un bosque mágico —suspiró—. Y yo me encargaré de que, al final de cuentas, así sea.

—Así sea ¿qué?

—La reproducción del estanque y el celebrado camerino en medio de un bosque.

—¿Estás delirando o qué?

—Puedo soñar, ¿no? —dijo Maité a la defensiva.

—*Okay*, mientras sea solo un sueño. Porque ya sabes. Parece que tu abuelo está tratando de regalar este lugar, nada menos que a tu futura abuelastra, que seguro lo convertirá en un hotel.

Maité trató de disfrazar su desazón ante las palabras de Emily. La sola idea de que la casona se convirtiera en algo tan mundano como un hotel era insoportable. Dándole un apretón a la mano de su amiga, Maité se apresuró a continuar su recorrido para disimular las lágrimas que ardían en sus ojos.

—No sé —dijo Maité, aclarándose la garganta—. Ya no sé ni lo que pienso y tampoco sé lo que quiero —mintió segura de perder la confianza de Emily si se atrevía a confesar el verdadero deseo de su corazón. Qué tragedia era su desamparo y su dependencia de las decisiones de un abuelo que jamás consideraría pedirle siquiera una opinión.

—Es muy poco lo que puedes hacer, eso es cierto. Pero mientras tú no atinas a saber qué es lo que quieres, yo sí estoy súper segura de lo que quiero. No es por quitarle seriedad a tus inquietudes, pero es una tarde hermosa. ¿Qué tal si vamos a la playa? Ahí podemos pensar en todo esto y seguro se nos ocurren un montón de soluciones mientras comemos algo, ¿no crees?

—Dale, vamos —dijo Maité resignada, volviendo a examinar la plantita en su cuenco de arcilla.

—¿En serio te la llevas?

—Ella es una sobreviviente y yo la voy a ayudar a crecer —respondió Maité afectuosa.

Emily revoleó los ojos. Salieron por donde entraron, dejando la casona tal como la habían encontrado: con llave, a pesar de los cristales faltantes. Tomaron un taxi hasta la playa de Ondarreta y, tal como Emily había sugerido, se acomodaron en un restaurante con sillas y mesas dispuestas en la propia arena. Desde allí podían entrever Pazo Santillán en lo alto de la colina. De alguna manera, su aspecto medieval, pero atemporal, encajaba en aquel paraíso de mar y cielo azul.

Maité se quitó los zapatos y hundió sus pies en la arena mientras comía su ensalada y bebía limonada. El verde

Cantábrico relumbró travieso y Maité cerró los ojos, ofreciendo su rostro a la brisa salada.

En medio de la bahía, la isla de Santa Clara se erguía sobre el agua, como inmemorial templo a algo desconocido, atrapando a Maité en su misterio. Una repentina visión de la isla llena de luz y música brilló en su mente. Destellos de color, como meteoritos, surcaban estruendosos a su alrededor, intensificando el jolgorio.

—¿Todo bien con sus ensaladas? —preguntó el mesero.

—Sí, gracias —respondió Emily. Maité asintió silenciosa, todavía encandilada por los coloridos fulgores que acababa de ver y que demoraban en desvanecerse.

—Toda la isla —dijo él, siguiendo la mirada de Maité— está cubierta de esas plantas.

Maité se despabiló por completo. El mesero había reconocido el brote que Maité había colocado sobre la mesa cuando habían llegado.

—¿De verdad? —musitó ella.

—Claro que sí. Son encantadoras. Florecen en la primavera y sus flores son blancas y muy fragantes.

—¿Qué tipo de planta es? —preguntó Emily.

—Son una variedad cítrica que no da fruto, solo flores.

Emily le lanzó a Maité una mirada cómplice.

Maité meneaba la cabeza pasmada. No lo podía jurar, pero, una visión de la mujer de los rizos dorados parpadeó a lo lejos, solo para esfumarse en la brillante luz del sol ni bien Maité intentó enfocarla.

—*Happy* cumpleaños! —dijo Emily, agarrando la boleta que el mesero había dejado sobre la mesa—. Yo invito.

Pasaron el resto de la tarde navegando las aceras llenas de gente. Visitaron el impresionante Palacio Miramar y luego tomaron el teleférico hasta la cima del monte Igueldo para disfrutar de las espectaculares vistas de la bahía de La Concha y la playa de Ondarreta.

El viento tibio de la tarde azotaba el mirador. Espiando una hilera de telescopios, de los que funcionan con monedas, Maité y Emily se dirigieron hacia ellos. Maité apuntó el suyo hacia la isla de Santa Clara; desierta y ociosa, sin nada que ofrecer, a simple vista. Sin embargo, de ella emanaba una fascinante y primitiva señal. La mujer de los rizos dorados volvió a sus pensamientos y Maité le contó a Emily su última alucinación en el restaurante.

—Sea quien sea, su desesperación va en aumento —opinó Emily.

—¿Tú crees?

—Según lo que dices, las visiones donde ella figura han sido más frecuentes en los últimos días, más que tu novio incorpóreo. ¿Será que trabajan en equipo?

—Puede ser. Pero ¿cómo así que aumenta su desesperación?

—¿Acaso no insiste, cada vez más, que vayas por ella? —Emily fingió estremecerse, aludiendo a la espeluznante experiencia en la María Celeste—. Fuera bueno que cambiara su críptico mensajito con algo más útil, como «Te espero aquí» —dijo trazando una X en el aire mientras hablaba.

—No sé qué hacer.

—Y dale con eso.

—¿Con qué? —rechinó Maité—. ¿Cómo crees que debo reaccionar a todo lo que me está pasando? Ya sé, según tú, tengo que hablar con estas personas y arreglarlo todo sin más.

—*Dang*, M! Calma, pero no abandonemos la idea. ¿Por qué miércoles no lo haces de una vez?

—¿Hacer qué?

—Hablar con ellos, M. La próxima vez que invadan tu espacio personal, pídeles que respondan a tus preguntas. Inténtalo al menos.

Nuevamente, el enfoque práctico de Emily la impresionó. ¿Cómo era que no se le había ocurrido establecer una comunicación bidireccional?

—Tienes toda la razón —admitió ella.

—Obvio.

—La próxima vez que sienta venir al tipo de la voz, le voy a parar el carro con mis preguntas. Y nadie se va a meter en mi cabeza sin antes darme respuestas.

—¡Bravo! ¿Pero cómo propones combatir la *agradable* sensación que te aturde y paraliza cada vez? —inquirió Emily.

Maité se mordió el labio, deseando no haber compartido aquel detalle.

—Tendré que sacudirme de eso y sanseacabó —prometió más optimista que convencida. La sola idea de tener que rechazar esas conexiones secretas era como aceptar un cruel ayuno. Parte del placer radicaba en que, supuestamente, no tenía control sobre ello. Pero era preciso abandonar semejantes indulgencias; además, ya había confirmado que sí tenía una medida de control.

—En serio, lo haré, Em —insistió cejuda ante la sonrisa dudosa de Emily.

—Mejor sea.

Ansiosa por cambiar el tema, Maité señaló la isla de Santa Clara y dijo:

—¿Crees que alguien vive allá?

—Según lo que leí en internet, hace siglos la gente celebraba festivales paganos de la cosecha o algo así, pero nadie vivía en la isla.

El resto de la tarde la pasaron como turistas. Bebieron un té helado en el bar del hotel en la cima del monte Igueldo y luego recorrieron el pequeño parque de diversiones con sus juegos mecánicos y atracciones. Tomaron fotos de las cosas que vieron y de cada una, y Maité aprovechó cada oportunidad para, por lo menos, saludar con cualquiera que cruzara miradas con ella. Emily estaba asombrada de cuántas personas realmente lo hacían.

—Debe ser que nos tienen lástima por nuestra facha. No he visto ni una camiseta ni *sneakers* en esta ciudad —se quejó Emily.

—Y todos son tan amables —dijo Maité, sin importarle las diferencias de atuendo que Emily acababa de señalar. Todo San Sebastián parecía tener un consejo para ellas sobre dónde comer y qué ver—. Son los anfitriones perfectos.

—Tal cual —dijo Emily.

El tiempo voló. El crepúsculo las sorprendió lejos de casa y el descenso aletargado en el teleférico inquietó a Maité.

—¡Soledad nos va a matar!

Cuando llegaron a la estación en la playa, no había taxis.

—Si no estamos muy lejos, caminemos a la casa —ofreció Emily.

—No sé, Em, no me parece buena idea.

—Peor quedarnos aquí paradas. Qué tal si empezamos a caminar y, si vemos un taxi, lo tomamos el resto del camino.

—*Okay*.

La niebla marina acechaba y la oscuridad se cernía sobre ellas. Maité no reconocía nada.

—¿Sabes siquiera a dónde vamos? —dijo irritada, tratando de mantenerse a la par de los trancos largos y confiados de Emily.

—Estoy segura de que esta era la calle por la que bajamos en el taxi. Si seguimos cuesta arriba, estamos bien —aseguró Emily.

—O sea que no sabes a dónde vamos.

—*Not exactly*. No.

Maité trató de no entrar en pánico. Las calles estaban oscuras y desiertas; las ramas de los árboles se extendían sobre ellas como enormes garras dispuestas a arañarlas. Por más que se esforzaba, no lograba recordar dónde estaba el giro a la derecha que conducía al camino privado del pazo; temía que ya lo hubieran pasado. Una ráfaga fría arrastró un montón de hojas secas en la calle y Maité acunó su pequeña planta con ambas manos para que el frágil montón de tierra y raíces no se desintegrara y volara con el viento.

—*Maitagarri*…

Una dulce ternura se regó por todo su ser. Hacía mucho tiempo que no lo escuchaba así. En sus sueños, aquella voz provenía desde fuera, pero, en ese momento, era como si estuviera dentro de ella otra vez.

—Te he extrañado.

Maité recibió la ardorosa confesión sin el más leve esfuerzo de su parte para detenerla, tal vez porque ella también lo había extrañado. Cuando la voz volvió a hablarle, fue a través de labios sonrientes. Estaba segura de ello.

—No estás perdida —le dijo. Obviamente él había escuchado sus miedos.

Llegaron a una T en el camino. Emily se detuvo, confundida, mirando de derecha a izquierda.

—¿Hueles eso? —dijo Maité, olfateando el aire con ademán canino.

—¿Oler qué? —dijo Emily, fingiendo oler su propia axila.

—Sé seria —Maité rio—. Huele como mi ducha, ¿no?

—Nada.

Contenta por la oscuridad que ocultaba su rubor, Maité anunció que tomaban la siguiente derecha. ¿No acababa de prometer que dejaría de permitirse hormigueos y escalofríos? ¿No había estado decidida a exigir respuestas? Pero toda su bravura se había disuelto, dejándole solo una sonrisa cómplice iluminándole el rostro. No había hecho ni preguntas ni demandas, pero sí que se sentía apacible y tonificada por dentro. «Y no olvidemos que pronto estaremos de vuelta en la casa gracias a él».

—Ya casi llegamos —anunció Maité boyante.

Capítulo 32

Ya en el último tramo del camino de grava, Maité vio la luz derramarse por los ventanales de la planta baja de Pazo Santillán. Se agarró el costado, deseosa de calmar la punzada que sentía ahí, pues Emily había tomado la delantera tan pronto se convenció de que estaban en el camino correcto. Sin aliento, Maité llegó a la puerta dos pasos detrás de ella.

—¡Qué hambre tengo! —se quejó Emily, operando la aldaba de bronce.

—Siempre estás con hambre.

La puerta se abrió y el propio señor Gonzaga las miraba siniestro en el umbral. Eva, arrimada a él, lucía malhumorada.

—Me harás saber dónde estás en todo momento y no saldrás de esta casa después del anochecer. ¿Está claro?

Maité no atinaba más que mirar asombrada. Junto a ella, Emily ni se movía. Todo pensamiento de comida parecía haberla abandonado.

—No tenía idea de que estaba usted aquí —dijo Maité entre dientes, habiéndose recuperado del *shock* de encontrar a su abuelo en casa—. Dijo que no volvería por varios días.

Al recordar las insinuaciones y el pedido de su abuelo el día anterior de no retirar nada de la propiedad, Maité disimuló, entre ella y Emily, la planta que había sacado de la María Celeste.

El señor Gonzaga tosió y se hizo a un lado para dejarlas entrar. Eva, como un enorme apéndice canceroso, se movió con él. Maité notó que el enfado inicial de su abuelo se volvió menos pronunciado al decir con voz ronca.

—Entiendo que es tu cumpleaños.

Por su parte, Eva se agarró de él con más fuerza y apoyó la cabeza en su hombro.

—Así es —respondió Maité, deseando que Soledad no le hubiera dicho nada y dejando vagar su mirada del rostro de su abuelo al de Eva, que no aflojaba ni cedía un milímetro entre ellos.

Incapaz de expresar su objeción a la impudicia de Eva, Maité se limitó a soltar un gruñido despectivo al paso. La espeluznante coincidencia del anillo rojo que ardió en las pupilas de Eva la amedrentó al instante.

—Soledad te ha preparado una comida especial. David y su padre están aquí para participar.

Maité sintió un apretón en el codo. Era Emily, que seguro estaba tan consternada como ella, pero no había nada que hacer, sino empezar la noche. Desfilaron en silencio tras el señor Gonzaga y Eva rumbo al comedor.

Fue la cena de cumpleaños más extraña de su vida. Ni siquiera la diplomacia de David pudo tranquilizarla. El inexplicable odio que emanaba de Eva era palpable. Maité apenas pudo disfrutar el delicioso pastel que Soledad le había preparado.

Su abuelo, sereno «o narcotizado», pensó Maité amotinada, solo tenía ojos para la odiosa mujer. Una vez más, el señor Córdoba fue quien mantuvo un nivel básico de conversación. La hora que tardó en terminar la celebración fue la más larga que Maité había pasado en el gran comedor.

—Mis mejores deseos para usted, señorita Bottini — dijo finalmente el señor Córdoba y Maité se sintió revivir de inmediato. «Por fin se acabó».

—Muchas gracias —respondió ella recibiendo aliviada los besos de despedida.

—Mañana por la mañana paso por ustedes para nuestra excursión en velero —dijo David.

Y aquella era la bonificación por la hora entera de diálogo entrecortado y frío. El sacrificio valió la pena, pues se había acordado un paseo en velero con el sello de aprobación del señor Gonzaga.

—Será muy divertido —dijo Emily estrechando la mano de David con torpeza mientras él le besaba, por turnos, cada mejilla.

Eva apenas había dicho una palabra durante la cena. A Maité no le cabía duda de que el mordaz silencio tenía por objeto hacerle saber al señor Gonzaga que no quería estar allí. A pesar de que clavaba su mirada en quienquiera que hablara, Eva jamás soltó el brazo del señor Gonzaga y a Maité, que no la perdía de vista, le parecía una actitud repelente por demás.

Solo al último momento, cuando todos se detuvieron en la puerta principal, Eva se dignó hablar.

—Fue muy amable de su parte acompañarnos —dijo a David y a su padre, sesgando una mirada diabólica hacia Maité.

«¿Quién se cree que es, la señora de la casa?». Maité quería estrangularla, pero Emily volvió a apretarle el codo y ella aspiró y exhaló para calmarse.

Después de que el señor Córdoba y David se fueron, el señor Gonzaga se excusó para llevar a Eva a su apartamento. «Al menos no la deja pasar la noche», pensó Maité furibunda. Maité y Emily ayudaron a Soledad con los platos.

—Eres de lo mejor, Sole —dijo Maité dándole un beso mientras Soledad fregaba una sartén—. Mil gracias por mi rico pastel. —De alguna manera, Maité se sentía más festiva en ese momento que todos se habían ido. O tal vez era solo que Eva se había ido, llevándose a rastras su nube de tóxicos humores.

Mientras Maité se duchaba, volvió a pensar en Soledad y como, con su influencia, había logrado convencer al señor Gonzaga para que volviera a casa. Tenía que haber sido obra de Soledad.

La idea de que su abuelo, a pesar de Eva, podría estar tratando de conocerla mejor comenzó a germinar, apaciguando su ánimo. Le sonrió a la plantita que había colocado en el estante sobre el tocador y le echó unas gotas de agua.

—Mañana te conseguiré una maceta de verdad y más tierra para que eches raíces.

Se metió en su cama y mientras sus ojos se acostumbraban a la oscuridad, se puso a recordar todas las posibilidades que había imaginado para el cuarto piso de la María Celeste. En cuestión de segundos recubrió el espacio con docenas de arbustos en flor y se adormeció instalando una alberca de agua salada, con todo y cascada.

Las impresiones y experiencias del día habían sido tan cargadas de emociones que, esa noche, los sueños de Maité no tuvieron más remedio que derivar hacia inaudita turbulencia. Pronto sintió el viento helado que arrastraba un nudoso lío de ramas espinosas y tuvo que echar a correr para que no la atropellara. Sintiendo las espinas que ya le picaban la piel, tomó el camino más empinado y traicionero que se le presentó. Estaba cubierto de piedras afiladas y, solo cercando los grandes peñascos a su paso, lograba avanzar.

Su progreso se volvía cada vez más escabroso. Entre relámpagos vio que el camino se estrechaba hacia arriba, a la vez que se desintegraba a sus espaldas. No podía dar marcha atrás. De lado y lado, la erosión devoraba el trillo al ritmo de cada paso torpe que ella daba. El señor Gonzaga apareció de la nada detrás de ella y, con un enorme cincel y un martillo, era él quien borraba el camino de regreso. En mangas de camisa, corría de un lado a otro desalojando enormes rocas que caían en el abismo negro que pronto se lo tragaría todo.

Maité solo sabía que no podía detener su ascenso por el infernal trillo. Un relámpago cegador reveló el túnel donde terminaba el camino. Pero en la boca del túnel, Maité entrevió a Eva, observándola como una fiera hambrienta que esperaba a su presa. Eva era ineludible.

Sin embargo, sobre el túnel había una sola palmera, desolada y fuera de lugar en aquella cantera. El viento despiadado agitaba sus frondas y contra el tronco estaba apoyada su madre, ajena a los destellos de luz y a los truenos que arrestaban los latidos del corazón de Maité. Alba le sonrió a su hija, infundiéndole una esperanza pasajera. Maité no tuvo el corazón para siquiera insinuarle que justo debajo, bloqueando el espacio entre ellas, esperaba una criatura maligna, deseosa de acabar con madre e hija.

Maité despertó a la luz grisácea del amanecer, sintiéndose tan dolorida por la extenuante caminata de regreso a la casa la noche anterior como por los esfuerzos durante su sueño. Por un momento, disfrutó del calor y la comodidad de su cama, pero la imagen de su abuelo, severo y despectivo, se coló en sus pensamientos. Con una mueca de disgusto, lo recordó en mangas de camisa, cincelando metódicamente su camino hasta borrarlo y, sin más, sus esperanzas ilusorias de la noche anterior se desvanecieron. «Si tan solo se hubiera mantenido alejado más tiempo como dijo que haría». Se levantó de mala gana y encontró la nota que alguien había deslizado debajo de su puerta.

—Sole dice que David llamó y que vendrá a buscarnos a las diez en lugar de a las nueve. *Nighty-night*, Em.

Maité sonrió. La felicidad que crecía dentro de ella alejó los sentimientos de disgusto causados por su abuelo. Se duchó y se vistió, transportada por las imágenes de lo que podría traer el día: navegar con David, el sol, el viento, y tal vez, atracar en Santa Clara.

—Ven por mí...

—¿Dónde estás? —Maité susurró mientras se cepillaba el cabello frente al espejo—. ¿En las montañas? O en...

La puerta de su dormitorio se abrió con un crujido y Maité se sacudió de su ensoñación. Era Emily, quien, despierta, pero todavía en pijamas y despeinada, entró y se subió a su cama.

—¿Ya te duchaste? —bostezó.

—Me desperté hace como una hora y no pude volver a dormir —admitió Maité.

—Vaya fiestita de cumpleaños, ¿no?

Maité se encogió de hombros.

—Vamos a desayunar. No se puede empezar el día con el tanque vacío.

—Vamos.

Pero el desayuno resultó ser otro chasco. Soledad las arreó fuera de la cocina hacia el comedor formal. Allí encontraron al señor Gonzaga sentado a la cabecera de la enorme mesa tan disgustado como siempre; tal vez porque Eva no estaba allí o tal vez porque lo habían hecho esperar.

—Buenos días —masculló él a la vez que con un gesto les indicó que tomaran asiento.

El rostro de Maité se coloreó de ira. Imposible comer algo cuando la atmósfera a su alrededor era tan tensa.

—Buenos días —dijo Emily rápidamente, con los ojos pegados al plato vacío frente a ella. Maité no dijo nada.

—Me sorprende que no te hayan enseñado modales —dijo su abuelo sin mirar a Maité y sin reconocer el saludo de Emily.

Ensordecida por la sangre que corría estruendosa por todo su ser, Maité no hacía más que pensar cuán insoportable era su abuelo.

Soledad entró por el pasillo de servicio y colocó una bandeja con huevos y tocino sobre la mesa, donde ya había pan, mantequilla, jugo y café. Como presintiendo su malestar, palmeó el hombro de Maité para calmarla antes de desaparecer.

Maité y Emily se sirvieron después de que el señor Gonzaga tomó lo que deseaba, y comieron en silencio durante largos minutos.

—David viene a buscarnos a las diez —dijo finalmente Maité con un frío inusual en su voz. El señor Gonzaga levantó la vista de su taza de café, pero no dijo nada—. Seguramente, volveremos después del atardecer.

Los ojos de Emily oscilaban nerviosos entre su comida y Maité. El señor Gonzaga inclinó la cabeza hacia un lado como tratando de detectar una nota de desafío en el tono de su nieta. Mantuvo su mirada penetrante en ella, pero Maité ni siquiera pestañeó. No iba a permitir que su abuelo la intimidara. Tras una tos urbana, el señor Gonzaga dijo:

—David es un buen marinero. —Y, con eso, se levantó y salió del comedor. Apenas había tomado dos sorbos de café y una tostada.

Maité arqueó las cejas. Emily se quedó atónita unos instantes, pero luego dijo:

—*Dang*! Al menos tú ya estás lista. ¡Yo ni siquiera me he bañado!

Mientras Emily corría escalera arriba para ducharse y vestirse, Maité fue a la cocina y pidió a Soledad el número de teléfono de David. Lo llamó para avisarle que estaban prácticamente listas y que tenían permiso hasta después del atardecer.

—¿Pero por qué cambiaste la hora? —preguntó ella.

—Es que mi padre me pidió que lo trajera a la ciudad para su cita con el señor Gonzaga a las once. Van a discutir el desarrollo de la propiedad en las montañas.

—¿Qué desarrollo?

—La amiga del señor Gonzaga... —David hizo una pausa entendida antes de continuar— tiene grandes ideas para la propiedad que pronto será suya. Aparentemente, tu abuelo acaba de recibir los planos para un tipo de *resort* que pretende construir.

Maité se quedó fría. «Por eso vino anoche. No fue por mi cumpleaños en absoluto». Cuando ella no respondió, David la apuró desde el otro lado de la línea.

—¿Estás ahí?

—Sí. Lo siento, es solo que yo...

—Lo sé. Es impactante. No parece...

—David —Maité interrumpió.

—¿Dime?

—Necesito ver esa propiedad. De verdad creo que hay algo allá que debo conocer.

—Estoy seguro de que podemos planear una excursión. ¿Quizás durante el fin de semana?

—No, no. Tiene que ser hoy mismo.

—¿Hoy?

—Sí, hoy. ¿Qué tan lejos esta de acá? —Aunque al momento no los oía, sentía que los dos visitantes de sus sueños, el hombre en cuya voz tanto confiaba y la mujer de los ojos color aguamarina, aprobaban el nuevo plan de acción, como si eso fuera lo que debía haber hecho apenas se bajó del avión en San Sebastián.

—¿Hoy mismo? —repitió David incrédulo.

—Lo siento, pero sí —respondió ella compungida.

—Bueno, eh, la verdad no queda muy lejos, tal vez un par de horas. Pero ten en cuenta que, dependiendo de lo que quieras hacer cuando lleguemos allá, es posible que nos agarre la noche todavía en camino.

—Lo sé, pero no me importa. —Maité no iba a dejar que las exigencias de su abuelo la detuvieran, peor en ese momento, cuando un plan había tomado cuerpo en su mente.

—Supongo que esto es entre tú, Emily y yo. El resto del elenco creerán que estamos navegando, ¿cierto?

Maité podía escuchar la sonrisa en su voz.

—Correcto. Es que no quiero que mi abuelo o Eva sepan que he ido a conocer esa propiedad.

—Está bien, pero ¿qué es lo que quieres ver allá arriba?

—Me enteraré cuando llegue —dijo, pero eso era una mentira. El mapa detallado por Xiomara en el diario estaba grabado en su mente. Maité pretendía seguir los pasos de Étienne a la Soberanía de las Hadas.

—Un poco ambiguo, ¿no crees?

—Me molesta muchísimo que Eva quiera ser dueña de esa propiedad y necesito saber por qué. Aparte de eso, no sé qué más puedo decirte —se disculpó.

—Bien. Nos vemos a las diez.

—Gracias, David. Estaremos esperándote.

Santa Clara tendría que esperar. «No importa si Emily le cree a Xiomara. Lo que importa es que yo le creo y necesito verlo todo por mí misma. No voy a dejar que Eva se apodere de la tierra donde seguro se encuentra la entrada a otra dimensión».

Capítulo 33

Apenas la oyó salir del baño, Maité siguió a Emily a su habitación para comunicarle el cambio de plan. Aunque todavía no estaba lista para confesarle su principal deseo, la certeza de que en los Pirineos se encontraría con los visitantes de sus sueños la consumía. Además, la inquietante pesadilla donde Eva figuraba otra vez mirándola desde una cueva oscura había despertado en Maité la sospecha de que, tal vez, Eva sabía algo sobre el tesoro mágico acunado en aquellas cumbres. La idea de que Eva pudiera quitarle algo muchísimo más preciado que un pedazo de tierra se enconó como una infección en el corazón de Maité.

—¿O sea que ahí quedó el velero? —se quejó Emily quitándose la toalla de la cabeza.

Maité empezó a estirar las sábanas y cobijas sobre la cama de Emily.

—Correcto, es que necesito revisar esa propiedad en los Pirineos. Quiero hacerlo antes de que Eva lleve a cabo sus planes y lo destruya todo.

—Y a tu abuelo ¿le vamos a decir lo que estamos haciendo?

—Absolutamente no.

—Qué lata es tener que saltarse pasos claves en una estrategia —refunfuñó Emily—. Es que era la mañana perfecta para navegar y hacer un reconocimiento de la isla.

—Emily, *please*. —Maité no estaba para sermones sobre la desdicha que significaba omitir pasos en un proceso. Lo que quería era ya estar en camino—. No importa en qué orden hagamos las cosas siempre y cuando las tachemos de la lista. Iremos a Santa Clara otro día, pero hoy imperan las montañas.

—Tampoco es para tanto —Emily reviró los ojos desafiante—. Dudo mucho que de hoy para mañana lo conviertan todo en un centro de esquí, ¿o sí?

—No. Pero mi presentimiento es que no podemos dejar esto para otro día.

—¿Qué quieres decir? —Emily le sesgó una mirada—. ¿Recibiste otro mensaje secreto?

—Ningún mensaje secreto, más bien una sensación muy intensa, pero dale, DALE, que David ya casi llega.

—*Okay, okay*, ¡ahí voy!

Maité distinguió las voces masculinas que ascendían desde el vestíbulo.

—David ya está aquí.

—¡Espera! Ve a buscar unas botas de montaña o algo, y ponlas en una bolsa. No puedes ir a las montañas con havaianas —dijo Emily, rebuscando en su propia maleta y sacando un par de zapatos de suela gruesa—. Sé que probablemente estaremos en el auto todo el tiempo, pero por si acaso, ¿no crees?

Maité meneó la cabeza. «¿Por qué es que nunca pienso en las cosas prácticas?»

—*Okay*, ya vuelvo. —Corrió a su habitación y metió un par de botas en una bolsa de lona junto con una camisa de manga larga y un par de barras energéticas que le habían sobrado del vuelo.

Maité y Emily bajaron tan a la carrera que, cuando aterrizaron en el vestíbulo, les costó trabajo recuperar el aliento, pero lo lograron antes de que el señor Gonzaga y David se percataran de su presencia.

—Los espero después de la puesta del sol —dijo el señor Gonzaga, mirando por turno de un rostro a otro.

Maité asintió. La cabeza de Emily tiritó.

—Sí, señor —dijo David.

—Volveremos a tiempo —agregó Maité, tratando de disfrazar su incomodidad con un tono alegre y creíble; además, las botas en la bolsa de lona le agredían el costado aumentando su nerviosismo; qué tal si a su abuelo se le ocurría cuestionar el bulto. Se lo colgó del hombro y, con un sucinto ademán, le indicó a Emily que se dirigieran a la puerta. Emily saludó al señor Gonzaga y se despidió de Soledad, tomando a cargo la canasta de golosinas que se había esmerado en preparar.

Una vez a salvo en el auto de David, Maité dejó escapar un suspiro de alivio y se disculpó, sonando avergonzada:

—Qué pena contigo, David. En serio.

—No te preocupes —respondió él.

—*I'll take that* —Emily dijo desde el asiento trasero, estirando la mano para recibir el mapa que David acababa de sacar de la guantera—. ¿A dónde vamos?

—La propiedad es principalmente tierra de cultivo que se alquila —dijo David—. Pero hay una cascada impresionante que podríamos visitar justo después de que veamos las ruinas de la antigua ciudadela de Santillán.

El corazón de Maité dio un vuelco; la antigua ciudadela y la cascada. Un cálido aleteo se arremolinó en su vientre, pues venía soñando con esos lugares desde que había leído el diario de Xiomara.

—Comencemos con la cascada —dijo resuelta. Sabía que tras ella se escondía el pasaje secreto descrito por Xiomara, conocido en esa época como la *Garganta del Hechicero*. «Por ahí es donde empiezo a seguir los pasos de Étienne».

—A la cascada entonces —dijo David señalando su destino en el mapa.

Emily lo tomó a cargo. Comenzó a hablar de inmediato y pronto dirigió la conversación a su tema favorito: la genética. Esto lo hizo con solo breves pausas en sus comentarios para navegar por calles y carreteras extranjeras hasta que salieron de la ciudad.

«Es un GPS humano», pensó Maité, impresionada. Ni bien dejaron atrás las afueras de San Sebastián, David hablaba ya con total soltura de sus investigaciones. Su voz delataba orgullo y pasión por su participación en el descubrimiento de un cromosoma oculto, o más bien optimizado, en el ADN humano.

Maité le lanzaba miradas furtivas a Emily, deslumbrada, como siempre, por la extraña habilidad de su amiga para desinhibir a las personas y extraer información. «Nada hay de malo en que compartan el tema de la genética —reflexionó pensativa—. David y yo nos tenemos el uno al otro».

Emily los dirigió hacia la autopista N1 a través de Irún y Hondarribia, y luego hacia el este, a lo largo de la frontera con Francia. Después de incorporarse a la carretera N-121 y viajar sin contratiempos durante casi una hora, se adentraron más aún por una carretera rural a orillas del riachuelo Essa, que fluía hacia el sur desde los altos Pirineos.

La fascinación de Emily con los datos que David había reunido no daba señas de menguar y las tareas de copiloto no parecían obstaculizar su curiosidad. Al expresar su sincero deseo de revisar cada elemento de la investigación, por segunda vez, David asintió alentador.

—Nada refresca un viejo dilema como un nuevo par de ojos —dijo él, y arrancó con un resumen histórico de los hallazgos oficiales de su equipo.

—La excavación de monte Perdido comenzó, ¿qué...?, ¿hace dos años? —intervino Emily claramente familiarizada con el tema.

—Así es —dijo David y Maité sonrió ante la mirada impresionada que le dirigió a Emily por el retrovisor.

—Entonces, ¿cuál es, en esencia, tu teoría? ¿Cuál es tu hipótesis? —Emily se inclinó hacia adelante entusiasmada—. Tienes una, ¿cierto?

—Sí —sonrió David—, basada en la colección de documentos que hemos revisado en los últimos meses. Están ahí en mi maletín.

—¿Puedo? —preguntó Emily lista para abrirlo.

—Claro que sí. Es la carpeta verde.

Mientras Emily hojeaba la compilación de unos quinientos casos aleatorios de ADN resumidos en una docena de páginas, Maité miraba apacible las fincas dispersas y las praderas cercadas que pasaban a lado y lado de la carretera.

—Todos estos casos ¿son de monte Perdido? —preguntó Emily.

—No. Son de un puñado de sitios arqueológicos en la región. Los usamos como referencia y como base de comparación.

Mientras la mirada de Emily volaba por las páginas, Maité volvió a centrar su atención en el paisaje, escuchando a David.

—Más o menos la mitad de esas muestras se recolectaron en monte Perdido. Las analizamos de arriba abajo y de atrás para adelante, y con mi equipo concluimos que la comunidad de monte Perdido, en el siglo XVI, fue hogar de muchos portadores de este extraordinario gen. —David hizo una pausa y Maité volvió su mirada hacia él. Emily se enderezó expectante—. Es extraordinario porque incluye un conjunto de códigos genéticos superiores. El problema es que, aparentemente, nadie sobrevivió el incendio que dejó monte Perdido en cenizas hace siglos. Eso significa que no hubo quien pasara el ADN a generaciones futuras.

—Y eso es una lata porque si pudieras aislar o combinar ese gen en la actualidad, sacarías a la luz a esa progenie de aldeanos sobrehumanos —adivinó Emily astuta, agregando emocionada—: *OMG!* Quieres duplicarlo, ¿verdad? ¿Construir tu propio Frankenstein?

David soltó una carcajada.

—Ahora que me has metido la idea en la cabeza, tal vez es justo lo que hay que hacer.

Emily rio con él.

—Tiene que haber sobrevivientes —argumentó Maité.

—Tal vez. Pero seguro han sido tan fáciles de encontrar como agujas en un pajar, ¿no es así? —dijo Emily.

David meneó la cabeza.

—No hemos identificado ni uno hasta ahora.

—No desesperes —consoló Emily, palmeándole el hombro.

—En busca del misterioso marcador he analizado miles de hilos genéticos de la población del valle Huesca, cerca de monte Perdido. Hasta amplié mi investigación para que incluyera donantes de sangre en San Sebastián, y nada.

David puso el auto en tercera marcha y empezaron a ascender por un camino estrecho y sinuoso, sin arcén ni líneas pintadas. Todo se volvió verde y boscoso a ambos lados de la ruta.

—Por cierto —dijo Maité—, ¿qué características representa tu marcador genético?

—La pregunta del millón —dijo David con ademán resignado—. El marcador afecta funciones cerebrales. Según mis estudios, si una persona estuviera compuesta, en su totalidad, con este tipo de proteína, en todos los niveles de su configuración genética, entonces, en teoría, esa persona podría comunicarse con telepatía y manipular su masa corporal a través de la distribución de energía. Esa persona también usaría áreas de su cerebro de las que nosotros ni siquiera somos conscientes.

Maité percibió en su voz la incomodidad de aquella confesión y no le costó comprender por qué. Si la evidencia de su preciado descubrimiento no hubiera sido más que el tipo de cabello o el color de los ojos, todo estaría bien, pero al hablar de neurología sobrehumana, las cosas se complicaban. Ese tipo de afirmación ponía a David en la categoría de locos como los rastreadores de ovnis y los cazafantasmas.

—¿Será que se trata de un experimento extraterrestre? —dijo Emily rápida como un rayo y completamente seria.

—Créeme, lo he considerado. He llegado a esa conclusión muchísimas veces, pero cada vez se me ocurre un nuevo tipo de prueba y alguna otra razón para volver a revisar todos los datos —confesó David encogiéndose de hombros.

—Dale, David, ¿qué esperas? —Emily dijo ofreciendo su dedo índice—. ¡Pícame en nombre de la ciencia!

—¿Por qué no? —rio David—. Tu ascendencia es trazable y de España, ¿o no?

—Honestamente, no lo sé. Mi mamá nació en San Sebastián y mis abuelos también, pero más allá de eso no te sabría decir. Mi papá es estadounidense, aunque creo que varias generaciones atrás su familia vino de Inglaterra.

Maité escuchaba en silencio pensando en el árbol genealógico, a salvo, bajo la portada del diario en su mesita de noche. «Por el lado materno mi ascendencia no puede ser más trazable».

—¿Todo bien? —preguntó David, poniendo su mano sobre la de Maité y sacándola de sus pensamientos.

—¿Eh?

David levantó su dedo índice y sugirió.

—Solo un par de gotitas.

—Sí. Claro que sí —Maité dijo apretándole la mano con una risita.

—¿Y qué pasa si encuentras lo que estás buscando? —Emily interrumpió—. ¿Tienes que drenar al sujeto de toda su sangre?

Risueño, David negó con la cabeza. Condujeron de la vía asfaltada a un angosto camino de tierra. El auto subía las empinadas colinas con dificultad; en algunas secciones no lograba hacerlo más que en primera marcha. Aparte de una cabra salvaje de vez en cuando, no había nada a la vista más que vegetación alpina.

La charla sobre genética cesó y se dio un desborde de exclamaciones sobre los majestuosos Pirineos que se alzaban ante ellas. David se convirtió en guía turístico, anunciando que habían entrado en la propiedad de la familia Santillán. Sobrecogida, Maité examinaba su entorno, imaginando que reconocía partes de él gracias a las descripciones en el diario de Xiomara.

—*Gosh*! Parece que tu abuelo es dueño de toda la cordillera —exclamó Emily.

—No toda, pero el terreno es extenso por demás y, si se lo entrega a su novia y ella decide desarrollarlo, residencial o comercialmente, habrá hecho lo que una multitud de asesores vienen diciéndole que haga.

—¿Y por qué no los ha escuchado? —dijo Maité, sintiendo recrudecer la ofensa que la sola posibilidad le causaba.

—Su respuesta oficial siempre ha sido que no quiere arruinar la propiedad con pistas de esquí y remontes o senderos cercados. Hay también quienes piensan que no tiene los medios para financiar una empresa de esa magnitud. Otros creen que simplemente no quiere molestarse.

—Pero Eva logró cambiar su opinión —recalcó Maité molesta.

El camino se volvía cada vez más empinado y lleno de baches. Dentro del carro, Maité y Emily se agarraban de los asideros, de los respaldos de los asientos y de los marcos de las ventanas para resistir el samaqueo. Continuaron cuesta arriba, a paso de tortuga, hasta que, de golpe, el camino terminó.

—Esto es demasiada naturaleza para mí —murmuró Emily preocupada.

David apagó el motor y Maité se estremeció como si todo su cuerpo se le hubiera dormido y apenas allí despertara. Sin demora, agarró su bolso de lona y se bajó del auto.

—¿Ahora qué? —preguntó Emily, mirando a su alrededor—. Toda esta flora es preocupante y mejor sea que no haya fauna de que hablar.

—¿Querías caminar un poco y ver la cascada? —preguntó David viendo a Maité cambiar sus havaianas por los calcetines y las botas que había sacado de la bolsa.

—Sí y no —dijo Maité, tirando de los cordones extralargos y envolviéndolos alrededor de sus tobillos antes de atarlos.

—Explícate, *please* —dijo Emily.

Al terminar con las botas, Maité se puso una camiseta térmica, que también había sacado de su bolsa, y se volvió hacia Emily y David, que la observaban suspicaces. De su bolsillo, extrajo un papel, lo abrió y aplanó lo mejor que pudo sobre el capó del auto. Era el mapa que había copiado del diario de Xiomara.

—¿Cuándo hiciste esto? —Emily murmuró.

—Mientras tú te duchabas —dijo Maité pasando por alto la preocupación en los ojos de su amiga, quien parecía sospechar lo que Maité tramaba—. Marqué solo las ubicaciones que necesito para llegar aquí —dijo Maité, señalando el óvalo punteado y rotulado como *lago Sideral*.

David, que también empezaba a comprender las intenciones de Maité, observó el mapa improvisado con una ceja arqueada.

—Es básico, pero correcto —se apresuró a decir, señalando los puntos de referencia que reconocía.

—¿Qué tan lejos está la cascada de aquí? —preguntó Maité.

—No veo ningún sendero ni señalización —observó Emily y Maité sintió que la preocupación de su amiga escalaba a nuevas alturas.

—Por esa pendiente, yo diría que media hora. ¿Empezamos? —propuso David.

Emily entró en pánico.

—¿Qué clase de bichos vamos a encontrar?

—Te aseguro que nada horrible y cualquier cosa que se nos cruce tendrá menos dientes que un humano —dijo David de buen talante.

—*Okay*, pero ¿y qué de las patas?

—Ahí sí que no ofrezco garantías —respondió él muy serio—. Sí o sí, encontraremos una gran variedad de musarañas con muchas patas.

—¡Excelente! —farfulló Emily poniendo sus ojos en blanco.

El bolso de lona, con apenas el mapa y sus barras energéticas, colgaba del hombro de Maité. Por su parte, Emily cargaba la canasta que Soledad había preparado como si fuera su póliza de seguro.

—Voy a necesitar todo consuelo comestible a mi alcance —murmuró nefasta.

David se ofreció a cargar la canasta y Emily se la entregó renuente, apresurándose tras Maité, quien, con la ausencia de caminos y senderos señalizados, se había convertido en el GPS humano que el trío necesitaba. Los latidos del corazón en su pecho se aceleraban a medida que avanzaban, tanto por el esfuerzo físico como por la emoción.

Ya habituada al majestuoso panorama de las montañas, se detuvo de momento para dedicar una sonrisa alentadora a Emily y a David, que venían unos cuantos pasos tras ella. «Imposible dar marcha atrás ahora», pensó y la emoción se agitó dentro de ella otra vez. Pronto llegarían a la cascada que dividía un conjunto de crestas rocosas de la siguiente. Tal y como había leído Maité en el relato de Xiomara y como David había confirmado, no había acceso por carretera desde el otro lado. En ambos casos, la topografía lo impedía.

A medida que avanzaban hacia la cascada, el terreno se volvía más enmarañado y Maité se sintió segura de que aquella zona de Santillán jamás podría ser un paraíso turístico. Desde siempre había sido desolada e inhóspita. «Y así permanecerá».

El rugido atronador de la cascada llegó a sus oídos antes de que pudiera verla. Al llegar a una especie de meseta, desprovista de árboles altos, Maité se detuvo sobrecogida ante el inesperado espectáculo. Varias crestas se alzaban frente a ella, como una disforme corona de granito, con la cascada como pieza central. En su mente, la realidad se transmutó antojándosele a Maité la espalda pétrea de una mujer de cabello largo, blanco y líquido, que se derramaba de entre la rígida diadema sobre su cabeza. «Llegamos».

La cascada no podía lucir más inaccesible o amenazante; sin embargo, Maité soltó una risotada y giró emocionada hacia Emily en busca de su reacción. El rocío le había empapado el pelo dándole el aspecto lastimoso de un gato medio ahogado. Sus ojos estaban como desorbitados y su boca abierta no lograba formar palabras. En contraste, David parecía disfrutar del ejercicio y del paisaje.

Había llegado el momento de revelar sus intenciones. La anticipación de Maité estaba a punto de rebozar. El aleteo en su vientre era una vibración constante que la empujaba al borde de la hilaridad.

Emily y David cerraron la corta distancia que los separaba. Él dejó la cesta en el suelo y empezó a hacer estiramientos, mientras Emily miraba a su alrededor sin atinar qué decir.

—¿Ahora qué? —preguntó David.

—Aquí es donde nos separamos —anunció Maité.

David la miró incrédulo.

—¿Perdón?

Emily pareció volver en sí.

—*You are crazy!*

Maité la ignoró, escudriñando el vacío entre su posición y el otro lado de la cascada.

—Continuaré sola desde aquí.

—¿Que qué? —balbuceó Emily.

—Hay algo detrás de estos picos —aseguró Maité—. Y necesito verlo por mí misma.

—No entiendo —dijo David—. Realmente pensé que tenías la intención de venir aquí y tener una idea de tus tierras ancestrales, ¡pero estás loca si crees que vas a cruzar esta monstruosidad de agua!

—Exacto —añadió Emily desfallecida.

—Hay una manera. ¡Ven y mira! —Maité agarró a David del brazo y lo llevó hacia el borde del precipicio—. ¿Ves ahí abajo? —dijo señalando una estrecha cornisa que conducía a lo que parecía ser la entrada a un pasadizo detrás de la cortina de agua. Su propia certeza aumentó exponencialmente. La Garganta del Hechicero, tal como había dicho Xiomara.

—¡Loca de atar! —sentenció David.

El batir de alas en su vientre se convirtió en el revoloteo de algo enorme que hacía círculos dentro de ella, como tomando viada para un escape explosivo. Sin aviso, las palabras escaparon de sus labios, empapadas del intenso deseo de cruzar el pasaje secreto y la certeza de que David y Emily no la podrían detener.

—No, David —dijo ella con voz trémula pero tranquilizadora—. Esto es lo que vine a hacer aquí, y no estoy hablando solo de hoy. Quiero decir que vine desde los Estados Unidos para escalar esta montaña y cruzar esta cascada. —Un montaraz estremecimiento la recorrió al reconocer la verdad de aquellas palabras; la voz secreta la había guiado hacia este momento y este lugar.

Como si eso fuera poco, Maité se percató de que sus palabras, unidas a la intensa mirada que clavaba en David, estaban teniendo un efecto muy peculiar en él. Respondiendo a un impulso, puso su mano sobre el hombro de David y ejerció la más mínima presión. Él tiritó como si una carga eléctrica lo hubiera rozado.

Maité sonrió satisfecha. No podía explicar cómo, pero el miedo que vio en los ojos de David amainó y evolucionó hacia una calma que, ella sabía, conduciría a la aprobación y el apoyo requerido. Ignoró el tenue desconcierto que la expresión soñadora en el rostro de David le causó, pues le recordaba demasiado a la de su abuelo cuando Eva estaba a su lado.

—No me puede pasar nada allá arriba —le aseguró—. Alguien me está esperando y, además, tengo un mapa. Así es como debe ser.

Los ojos de David brillaron soñolientos hacia ella y ella besó sus labios, lo que selló aún más el encanto. «Misión cumplida».

Emily hipó detrás de David. El ensalmo de Maité la había alcanzado solo a medias y, debido a que Maité no la había tocado, la expresión en el rostro de Emily era la de alguien que aún no estaba convencida.

—*Wait a minute!* —protestó ella.

Maité la interrumpió, tendiéndole la otra mano, y Emily la estrechó.

—Em, te necesito. —Los tres estaban conectados—. Esto no funcionará sin tu ayuda. Necesito que tú y David se queden hasta que yo cruce la cascada y luego deben volver a San Sebastián. Si mi abuelo pregunta dónde estoy, deben decirle que navegar me hizo mal y que me fui directo a la cama.

—¿O sea que no vendrás a casa esta noche? —La voz de Emily ya sonaba distante.

—Correcto. —El aleteo en su vientre intensificaba con cada palabra que salía de su boca—. Pero David vendrá a buscarme mañana al amanecer, ¿por favor?

David se frunció, pero una mirada de Maité fue suficiente para que volviera a calmarse.

—Todo saldrá bien, Emily —dijo David—. Estaré aquí mañana para recogerla. La traeré de regreso a casa y el señor Gonzaga no se dará ni cuenta.

Emily miró más allá, al otro lado de la cascada rugiente.

—Sabes que iría contigo si no fueras a un bosque selvático, ¿verdad?

—Yo sé que lo harías. Pero estaré bien, en serio. Son solo unas tres horas de caminata y tengo todas las direcciones que necesito. —Maité palmeó el bolso que colgaba de su hombro recordando cuánto tiempo le había tomado a Étienne llegar al lado de Celeste dos siglos antes.

—Déjame ver eso de nuevo —dijo Emily, sacando el mapa de la bolsa—. Entonces, una vez que llegues al otro lado de la cascada, subirás por el barranco hasta las colinas que no se ven desde aquí y caminarás hasta el lago del otro lado. Supongo que no es tan grave la cosa.

Intercambiaron miradas cómplices, pues, con eso, el plan quedó al descubierto entre ellas.

—Supongo que, del lago, ¿seguirás hacia el este?

—Así es —respondió Maité con un guiño. «Voy al estanque de Paloma y Celeste, a su hogar de tantos años y, si todo sale bien, continuaré hasta la entrada de La Alameda Florida, sede real en la Soberanía de las Hadas».

Capítulo 34

El rugido ensordecedor de la cascada tergiversaba su nombre, *Maité*, pero aun así, el llamado era ineludible. Por un instante, reparó en los serios riesgos que la empresa acarreaba y sintió trepidar la burbuja sobrenatural que la protegía.

Del otro lado de la cascada, un par de ojos color marrón se desdibujaban en la espesura sin perderla de vista. La intensidad de aquella mirada restauró su fe, pero, antes de que Maité pudiera reaccionar, la fugaz aparición se desvaneció en el rocío.

—Gracias por traerme —le dijo a David con una mirada escrutadora, asegurándose de que sus temores continuaran bajo control.

Él asintió distraído.

—Volveré por ti mañana temprano.

Emily se acercó a ellos, admirando el entorno y mordisqueando una manzana.

—Realmente es hermoso, a pesar de lo mojado y ruidoso.

Maité le sonrió a su amiga, sondeando con disimulo la vegetación más allá de ellos. Aunque los ojos marrones no se volvieron a insinuar, sabía que la esperaban del otro lado. Estaba a punto de entrar en la mágica dimensión de revoloteos aletargados y de verdades transmitidas en destellos, donde la promesa de revelaciones oníricas le tendía los brazos.

El aleteo en su vientre se arremolinó con nuevo brío, alimentando la ilusión de que pronto levantaría el vuelo. Cada molécula en su cuerpo zumbaba con energía; la sonrisa no se le borraba del rostro. Se sentía indómita, capaz de saltar sobre la cascada y volar a través del bosque si así lo quería. Imposible demorarse más. Era preciso emprender la marcha.

Emily volvió a hurgar en la cesta de la comida.

—Espera que ya te doy algo que no se aplaste en tu bolso —dijo sacando un par de manzanas.

Por su parte, David le tendió un tubo de bálsamo labial que había sacado de su bolsillo.

—Tiene protector solar —dijo con dulzura.

Maité aceptó su ofrecimiento como si fuera un amuleto. «El mismo Apolo obsequiándome con un bálsamo curativo», pensó divertida. Una vocecita, nada mística ni secreta, solo la voz de su propia razón le susurró al oído: «Digas lo digas, esto es una locura. En lugar de ofrendas, debían atarte al techo del auto y llevarte de regreso a casa». Pero en lugar de preocuparla, la vocecita la regocijó aún más.

—Creo que estás lista —dijo David, ayudándola con la bolsa de lona que Maité había usado como una mochila.

—Todavía no me lo creo que estés haciendo esto —dijo Emily sin entusiasmo.

—Nos vemos mañana por la mañana —aseguró Maité, besando a Emily en la mejilla y, de la mano los tres, dieron los últimos pasos hacia el borde.

David señaló la estrecha cornisa acantilado abajo.

—Cuatro metros y medio creo —dijo él flemático.

Las gélidas corrientes de aire que la calaban, la minúscula saliente a la que pretendía llegar y su cercanía al brutal torrente de agua la hicieron vacilar. El fugaz pensamiento de haber sido convocada por una fuerza maligna que buscaba matarla la inquietó y la llenó de dudas. Los ojos ardientes de Eva volvieron a mirarla desde la boca de una cueva, pero Maité se sacudió de aquella noción. No la sentía cierta y no le dedicaría ni un segundo de su atención.

—Es mejor que te pongas bocabajo —sugirió David—. Busca un apoyo sólido con tu bota antes de ponerle todo tu peso.

—Tal cual, M, haz lo que él dice —dijo Emily casi casi sin reparos.

Con un guiñó tranquilizador hacia Emily y un beso volado a David, Maité puso manos a la obra. Acodada en el lodo y maleza, con las piernas al vacío, le dio un último apretón a la mano de David, que se había puesto de rodillas frente a ella.

—Está muy resbaloso, así que tómate tu tiempo —aconsejó él.

Maité escuchó el bufido que Emily soltó y los perdió de vista tan repentinamente que, cuando tomó conciencia, había resbalado casi tres metros antes de que su bota se enganchara precaria en una raíz nudosa. Lanzó un suspiro de alivio y esbozó otra sonrisa por el bien de Emily. Aferrándose con las manos a cualquier rama a su alcance, revisó su posición. Su destino estaba una yarda a la derecha y un metro más abajo. Las piernas le comenzaron a temblar.

—¡Muy bien, Maité! —la alentó David—. Un poco a la derecha.

—¡Gracias! —gruñó ella tanteando otra vez y agradecida por ese algo alado en su vientre que la animaba. Una ráfaga de recuerdos la transportó a la primera vez que había volado con la mujer de los rizos veteados de turquesa y creyó oírla de nuevo en ese momento. «Confía en ti misma, que puedes volar, si de verdad lo quieres».

—Ojalá pudiera —murmuró Maité, sintiéndose como una gran X en el acantilado fangoso. Ahogó su propia risa ante semejante imagen mientras palpaba a su alrededor en busca de una base sólida. Su actual posición volvía casi imposible su propósito de alcanzar la cornisa.

«Hay que echar pa'lante, porque, lo que es aquí, no me muero». Maité deslizó su bota hacia la derecha tratando de encontrar el siguiente estribo, pero la roca debajo de la bota izquierda cedió. Soltó un grito de sorpresa y cayó medio metro, raspándose el vientre con la maleza y terrones mientras resbalaba.

—Otro medio metro a la derecha —dijo David.

Tanto le ahogaba la voz el ruido de la cascada que más fue lo que adivinó Maité que lo que en verdad escuchó. Se preguntó si lo que le había hecho a David era permanente. Su ferviente deseo era no haber cometido un gran error; tal vez lo que necesitaba en ese momento era un David en plena posesión de sus facultades en lugar de esta versión dócil que, con ademán resignado, se limitaría a ser testigo de su muerte.

—Mañana traeré una cuerda —lo escuchó decir y, a pesar de la incertidumbre de las horas por venir, Maité se tranquilizó. Captando la mirada difusa de Emily, afectó un saludo militar lo mejor que pudo, pues con las manos arañadas y los brazos que le temblaban, no podía desperdiciar ni el menor esfuerzo. Estiró la pierna hacia la cornisa y, cuando por fin sintió tierra firme, arrojó imprudentemente todo su peso en esa dirección.

—¡Lo logré! —gritó y el corazón le explotó en el pecho mientras saludaba con entusiasmo a David y a Emily.

Ellos a su vez saltaron de emoción y Maité los vio abrazarse espontáneamente. De repente, la idea de David y Emily regresando juntos a San Sebastián y pasando todo ese tiempo a solas le dio pausa. Pero el ruido del agua le devolvió el juicio, diluyendo los pensamientos celosos y posesivos que no tenían razón de ser.

Emily y David se volvieron una visión borrosa en la espesa niebla que los envolvía. Maité examinó la cortina de agua, tratando de vislumbrar el cruce. Como si los alrededores hubieran acordado responderle, el rocío se disipó, dándole el tiempo justo para ver la apertura. Volvió a pensar en Étienne hacía más de cien años, afrontando la misma travesía, obsesionado con ver a la humana, Celeste.

Lo contrario era cierto para Maité: la posibilidad de un avistamiento feérico la obsesionaba.

—¡Nos vemos mañana! —saludó a sus amigos otra vez y, sin confirmar si su voz los había alcanzado, echó a andar.

Con la espalda contra la pared, avanzó lentamente por la resbaladiza saliente, rumbo a la entrada del pasadizo que, más o menos, podía distinguir detrás de la cortina de agua. Una vez dentro, el aire se volvió denso y su campo de visión se redujo debido al rocío. La abertura era tan estrecha que, sí o sí, debía avanzar con la espalda contra la roca. Se empapó en segundos. El torrente frente a ella era una pared blanca y espumante; estiró la mano hacia él, pero, tan pronto como la punta de sus dedos hicieron contacto, el agua rechazó la intrusión. La fuerza era inmensa, como una descarga eléctrica. «Solo un resbalón y ahí quedo: un cadáver destrozado en el fondo», reflexionó infausta.

Maité fijó su mirada en la salida, ya visible a unos metros, y persistió. Eufórica por tamaño éxito, saludó a Emily y David por última vez y ellos le respondieron, pareciendo decir mil cosas que Maité no tenía ni las esperanzas de oír.

Encontró que la subida por la cuesta de este lado de la cascada era mucho más fácil que deslizarse por el otro, pues disponía de mejores apoyos y tanta más vegetación que usó como peldaños. En la cima había un pequeño llano cubierto de grava y rodeado de peñascos, pero Maité sabía que más allá encontraría su camino.

Esquivando las rocas, escudriñó las colinas hasta que vio un sendero y se dirigió hacia él, pero no sin echar un último vistazo hacia Emily y David; eran apenas dos motas borrosas que se deshacían en la niebla.

Maité reflexionó sobre lo fácil que había sido imponerles su voluntad. Con solo palabras, había logrado que Emily y David olvidaran su propia sensatez y sentido común. Atribuyó el logro a la compleja combinación de palabras, el contacto físico y la sensación en su vientre, como de una enorme ave que aleteaba, y, aunque no podía asegurar que la habilidad había sido suya desde siempre, algo le sugería que, de ser así, el lugar donde estaba, ciertamente, la intensificaba.

El vendaval de adrenalina que impulsó a Maité a cruzar la Garganta del Hechicero pronto se desvaneció y la monotonía se apoderó de ella. El tedio de la marcha sobre el terreno irregular cubierto de maleza solo lo interrumpían los roedores que se escabullían aquí y allá.

Apenas encontró su ritmo y cayó en él, Maité se entregó a vívidas reflexiones y, en su estela, el pasado se deshiló en una larga serie de viejas ideas y planes. Con cada paso, se sentía más preparada para aceptar lo que tuviera a bien presentarse. Vació su mente de prejuicios y abrió su corazón a lo increíble. El problema era que no había ocurrido nada increíble desde el arriesgado cruce, ni siquiera otra alentadora aparición de los ojos marrones. Salvaba barrancos, uno tras otro, sintiendo su ánimo desfallecer cada vez más. Se había convencido de que una nueva y mágica dimensión se concretaría de la nada y, al no ser así, una amarga decepción empezó a cernirse sobre ella.

Los pies le dolían. La ropa enlodada se le había secado sobre la piel, y un enjambre de mosquitos la acompañaba sin descanso. Se resignó a que no lograría aplastarlos a todos, por lo que desistió de su empeño y siguió avanzando con el susto constante de inhalar unos cuantos sin querer. Entraba y salía de zanjas, atravesaba y rodeaba espesas arboledas. Sus pantorrillas ardían; los rasguños en sus piernas desnudas le picaban de una manera enloquecedora. Gracias a Dios por las mangas largas.

Cuando el hastío del agotador avance ya la dominaba y cuando, rabiosa, decidió que, después de todo, la nubecilla de mosquitos moriría entre aplausos, divisó entre las ramas que raleaban un esplendoroso lago de agua cristalina.

Había llegado. Bajo el cielo azul, enmarcado por árboles de hoja perenne, vio lo que tenía que ser el lago Sideral descrito por Xiomara. Superaba hasta su más antojado desvarío.

La reacción de Étienne al ver a las Claros de Luna por primera vez, con todo el peso de más de un siglo, hizo eco en el corazón de Maité ese instante. Olvidando sus pies doloridos, reanudó la marcha con renovadas fuerzas y con la convicción de que no solo iba por buen camino, sino que pronto encontraría la mística dimensión revelada por su ancestro.

Reconstruir los lazos con la Soberanía de las Hadas, dedicar su vida a conocerlos, era el deseo que abrumaba a Maité, era lo que no había podido confesarle a Emily. Maité llegó hasta la arena blanca del lago Sideral. Se metió en el agua, con botas y todo, y recogió un poco en sus manos.

—Fría —exclamó sorprendida. ¿No había dicho Xiomara que el agua de este lago era tibia? Porque el Guardián del Bosque la mantenía así, a pesar de la altitud.

Aunque desconcertada, la bebió, contenta de que la frescura calmara su garganta reseca. Tras echarse un poco de agua en la cara, Maité volvió su atención hacia el bosque; los restos de un sendero serpenteaban hacia la sombra fresca de los árboles, y hacia allá se encaminó. Todavía sorprendida, pero no disuadida por la temperatura del lago, concluyó que tal vez el invierno había sido más largo este año y aquello la tranquilizó.

Maité no tardó en encontrar el pequeño riachuelo y se fue siguiéndolo hasta que desembocó en el famoso estanque, al pie de una marquesina hecha jirones. Gracias a Xiomara, Maité sabía exactamente dónde estaba, pero de nuevo tuvo que enfrentar la extrañeza de la realidad, pues la vegetación que rodeaba el lugar no tenía pinta de estar bien cuidada. Xiomara había hablado de flores de todos los colores del arcoíris, atendidas por las hadas, que nada tenían que ver con el matorral que Maité contemplaba en ese momento. Pero eso tampoco le importó. Ella sabía que aquel era el lugar; ahí era donde planeaba saltar de alegría y hacer un par de piruetas como mínimo.

Pero, antes de que cualquiera de aquellas expresiones pudiera tomar forma, los ojos marrones que había avistado al otro lado de la cascada la volvieron a atrapar, excepto que esta vez estaban a solo un metro de distancia, y no solo sus ojos, sino el resplandeciente semidiós entero.

Cuarta Parte

Hay una loma en que florece el tomillo,
brotan las violetas y los ciclaminos,
pergolada de fragante madreselva,
de rosales trepadores y mosquetas.

—William Shakespeare, *Sueño de una noche de verano*.

Capítulo 35

Estaba recostado contra el centenario tronco de un sicómoro. Maité, que lo miraba boquiabierta, se preguntaba cómo era que podía verlo sin haber recibido el don de vista feérica. Las cejas de aquel espécimen maravilloso se fruncieron, sombreando el bello rostro con una cierta ferocidad. El cabello oscuro y lacio se derramaba sobre los musculosos hombros y la mirada furtiva de Maité vagaba sobre el torso desnudo. Tenía los brazos cruzados sobre el poderoso pecho y vestía unos pantalones de color bronce recogidos en la cintura con un cordón. Llevaba los pies descalzos.

Maité se humedeció los labios y tragó, sintiéndose examinada a su vez.

—*Maitagarri*.

La caricia de aquella lírica voz la rozó y Maité se tensó, aguardando los sabidos efectos, pero esta vez no se dio el delicioso escalofrío ni se le engrosó la piel. Sin embargo, era realmente él, el dueño de la voz secreta que, por ya dos semanas, la guiaba y perseguía sin tregua.

Por el espacio de un latido, anheló la intimidad de sus anteriores llamados, pero ¿no era esto mucho mejor? ¿No preferiría tenerlo como en ese momento, un ser corpóreo en lugar de solo una voz? Cada célula de su cuerpo pregonaba «¡Mil veces, sí!». Quería estrecharlo en sus brazos, pero no actuó, temiendo que no fuera apropiado, al menos no sin pedir permiso primero.

Como si hubiera escuchado sus pensamientos, él le dedicó una cálida sonrisa de aprobación que la llenó de gratitud y alivio.

—¿Puedo? —preguntó ella, haciendo ademán de acercársele. Él asintió jubiloso y Maité lo besó en ambas mejillas, arrancándole del pecho un nostálgico suspiro. Olía a brisa fresca, a sierras nubladas, y ella lo atesoraba.

—Has vuelto a mí —exhaló, mirándola con avidez—. Te esperé, paciente, *maitagarri*, y ahora estás aquí. Di mi nombre; di que por fin has vuelto al lado de Amets.

Aquello la hizo vacilar, pero al instante lo justificó todo. «No solo al lado de Amets —pensó—. Vuelvo a mis raíces».

—Sí, Amets, estoy aquí.

Maité se felicitó en secreto. Cualquier otra persona en su situación se habría dado por vencida o habría rechazado la posibilidad de este lugar, pero no Maité. Esta experiencia la resarcía; era evidencia contundente de que no estaba loca. Un ser feérico estaba a su alcance, lo había tocado con sus propias manos y habían entablado conversación. «Definitivamente no estoy loca».

—Ven conmigo —dijo él, extendiendo su mano hacia ella. Querrás ver la casa de tu madre.

Maité sintió temblar el suelo, pero igual tomó la mano ofrecida, en parte para tocarlo otra vez, pero sobre todo para sostenerse. Sus palabras la afectaron como una nota musical discorde en una melodía familiar. Se dejó conducir por Amets a lo largo de una vaga depresión de maleza que, tal vez fue un sendero en siglos pasados, pero que, en ese momento, estaba cubierta de saúco.

—¿Qué quieres decir con la casa de mi madre? —soltó ella.

Amets la miró como si estuviera bromeando.

—Donde vivían tú y Paloma, por supuesto, hasta que Étienne te llevó a su mundo.

Maité se heló. Un revuelo de pensamientos se produjo en su cabeza. «Cree que soy Celeste. ¿Y, si le digo que no lo soy, será que se enfurecerá? ¿Será que no está en sus cabales?».

—Amets —dijo ella, cautelosa, pero él la interrumpió.

—¿Acaso no me recuerdas? ¿Qué te han hecho? —dijo suplicante—. Oihana dijo que nunca volverías y que, si lo hacías, no serías la misma de antes.

—¿Oihana? —Maité se preguntó en voz alta y al instante se arrepintió, pues su pregunta parecía haberlo angustiado. «¡Cómo pude olvidarlo!»—. Por supuesto que sé quién es. Oihana, es la madre de Nahia —dijo tocándose la frente.

Esto pareció aliviar un poco la confusión de Amets, pero Maité detectó un rastro de sospecha en su mirada. Maité hizo lo posible por disimular su tensión. «Voy a fingir que soy Celeste. Le diré que me golpeé la cabeza y que por eso ando desorientada», pensó, lamentando que el primer ser feérico que encontraba estuviera mal de la cabeza.

—Todos están felices de que hayas regresado —aseguró él.

Maité soltó un gemido casi inaudible, pero Amets igual se detuvo otra vez y la miró de soslayo. Ella le dedicó una sonrisa poco entusiasta.

—Todo va a estar bien, ya lo verás —anunció él con una expresión satisfecha y continuó su camino. Maité también reanudó la marcha, notando que todos los ruidos del bosque se habían detenido con él y, en ese momento que estaba de nuevo en movimiento, el alegre canto de los pájaros y el correteo de las ardillas se volvieron a encender. Hasta el gorgoteo del agua y las frondas que se mecían con la brisa se unieron al alucinante canto feérico.

Maité se sintió más despierta que nunca, física y mentalmente.

—Ya verás que limpié todo muy bien —dijo Amets, soltándole la mano para separar el enredo de jazmín que ocultaba la entrada a una gruta.

Guijarros de colores cubrían todo el piso. Entusiasmada, espió una cama con colchón de plumas y cubierto con sábanas de seda tan desgastadas que, sin duda, se desharían con el menor roce. También había una mesa rústica de madera a un lado de la chimenea con tres sillas dispuestas a su alrededor, tal como había dicho Xiomara.

—Preparé tu comida favorita —dijo Amets alcanzando escudillas y copas del estante y colocándolas sobre la mesa. Eran de cristal teñido en vistosos colores primarios.

Maité se quitó su mochila improvisada y la dejó en el piso. Se sentó con Amets a la mesa y, después de servir agua del jarrón en las dos copas, comenzó a comer bayas y nueces tan rápido como él las ponía en su escudilla azul.

—Sabía que volverías a mi lado —repetía Amets, como si decirlo una y otra vez volviera más real su presencia.

Maité se devanó los sesos alineando cada detalle de la historia de Xiomara referente a Amets. Había figurado a lo largo del diario, pero su trágico destino no se había revelado sino hasta el final.

Qué mal, había dicho Emily cuando Maité le leyó el último párrafo, pues Amets, yendo en contra del folclor feérico, había sacrificado su primer beso a la humana, Celeste, entregándole, en efecto, su corazón. Fue así como, cuando Celeste murió, se llevó su corazón con ella, sentenciando al pobre Amets a vagar por la tierra con la maldición a cuestas de una vida sin amor.

«Si él cree que yo soy Celeste y que he vuelto por él, ¿qué será lo que se imagina? ¿Y será que ese encantamiento del primer beso se puede deshacer?». A través del jazmín que cubría la entrada, Maité entreveía los retazos de cielo volverse de un azul más profundo. Debía ser cerca de las cinco.

Amets observaba cada uno de sus movimientos con inefable placer.

Capítulo 36

Emily se quedó mirando a Maité hasta que la perdió de vista del otro lado de la cascada. Perpleja, se preguntaba cómo había sido que no la había detenido. Cómo había dejado que emprendiera semejante aventura sola. Pero por más que lo intentaba, no lograba angustiarse ante la idea de Maité perdida en la montaña toda la noche sin más que un par de manzanas. Algo o alguien había aletargado sus miedos asegurando que durmieran a pierna suelta sin interferir. Mirando de reojo a David, Emily reconoció la misma expresión turbada pero distante en su rostro.

Pensando en lo mucho que Maité deseaba esta aventura, no tuvo más remedio que verse a sí misma y a David como los padres indulgentes que recompensaban a su hija por buen comportamiento. Y Maité era una chica tan maravillosa. ¿Qué tenía de malo que gozara de una caminata? ¿Cuál era el riesgo de acampar en un bosque remoto?

La balanza se inclinó a favor de Maité y, sin siquiera advertir la reforma de su sentido común, Emily concluyó que no frustraría los esfuerzos de Maité, pues su dulce amiga solo buscaba familiarizarse con la historia de sus ancestros.

—Me está entrando hambre —dijo Emily.

David asintió y comenzaron su regreso al auto. Emily lo vio mirar hacia atrás disimuladamente y murmuró para sus adentros: «Totalmente enfermo de amor».

David condujo por el camino sinuoso y lleno de baches, y, antes de llegar a la carretera pavimentada, se habían vuelto a sumergir en su discusión sobre la genética. Para no interrumpir la conversación, Emily señalaba en silencio por donde David debía continuar y él seguía sus instrucciones sin cuestionar.

Siendo la hora de la comida un punto importante en el día de Emily, ella dirigió a David directo a un restaurante que había visto el día anterior con Maité. Al pensar en ella, Emily soltó otro resoplido resignado, a lo que David respondió como si hubiera entendido.

—Yo también. —Al parecer, sus pensamientos, como los de Emily, volvían a posarse en Maité en aleatorio vaivén.

Para cuando llegaron al restaurante, su ropa, ya bastante seca, emitía un ligero hedor rancio que Emily decidió ignorar, absortos como estaban en alelos y excavaciones.

—Por aquí, por favor —dijo la jefa de meseros, reprochando su apariencia con una mirada sesgada. La siguieron a una mesa refundida en la esquina, lejos de otros clientes, pero elegantemente dispuesta para dos. Les dejó un par de menús sobre la mesa y se retiró sin interrumpir la conversación, ni siquiera para darles la bienvenida.

Se sentaron y agarraron sus menús, igual sin pausa.

—Digamos que esta proteína se encuentra a todos los niveles de la configuración genética de una persona —insistía David.

—Una botella de agua y un vino blanco, por favor —susurró Emily al mesero que llevaba cuarenta segundos parado junto a ellos en silencio. Se retiró a toda prisa y Emily volvió a centrar su atención en David.

—No lo sé, Emily. —David se masajeó las sienes y luego pasó a frotarse el cuero cabelludo con los dedos—. Es que una persona así compuesta sería capaz de mucho, hasta de manipular su masa corporal, por pura fuerza de voluntad. ¡Dios mío, sería un *cambiaformas*!

—Lo que mi papá no daría por ese gen —intervino Emily—. No puede perder media libra sin jugar ráquetbol durante una semana entera y comer solo yogur tres veces al día. Pero en todo caso, ¿qué quieres decir con eso de manipular masa corporal?

Azorado, David solo atinó negar con la cabeza.

—A veces no sé lo que digo y, peor, lo que pienso.

—Mmm… ¿Por qué no tomas un trago de esto? —dijo Emily señalando la copa de vino que el mesero acaba de poner a su alcance—. Dale, bebe.

David ojeó el vino como si hubiera aparecido por ensalmo. Desconcertado, miró a su alrededor, aparentemente sin saber cómo habían llegado allí.

—Emily, mis disculpas. Cuánto lo siento, debí… Lo que quiero decir es que yo debía ser quien te muestre los lugares agradables de la ciudad. De verdad, lo siento mucho.

Emily revoleó los ojos y sonrió.

—*Mr. Mad Scientist*, si no es para tanto.

—Es que me transporto cuando empiezo a hablar de trabajo —admitió con una sonrisa tímida.

—Gracias —dijo Emily al mesero que acomodaba sobre la mesa dos platillos con mantequilla en forma de conchas y una canastilla llena de rebanadas de pan recién horneado.

—¿Vuelvo en un momento para tomar su orden? —preguntó solícito.

—Un momento más largo que corto, por favor —respondió ella aludiendo a David y el mesero asintió.

—Yo conduje hasta acá, ¿cierto? —dijo David cariacontecido.

—¡Bueno hubiera sido! ¿No te acuerdas de que tomamos un taxi? —bromeó ella, ofreciéndole un trozo de pan con mucha mantequilla—. Claro que fuiste tú quien condujo y admiro tú habilidad de piloto automático que nos dejó parlotear todo el viaje.

David rio de buena gana ante eso y dijo:

—Cuando vaya a visitarte a los Estados Unidos, yo seré el navegador y tú puedes estar tan distraída como desees.

—Listo —masculló Emily con la boca llena de pan.

—Gracias, Emily, no me había dado cuenta de lo hambriento que estaba —dijo él tomando otra tajada de *baguette*.

—Y yo ni se diga. ¿Qué me decías sobre la manipulación de las masas? Me suena a genes políticos —dijo ella, untando mantequilla a su siguiente trozo de pan.

—Tus asociaciones de ideas son insólitas.

—Lo sé. Soy rara —admitió Emily orgullosa.

—Es manipulación de la masa corporal. Esa proteína, engañosamente similar a las normales, es responsable de funciones cerebrales específicas, como la telequinesis, pero optimizada. El reto es identificarla de entre todas las proteínas comunes al resto de la humanidad.

—Aquí es donde me pierdo. ¿Cómo pueden ser tan parecidas que pueden pasarse por alto, pero tan diferentes que vuelven a alguien sobrehumano?

—Veamos —dijo cortando por la mitad una de las conchas de mantequilla. Luego mostrándole el platillo a Emily indicó con la punta del cuchillo—. Aquí tenemos mantequilla y acá margarina. Si no sabemos cuál es cuál, comeremos cualquiera de las dos sin pensarlo. Pero, si las probamos una tras otra, apreciaremos las diferencias en la textura, el sabor, etc.

Emily asentía mientras masticaba. Después de un sorbo de agua, observó:

—O sea que, a menos que esté en busca de esas diferencias, no podría decir cuán inferior es la margarina a la mantequilla.

—¡Exacto! Personas con esa proteína eran pocas en esa remota comunidad en el siglo XVI, la mentada aguja en un pajar. Hemos recolectado un poco más de doscientas muestras en monte Perdido, pero solo el veinte por ciento de ellas la tenían. ¿Cómo es eso posible?

Emily se encogió de hombros.

—¿Y si ese pequeño alelo fuera peculiar de una sola familia? ¿Hay registros del censo que se remonten a esa época?

David, que se había acodado en la mesa mientras escuchaba, de repente se echó hacia atrás y la miró con ojos desorbitados.

—Censo —repitió, y luego comenzó a hablar consigo mismo—. Además de los restos humanos encontrados, hubo artefactos que sobrevivieron al fuego. Es una posibilidad. Recuerdo haber visto algo que parecía un libro de contabilidad. Los descendientes pueden rastrearse. Ciertamente, es una posibilidad. Esto reduciría el pajar considerablemente.

Emily, que ya estaba enhebrando conclusiones con ese hilo, se unió al entusiasmo de David.

—Imposible perder las esperanzas ahora de encontrar una muestra actual. No me sorprendería si resulta que una raza alienígena dio origen a esta familia vasca, porque te lo juro, tiene que ser una familia vasca. Creo que la gente aquí es en parte extraterrestre o algo por el estilo. Nunca he visto un grupo más educado de humanos. Son demasiado civilizados, juro que esconden algo.

David soltó una carcajada.

—Soy vasco y te aseguro que no escondo nada.

—Si tú lo dices...

David se inclinó sobre la mesa con ademán de complicidad.

—Ya me quisiera estar escondiendo algo. Ya me quisiera poseer ese gen para poder hacerme pruebas, las que me dé la gana.

Emily arqueó una ceja y asintió sin decir nada. No le cabía duda de que David, más que probablemente, ya se había hecho un montón de pruebas.

—El código en esta proteína es un potenciador de las funciones cerebrales, pero parece que solo la raza que lo compartió al principio tendría el beneficio completo de todas las dotaciones que puede brindar.

—Espera un segundo. Entonces, ¿lo que dices es que estamos estudiando solo a la descendencia del portador? ¿Que la mamá o el papá tenían el conjunto completo de genes, pero se aparearon con un humano normal y esas son las muestras que tenemos ahora?

—Exactamente. Esto tiene que ser reproducción entre especies, aunque quién o qué son las otras especies no lo sé. Pero sus funciones cerebrales son más rápidas, más nítidas; incluso podrían dirigir sus pensamientos, ya sabes, lanzar sus ideas al éter sin palabras. Y su masa sería relativa al medioambiente. Podrían tomar diferentes formas y tamaños, incluso volar. —El entusiasmo de David iba en aumento con cada palabra—. O tal vez ni siquiera algo tan ordinario como volar. Más bien, podrían trasladarse por el espacio, tal vez incluso a través de objetos sólidos, como paredes o rocas, al dispersar sus moléculas. ¿Qué es? —David se detuvo, pues los labios de Emily habían formado una O perfecta y, al momento, exhalaba con acelerada intermitencia.

—¿Puedo? —dijo Emily, su mano ya en la copa de vino de David. Él asintió.

—Solo necesito una probadita. —Aunque no estaba lista para compartir sus especulaciones sobre lo que venía sucediendo con Maité, cada nueva declaración de David la hacían dudar más y más de la intervención de extraterrestres sobrehumanos y pasó a considerar que, tal vez en el siglo XVI, ayer, hoy y siempre, las entrometidas habían sido las hadas.

El sabor y los vapores del sorbo de vino le llenaron la cavidad nasal y le aguaron los ojos. Preguntándose cómo era que la gente podía beber copa tras copa del brebaje, Emily soltó un chasquido a la vez que reflexionaba sobre lo que haría su madre si la viera bebiendo en público. «Me sacaría de aquí por las greñas», pensó Emily, colocando la copa sobre la mesa.

—Entonces, digamos que tienes este gen —continuó David—. Pero, debido a que es recesivo, puede o no manifestarse en el portador. Mencionaste que a tu padre se le dificulta perder peso. Si él fuera portador, eso significaría que su capacidad para manipular la masa, o es mínima, o no existe en el modo recesivo. Pero, si la proteína fuera dominante, tu padre podría simplemente ordenarle a su piel y músculos que se compriman y problema resuelto —dijo David chasqueando sus dedos.

—Sabes —comenzó Emily tentativa—, Maité últimamente habla de cosas, eh, raras.

—¿Cómo qué? —dijo David incauto.

—Como sueños superreales, como escuchar voces y, a veces, hasta ver cosas que les suceden a otras personas. — Emily se sintió como una traidora soltándole tantos datos a David, por lo que se apresuró a cambiar de tema. Aquel era el secreto de Maité y Emily no tenía derecho a compartirlo.

—Hablando de Maité, ¿qué vamos a decir esta noche?

—Creo que deberíamos llamar a Soledad antes de terminar aquí —dijo David, mirando su reloj—. Sería bueno tener una idea de lo que está haciendo el señor Gonzaga.

—De acuerdo. Con suerte, él no estará en casa cuando lleguemos, y así podremos fingir que ella fue directamente a su habitación —dijo Emily. El sentimiento de inquietud por Maité volvió a ella, pero lo suspendió. Era demasiado tarde para cambiar lo que había sucedido. La única opción allí era aferrarse al plan.

—Nos equivocamos al dejarla —admitió David—. Pero, no sé por qué, no puedo angustiarme demasiado por ello.

—Te entiendo. —Emily se frunció, una persistente idea rondaba en su mente—. ¿David?

—Dime.

—Antes de volver a la casa, ¿podemos pasar por tu laboratorio? —Con la mano dentro de su bolso, Emily volvió a sentirse como una traidora, pero la curiosidad la dominó. Además, podía decirse que Maité había accedido a que David la pusiera a prueba. El «Claro que sí» de Maité en el auto equivalía a una autorización firmada—. Quiero que tomes una muestra de mi sangre y quiero que mires esto también —dijo sacando un cepillo del bolso y ofreciéndoselo.

David lo miró dudoso.

—Es de Maité —Emily explicó—. Lo saqué de su bolso para hacer más espacio para la comida. —Su tensión escaló, como si ya supiera cuáles serían los resultados de las pruebas. Si Maité fuera portadora de aquella proteína y pudiera hacer las cosas que David había descrito, sería como una de las criaturas descritas en el diario de Xiomara.

Aunque Emily no estaba preparada para aceptar pruebas científicas de una dimensión mágica, porque aquello pondría patas arriba su mundo estructurado y predeterminado basado en la ciencia, estaba dispuesta a facilitar el proceso empírico. David tomó el cepillo de Maité con una sonrisa expectante.

Capítulo 37

—Imposible presentarte ante el consejo así como estás —observó Amets.

Atrapada como estaba en aquel pardo mirar, demoró unos segundos en entender a qué se refería. Maité tomó conciencia de su estado y de repente no se explicaba cómo podía soportarlo: la ropa tiesa por el barro y sudor, las botas mugrientas y, cuando se rastrilló el cabello con los dedos, le pareció que el enredo de jazmín que cubría la entrada a la gruta era poca cosa en comparación. Adivinando su malestar, Amets la apuró:

—Ven conmigo.

Como en un sueño, Maité lo siguió por el angosto sendero; sus pies descalzos avanzaban sin hacer ruido. Su viril hermosura era la manifestación sobrenatural de todas las quimeras de Maité. Estiró el brazo y colocó una mano temblorosa sobre el hombro de Amets, medio esperando que desapareciera en un remolino de bruma dorada. Pero no fue así.

Amets se volvió hacia ella y la flechó con esa mirada que, aunque llena de anhelo, sombreaba su rostro de tristeza.

—¿Estoy caminando demasiado rápido?

—No —dijo ella, incapaz de concebir tanta perfección en un ser viviente.

—Ya casi llegamos —prometió Amets continuando por el sendero.

La descripción de Xiomara, de la primera visita de Étienne a La Soberanía de las Hadas, afloró en la mente de Maité, resaltando los hechizantes efectos del jolgorio feérico, de las Claros de Luna, y de Nahia y Oihana. Étienne habría caído en un debilitante sopor como consecuencia de aquellos avistamientos, a no ser por la oportuna prevención, una emulsión aplicada a sus párpados.

—Amets, ¿no debería ser inmunizada para poder continuar? Después de todo, no soy de los tuyos —dijo ella.

—Claro que eres de los nuestros —afirmó él con naturalidad.

Aunque todo lo que podía ver era su espalda, Maité escuchó la sonrisa en su voz. «¿Soy de los suyos?», reflexionó en silencio. Aquello no cuadraba con el relato de Xiomara. Celeste le había dicho a Amets que se sentía, en parte, un hada puesto que había vivido en la soberanía toda su vida. Pero Celeste no era un hada.

—Hemos llegado —anunció Amets.

Maité vio que estaban de regreso en el pequeño claro rodeado de centenarios árboles, donde lo había visto por primera vez. Lo sombrío del lugar volvió a despertar en ella una inefable nostalgia que le impedía ver más allá de la enmarañada colgadura de musgo sobre arces y sicómoros. El árbol de la vida, mencionado por Xiomara, aunque todavía era un gran roble, lucía deprimido y apenas aludía a su grandeza de antaño. Al pie de aquel roble descansaban los restos de Paloma, recordó Maité y, cerrando los ojos, se permitió un momento de silencio por la mujer con la que todo había empezado.

A la izquierda del roble, avistó el sauce llorón que arrastraba sus largos zarcillos por el suelo. Entre ella y el sauce resplandecía el legendario estanque de Paloma y Celeste. De su represa fluía el agua camino a las regiones más remotas de la soberanía. Allí también estaba el Camerino, construido hacía más de doscientos años por Celeste y Nahia, y, por supuesto, con la ayuda de Amets y de Sendoa. Excepto que, en ese momento, no había nada glamoroso en él; estaba abandonado y los paneles de gasa fina de las paredes y de la entrada colgaban en jirones apolillados.

—Yo te pinté, Celeste —dijo Amets—, a la orilla de este estanque.

La mente de Maité batió rauda hacia al retrato que colgaba sobre su cama en Pazo Santillán.

—¿Fuiste tú quien pintó a Cel…, quiero decir, mi retrato?

Amets asintió.

—Para entonces, ya te habías marchado —dijo y Maité vio claramente el 1844 en la parte inferior del retrato. Celeste ya se había casado con Étienne—. Pero recordé cada detalle de tu persona.

La emoción que sintió al descubrir que Amets era el artista la hizo estremecer. Ser pintada por él tenía que ser una experiencia tan maravillosa como escuchar su voz.

—Bienvenida, *maitagarri*.

Al escuchar la nueva voz, aun sabiendo que con ello no mejoraría su apariencia, Maité sacudió a manotazos el polvo y hojarasca de su ropa y cabello antes de enfrentar, abochornada, a la nueva representante de la dimensión feérica.

Era apenas un brillante rayo de sol que se había asomado entre los árboles, pero luego cayó en la cuenta de su error. Una criatura luminosa, de cuarenta centímetros de altura y perfecta desde todo ángulo, flotaba frente a Maité. «Está desnuda —pensó, tratando de desviar su mirada de la endeble túnica verde que llevaba el hada—. Seda de araña», recordó Maité.

A pesar de su delicada apariencia y sutil musculatura, Maité percibía que el hada no era ajena al esfuerzo físico. Voluptuosa y esbelta, su cabello era un torrente de ondas de color caoba con vetas doradas que rodaban por su espalda. Sus ojos eran de un fascinante tono castaño y sus labios rojos eran un perfecto corazón sobre el mentón hoyuelado.

—Puedes llamarme Aintza —dijo el hada melodiosa.

Maité demoró varios segundos en salir de su muda observación y darse cuenta de que Aintza le estaba hablando.

—He recorrido un largo camino para conocerte —confesó Maité, sintiendo que había perdido su oportunidad de dar una impresión favorable.

Amets sonrió como si supiera algo que Maité ignoraba.

—Descubrirás que no viniste aquí para conocerme a mí en absoluto —Aintza respondió solemne—. Y, por cierto, la impresión ha sido favorable.

Maité se tensó ante esto, al parecer, Aintza podía leer sus pensamientos.

—Gracias, Aintza, pero ¿qué quieres decir?

—Descubrirás muchas cosas durante tu estadía —dijo el hada serena—. Amets también, pues es mucho lo que él ignora.

Maité vio desaparecer la sonrisa de complicidad del rostro de Amets. El hada había guardado un secreto. «Un secreto que se revelará solo ahora que yo estoy aquí». Maité disfrazó su emoción lo mejor que pudo, pues no quería lucir demasiado complacida. La verdad era que la revelación por venir probablemente confirmaría todas las esperanzas que había albergado desde que había leído *Herencia Encantada*.

—¿Qué es lo que descubriré? —soltó Maité.

—A su debido tiempo —insinuó Aintza, con ligero ademán hacia la arboleda.

Maité percibió a otras hadas. Se habían acercado en silencio y, en ese momento, titilaban alrededor del roble. Sus auras emitían un débil resplandor en la menguante luz del día. Había cuatro hadas masculinas además de Amets, y otras tres femeninas además de Aintza. Todos miraban a Maité como si la hubieran esperado en el colmo de la ansiedad.

—Amets ha hecho un buen trabajo —dijo Aintza a los reunidos—. ¿Lo ven? Ella está aquí.

—*Maitagarri...* —Sus voces se combinaron en un musical murmullo que resonó alrededor y dentro de Maité, haciéndola estremecer como si la hubieran acariciado físicamente.

—Y pensaste que tu llamado no cruzaría el gran océano —dijo Aintza halagüeña—. Amets, el de la dulce voz, podría convocar a los geniecillos desde el centro mismo de la Tierra.

—*Maitagarri* —susurró Amets soñador, rozando la mejilla de Maité con sus dedos. Ella se inclinó hacia él, oyendo la mezcla de placer y anhelo en su voz—. Eres realmente tú.

—Si hubiera sido Celeste, yo también habría luchado por ti —susurró Maité, recordando la parte del diario que refería la competencia entre Celeste y Nahia por el afecto de Amets.

Una vez más, la nota discordante en la familiar melodía agitó el aire. La frente de Amets se arrugó y se alejó de Maité hacia la arboleda. «¡Para qué abrí la boca!». Su intención había sido halagarlo, pero en su torpeza había vuelto a fracturar la tenue zona de cordura en la que parecía vivir.

—Lo siento —le dijo, pero él se cruzó de brazos y mantuvo su distancia. Maité volvió una mirada suplicante hacia Aintza, pero no encontró la simpatía que buscaba, aunque le quedó claro que Aintza no la confundía con Celeste.

—Creo que se recuperará, particularmente, si hacemos algo con tu apariencia —dijo Aintza con el primer indicio de humor.

En sus botas de suela gruesa, sus *shorts* y camiseta térmica, Maité se sintió desterrada de la feminidad. Como apiadándose de ella, Aintza ofreció:

—Por aquí, por favor.

Mientras Amets y los otros donceles desaparecían entre los árboles, Maité cruzó el estanque de roca en roca, siguiendo a las hadas que se impulsaban menudas sobre la represa.

Llegadas al otro lado, le pidieron a Maité que se desnudara y se metiera en el agua fresca. Mientras su ropa sucia se desvanecía, prenda tras prenda, a un presunto basurero etéreo. «¿Será que las hadas lavan ropa?», se preguntaba Maité, columpiando la mirada entre los árboles tratando de asegurarse de que los donceles en efecto se habían marchado.

Después de un baño refrescante en el estanque, se internaron en el andrajoso dosel del Camerino, donde advirtió una media docena de frascos polvorientos. La miríada de aceites, ungüentos y prendas de vestir que Xiomara había descrito ya no existían.

Dentro del Camerino, las hadas adoptaron estatura humana y cubrieron el cuerpo desnudo de Maité con una fina sábana de seda. Era tan suave que apenas la sentía contra su piel, excepto por el lujoso peso que se adhería a cada centímetro de ella. Maité cerró los ojos y se entregó a los delicados dedos que presionaban y masajeaban su rostro y cuello, alisando todo rastro de estrés.

El toque de aquellas manos perfumadas evaporó toda negatividad de su espíritu. El olor a jazmín flotaba en el aire y Maité se sentía viva y saturada de nuevas sensaciones. Se vio a sí misma como una flor: sutil, fresca, hermosa y llena del deseo de agradar a quien la mirara.

Luego de una veloz eternidad, empezó a despertar del delicioso letargo. Sus extremidades comenzaron a hormiguear y Maité abrió los ojos, ansiosa por lo que vendría después. Aintza le ofreció un vestido y Maité estudió la prenda reconociéndola enseguida. Había pertenecido a Celeste. Era tal como lo había descrito Xiomara, hecho de seda de color piel, para afectar desnudez.

Maité se lo puso, debatiéndose todo el rato entre cuál de los dos, el vestido o su piel, mimetizaba al otro. Una de las hadas le trenzaba el cabello y otra le incrustaba flores de jazmín, mientras ella ataba las cintas de sus sandalias. Cuando terminaron, Aintza anunció que había llegado el momento de hablar.

—Mandé a llamar a los demás y estarán aquí en breve —dijo el hada.

Amets, que, como los demás, ya habían asumido la estatura reducida que les resultaba más cómoda, se encaramó sobre el tronco de un árbol caído, no sin antes pasar rozando a Maité con un susurro cómplice:

—A que no superaron los baños perfumados que preparé para ti...

Conmovida, digirió que Amets era el responsable del agua aromática en su baño en Pazo Santillán. Maité no atinó a cómo expresar su placer, ni siquiera su agradecimiento, pues más hadas habían aparecido en el claro y eran muchos los ojos que seguían cada uno de sus movimientos con entrañable curiosidad.

Maité notó el efecto que su cambio de imagen tuvo en todos ellos. La miraban con un afecto casi reverencial y ella imaginó que, tal vez, luchaban por aceptar, o tal vez negar (miró a Amets), el lapso de casi doscientos años que separaba a su Celeste de la descendiente frente a ellos.

—El parecido es asombroso, exceptuando los ojos, claro está —comentó Aintza.

Amets apartó la mirada.

Capítulo 38

—Nunca tuve el don de la verbosidad —reflexionó Aintza—, por lo que no puedo volver esto ni bonito, ni más interesante de lo que son los hechos.

Maité asintió, aunque no podía imaginar que los hechos fueran aburridos o poco interesantes. Desde su lugar al pie del milenario roble, Maité se dispuso a prestar atención, convencida de que Aintza expondría la pieza faltante de la historia entre la conclusión de la narración de Xiomara y el presente.

—Fue necesario cortar los lazos entre tu familia y la Soberanía de las Hadas —acusó Aintza. Maité se erizó. Aquello no era en absoluto lo que esperaba. ¿Acaso la habían traído aquí para responder por el mal comportamiento de alguien en su familia? Una docena de preguntas se arremolinaron en su mente, pero el hada las reprimió con un reproche más confuso que su inicial declaración—. Fue a raíz de la violación de los términos de la relación.

—¿Pero por qué? ¿Cómo? —Maité tartamudeó, sintiéndose atacada, pero la sombría expresión de Aintza no admitía interrupciones, lo cual causó su primera frustración. ¿Por qué Aintza la culpaba del resquebraje de una relación que existió antes de que Maité siquiera entrara al mundo? ¿Y por qué no podía hacer preguntas?

—Oihana se lo advirtió, pero Nahia ignoró a su propia madre —continuó Aintza.

—¿Cuál fue la advertencia? —Maité interrumpió estremeciéndose contrita al instante. Balbuceó un apresurado—. Lo siento.

—Oihana predijo que nada bueno resultaría de una unión como la que proponía Nahia. Sin importar cuán amistosas fueran las cosas en ese momento, con el tiempo y con el elemento esencial de la verdad que pretendía ocultar, el plan de Nahia de unir dos mundos se desmoronaría. Con el tiempo, la vida que ansiaba sería dominada por el odio, tal como las malas hierbas se apoderan de un jardín si se deja desatendido —explicó el hada.

Maité sintió que, aunque la acusación reposaba sobre Nahia, Aintza igual agrupaba a Maité con Nahia en este juicio.

—Una mentira seguiría a la otra sin remedio. La base de lo que proponía Nahia era una mentira que ni ella misma podía aceptar.

—¿Qué mentira? Eh, lo siento… — El discurso del hada estaba tan lleno de lagunas que las preguntas se amontonaban una tras otra en la garganta de Maité—. Es solo que pasamos de tener una relación estrecha a cortar lo que teníamos. ¿Por qué?

Una chispa de irritación destelló en la mirada de Aintza y Maité se mordió el labio. Sí o sí tendría que guardar sus preguntas hasta el final. ¿Qué había sido lo que propuso Nahia? ¿Cuál había sido la gran mentira?

—Nahia hizo algo prohibido. Ella traicionó a los de su especie y a los tuyos. En contra del criterio y dirección de su madre, Nahia satisfizo sus propios deseos. —La serenidad en la voz de Aintza, hermanada con el fuego que Maité vio en sus ojos, declaraba la vehemencia con la que objetaba los actos de Nahia.

«¿Qué pudo haber hecho Nahia que fue tan terrible?». Maité no se atrevió a interrumpir de nuevo; además algo parecía haber cambiado en el entorno. La luz del sol que se ponía ya no los alcanzaba debajo del dosel de los árboles y el anochecer se asentaba implacable alrededor del consejo.

En la creciente oscuridad, las hadas se detuvieron como un solo ser. Aintza miró hacia arriba, como si algo le hubiera llamado la atención en el cielo más allá de las frondas. Un leve zumbido se filtraba entre ellos, fácilmente confundido con un enjambre de abejas, excepto que segundo a segundo, el zumbido se volvía más perceptible.

Amets se reacomodó en su rama, inclinando su cabeza. Maité miraba fijamente al hada, esperando que continuara, pero Aintza soltó un grito ahogado. Un resplandor rojo, como una jabalina, atravesó los árboles y explotó a los pies de Maité. La violenta ráfaga de calor que emanaba de él la tumbó y cayó al suelo de costado. A gatas se apresuró a buscar refugio; otros hicieron lo mismo.

Lanzas candentes atravesaban el aire sin tregua. Maité escuchó ramas romperse y sintió agujas de pino volando por todas partes, picándole la piel perfumada como microscópicos dardos. Llegó a la roca más cercana en el borde del estanque y se aferró a ella, jadeando y escupiendo el polvo que había levantado en su arrebato.

Una llameante lanza roja golpeó a Aintza en el hombro y, al instante, el hada quedó inmóvil en el suelo. Los gemidos de las otras hadas sacaron a Maité de su conmoción. Escuchó a Amets dirigiendo a los donceles, pero no lo podía ver. Madera astillada, destellos de fuego y matas de hierba seca se agitaban a su alrededor en una estridente sinfonía de destrucción.

—¿Qué diablos está pasando? —Maité soltó un rugido que retumbó sobre los gritos de las hadas. Amets, que ese instante pasaba corriendo junto a ella, no se detuvo y ella supuso que había detectado la posición del atacante. Lo vio disparar sus propias jabalinas de fuego pardo. Un calor abrasador pasó silbando cerca del oído de Maité; ella se lanzó a un lado justo a tiempo.

El proyectil rojo golpeó a uno de los donceles en el pecho, destruyéndolo. Maité giraba convulsiva, pero sus ojos siempre estaban un segundo detrás del agresor. Dondequiera que miraba, la lanza roja había golpeado a otra hada. Maité se arrastró hacia la figura desplomada de Aintza, advirtiendo aterrada la piel de porcelana lacerada y la ropa chamuscada. Maité se arrodilló a su lado, acunando la cabeza del hada para protegerla de la refriega.

—Encuentra a Nahia —suplicó Aintza, más con la mirada que con la voz—. Ella sabrá qué hacer con la Bella.

Tras una fatal convulsión, la mirada de Aintza se vació, y quedo fija en un punto lejano, más allá de este mundo. Entonces sus músculos se relajaron y Maité se quedó sin más que el ceniciento vestido de Aintza entre las manos. Su cuerpo había desaparecido.

Escalofriantes risotadas llenaron el aire alrededor de Maité, como el alarido de un alma en pena sacada de una pesadilla gaélica. Aquel bramido prevaleció sobre los gemidos agonizantes de las hadas y el silbido de las astillas que zumbaban a centímetros de su cabeza.

Maité se puso de pie, mirando a su alrededor, desesperada por encontrar a algún sobreviviente, pero el humo y la oscuridad dificultaban la visión. Tosió y se frotó los ojos llorosos, acechada por la convicción de que no quedaba nadie y de que ella era la próxima víctima.

«La Bella —había dicho Aintza—. ¿Dónde escuché eso antes?». Pero el tiempo no le daba para pensar en ello. Desde el centro de un remolino de tierra y hojas, una llameante lanza roja se precipitó certera por el aire hacia el pecho de Maité.

La expresión vacía de Aintza brilló ante ella. «Por ahí voy yo también», pensó al borde de la incoherencia y preparándose para el golpe, pero, en un soplo antes de que la lanza hiciera contacto, una fuerza inesperada la empujó hacia un lado.

Maité se estrelló contra el tronco del roble. El golpe hizo crujir su cuello y costillas, y se derrumbó sin aliento. Pensó en Emily y David, tan lejos en San Sebastián, sin saber lo que estaba pasando, despistados por completo sobre su paradero y el hecho de que necesitaba ayuda. «Quizá si usan un helicóptero me encontrarán». Aquel deseo inconexo todavía revoloteaba en su mente cuando sintió algo enroscarse alrededor de su cintura y levantarla. Ese algo se aferraba a ella con fuerza, y ella, impotente incluso para hilar dos ideas, se rindió a su dominio.

El ardor de las explosiones y la humareda atrapada bajo las copas de los árboles la asfixiaban. Cubierta de sudor y sangre como estaba, Maité pensó que sería incapaz de sentir más allá de sus actuales dolencias, pero se equivocó, pues pronto la invadió una extraña sensación. El desenfrenado aleteo, atrapado entre sus costillas, la subyugó.

—Ese es tu plexo solar —dijo Emily, desde un lejano y soleado pasado, y Maité pensó que, si su plexo solar tenía un tapón, alguien se lo había sacado. Su cuerpo se había convertido en líquido, piel, huesos y todo, como si la estuvieran vertiendo en una botella pequeñita. Se sentía restringida, atada, pero increíblemente ligera a la vez.

Las lágrimas la cegaban y luchaba en vano contra el fuerte calor que la envolvía. Sus sienes latían con fuerza, no solo por la tensión, sino también por la repentina ascensión. Maité dejó de batallar.

Una inesperada ráfaga de aire fresco la envolvió como una manta relajante y fresca. Maité dejó escapar un gemido de alivio, pero en ese mismo instante una escalofriante comprensión se apoderó de ella. Todo era silencio a su alrededor. Ya no se escuchaban las ramas astillarse, ni los gritos, ni el silbido de las lanzas rojas estrellándose por doquier. Solo quedaba el nefasto zumbido en sus oídos.

Consiguió liberar su mano y se secó los ojos de un zarpazo. Parpadeó convulsa y se vio en brazos de Amets. Todo a su alrededor era un telón de humo. «Pero no huele a humo —pensó confundida—. ¿Son nubes entonces? ¿Es esa la luna?».

Le tomó unos segundos darse cuenta de que estaba en el aire, que Amets la acunaba en sus brazos, y que allí se sentía protegida y segura. La escena de la aniquilación ardía muy muy abajo.

Capítulo 39

En brazos de Amets, Maité se desplazaba por los aires. Su conciencia iba y venía como olas en la playa. El olor a yodo había reemplazado al humo: se acercaban al océano.

Al volver en sí, la conmoción y el dolor de las muertes que había presenciado la volvieron a apuñalar. Aintza y las otras hadas que tanto había deseado conocer habían sido destruidas y ya estaban tan fuera de su alcance como si nunca hubieran existido.

Se acurrucó contra Amets y plantó un beso angustiado en el apuesto rostro cubierto de hollín. Él era todo lo que le quedaba de la soberanía. Pero Amets se estremeció ante la presión de su caricia y su boca formó una mueca que hirió sus sentimientos tanto como la asustó. Amets dejó escapar un gruñido de dolor y Maité se dio cuenta de que estaba gravemente herido.

—No puedo seguir así mucho más —dijo con voz ronca y, de inmediato, el cuerpo de Maité comenzó a diluirse, excepto que esta vez, sintió el proceso a la inversa; se derramó vertiginosa de una botella pequeña a una mucho más grande. Aterrorizada, se esforzó por estimar la distancia a la tierra debajo.

—¡Madre santísima!

Era como mirar una imagen satelital del planeta. Quería liársele a Amets con brazos y piernas, pero temía lastimarlo más de lo que ya estaba.

—¡Por favor, no vayas a dejarme caer! —suplicó ella.

La sombra de una sonrisa coloreó el dolor en el rostro de Amets.

—Eso dijiste durante tu primera celebración del solsticio —dijo con voz entrecortada—. ¿Te dejé caer entonces?

Maité lo miró agobiada. Amets continuaba creyéndola Celeste y, con sus palabras, la transportó a la página del diario, cuando Celeste tenía apenas quince años. Amets había cruzado el lago Sideral con Celeste en sus brazos y juntos habían ganado el juego favorito de las hadas. Y no, Amets no la había dejado caer. Pero esto no era una celebración del solsticio ni un juego feérico y, ciertamente, ella no era Celeste.

El cuerpo de Maité terminó de recuperar su estatura humana y Amets, que todavía medía cuarenta centímetros, ya no pudo sostenerla. Se desplomaron hacia las brillantes luces de la ciudad. Su mano formó un puño alrededor del antebrazo de Amets, arrastrándolo con ella a una muerte segura. Maité soltó un terrible aullido.

En una serie de instantáneas, disparadas a una velocidad prodigiosa, Maité vio el contorno oscuro de la montaña de la que habían escapado, el horizonte iluminado de San Sebastián, los peatones en las calles; el concurrido Paseo de la Concha, las aguas anochecidas del Cantábrico, las crestas fluorescentes de las olas.

«No quiero ser consciente de este golpe», exhaló la plegaria, sospechando que era mucho lo que le faltaba por resistir. No había escapatoria. Pronto sentiría que su cuerpo se rompía al chocar con el agua.

En la palma de su mano, aferrada a Amets, sintió subir el calor, como si el hada ardiera en fiebre. Le pareció que la velocidad de la caída había disminuido un poco y comprendió que Amets estaba empleando la poca energía que le quedaba para dispersar el peso de Maité, tal vez incluso para conducirlos a un aterrizaje seguro.

—Ayúdame —imploró él con un gruñido estrangulado, y de todo corazón, Maité deseó volverse tan liviana como una pluma. Pensó que había tenido éxito, pero tal vez la breve suspensión que sintió no fue más que una corriente de aire ascendente.

Se estrellaron en la espesa maleza.

—Cómo… —gritó ella. Había esperado sumergirse en el océano, como una bala de cañón, pero en cambio estaba recibiendo un nuevo conjunto de raspaduras de arbustos y zarzas. Aterrizó de espaldas en el suelo lleno de depresiones y Amets se derrumbó a su lado.

Con dedos temblorosos, Maité se tanteó el cuello por si estaba lesionado, pero, al parecer, todo estaba bien. Sintió algo pegajoso y húmedo, que no parecía sudor en absoluto, y concluyó que una roca dentada, o una rama, la había lacerado justo debajo de la oreja, y la sangre goteaba de esa nueva herida. Se incorporó desorientada.

Debilitado hasta el punto de no lograr cambiar su estatura, Amets se retorcía en la grava luciendo un completo desastre. Un corte horrible se extendía a lo ancho de su poderoso pecho y una de sus piernas estaba doblada en un ángulo que hizo que Maité se estremeciera. De rodillas junto a él, lo miraba sin saber cómo ayudarlo.

—¡Dime qué debo hacer! —imploró.

—No hay nada más que hacer, Celeste, solo decir adiós.

Maité no tuvo corazón para corregirlo. Cerró los ojos con fuerza y se mordió el labio; quería que él dijera su nombre, su verdadero nombre, solo una vez, y poder atesorarlo para siempre en su memoria.

Cuando las palabras de Xiomara brillaron en su mente, gruesas lágrimas limpiaron surcos en sus mejillas. «No hay nada que decir, excepto adiós». Amets le había dicho eso a Celeste la noche antes de que ella abandonara la Soberanía de las Hadas, la noche en que Amets le había entregado su primer beso a una humana. Y, desde la muerte de Celeste hasta esta misma noche, él había llevado la maldición de una vida entera sin amor. «¿Quién soy yo para negarle su último deseo?»

—Adiós entonces, mi espléndido campeón —dijo con la voz entrecortada por los sollozos.

—Siempre fuiste la dueña de mi corazón —confesó él.

Las lágrimas le nublaron la vista. Amets se refería a Celeste; ella siempre había sido su elegida.

—Me salvaste la vida —gimió, sabiendo que, en el bosque, él se había interpuesto y recibido el golpe mortal destinado a ella. Él la había rescatado de una muerte segura y acababa de evitar que cayera del cielo a toda velocidad, lo que sin duda la habría matado. Todo eso lo había hecho, gastando lo último de su energía y renunciando a su propia seguridad, por ella. Por Celeste.

—Es lo menos que uno puede hacer por la persona que ama —dijo por lo bajo; su rostro desfigurado por el dolor.

Desconsolada, Maité inclinó su cabeza sin atreverse a tocarlo, pues sus heridas eran tan crueles, especialmente la que le cruzaba el pecho.

—Yo también te amo —susurró y lo besó tiernamente en los labios con cuidado de no lastimarlo.

En la boca de Amets se dibujó una mansa sonrisa que Maité observó en un breve resplandor rojo. Intercambiaron una mirada repleta de ternura y el corazón de Maité se aceleró con la satisfacción de haber dicho las palabras correctas en el momento preciso. Había hecho feliz a Amets, tal vez incluso le había permitido un breve contacto con el corazón que Celeste se había llevado.

Pero fue un placer de corta duración. Violentos destellos rojos estallaron a su alrededor. Trozos de tierra y grava salpicaron por todas partes y la horrible risotada, fría como una maldición, se inyectó en la cabeza de Maité.

—¡Ahí! —Amets gimió agitado, sus ojos fijos en un lugar cubierto de maleza a menos de un metro y medio de donde estaban.

—¿Qué, Amets? ¿Qué es? —Siguiendo donde él indicaba, vio un grupo de arbustos espesos desintegrarse en la niebla, revelando una trampilla. Una fracción de segundo después, el efecto que había conjurado se desvaneció, pero Maité la había visto. Dio un respingo, dividida entre atenderlo o correr para descubrir lo que estaba escondido allí.

—Ve. ¡En este instante! —ordenó él.

—¡No puedes evadirme! —siseó una voz incorpórea por encima y alrededor de ellos—. ¿Cómo la trajiste aquí? ¡Traidor!

Amets se las arregló para sentarse y Maité lo rodeó para protegerlo.

—No sabía que eras tú —balbuceó—. Pero, cuando te encontré, no tuve más remedio que salvarte. Te saqué de la máquina voladora.

Maité se tapó la boca con la mano, horrorizada. Recuerdos espantosos de la fatídica noche en la que murieron sus padres la inundaron en glacial oleaje. Había sido Amets quien la había sujetado cuando el avión de sus padres estaba a punto de estrellarse. Quiso decir algo, tal vez preguntarle qué hacía allí en primer lugar, tal vez hacerle saber que, en realidad, ella no había estado en el avión. Pero nada de eso importaba en ese momento. Amets continuó con su discurso fragmentado. Los segundos que le quedaban transcurrían despiadados.

—Te llamé a mí —dijo—. Nahia me dijo que vendrías. Nahia sabía que me habían engañado.

—¿Nahia? —Maité se echó para atrás, electrizada por semejante revelación y el rayo rojo, como una espada de fuego, atravesó el aire, y aunque sorteó su hombro por milímetros, golpeó a Amets, dejándolo tirado en el suelo. Sin vida.

El rugido que salió de Maité era el de una fiera herida. Aquello era un crimen, una tragedia. Furiosa, se abalanzó feroz hacia la trampilla que Amets le había mostrado y la abrió agradecida de que alguien hubiera volado las bisagras.

—¡No seré la próxima! —Maité se arrojó por la abertura y cayó tres metros en la oscuridad total. Aterrizó con un quejido, pero se levantó de inmediato a pesar del dolor punzante en su pierna. Con los ojos bien abiertos, como si hacerlo la ayudara a penetrar en la negrura, escudriñaba sus alrededores sin lograr ver más que el trozo de cielo que bostezaba por la trampilla fuera de su alcance.

Una niebla fétida llenaba el recinto. Entre dolorosos respiros, Maité lo palpaba todo para hacerse una idea de su situación. Las paredes de tierra estaban cubiertas de muescas y marcas que identificó con dedos temblorosos, pero que no podía distinguir en la penumbra. Tropezó con una enorme cadena en el suelo, la recorrió hasta llegar a los grilletes de hierro que estaban cerrados, como si el prisionero simplemente hubiera desaparecido. El recinto estaba vacío. ¿Por qué Amets la había llevado ahí? ¿Acaso quería encarcelarla? «No. Fue engañado y Nahia lo sabía». Un colérico bramido hizo que Maité se tapara los oídos.

—¡Se ha escapado! —rugió la voz. La niebla alrededor de Maité se arremolinó y se concentró en la familiar forma de lanza que la había perseguido sin descanso toda aquella maldita noche. «Pero no escapé. Más bien me atrapé yo sola», pensó aturdida.

Maité vio cómo la lanza se convertía en una punta afilada. Cerró los ojos y gritó para sus adentros: «¡Esto no va a ser!». En su vientre, el aleteo se volvió tan grande y abrumador que se le antojaron furiosos murciélagos batiendo sus alas.

—Esto no va a ser. —Las palabras salieron de ella como un muro de hormigón que se erguía contra el mortal ataque.

La lanza de fuego golpeó la pared conjurada. La fuerza del impacto levantó a Maité y la lanzó contra la pared. Se desmoronó inconsciente al piso.

Capítulo 40

En su sueño, Maité sabía que la bebé que dormía en la sala de recién nacidos del hospital era ella.

—Calentita en tu crisálida —escuchó decir a su padre con su acento italiano. Giró aletargada ansiosa por verlo, pero él no estaba allí.

La súbita aparición de la mujer con la deshilachada capucha azul la hizo retroceder. Maité observó que se adentraba sigilosa en la sala y apoyaba una mano vacilante en el borde de la cuna donde dormía la pequeña Maité. La mujer miró a la bebé como quien contempla un cielo tormentoso, anticipando el próximo relámpago. Maité se frunció desconcertada.

Cuando por fin la mujer fijó su mirada en la Maité adulta, fue a través de un par de puntos de luz color aguamarina, que parecían flotar dentro de la capucha. La mujer se volvió hacia la bebé y comenzó a hablar en un susurro melódico que hizo que la piel de Maité vibrara con un presentimiento.

—Guárdate de la Bella.

Con la mente zozobrando en la corriente de recuerdos, Maité dijo:

—Sabía que había escuchado eso antes. Fue en ese sueño, ¿no? El sueño que tuve cuando cumplí los quince.

La mujer asintió.

—Ven conmigo.

Maité la siguió fuera de la sala de recién nacidos. La puerta se abrió y, tan pronto como Maité pasó, se encontró a la intemperie en un cerro azotado por el viento.

«Qué extraños son los sueños», reflexionó, pero no se permitió analizarlo por miedo a despertarse. Se desorientó aún más al sintonizar con el rugido ensordecedor de olas que rompían contra una invisible pared rocosa. La mujer se impulsó loma arriba y, agarrando ramas por puñados, Maité comenzó a escalar el terreno tras ella.

La mujer aguardaba en lo alto de la escarpada cuesta; el viento jugaba con su capa andrajosa. Maité la alcanzó por fin, pero sin mediar palabra, sin permitirle un respiro, la mujer flotó sobre la desecada vegetación que recubría aquel miserable lugar. A punta de resbalones y traspiés, Maité la siguió. Empezó a sudar. «¿Adónde diablos vamos?». Maité sentía que le faltaba el aire y los músculos de sus piernas le reprochaban el abuso.

—¿No es aquí donde me trajo Amets? —preguntó Maité, mirando una trampilla en el suelo arenoso, pero la penumbra que las rodeaba no le permitía reconocer nada más.

Con un movimiento descuidado de sus manos, la mujer abrió la trampilla. Maité la siguió por un tramo de escaleras, segura de que no habían estado allí antes, y entraron en una habitación maravillosamente iluminada. Las paredes estaban talladas en oro y Maité soltó un silbido, recorriendo con la mirada todo rincón de la cámara. Cada imagen tallada constituía un episodio de la historia que ya se sabía de memoria.

Una mujer se bañaba en un estanque mientras pequeñas criaturas flotaban a su alrededor dejando caer pétalos en el agua. Una pareja se besaba en la orilla arenosa de un lago iluminado por la luna. Dos niñas sentadas frente a un telar conversaban divertidas mientras hilaban. Una mujer acunaba a su bebé y las criaturas que ondeaban sobre ellas nuevamente derramaban pétalos por todas partes.

—Es nuestra historia. —Maité sonrió conmovida.

La mujer de la capucha se acercó a una de las placas. Maité estudió el entallado. Era una mujer en cuclillas sobre la rama de un árbol, mirando lo que parecía ser la ciudad de San Sebastián.

La mujer retiró la placa de la pared para revelar un compartimento secreto del cual extrajo un cofre. Lo colocó en el suelo, lo abrió y de él sacó una planta estropeada que entregó a Maité.

—La sobreviviente —dijo la mujer.

Maité asintió, reconociendo de inmediato la pequeña planta y preguntándose por qué algo tan insignificante debía esconderse con tanto cuidado. Pero la planta parecía ser la única razón por la que la mujer había venido a esta extraña cámara. Maité la siguió escalera arriba, de regreso al furioso ventarrón.

La superficie arenosa alrededor de la trampilla había desaparecido. Maité escuchó el crujir de las ramas y de las hojas bajo sus pies descalzos. Curiosamente, no le causaba ninguna molestia. Llevó a la sobreviviente, segura en su mano, hasta una mesa dispuesta para dos bajo el cielo turbulento. La mujer tomó una de las sillas y le indicó a Maité que tomara la otra.

Materializándose de la nada, Amets se inclinó hacia Maité y, señalando a la sobreviviente, dijo:

—Santa Clara está cubierta de esas plantas.

—Santa Clara —repitió ella, con los ojos clavados en él. Amets era tan hermoso.

—¿Entonces, él no murió? —Maité le preguntó a la mujer, sin dejar de mirarlo, pero ella ignoró la pregunta.

—La Bella cree que estás muerta.

—¿Y no lo estoy? —dijo Maité, con la inquietante certeza de que, aunque al momento se sentía bastante viva, en un lugar cercano, existía una realidad opuesta, donde la esperaban el dolor y la muerte.

La mujer sonrió.

—Lejos de ello.

Amets retrocedió, aunándose a la oscuridad que las rodeaba.

—¡Eres Nahia! Por favor, dime que lo eres.

Maité se aferró al borde de la mesa ansiosa por una respuesta afirmativa.

—Lo soy —respondió ella retirando la capucha y Maité reconoció los rizos veteados de turquesa.

—Entonces destruirás a la Bella, ¿no es así? Aintza dijo que tú podías —dijo Maité aliviada.

—Aintza dijo que yo sabría qué hacer —aclaró Nahia.

Aquello era enervante.

—¿O sea que no la puedes matar?

Nahia negó fatigada.

—Ella es mi prima, y yo, siendo de linaje real, no puedo provocar la muerte de alguien que comparte mi sangre, incluso si es solo la sangre de mi padre —dijo agregando lo último como una ocurrencia tardía—: al estar más lejos que yo en el legado real, su seguridad aumenta aún más, pues su posición y habilidad son inferiores a las mías.

Maité la miró de soslayo.

—Inferiores, *bullshit* —dijo enfurecida—. ¿No viste lo que hizo, Nahia? Lo destruyó todo ella sola. Es todo un equipo de operaciones especiales. No queda nada ni nadie allá en la montaña. Aintza dijo que tú puedes destruirla. ¿Acaso mintió?

Los ojos de Nahia se clavaron en Maité, como si quisiera que ella entendiera algo, pero ese algo la eludió; frescos en su mente estaban los gritos de las hadas vaporizadas, una por una, por candentes lanzas. «Todos menos Amets». Ella había volado en sus brazos lejos de allí, pero también lo había visto tendido en el suelo muerto.

—Amets estaba aquí, ¿cierto? —Sacudió la cabeza irritada, incapaz de separar la realidad del ensueño.

—Ella está tratando de destruir a aquellos que me han jurado su lealtad —dijo Nahia.

—¿Por qué?

—Las hadas no estamos por encima de la codicia. —Nahia suspiró paciente—. La Bella ha anhelado el poder durante siglos y, cuando logró capturarme, pensó que por fin había logrado su objetivo.

—Pero te escapaste.

—Eso lo hice con la ayuda de Amets. —Nahia desvió la mirada, pero Maité vio las lágrimas brillar en sus ojos—. Ahora estoy demasiado lejos para ayudarte, excepto en sueños. No puedo volver hasta que me haya recuperado, hasta que haya logrado reparar lo que... —Nahia hizo una pausa dando a Maité la impresión de que ocultaba algo.

—¡Nahia, por favor! Este no es momento de guardar secretos.

Maité siguió la mirada errante del hada y advirtió las luces brillantes de una ciudad. «No pueden ser más de las diez o las once de la noche», pensó, y San Sebastián, incrustada en las colinas al otro lado de la bahía, titilaba insensible al dilema de Maité. Como dirigidas por sobrenatural mandato, las imaginadas multitudes que entraban y salían de restaurantes y *pubs*, o que deambulaban por el Paseo de la Concha en bulliciosa conversación la miraron al mismo tiempo.

—¡Estamos en la isla de Santa Clara! —Maité gritó sorprendida. El instante de despertar se cernía sobre su conciencia como una seria amenaza. Se vio a sí misma desplomada en el suelo de una celda subterránea, con la sangre goteando de la herida en su cuello, y temió despertarse de este sueño sin hacer lo que Emily le había dicho: obtener respuestas. Le dio la espalda a su *yo* agonizante y le ordenó a su *yo* del sueño que se concentrara en Nahia.

—Hay gran poder en un nombre —dijo Nahia—, especialmente en el nombre de un hada.

—¿No se llama Bella?

—Ya sabes su verdadero nombre —insinuó Nahia.

Algo se aceleró en la mente de Maité, pero no produjo una revelación.

—Y eso te da el poder de someterla o, si lo deseas, destruirla por completo. Para derrotar a los de tu propia especie, debes tener la poderosa sangre matriarcal que te permite hacerlo.

—Tú eres la hija de Oihana. Tú tienes esa sangre ¿Dónde estás que no puedes acabar con la Bella? —exclamó Maité.

Nahia negó con la cabeza. Sus ojos se cerraron, como pidiendo paciencia.

—No puedo acabar con ella por las razones que ya expliqué. Pero hay alguien que sí puede. Esa eres tú. —Los ojos de Nahia se volvieron a posar en Maité—. No solo tienes la inconmensurable fuerza, nacida del deseo de venganza, sino que...

—¿Qué deseo de venganza? ¿De qué hablas?

Nahia se inclinó sobre la mesa y Maité se enderezó, aprestándose para lo que pudiera salir de labios del hada.

—¿Acaso no fuiste arrancada de tu vida feliz y trasplantada a un mundo del que no tenías conocimiento? ¿No fue la vida de tus padres un precio injusto a pagar por algo de lo que no sabías nada?

Todo su cuerpo convulsionó; en vano trató de bloquear los destellos de la muerte de sus padres. «Igual que en el bosque». Una vez más, los fuertes brazos la agarraron segundos antes de que el avión se estrellara. «Amets. *Holy crap!*» Los ojos de Alba desorbitados por el terror. Por encima del estruendo del motor, la voz angustiada de Sósimo repetía que la amaba.

—¿Qué me estás diciendo, Nahia? —Maité rugió, tratando de silenciar el ruido dentro de su cabeza, pero ya lo sabía. Ella había sobrevivido a la misma atacante esta noche. Quedaba bastante claro: la Bella había matado a sus padres. La Bella tenía a Maité en sus miras en ese momento. Ya había sentido la candente ráfaga apuñalarle el pecho. Cayó en la ruda prisión que la convirtió en un blanco fácil y fue allí, acorralada como una rata, donde la Bella la mató. Pero, no, Maité no estaba muerta. «Lejos de ello», había dicho Nahia.

Romper el infernal ensueño se volvió primordial para Maité. No quería participar más en semejante pesadilla. Quería acabar de una vez con toda la desesperanza. Aintza había dicho que Nahia sabría qué hacer. Amets había traído a Maité hasta la isla de Santa Clara, donde debería haber encontrado a Nahia. Pero Nahia no era más que un sueño e, incluso en el sueño, Nahia se confesaba incapaz de acabar con la asesina de sus padres y de todo un tropel de hadas.

«¡Despierta! ¡Despierta ya!», Maité se ordenó a sí misma, pero Nahia volvió a hablar y la compostura de su voz tanto como la ligera presión de su mano sobre el hombro de Maité la tranquilizaron y la obligaron a mantener la calma.

—Su objetivo es reinar en la Soberanía de las Hadas —dijo Nahia—. Y, para lograrlo, debe destruirme, ya que ella cree que es la siguiente en la línea de sucesión al trono. —A pesar del importe de aquellas palabras, Maité no percibía ni rastro de miedo o preocupación en la voz del hada.

—Me temo que le hice el juego al mostrarle mi debilidad. Y es que fui yo quien llevó a la Bella al hospital cuando naciste.

Amargas lágrimas se derramaron por sus mejillas. ¿Dónde estaba el cuento de hadas? ¿Dónde los finales felices? Esto no era más que una recitación de fechorías cometidas por hadas y Maité juzgó que no superaban el promedio de mezquindades humanas. Pero las melódicas palabras de Nahia, que la repelían tanto como la fascinaban, continuaban sin cesar.

—Después de décadas de mantenerme al margen, decidí volver, llevándole un don de cuna a la descendiente recién nacida de Celeste. Fui yo, con mi comportamiento irreflexivo, quien hizo saber a la Bella de la existencia de Alba y de la tuya. La Bella dedujo correctamente que, si yo tenía a bien otorgar un don de cuna al bebé, entonces, cuando la madre se viera amenazada, yo haría lo imposible por evitar cualquier peligro que pudiera correr el bebé. Y así tendió su trampa y yo caí. Con Alba y yo fuera del camino, solo quedabas tú. Y tú serías su salvaguardia. Tu seguridad quedó en mis manos encadenadas, Maité. O le daba lo que buscaba o te destruiría. Su plan era traerte a la soberanía y ponerte a su merced para que le entregaras lo que había sido transmitido de madre a hija desde Celeste. Pero, para obligarte a hacer su voluntad, necesitaba el tipo de ayuda que Amets podía brindar; su don particular era el de amplificar su voz a través de vastas distancias. Con ese propósito, la Bella lo convenció aquella noche, apostando a que su lealtad a Celeste lo comprometería y lo incitaría a actuar, asegurando que su última descendiente volviera al seno de la soberanía y a él. — Maité negó con la cabeza y luego se cubrió la cara con las manos, sintiéndose perdida y embaucada en igual medida—. Pero sufrió un revés inesperado. Debido al don de cuna que te di, te materializaste en ese avión. Amets se fijó de inmediato en ti, porque eres casi una copia de Celeste. Él cumpliría las órdenes de la Bella sin ningún reparo, porque quería recuperarte, pero ella ya no podía confiar en él; ella vio que Amets te había transferido su lealtad. La mente de mi querido amigo había estado en una niebla durante mucho tiempo, desde la muerte de su amor, para ser precisos. Verla de nuevo, aunque solo fuera una réplica, fue como un soplo de vida para él. —Nahia volvió a apartar la mirada, como concediéndose un momento de reconocimiento de tantos seres queridos que ya no estaban. Maité se secó las lágrimas y Nahia exhaló lentamente antes de continuar—. Ella le dijo a Amets que Celeste, a quien había visto con sus propios ojos después de todo este tiempo, volvería a él una vez que los humanos que la mantenían exiliada fueran destruidos. Y Amets creyó aquella cruel mentira.

El hada agachó la cabeza y empezó a desvanecerse; un sentido de urgencia invadió a Maité. Solo unos momentos antes había querido que la pesadilla terminara, pero, en ese momento, la resignación, la curiosidad y un deseo morboso de acabar con todo retazo de su infantil esperanza se apoderaron de ella. Maité lo quería todo, desde el más minúsculo detalle de la intromisión feérica hasta la más ínfima justificación del último respiro de sus padres.

Maité golpeó la mesa con los puños, sus ojos fijos en la capa descolorida y la silueta menguante del hada.

—¡No te vayas, Nahia! Todavía no. —No tenía ni idea de cómo funcionaban estas cosas, pero como ya podía ver a través del hada, empezó a comprender la dificultad de mantener un eco visible a distancias insondables—. ¡Te necesito aquí! ¿Dónde estás que no puedes quedarte a mi lado? —gritó, pero Nahia no respondió. Maité ya podía ver a través de ella y, en medio de su creciente pánico, vio una pequeña isla perdida en un inmenso océano verde que brillaba contra un cielo oscuro.

La visión desconcertó a Maité; además de Santa Clara, no podía recordar ninguna otra isla visible desde la bahía de la Concha. Creyó ver palmeras y sus pensamientos ondearon hacia sus padres; los había visto antes en un lugar como ese. «Cálido y salino». Maité sacudió la cabeza irritada.

—¡Al menos dime el nombre de la Bella! —Nahia se sumó a las titilantes estrellas en el firmamento. Maité cerró los ojos y apretando la mandíbula, rogó—: no sé su verdadero nombre. Dímelo, por favor.

Maité despertó en el piso de tierra de su prisión. Tenía el rostro manchado de sangre, sudor y lágrimas, y su cuerpo dolorido temblaba con cada sollozo. Entonces, cuando parecía seguro que había perdido toda esperanza, una sola palabra se deslizó en sus confusos pensamientos, grabándose a fuego en su cerebro: *Ederne*.

Maité dejó de llorar y se acostó de espaldas, con los ojos fijos en el trozo de cielo visible sobre ella. La niebla, caracoleada por el viento, le permitía a Maité un indicio esperanzador de las estrellas que brillaban en lo alto. *Ederne*. El nombre figuraba en el relato de Xiomara y lo relacionaba con la maldición puesta sobre Paloma.

—Claro que se llama Ederne —dijo Maité—. ¿Pero cómo la mato? ¿O cómo se supone que debo someter a un hada?

Atemorizada, pero lejos de desesperar, Maité exhaló, dispuesta a recordar todo lo dicho por Nahia y todo lo escrito por Xiomara sobre la Bella. Todo sobre Ederne.

Capítulo 41

El frío y la humedad de la ruda celda se asentaron en sus huesos, adormeciéndola a la vez que puntuaban cada rasguño y corte en su piel. El delicado vestido de Celeste colgaba de sus hombros en girones; había sido chamuscado y rasgado durante los recientes roces con la muerte. Pero de la noche a la mañana, Maité había ganado una peculiar claridad mental. Deliberadamente, recordó cada detalle de su sueño, al igual que cada palabra pronunciada por Nahia. Los minutos transcurrían y ella reflexionaba hasta que, finalmente, el trozo de cielo visible por la trampilla adquirió un resplandor azulado.

«Hora de levantarse —pensó—. Se acerca el amanecer y, con él, la disipación de todo mal engendrado en la oscuridad». Su padre le había leído eso alguna vez, pero, de qué trataba la fábula no podía recordar.

Maité se sentó, secándose las lágrimas como un crío castigado. Abrazó sus rodillas, esculcando las paredes de tierra que la rodeaban. Incluso en la oscuridad, se dio cuenta de que no estaban talladas en oro como en su sueño, pero estaba segura de que la placa que Nahia le había mostrado estaría allí.

Maité se levantó con un quejido de dolor y cojeó hasta donde Nahia le había indicado. Los grabados en la tierra, que no tenía esperanza de ver en la penumbra, se sentían toscos bajo sus dedos. «Lo que daría por una linterna». Pero no desesperó, pues recordaba el sueño bastante bien.

Caminó a lo largo de la pared, como una ciega, contando sus pasos para poder ubicarse en el centro. Ocho pisadas, de talón a punta. Esa era la longitud de la pared. Trazó su camino hacia atrás cuatro pasos y, según el sueño, pensó: «Aquí debería estar el hada en cuclillas en su árbol». Maité acarició la superficie irregular de la pared, sintiendo un cuadrado, quizás un marco tallado en la tierra.

Maité se arrodilló y tanteó el suelo hasta que encontró una ramita entre la paja. Utilizándola como un cincel, taló la fisura hasta que logró aflojar un ladrillo. Al retirarlo de su puesto, se fracturó. Dejó que las piezas grandes cayeran al suelo y limpió los escombros que quedaban dentro de la cavidad. Sus dedos rozaron algo duro al fondo. Maité se congeló, su mente tratando de dar cuenta de ello. «Sea lo que sea, no está vivo», se dijo y se sosegó un poco.

Maité palpó hasta encontrar por dónde agarrar su descubrimiento. Enganchó dos dedos en lo que parecía una gruesa agarradera. Emocionada, tiró de ella y un pesado cofre del tamaño de una caja de zapatos se deslizó y cayó al suelo con un ruido sordo. La agarradera oxidada se había desprendido.

Trasladó el cofre al lugar debajo de la trampilla, donde había más luz, desabrochó el pestillo de metal y lo destapó. Se había acostumbrado tanto a la fetidez de su celda que, cuando el dulce aroma de jazmín atrapado en el cofre saturó sus fosas nasales, se le escapó un suspiro de placer. Por un momento anheló su ducha aromática en Pazo Santillán. «Amets hizo eso por mí», recordó, otra vez secándose las lágrimas.

Sabiendo que no tenía sentido demorar, hurgó a tientas el interior, pero no encontró más que un pergamino. «¿Cómo puede ser tan pesado con solo un trozo de papel adentro?». Deslizó los dedos por los bordes y dio golpecitos a los lados del cofre hasta que cayó en la cuenta de que tenía un fondo falso. Rasgó el forro de fieltro y levantó la segunda tapa. El contenido ahí era frío y duro. Con los ojos fijos en esos artículos, captó los destellos que emitían.

—Son joyas —susurró. Su voz había enronquecido por falta de uso. Escarbó el pequeño tesoro con los dedos y encontró que el cofre tenía cuatro compartimentos. Dentro había broches con alfileres para sujetarlos a la ropa y fruslerías más pequeñas que podrían ser aretes. También varios anillos y una especie de guijarro, grande y plano, con un agujero en el medio; Maité lo acarició por unos momentos, intrigada por la imagen que asomó en su mente. «¿Será?».

Maité recordó la descripción de Xiomara de una piedra horadada; el único artefacto que podía permitirle a un humano ver a las hadas, el mismo que Arantxa había usado para descubrir y atrapar a la reina de las hadas y que Celeste, durante una espantosa refriega, le entregó a Élise, la madre de Étienne. «Una piedra plana y lisa con un agujero en el medio». Se la acercó al ojo y miró a través de él, preguntándose si un mundo de luz se materializaría ante ella. No fue así. «Apuesto que sí es una piedra horadada», pensó reanudando su búsqueda.

Uno de los compartimentos contenía un pendiente enorme en un cordón de metal muy grueso, quizás de oro. El pendiente parecía estar formado por tres alhajas. Su mente conjuró veloz un trío de diamantes, como nueces, o rubíes, o tal vez esmeraldas. Pero tendría que esperar a que amaneciera de lleno para confirmarlo.

Sentada en el suelo apisonado, con las piernas en V, Maité se apoyó contra la pared, el cofre abierto frente a ella. Exhaló agotada, moviendo su cabeza de lado a lado, mientras jugaba distraída con las joyas. El pendiente en su grueso cordón pareció colocarse bajo sus dedos. Dejó de mover la cabeza y lo levantó al nivel de sus ojos. Era ridículamente grande, pero se lo puso alrededor del cuello de todos modos y allí quedó, frío y pesado contra su pecho.

Una imagen de Emily apareció en su mente.

—Seguro está dormida en su cama sin preocuparse por mí —Maité suspiró, abatida—. En mala hora borré su sentido común y el de David. ¡Qué idiota fui! Esto no es un cuento de hadas, no soy la princesa de las hadas y, dentro de unos años, alguien va a encontrar mi cadáver aquí abajo. ¡Apareceré en las noticias! Encontrarán todas estas alhajas en los huesos de mis manos y dirán: «La pobre, todas sus riquezas no le sirvieron de nada».

Una risa cruel sonó en su cabeza. «¡No puedo creer que Ederne va a ganar! Ella mató a mis padres, mató a Amets y Aintza, y a todos los demás. Seguro piensa que me ha matado a mí también. Y, en serio, en cuestión de horas o un par de días, lo estaré. No veo la forma de salir de aquí. Y ella se apoderará de la soberanía y vivirá feliz para siempre o hasta que Eva manifieste su centro de esquí con alojamiento, restaurantes y demás».

La idea de Eva instalando un centro invernal donde Ederne se veía presidiendo sobre las hadas la divertía y repugnaba con igual intensidad. Eva y Ederne. Algo amargo le subió hasta el tope de la garganta al recordar como Xiomara había descrito a Ederne. «Sí. Ella también era pelirroja». Maité se estremeció.

La voz de Emily retumbó burlona en su mente: «¿Qué harás al respecto, *maitagarri?*».

—No lo sé —dijo Maité malhumorada—. No soy un hada. Solo una humana sentenciada a una muerte lenta. Ya estoy hasta sepultada. —Encogiéndose de hombros, se ovilló en el suelo. No tenía a Amets para animarla o guiarla en la dirección correcta. Ni mamá ni papá, ni Emily, ni David. «Él irá a las montañas a buscarme y, cuando yo no aparezca, organizará una búsqueda inútil. Nunca sabrán que solo deben cruzar la bahía…». Ya no le quedaban lágrimas; Maité estaba agotada y, vencida por el desgano, comenzó a preguntarse cuán diferente sería su propia muerte de la de sus padres.

A partir de ahí, sin embargo, surgieron otros pensamientos en rápida sucesión, coloreados con una lógica que no se podía negar. Maité había estado físicamente en ese avión con sus padres cuando murieron. Antes de eso, había compartido sueños con su madre, su padre y Finn, aunque nunca había hablado de eso con ellos. La comunicación interoceánica con Amets se había convertido en la conexión astral que la había llevado a las montañas, donde encontró al resto del tropel de hadas. Y, apenas unas horas antes, había compartido un sueño lúcido con Nahia que la había llevado a encontrar el cofre enterrado en la pared.

Se incorporó nuevamente, olfateando la esperanza en el aire fétido, pero su crítico interior le llevaba la delantera y parecía saber adónde pretendían llegar sus pensamientos. «Claro que es una perspectiva emocionante —dijo el parco crítico—, pero ¿puedes usar esa habilidad a voluntad?».

—¡Sí! —exclamó Maité—. Algo le hice a David y a Emily. Ese algo salió de mí. Y también le hice algo a Eva cuando estaba tratando de ahogarme en mi pesadilla. Como si la energía de mis emociones se hubiera convertido en algo físico. —Maité cerró el cofre, lo dejó a un lado y se sentó de piernas cruzadas—. Yo puedo hacer esto —dijo cerrando los ojos. Estiró el cuello de lado a lado varias veces para despejar su mente y luego se obligó a respirar uniformemente, empeñada en dominar su voluntad y dirigirla hacia David.

Deseaba saber dónde vivía, pero como no tenía la menor idea, lo descartó. Era el momento de creer y no de dudar.

—Concéntrate —se ordenó a sí misma y, sin más preámbulos, se sumergió en pensamientos sobre David: sus ojos, sus manos, ese hoyuelo en su mejilla que puntuaba cada sonrisa y que hacía temblar sus rodillas. Cómo él había desviado la mirada al confesar sus sentimientos por la muerte de su madre...

«David. —El batir de alas empezó—. Enfoque total». Sintió sus sienes latir al ritmo del aleteo en su vientre. «¡Está funcionando!» pensó entusiasmada y el batir desfalleció como amonestado.

—No, no. Enfoque total. No estoy alardeando. Me estoy enfocando.

«David. David», suplicó y, de súbito, él se manifestó. Sus labios suspensos en su mejilla deseándole buenas noches. Estaba tan cerca de él que Maité juraba que olía rastros de su perfume y el recuerdo de su olor la puso fuera de alcance de toda indecisión. El aleteo estalló de su plexo solar, ya no solo dentro de ella, sino a su alrededor o, mejor aún, Maité se volvió las poderosas alas.

Sintió el aliento de David en su rostro. Él era un gigante que se elevaba sobre ella. Por un momento, pensó que, sin saberlo, se había encogido al tamaño de un hada, pero luego se dio cuenta de que no era así. Maité estaba bocarriba sobre la dura y fría superficie de un portaobjetos. David la miraba a través de un microscopio.

«Estoy en su sueño. Lo logré». Descalza sobre el cristal, libre de dolores y molestias, y vestida con una bata de hospital, Maité trepó en la cálida mano que David le tendió.

—Tengo un notición para ti —dijo acercándola a su rostro. Maité se tambaleó y optó por sentarse.

—¡También tengo noticias para ti! —sonrió ella, asombrada por el hecho de que había logrado la hazaña, estando despierta—. Necesito que vengas por mí —dijo extendiendo su mano para tocarlo.

—Estás en las montañas —dijo él y agregó enojado—: no debí dejarte. Debí ir contigo. No te has muerto, ¿verdad?

Maité le acarició la mejilla sin afeitar, contenta de descubrir que, por lo menos en sueños, David estaba libre del hechizo bajo el cual lo había puesto.

—No estoy muerta, pero lo estaré si no vienes por mí.

—¿Dónde estás?

—En la isla de Santa Clara —dijo enfocándose en una vista aérea de su ubicación.

—¿Qué?

—Santa Clara. Estoy atrapada en una cueva subterránea. —Mientras le hablaba, acomodaba las imágenes de todo lo que había visto, sintiéndose emocionada por su nuevo medio de comunicación.

«Claro que —el pensamiento se escurrió por su mente— queda por ver si él recordará el sueño cuando se despierte y actúe en consecuencia». El aleteo en el vientre de Maité hipó, pero ahuyentó la duda lo más rápido que pudo.

Justo en ese instante, David dijo:

—Conozco ese lugar.

Maité le dedicó una sonrisa triunfante.

—Ahora escucha. Cuando despiertes, vas a dudar de que esto haya sucedido y es posible que quieras ir a buscarme a las montañas. ¡No lo hagas! Porque ya no estoy allá. Tienes que venir por mí a Santa Clara, ¿me oyes? No vayas a las montañas.

Los ojos de David brillaron risueños y el hoyuelo en sus mejillas hizo galopar el corazón de Maité.

—Tus pies se sienten fríos en mi mano —dijo él y ella supo que solo era un sueño para él.

Maité cerró los ojos. Era imperativo transmitir la urgencia de la situación. Hizo lo que pudo para producir una imagen de sus verdaderas circunstancias. Tan pronto como lo deseó, un holograma de sí misma, tal como lucía en la actualidad, tomó forma.

David soltó un bufido viendo la imagen en la palma de su mano. Por el espacio de un parpadeo, Maité ya no llevaba la bata de hospital ni estaba sentada mirándolo. En su lugar, estaba una Maité magullada y herida, envuelta en una niebla oscura. «¡Listo!» pensó ella.

—¿Qué ha pasado? ¿Qué diablos te pasó?

Maité le tocó la mejilla con sus dedos sucios.

—Te lo diré cuando llegues. Ven por mí a Santa Clara. ¡Despierta!

David despertó sobresaltado. Las palabras de Maité aún resonaban en sus oídos. El reloj de su mesita de noche marcaba las cinco y cuarto. Se había quedado dormido; ya debía estar en la cascada.

Saltó de la cama, sintiéndose agotado. De camino al baño, se congeló cuando el sueño volvió a él con toda su fuerza. Un ligero olor a jazmín flotaba en el aire y, durante unos segundos, se quedó allí, debatiéndose entre su mente racional y el dilema que Maité representaba.

—¿Santa Clara? —Recorrió su habitación con la mirada llena de sospecha, buscando no sabía qué. Luego sonrió resignado—: Ella me lo dirá cuando llegue.

Capítulo 42

El indiscutible crujido de pisadas la despertó. Maité no se explicaba cómo había logrado conciliar el sueño después de todo lo ocurrido, pero alguien merodeaba muy cerca y un cálido chorro de adrenalina la acabó de avivar. Gateó hasta el puesto justo debajo de la trampilla y ahí se arrodilló, vigilando ansiosa la abertura.

—¿David? —graznó y tras una carraspeada impaciente, soltó—: ¡David, estoy aquí!

—Maité…

La voz de David se regó por todo su ser como un bálsamo. Se le formó un nudo en la garganta, asimilando que David, en efecto, había venido por ella. Cuánto había dudado de sí misma durante la horrible noche, plagada de miedos, pero que David estuviera allá arriba lo validaba todo; Maité había logrado irrumpir en sus sueños y pedirle ayuda, y David había creído en ella y había actuado. «Y me ha salvado la vida».

Se le aguó la mirada, pero no podía perder de vista la abertura, solo esquivar piedritas y protegerse del polvo que se desprendía con los esfuerzos de David, hasta que por fin lo vio.

—Me encontraste —entonó tambaleándose sobre sus piernas agarrotadas.

—¿Cómo lo hiciste? —preguntó David, arrodillado al borde de la abertura tratando de ubicarla en la oscuridad al fondo de la celda subterránea—. Quiero decir, el sueño, ¿cómo hiciste eso?

—¿Y ahora? —se preguntó Maité entre dientes, pero luego se le ocurrió que la simple verdad la liberaría, literal y figurativamente—. Recibí un don de cuna —respondió ella, recordando las palabras de Nahia a la bebé. «Solo al dormitar podrás explorar la realidad que se esconde en la conciencia de quien duerme»—. Me lo dieron hace mucho tiempo. —David solo asintió en silencio, por lo que Maité tuvo que agregar—: ¿me ayudas, por favor?

David reaccionó sin demora.

—Aquí va una cuerda.

Maité tanteó en la penumbra hasta que la atrapó.

—Enróllala alrededor de tu muñeca y agárrate bien —dijo él.

—Dame un minuto. —Tosiendo y carraspeando, recogió el pesado cofre. Lo cerró y anudó la cuerda firmemente a su alrededor—. Primero va esto.

David tiró de él y lo puso a un lado de la abertura antes de volver a bajar la cuerda.

Maité la agarró y la enroscó alrededor de su muñeca, presagiando.

—Esto va a doler.

—Tendrás que caminar pared arriba —dijo David.

—Si tú lo dices, pero mi don de cuna es muy específico, en ningún momento me convirtió en Mujer Araña.

Maité empezó a escalar, lo cual requirió el uso de un conjunto de músculos que no había usado la noche anterior. «Todo me va a doler», pensó amargamente convencida de que sus párpados eran la única parte de ella que no le dolía. Sin embargo, con David tirando, escaló la pared en corto tiempo. Tan pronto como la mitad de su torso asomó por la abertura, David tiró de ella, tropezando en el proceso y cayendo hacia atrás. Maité aterrizó sobre él.

Sintiéndose una desgracia y resistiendo el deseo de besarlo, Maité se despegó de David y se estiró bocarriba a su lado. Los ojos le lagrimeaban sin parar. El corte debajo de la oreja ya no sangraba, pero el dolor sordo no cesaba.

—¿Qué pasó? —preguntó él, volviéndose hacia ella—. ¿Cómo fue que llegaste hasta aquí?

Maité se incorporó sobre sus codos, sintiendo el dolor de la miríada de rasguños y moretones que le tapizaban todo el cuerpo.

—Si te lo dijera, no me creerías.

La mirada errante de David provocó una ola de alarma en Maité al recordar que, del vestido de Celeste, no quedaban más que hilachas. Se sentó del todo y abrazó sus rodillas, tratando de cubrirse lo mejor que pudo.

David agarró la chaqueta que había dejado en el suelo junto a la abertura.

—Ponte esto —ofreció.

Maité metió los brazos por las mangas, como si se tratase de una camisa de fuerza.

—Gracias —dijo empuñando el pendiente que aún llevaba puesto. Al final de cuentas, las alhajas no resultaron ser un trío de diamantes. Eran más bien dos grandes piedras negras, multifacéticas, tal vez ónix, en forma de almendra, que se le antojaron ojos. Entre ellas había un rubí tallado. Las tres piedras preciosas estaban dispuestas en vertical en un engaste de peltre con cordón de plata a juego.

—Ponme a prueba —dijo David ayudando a Maité a levantarse.

Con Maité y el cofre a cada lado de David, emprendieron el lento y cuidadoso regreso hacia el velero, a causa de los pies descalzos de Maité.

—¿A prueba? —preguntó ella, apoyándose en él con fuerza.

—Cuéntame la historia, a ver si me la creo o no.

Los ojos de David parecían concentrados en el terreno irregular, pero ella podía sentir su fuerza, el calor de su cuerpo tan cerca de ella y el limpio aroma de su piel. Nuevamente se avergonzó de su condición y su preocupación dobló a la par, considerando lo que significaría contarle todo a David.

Se detuvo, tambaleándose sobre sus pies doloridos.

—Vas a pensar que estoy loca, pero yo sé que no lo estoy.

—¿Quién dijo que estás loca? —David la sujetó por el hombro hasta que se estabilizara—. Claro que, al momento, por ahí va el veredicto —bromeó.

—¡No te burles! —Las lágrimas rodaron y se las secó con sus manos sucias.

David dejó el cofre en el suelo y la abrazó. Todos sus músculos se relajaron y sintió derretirse. Abrumada por una sensación de seguridad y gratitud, sus ojos se volvieron a llenar de lágrimas.

—Cuéntame todo, por favor. —David le susurró al oído.

—Lo haré. Te contaré toda la historia, incluso si al terminar preferirás no haberla escuchado.

David besó su frente con ternura.

—De ninguna manera.

Volvió a levantar el cofre y le rodeó la cintura, casi levantándola del suelo, resuelto a facilitar cada paso de Maité. Para cuando llegaron al lado de la isla donde estaba atracado el velero, toda la historia se había derramado en extraordinario torrente, fascinante y amargo a la vez. Maité se detuvo y miró recelosa a David, ansiosa por su reacción. A solo unos metros de distancia detrás de él, el velero se balanceaba en el agua, amarrado a un desvencijado muelle.

—¿Estabas enamorada de Amets? —preguntó, colocando el cofre en el suelo y desviando la mirada hacia la ciudad que todavía dormía al otro lado de la bahía.

Maité lo miró pasmada. Después de semejante relato, ¿esa era su pregunta? «¡Estrellas en el cielo!». Ráfagas de placer la envolvieron y en sus labios se dibujó una sonrisa sabiendo que podía curar sus celos. Quería besarlo y decirle cuánto lo amaba, pero estaba tan mugrienta, sudada y sangrienta que, sí o sí, cualquier demostración física tendría que esperar.

—No. Nunca estuve enamorada de Amets —dijo meciéndose de lado a lado, para aliviar, por turnos, el peso sobre sus pies. Y, aunque no era así como lo había imaginado, Maité confesó:

—Estoy enamorada solo de ti.

La expresión en el rostro de David se despejó, como si le hubieran concedido clemencia en un juicio a muerte. La levantó en sus brazos, pero ella soltó un gemido lastimero y tuvo que soltarla.

—Perdón, lo siento mucho, yo...

—No te preocupes, de verdad. Es solo que, eh, me duele todo —dijo echándose una ojeada—. Y estoy hecha un asco —agregó.

—No quise lastimarte —balbuceó—. Solo quería besarte. ¿Puedo?

Maité sonrió, tratando de ignorar la sensación en su cara, como de una máscara de barro reseca.

—Si te animas... —murmuró esperanzada.

David la besó y su espíritu palpitó dichoso.

Atracaron en San Sebastián cerca de las siete de la mañana.

—Cómo no salté al agua mientras tuve la oportunidad —se lamentó Maité.

La gente en el muelle la miraban de soslayo mientras David amarraba el velero, pero, afortunadamente, era demasiado temprano para la multitud de marineros en toda regla. Se encaminaron al estacionamiento, David haciendo lo posible para bloquear a Maité de miradas indiscretas, hasta que Maité pudo meterse al auto. David dejó el cofre en el asiento trasero y arrancaron de inmediato rumbo a casa.

—Espero que sepas que esto no cuenta como el viaje en velero que me prometiste —bromeó Maité, atacada de la boyante euforia que presagiaba el regreso del poderoso aleteo en su vientre. Maité se preguntaba anhelante cuándo comenzaría de lleno otra vez, aunque parte de ella rezaba que le diera tiempo de ducharse y tomar una siesta. David sonrió, como a punto de decir algo, pero el tenue repique del móvil desvió su atención.

—Es del laboratorio.

Maité asintió, pensando en lo que él había dicho en su sueño compartido:

—Tengo un notición para ti. —Lo miró con toda la intención de preguntarle a qué se refería, pero ya estaban entrando en el camino privado de Pazo Santillán.

Capítulo 43

Maité sabía que Emily esperaba su regreso, a más tardar, a las seis de la mañana, y aquí estaban, con más de una hora y media de retraso. Así que no fue una sorpresa que en el instante en que David y Maité entraron por la puerta principal, Emily y Soledad se abalanzaron sobre ellos; una sacudiendo la cabeza con desaprobación, la otra aullando de alivio.

—*Wow*, alguien necesita ser manguereada —declaró Emily fruncida.

—¡Ay, Dios mío! —dijo Soledad deplorando el estado de Maité de pies a cabeza y muy de cerca—. ¡Mira cómo estás! Cuando Emilia me dijo lo que estabas haciendo... ¿Tienes hambre, mi niña? —preguntó Soledad, yendo directamente a la cafetera.

—Me costó mucho volver a cruzar la cascada —dijo Maité mientras Soledad se alejaba y, a Emily, que estaba parada con los puños en la cintura esperando una explicación, le dirigió una mirada consabida. No era el momento de volver a relatar la aventura.

Soledad puso café recién hecho en la mesa junto con una canasta de pan.

—No, gracias, Sole, es que me llamaron del laboratorio y debo salir para allá —dijo David, rechazando el café y excusándose, pero prometió volver temprano por la tarde.

—Necesito asearme —dijo Maité, agarrando un trozo de pan al salir de la cocina, dejando a Soledad y a Emily mirándose en silencio.

Treinta minutos después, Maité regresó, su piel emitía un vago olor a loción, pues su ducha ya no estaba perfumada. Todo el rato bajo el agua, Maité había llorado la pérdida de Amets, pero ya lucía algo sosegada. Llevaba un par de pantalones limpios para cubrir sus raspaduras y una camiseta de mangas largas, por la misma razón. El pendiente, escondido debajo de su camiseta, emitía un pesado frescor sobre su pecho. La herida debajo de la oreja la sentía en carne viva.

Tan pronto como Soledad la vio, le untó un chorrito de sábila, prometiendo que, en un par de días, no quedaría ni una cicatriz.

—Si no hubiera sido por la visita de Eva anoche, a tu abuelo le habría dado algo —decía Emily.

Maité se puso rígida de inmediato y Soledad se disculpó a besos, pensando que le había tocado un punto sensible y le había causado dolor.

—Él quería entrar a tu cuarto, mi niña, pero Emilia y yo no lo dejamos —intervino Soledad.

Emily puso los ojos en blanco.

—Tal cual. Ella llegó acá, como un torbellino de cabello rojo riéndose y rebotando en su esfera de gasa rosa, ¡qué asco! Canturreando melindrosa y ronca: «¡Mañana por la mañana, amor! ¡Qué emoción!» —Por más cómica que fuera la imitación, Maité no lograba distraerse de lo que Emily estaba diciendo—. Tu abuelo olvidó por completo que quería hacerte salir de tu habitación.

—Espera, ¿qué es lo que va a pasar esta mañana? —Maité preguntó tensa.

—Dile, ¡dile! —Soledad le dio un codazo a Emily.

—Ya, *I'm dile-ing* —atajó Emily—. Van a firmar las escrituras, hoy.

—¡No puede ser! —Maité se enfureció y Emily intentó suavizar la noticia con más detalles.

—No iba a suceder sino hasta dentro de una semana, pero algo le pasó a Eva que ya no quiso esperar, así que anoche...

—¿Y el abuelo estuvo de acuerdo?

—Supongo que puedes llamarlo así. Desaparecieron en el ala sur de la casa pegados en un beso digno del premio a la obscenidad.

Maité hizo una mueca ante la imagen que aquello conjuró.

—Lo siento —dijo Emily encogiéndose de hombros—. Es que realmente no creo que tu abuelo sabe lo que está pasando. Cuando ella está cerca, es como si se tragara una píldora de sumisión y se queda en blanco. Es espeluznante de ver.

«Espeluznante —repitió Maité para sus adentros, inquieta por la siniestra sospecha que había empezado a tomar cuerpo en la prisión subterránea—. Qué tal si Eva...», pero el tema que se traía era detener la firma de las escrituras.

—¿Entonces dónde están ahora? ¿Besuqueándose en la biblioteca? —Maité rio de mala gana, deseando poder tomar una siesta larga antes de tratar de evitar la próxima catástrofe.

—Te lo dije: ella quería poner manos a la obra —dijo Emily—. Han ido a firmar las escrituras.

—¿Cuándo?

Salieron de la biblioteca hace unos veinte minutos y se fueron.

—¿Por qué no lo dijiste antes? Tenemos que detenerla. Soledad, ¿dónde queda ese lugar? Consíguenos un taxi, porfa, tenemos que salir ahora mismo.

—Dijeron que tomarían un café al paso. Su cita no es hasta las nueve y media —dijo Emily en tono apaciguador.

—¡Eso es en menos de media hora! —Maité gruñó y todas saltaron de sus asientos.

Soledad vociferaba en el teléfono, Emily corrió escalera arriba para vestirse y Maité golpeteaba con el pie esperando que Soledad terminara.

—Necesito hablar con David —dijo apenas Soledad colgó—. Olvidé algo en su auto.

—Ah, mi niña —dijo Soledad—. David se regresó y dejó esto cuando estabas en la ducha.

—¡Lo amo! —gimió Maité, abalanzándose sobre el cofre—. ¡Gracias, Sole!

Maité corrió a su habitación a examinar el pergamino que no había podido leer en la celda. También encontró otro papel, doblado por la mitad, al fondo del compartimento donde había estado el pendiente que llevaba puesto.

Maité leyó el pergamino primero; su contenido estaba escrito en fina caligrafía. Con el corazón galopándole en el pecho, leyó las palabras que establecían, sin lugar a duda, que los derechos sobre la mansión María Celeste y la propiedad al pie de los Pirineos occidentales eran posesión exclusiva de la descendiente de Celeste Santillán. Tardó unos segundos en darse cuenta de que lo que tenía en la mano era el testamento ológrafo firmado por la propia testadora, Anahí Santillán, en presencia de su esposo, Calisto. Este parecía ser el legado original de las propiedades que su abuelo quería regalarle a Eva. Era el testamento que, según David, había desaparecido décadas atrás.

En el futuro, la designada se escogerá de entre la descendencia femenina de Zorione, hija de Anahí y Calisto, y de sus hijas en adelante. Dicha descendiente tomará posesión de la propiedad conocida como la María Celeste en esta ciudad de San Sebastián...

Las tierras que ocupan las estribaciones de los Pirineos occidentales, incluida su cascada...

Dicha descendiente no podrá disponer de las tierras, ni de la propiedad, con fines de lucro ni dejará de cuidar y fomentar...

Una y otra vez, el documento afirmaba que solo una mujer, la heredera designada, tenía derecho a los terrenos y a la María Celeste. Solo una mujer descendiente de Celeste Santillán.

Maité vio el árbol genealógico en su mente, tan claro como si lo tuviera en sus manos. Su nombre estaba en la parte inferior de ese árbol, ella, Maité, era la última descendiente viva de Celeste Santillán. Pero como menor de edad, su abuelo, siendo su tutor legal y único pariente vivo, podía manejar sus asuntos como mejor le pareciera.

Pensando que Emily pronto estaría lista, Maité se apresuró a desdoblar la segunda hoja de papel. Era más pequeña y había hecho las veces de forro del compartimento donde había encontrado el pendiente. La letra de este documento era diferente a la del testamento ológrafo y, llena de curiosidad, Maité empezó a leer.

—«Aquí yace Basajaun». —El pendiente tenía un nombre. Maité lo empuño con fuerza y continuó su lectura en voz alta—. «A su regreso, volverá a florecer la soberanía. Favorécenos, una vez más, oh, Basajaun. Que el latido de tu corazón renueve aquello que ha dormitado durante años. Oh, Basajaun». —Maité cerró los ojos y dobló el papel—. Basajaun —murmuró fervorosa.

—¿Qué pasa? —dijo Emily, entrando sin tocar.

—Este es el cofre que Nahia...

—El hada buena —interrumpió Emily, enrollando las mangas de su camiseta mientras escuchaba.

—Correcto. Ella me mostró donde estaba escondido, y esto estaba dentro. —Maité le ofreció el extraño poema sobre Basajaun y Emily lo examinó detenidamente.

—¡Ya llegó el taxi! —Soledad llamó desde el pie de la escalera.

—¿De qué se trata esto? —preguntó Emily, releyendo las líneas—. ¿Y qué es un Basajaun?

Maité arqueó una ceja a la vez que sacaba el pendiente de debajo de su camiseta.

—¡Niñas! —Soledad volvió a llamar y las dos salieron corriendo de la habitación.

—¿Son de verdad? —Emily preguntó sin aliento.

Maité asintió bajando los escalones de dos en dos.

—Estoy segura de que lo son.

—¿Quién les pone nombre a sus joyas? —Emily preguntó y se respondió a sí misma—. Gente rica.

Maité no dijo nada. Basajaun era un acertijo; tal vez no era más que un viejo regalo de bodas de Calisto a Anahí. Pero ¿por qué tenía nombre? ¿Y el extraño poema? Mientras más pensaba en ello, más le parecían instrucciones que cualquier otra cosa.

Soledad le dijo al taxista dónde llevarlas. En el asiento trasero, Maité y Emily le hicieron con la mano a Soledad, que a su vez trotaba tras ellas, haciendo la señal de la cruz a medida que se alejaban.

Emily apretó la mano de Maité, murmurando suspicaz:

—Nos está bendiciendo, M, como si fuéramos a un campo de batalla. Ponte seria y dime, ¿esto va a ser peligroso? ¿Qué tan necesaria es esa bendición? Te lo digo ahora mismo, espero palabras fuertes, tal vez hasta una rabieta por parte de Eva, pero eso es todo.

—Eso es lo que yo también espero. Aunque es posible que yo me emberrinche si no logro que el señor Córdoba se ponga de mi lado. Quiero que, por lo menos, aplacemos este proceso —dijo Maité, sacando de su bolsillo el testamento ológrafo que había doblado en cuatro y se lo entregó a Emily.

—*Holy crap!* —dijo Emily después de leerlo de principio a fin.

—¿Qué es?

—¡No puedo creer que me olvidé de decirte esto! *Dammit...*

—¡Emily!

—Lo siento, M, es solo que no puedo creer que se me olvidó.

—¡Entonces dímelo ya!

—Mi mamá me envió un *email* hoy. Siempre lo reviso a primera hora de la mañana, en realidad, te lo envió a ti y me copió...

—¿Y? —Maité la apuró, rígida de preocupación.

—Ayer recibió una llamada del abogado de tus papás.

—¿Y? —Maité insistió, descompuesta por un repentino vértigo, pero ansiosa por lo que fuera que saldría de la boca de Emily.

—Tu mamá y tu papá dejaron una última voluntad y testamento, y, además del típico contenido, había una sección que decía que mi mamá tiene custodia legal de ti.

El importe de aquellas palabras era pólvora.

—Entonces...

—Puedes regresarte a casa conmigo. No que lo quieras hacer en este punto, pero ¿te das cuenta de lo que eso significa? Tu abuelo está firmando todas estas cosas pensando que, porque eres menor de edad, él...

—¡Pero no puede! —Maité interrumpió, la dicha del inesperado cambio de dirección brilló en sus ojos grises—. La tía V es mi guardiana legal y tendrá que aprobar todo lo que tenga que ver conmigo. Esta es la mejor noticia de todas y, por añadidura, ¡ahora somos como hermanas de verdad!

Maité aplaudió eufórica y Emily se unió a su alborozo. Se abrazaron con fuerza, pero el peso frío del pendiente contra el pecho de Maité la devolvió al momento y al acertijo que representaban las tres joyas.

A su regreso, volverá a florecer la soberanía. Favorécenos, una vez más, oh, Basajaun. Que el latido de tu corazón renueve aquello que ha dormitado durante años. Oh, Basajaun.

Capítulo 44

En menos de quince minutos, el conductor se detuvo en una gran plaza que se extendía desde la acera hasta el Ayuntamiento, un majestuoso palacete que constaba de dos torres y una nave central.

Como Soledad había pagado el pasaje por adelantado, Maité y Emily se apearon murmurando su agradecimiento. Atravesaron parches de hierba y macizos de flores, rodearon una enorme fuente y esquivaron bancos de madera y esculturas camino a la entrada principal. Cruzaron el gigantesco pórtico de hierro, que estaba abierto, y pasaron a la oscura antecámara del Ayuntamiento.

Un vistazo de derecha a izquierda reveló pilares y puertas cerradas en serie. Las varias obras de arte que adornaban las paredes eran elegantes secuencias del progreso de San Sebastián, a lo largo de los siglos, cada una iluminada por su propia lámpara.

—¿Por dónde empezamos? —dijo Maité indecisa, y Emily se encogió de hombros.

Sin embargo, al poco rato, un hombre con uniforme militar se acercó y preguntó cómo podría ser de utilidad. El aleteo comenzó en el vientre de Maité, y no, no era solo la emoción de la buena noticia recibida en el taxi; era el extraño aleteo que impulsaba y guiaba acción. Apenas empezó a hablar, confirmó que su mirada y su voz trabajaban juntas para cautivar. Se presentó como Maité Santillán, para mejor asemejarse a la heredera descrita en el documento en su bolsillo, y segura de sí misma, procedió a exponer lo que necesitaba.

Una expresión de felicidad, si no del todo embobamiento, se extendió por el rostro del hombre mientras escrutaba dócil a su interlocutora sin delatar preocupación alguna o curiosidad por los moretones o el vendaje que Soledad le había abultado debajo de la oreja.

Emily, que lo observaba minuciosa, le dio a Maité una palmada triunfal en el hombro cuando el hombre se ofreció a acompañarlas a la oficina donde se desarrollaba la reunión privada convocada por el señor Gonzaga.

—Dale, M —susurró Emily y el vientre de Maité dio un vuelco jubiloso.

El hombre golpeó dos veces y, sin esperar respuesta, abrió la puerta. Con su voz más agradable, mientras Emily le daba otro codazo a Maité, anunció:

—Perdón por la interrupción, la señorita Maité Santillán y la señorita Emilia…

—El nombre es Emily. Emily Allen —Maité interrumpió, concluyendo la ceremonia.

El señor Gonzaga miraba estupefacto. El señor Córdoba lucía esperanzado y el otro hombre, que Maité supuso que era el abogado de Eva, ni siquiera se molestó en ocultar su confusión. Pero Eva, para regocijo de Maité, parecía a punto de reventar unos cuantos vasos sanguíneos o al menos romperse algunos dientes rechinando la mandíbula con tanta fuerza. Los ojos de Eva parecían decididos a apuñalar a Maité, pero ella no se inmutó.

«¿Cómo sobrevivió? No importa. Ya es demasiado tarde». Los pensamientos furibundos de Eva, advirtió Maité, estaban entrando directamente a su cerebro sin que Eva lo notara. La emoción que engendró semejante descubrimiento estalló como una burbuja cuando fue consciente de lo que había escuchado. «Quiere saber cómo sobreviví anoche. —La venda cayó de los ojos de Maité con la inesperada confirmación—. Eva sabe que sobreviví anoche. Porque ella es...». La horrible certeza se apoderó de Maité.

Eva había invadido sus sueños hacía un par de noches y había tratado de matarla mientras dormía. Su tobillo todavía estaba magullado por ese ataque. Claro que esa herida ya ni se destacaba de entre todos sus otros cortes y rasguños.

La voz de Nahia volvió a ella, como de ultratumba: «Ya sabes su verdadero nombre».

Aunque conmocionada, los ojos grises de Maité buscaron los de Eva. Vio la llama roja arder en su mirada y la pieza faltante, finalmente, encajó en su lugar. «La Bella es Eva; Eva es Ederne». La tétrica convicción giró en su cabeza durante atónitos instantes. El miedo de que Eva se diera cuenta, en cualquier momento, de que Maité podía escuchar sus pensamientos o, peor aún, que Eva pudiera atacar la mente de Maité, casi la desequilibró. Sin despilfarrar un segundo más, Maité imaginó una hermética puerta de acero inoxidable cerrándose de golpe en su mente. Miró desafiante a Eva; su semblante ya recuperado de la decepción de que Maité estuviera viva.

Eva se acercó a Gonzaga, su sonrisa seductora encauzada, como siempre, hacia la supresión de su sentido común.

—Mira, cariño, tu nieta ha venido a felicitarnos por la firma de las escrituras. —Su voz destilaba hipocresía y la mirada de intenso odio que chispeaba de sus ojos, cayó como un yunque sobre Maité.

El pendiente se sentía cálido contra su piel; no sabía si se había calentado por sí solo o si estaba absorbiendo la febril condición de Maité. Sea lo que fuere Basajaun, ella mantuvo su fortificación mental para que ni una sola sílaba intangible la penetrara. Permanecería fuera del alcance de Eva, incluso si eso significaba perder la ventaja de su propia comunicación secreta.

Maité se volvió hacia el señor Gonzaga.

—Abuelo, esta mujer no es quien dice ser...

—No toleraré tus faltas de respeto —dijo él respondiendo a la presión de Eva.

—Todos sus documentos de identificación están en orden —ofreció solícito su abogado señalando el pulcro conjunto de papeles en el maletín abierto.

—Sin duda, lo que le ha preparado está en orden, pero eso no quiere decir que sea cierto —dijo Maité—. ¿Sabía usted que su nombre ni siquiera es Eva?

—Eso no es posible —dijo el pedante abogado—. Tengo varias copias de documentos de identificación en el archivo. Todos son legítimos. Se lo aseguro.

El señor Gonzaga agarró a Maité por el codo y la arrastró hacia la puerta.

—Ya basta.

—Tiene que escucharme, abuelo. Tengo información que lo cambiará todo. Era mi... —Aquí Maité vaciló. Notó que Emily miraba a Eva como si no pudiera evitarlo y algo se develó en ese momento, lo que sembró terror en su corazón. Las pupilas de Ederne ardían, dándole un toque de locura a la sonrisa satisfecha en su rostro. Estaba extrayendo de Emily lo que no lograba sonsacarle a Maité—. Era mi...

—Fernando —intervino el señor Córdoba, sus ojos oscilando entre Gonzaga y Maité—. Te lo ruego...

—No es necesario ni debes estar aquí —dijo Gonzaga a su nieta.

—Abuelo, por favor...

—No sirve de nada escuchar a esta niña —dijo Eva altanera. El anillo rojo había desaparecido de sus ojos y Maité intuyó que ya había acabado con Emily—. El trámite está completo y es hora de celebrar —susurró deslizándose al otro lado de Gonzaga y aferrándose a su brazo. Eva le hizo una seña a su abogado, y él se acercó de inmediato al escritorio del señor Córdoba para recuperar la escritura recién firmada.

—No pueden disponer de nada sin mi consentimiento —declaró Maité y el señor Córdoba arrebató los papeles, segundos antes de que el abogado los tomara—. Soy la heredera legítima y usted, abuelo, no tiene derecho a transferir mi legado.

—Pero también eres menor de edad —respondió Gonzaga conciso.

Eva asintió con una sonrisa de suficiencia.

—Me temo que, como menor de edad, su abuelo puede manejar sus asuntos como mejor le parezca —explicó el señor Córdoba con una nota de disculpa, aunque todavía demoraba la entrega de la escritura firmada.

—Eso no es cierto —intervino Emily—. Mi mamá tiene custodia legal de Maité.

—¿Qué? —los señores Gonzaga y Córdoba exclamaron al mismo tiempo.

—Así es. —Maité se irguió desafiante, intentando soltarse de su abuelo—. Mis padres, Alba y Sósimo, dejaron un testamento en el que le otorgaban a Verónica Allen mi custodia legal.

—Eso no significa nada —dijo Eva al señor Córdoba—. Los papeles ya están firmados. Y no tenemos pruebas de que lo que dicen sea cierto. —Con un gesto brusco hacia Maité y Emily, exigió—. ¿Dónde está este testamento? No lo tienen, estoy segura de ello, porque no existe.

—Pero lo que sí existe es una duda razonable —comentó fríamente el señor Córdoba. Maité quería abrazarlo—. Me temo que tendremos que suspender este trámite hasta que podamos contactar a la señora Allen.

Un extraño fenómeno se desató e hizo titubear la fuerza de Maité. Fue una convulsión en el aire, como una sábana transparente que alguien sacude antes de colocarla sobre la cama.

La mano de Gonzaga sobre Maité se endureció y la mirada en sus ojos se congeló. Su abuelo se había vuelto de piedra. Miró desesperada a su alrededor y vio que lo mismo le había sucedido al señor Córdoba, a Emily y al abogado. Todos se habían congelado en la actitud en la que estaban al momento en que el aire había palpitado. Miraban sin pestañear a través de ojos vidriosos y su piel lucía cerosa y dura.

La niebla roja que emanaba del hada impregnó todo recoveco del despacho. «Así es como Ederne exige una entrevista», advirtió Maité, luchando otra vez por liberarse de la garra de su abuelo, pero no lo logró. Volvió su mirada turbulenta hacia Ederne.

—Sé tu nombre —gritó Maité, pero eso fue todo lo que pudo decir. Sintió como si una manzana entera se le hubiera incrustado en la garganta.

—Estás acabada, niña —siseó el hada. Su hermoso rostro trasmutado en una máscara de ira.

Maité aspiraba por la nariz el poco aire que podía para sofocar el terror que brotaba en su interior. «No puedo entrar en pánico. Solo debo respirar», pensó Maité, enfocando su energía en ralentizar los latidos de su corazón a un ritmo menos peligroso y, para su gran consuelo y aliento, el aleteo de las enormes alas en su vientre empezó a estabilizarse. Luego surgió el misterioso poder de su plexo solar, circunvaló la manzana que la asfixiaba, y disparó un mensaje directamente a la mente de Ederne.

—¡Sé que me escuchas!

Los ojos del hada se entrecerraron, tal vez preguntándose si se lo había imaginado.

—No eres rival para mí.

Habiendo aplacado su ataque de pánico, una súbita claridad la invadió: ¿y si podía derrotar al hada de adentro hacia afuera? Maité se había conectado con David de esa manera y ya se había abierto paso con un primer mensaje en la mente de Ederne. Maité se puso a trabajar de inmediato. Imaginó abrir las puertas herméticas de su propia mente y envió una declaración de guerra, con la esperanza de que el hada captara la imagen de Nahia en algún lugar de aquella visión.

—Tengo poder para dominarte, Ederne.

El rostro de Ederne registró conmoción y sus pupilas volvieron a arder mirando venenosa a Maité. La distracción le costó al hada, pues el nudo comenzó a desintegrarse en la garganta de Maité dándole un alivio instantáneo y la satisfacción de saber que, sin importar cuán inexperta o ignorante de conflictos feéricos fuera, estaba en el camino correcto.

—¡Que sepas mi nombre no es nada! —escupió Ederne, y la valentía de Maité volvió a parpadear.

Negándose a dudar de sí misma, o de Nahia, Maité repitió lo que le había dicho en su sueño.

—Tengo el poder de dominarte, hada.

La sonrisa triunfal de Ederne decía que no lo creía.

—Vas a sufrir un accidente —continuó ella, su voz ártica—. Algo sencillo, una lesión interna, tal vez. Pero te destruirá igual.

Maité no la perdía de vista. Ederne se aperaba para el ataque. Sus ojos ardían y Maité sabía lo que estaba por venir. La niebla roja, atrapada en el despacho, empezó a enroscarse, comandada por el poder silencioso de Ederne, que conjuraba la lanza mortal. Maité ya sentía las sondas iniciales del hada como microscópicos tentáculos hurgando en las moléculas de su cuerpo. Ederne pretendía manipular sus vasos sanguíneos, tal vez obstruirlos.

Todo a su alrededor pareció agudizarse. Maité se armó de valor para enfrentar la estocada, adivinando que colapsaría a punta de lanza, como había presagiado el hada y las personas en el despacho despertarían de su parálisis y la encontrarían muerta. Ederne lo explicaría como otra trágica pérdida y Maité estaba segura de que incluso una autopsia mostraría una muerte por causas naturales. Sin embargo, el aleteo en su vientre la impulsaba al punto de sentir que, si el puño de su abuelo no la sujetara, Maité podía desafiar hasta la propia gravedad.

La candente lanza tajó el aire hacia Maité; no había escapatoria. Golpeó el pendiente sobre su corazón y rebotó, como habiendo chocado con una pared de hierro. Maité se tambaleó, aturdida por el golpe, pero ilesa. Ederne, aunque colérica por su fracaso, parecía incapaz de retomar el ataque.

La neblina roja explotó en el despacho y se disipó en la nada en cuestión de segundos. Los demás comenzaron a salir de su estado de parálisis sin darse cuenta de que les habían robado varios minutos. Emily rodeó los hombros de Maité.

—¿M? —dijo ella, sonando preocupada—. Estás vibrando.

Maité asintió. Un profundo temblor palpitaba en su interior junto con los latidos de su corazón y el batir de alas en su vientre, pero Maité no podía apartar los ojos de Ederne; no podía dejar de maldecirla a través del vínculo silencioso que se dilataba entre ellas.

«Yo no soy como tú, criatura miserable y codiciosa —dijo Maité—. Jamás se me ocurriría matarte, pero sí exijo que renuncies a tu inmortalidad y que, a partir de hoy, vivas el resto de tu vida como una humana. No más *glamour* de las hadas para ti. Te mantendrás alejada de los que amo, y nunca nunca quiero volver a verte la cara. Tus energías las gastarás en compensar por las vidas que tomaste, ¿me entiendes?».

«Pero eres solo una humana», refutó incrédula Ederne. El hada parecía un insecto clavado en una pared. Se sacudía, como acribillada por la voz en su cabeza.

A medida que pasaban los segundos, los demás miraban de Eva a Maité, incapaces de escuchar el intercambio entre ellas, pero sintiendo que algo andaba mal.

—¿Eva? ¿Estás bien? —dijo Gonzaga alarmado—. Te has puesto pálida.

«Estás obligada a cumplir mis órdenes —prosiguió Maité sin descanso—. Nahia, hija de Oihana, me ha dado el poder».

—¡No! —espetó Eva, pero rápidamente corrigió su respuesta—. Quiero decir, sí, estoy bien, cariño.

—¿Estás segura? —Gonzaga insistió, aunque todavía sin soltar la muñeca de su nieta.

—¡Que lo estoy! —siseó Eva.

Era el turno de Maité para sondear. Había sentido que Ederne se lo hacía y pondría en práctica lo que había aprendido. Respiró hondo y miró dentro de sí misma hasta dar con las más fuertes de sus emociones: dolor por la muerte de sus padres, odio por la muerte sin sentido de las hadas y de Amets, amor por aquellos que estaban a su lado. Maité tenía la certeza de que esos sentimientos eran la energía pura que ella debía y podía encauzar.

El dolor, el odio y el amor fluyeron en una sola corriente, que Maité visualizó recorriendo el cuerpo de Ederne, como una explosión de adrenalina. Aunque no lo formuló por completo, el deseo subyacente de Maité, la solución a su problema era destruir la colección de brillantes células feéricas, que se destacaban como faros en la composición genética de Ederne.

Con la ayuda del poderoso aleteo, Maité suscitó los estragos deseados en el hada. Las palabras «Desistirás. Renunciarás. Estás derrotada» retumbaban cada vez que una célula brillante se fracturaba en la inexistencia, hasta que Ederne encalló, tronchada y mutilada a nivel celular.

Maité la miró fijamente, atónita por la confirmación de lo que había provocado. Eva había sido un hada, haciéndose pasar por una súper modelo humana de veinte años. Y, en ese momento, en su lugar quedaba Ederne, despojada de su condición de hada en menos de cinco minutos, luciendo como una mujer de cuarenta y tantos años.

Las rodillas de Maité temblaron. Por suerte, Emily estaba allí para sostenerla cuando su abuelo, finalmente, le soltó la muñeca.

Capítulo 46

El desaforado aleteo en el vientre de Maité se volvió la serena planeación de formidables alas. Sobando su muñeca adolorida, recorría el despacho con la mirada, sabiendo que muy pronto los presentes notarían, por lo menos, un cambio extraordinario.

Como dispuesta a recuperar su ventaja, Eva carraspeó dramática, causando que todos se volvieran hacia ella. «Luces, cámara, acción», pensó Maité animada.

—Tonterías —declaró Eva, abombando su falda con una serie de movimientos artificiales y abanicando sus dedos con aparente desconcierto. Maité sabía lo que la había turbado; la piel lozana de hacía unos instantes estaba surcada por venas, como cuerdas verdosas. En el dorso de sus manos, se imaginaba que unas cuantas manchas seniles también habían aparecido.

Las manos de Eva se volvieron puños y, con un puchero arrogante, se arrimó melosa a su galán.

—Tenemos una transferencia de propiedad ya firmada y, en unos días, seguro tendremos prueba de que la declaración de custodia es falsa.

Con el rabillo del ojo, Maité vio al señor Córdoba guardar los documentos firmados en un cajón bajo llave. El abogado, a unos pasos de distancia, tragó saliva, como si se le hubiera hecho agua la boca con las escrituras ya fuera de su alcance.

—En fin, esto es un retraso insignificante —dijo Eva, despreocupada—. Fernando, amor, vámonos ya. Es hora de empezar la celebración que planeamos.

Maité observó, con agrado, cómo los demás recibieron aquellas palabras. El abogado de Eva, que todavía rondaba cerca del escritorio del señor Córdoba, miró cauteloso a su cliente. El señor Córdoba, a su vez, examinaba a Eva con abierta sospecha, como tratando de identificar el escurridizo desacierto que, de alguna manera, destemplaba la situación.

Junto a Maité, Emily también parecía catalogar las actitudes de todos. Anhelaba explicarle lo que había sucedido, pero no era el momento. La más gratificante de todas las reacciones era la de su abuelo. El semblante apabullado del señor Gonzaga confirmaba que había notado la pérdida de musicalidad y la nueva monotonía en la voz que, hacía poco, había sido profunda y seductora.

Eva volvió a toser, fijando una mirada incierta en Gonzaga; trató de reforzarla con una sonrisa aún más deleznable, que no era ni siquiera un eco del cautivador mohín responsable de su fama.

—Eh, sí, la celebración —repitió él, rascándose la barbilla. Maité trató de captar su mirada, pero Eva se lo impidió.

—Entonces, por favor, cariño, vámonos. Qué tedio seguir aquí. —Soltó una risita juguetona a la vez que jalaba a Gonzaga hacia la puerta. Ya fuera por la renuencia de él a dejarse guiar o porque sus tacones altos superaron su habilidad, Eva se torció el tobillo y se desplomó sin gracia en el piso.

—Eva, ¿estás bien? —preguntó Gonzaga, más exasperado que solícito, tirándola del brazo para que se pusiera de pie.

Emily le dio un apretón a Maité. Una vez más quiso contarle todos los detalles, pero no pudo hacer más que guiñarle un ojo antes de volver su atención a Eva. Los trastornos, que iban en aumento, evidenciaban la ofuscación del hada por la pérdida de su naturaleza feérica y el peso inesperado de su condición humana.

—Gracias, cariño —dijo Eva desplegando la más cursi de sus sonrisas.

La flamante hostilidad de su abuelo ante los cambios en Eva era un espectáculo por demás bienvenido. Seguro se preguntaba cómo diablos se había comprometido con aquella mujer. Pero, sabiendo que su abuelo era un hombre honorable, Maité empezó a preocuparse por él, porque seguro se disponía a cumplir su palabra con Eva.

—Sí. Bien. Emilio… —tartamudeó Gonzaga dirigiéndose al señor Córdoba, quien no había movido un músculo para ayudar a Eva, pero continuaba examinándola.

Eva, liada al brazo de Gonzaga, miraba emponzoñada a Maité.

—Si no tenemos nada más que hacer aquí, creo que seguiremos nuestro camino —anunció Gonzaga, mirando con inquietud a la deslucida mujer a su lado.

—¡A celebrar se ha dicho! —declaró Eva desafinada, mirando a su alrededor como esperando que todos la acolitaran. Pero ni siquiera su abogado se dio por aludido.

Todo su ser repicaba gozoso. De alguna manera, ella, Maité, había causado el reajuste de Ederne. Había despojado a la Bella de sus poderes y la realidad de su logro era evidente en el semblante de todos los presentes. Maité le dedicó una mirada fría al hada, satisfecha de que Ederne era incapaz de proyectar sus pensamientos. «Ya no seduce a nadie», pensó maravillada.

La humillación y frustración de Eva alcanzaron su límite; se deslió de Gonzaga y, con arrebatado furor, se abalanzó sobre Maité, sus manos como garras, dispuesta a estrangularla.

—¡Esto no me lo haces a mí! —berreó Eva.

Maité, que la vio venir, bloqueó el ataque. Forcejearon hasta que Eva se soltó de Maité y logró darle una bofetada punzante. Luego sucedieron varias cosas a la vez.

—¡Ahora sí que te jodiste, *you lunatic*! —rugió Emily, unos pasos detrás de Maité.

El señor Córdoba levantó el auricular y ordenó:

—Envíen a seguridad.

Maité agarró las solapas del abrigo sastre de Eva y le ancló un rodillazo al abdomen. Eva se dobló con un quejido, pero se recuperó casi de inmediato.

—Pagarás por esto, miserable pedazo de... —gruñó Eva, otra vez acechando el cuello de Maité.

El abogado guardó sus documentos dentro del maletín, aparentemente dando por cerrado el caso. Saliendo de su conmoción inicial, Gonzaga exigió:

—¡Conténgase, señora! —Alcanzó a Eva en dos zancadas y la separó de Maité.

—Gracias —dijo Emily—. A eso mismo venía yo.

Jadeando, Maité vio a su abuelo casi casi zarandear a Eva en el colmo de su disgusto. Dos guardias irrumpieron en el despacho, respondiendo al llamado del señor Córdoba, que, con imperioso gesto, les indicó que esperaran.

—¡Las escrituras están firmadas! —gritó Eva, luchando por librarse del puño de hierro de Gonzaga.

—Ya deja el griterío o te enlazo como a toro en corral —amenazó Emily.

—Todo le pertenece a la familia Santillán y siempre será así —dijo Maité.

El abogado de Eva se despidió con un breve temblor de la cabeza hacia los señores Córdoba y Gonzaga. Evitó deliberadamente la mirada de su cliente al pasar junto a ella, rumbo a la puerta.

De repente, Eva dejó de forcejear y, con un alarmante cambio de táctica, dijo:

—Fernando, cariño, debemos hablar de esto con calma. ¿Por qué no vamos a ese pequeño lugar que nos encanta en Mónaco? Después de todo, todavía tenemos que finalizar los detalles de nuestra boda.

Maité la miró boquiabierta. A su lado, Emily resopló burlona. Gonzaga no se conmovió ante la sugerencia.

—¿No habías dicho que nos casaríamos después de que se efectuara la transferencia de la propiedad? —le recordó sardónico y Maité advirtió que su abuelo, por fin, se había desembarazado de la maligna influencia.

Eva soltó una desagradable carcajada que tornó su rostro en algo espantoso de contemplar.

—¡Querido! Si dije eso fue porque estaba tan emocionada de comenzar lo del *resort*. Y ni hablar de cuánto deseo empezar las renovaciones de la María Celeste. Pero eso apenas importa ahora. Sabes que estoy loca de amor por ti. Nada puede interponerse entre nosotros, y tú lo sabes. —Todo lo dijo con transparentes esfuerzos por inyectar su voz con el hipnótico timbre que ya no dominaba.

La boca de Gonzaga se volvió una línea iracunda en su rostro. Se apartó de Eva, estableciendo así una distancia proverbial entre ellos.

—Eva —dijo con frialdad—, creo que tu único interés en mí tenía que ver con el contrato que ahora no solo está suspendido, sino cancelado por completo. Me parece por demás inverosímil hablar de matrimonio.

—¡No puede ser, cariño! —lloriqueó ella.

—Me temo que sí —dijo Gonzaga, esquivando el intento de Eva de aferrarse a su brazo—. Y ahora, si me disculpan, necesito llevar a mi nieta a casa. Ella y yo tenemos que hablar de cómo es que está en este estado —dijo mirando ansioso a Maité.

—Pero Fernando… —insistió Eva.

—Basta —la detuvo Gonzaga, aunque sin quitarle los ojos de encima a Maité.

La mirada cariñosa de su abuelo desató en ella un torrente de emociones. Maité sintió que la pérdida del amor y la protección de una familia la inundaba de nuevo. Cómo había echado de menos ese vínculo desde la muerte de sus padres. Qué terrible el desaliento de no poder recuperarlo alguna vez, sin embargo, en escasos segundos, este hombre, al que había detestado por varias razones, se había vuelto la personificación del hogar que había perdido. Reconocía los ojos de su madre en los de él. En su voz se escondían ecos de los sones de Alba. Y su sangre la llamaba con la dulce afirmación de que eran familia. Maité sabía que era verdad, lo sentía.

—¡Lárgate de una vez! —soltó Emily, mostrándole la salida a Eva.

Deshecha, el hada se estremeció visiblemente y Gonzaga se limitó a reiterar la solicitud de Emily con ademán resuelto. Eva examinó el despacho con aire de superioridad. Incluso en la derrota, los miró altiva mientras se tambaleaba sobre sus tacones de aguja rumbo a la puerta.

—Aléjate de mí propiedad y de los que yo amo —susurró Maité al paso.

Eva se detuvo, pareciendo considerar una respuesta, pero al final reanudó su vacilante salida, sin mirarla.

—Te recomiendo unas havaianas —resopló Emily detrás de ella—. Sanseteacabaron los desfiles y pasarelas.

Todavía no era el mediodía cuando Eva salió a la plaza soleada. La prensa, habiendo actuado según lo que Gío había dejado escapar, esperaba que la diosa de la moda, la personificación de la belleza, la mujer más *sexy* que había posado sobre un Lamborghini, saliera triunfante del Ayuntamiento del brazo de su distinguido galán después de haber recibido el trofeo, nombrado por ella, como el precio de su mano.

Tan pronto como vislumbraron la melena roja abundantemente fotografiada, la cacofonía de los reporteros parloteando en sus micrófonos y el rápido *clic* de las cámaras se redobló. Pero Eva estaba sola. Eva lucía inestable. Saludó afectada a sus *fans*, pero en lugar de que corrieran hacia ella, los reporteros bajaron sus micrófonos, los camarógrafos la miraron con sus propios ojos en lugar de a través de los lentes y el furioso chasquido de las cámaras cesó. La mano que Eva agitaba se congeló en el aire.

Gío, que se había abierto paso, a codazos, hasta el frente de la multitud, se detuvo de repente. Tras una teatral aspiración, se tapó la boca, adoptando el ánimo colectivo. Eva no podía distinguir si era incredulidad o confusión lo que veía en sus rostros. No era admiración; eso lo sabía con certeza. Quería desaparecer o, mejor aún, mostrarle a la multitud desencantada quién era ella de verdad.

—¡Soy Ederne! —declaró imprudente. Su intención había sido reducirse al tamaño de un hada al instante y flotar sobre ellos el tiempo suficiente para deleitarse en su arrepentimiento. ¡Cómo se atrevían a humillarla así! Pero apenas un enclenque temblor la recorrió; no pudo ejecutar ni el más básico cambio de forma.

El zumbido de murmullos se elevó de entre los *paparazzi*. Con una mueca rabiosa que la desfiguraba, Ederne los vio marcharse y su mundo se derrumbó. Se sintió desnuda, se supo vacía e impotente y la sensación de ruina que experimentó en manos de la desdichada niña recrudeció.

—Pero si no es más que una humana —protestó Ederne—. ¿Cómo lo hizo?

Gío era el único que quedaba. Con una póstuma ráfaga de esperanza, Ederne se dirigió hacia él, pero Gío le dio la espalda y ella se detuvo en seco. Lo vio marcharse también, obligada por fin a aceptar la catastrófica pérdida de todo lo que la hacía un hada.

A pesar del odio que debería haber sido suficiente para mantenerla erguida, sus hombros se hundieron. Ederne estaba acabada.

Capítulo 47

Cuando Maité, Emily y el Señor Gonzaga salieron del Ayuntamiento, Eva, al igual que Gío y la farándula, habían desaparecido. Sin perder de vista lo sucedido, Maité se sentía parte de un trío sosegado y razonó que su abuelo y Emily, igual que ella, estaban asimilando las extrañas circunstancias que habían causado, presenciado y sobrevivido. Mientras el señor Gonzaga conducía, Maité aprovechó el pesado silencio en el auto para decidir qué respondería a su abuelo cuando le preguntara por su estado.

Para cuando pasaron por la puerta principal del pazo, Maité había decidido que contaría una versión de la verdad: estaba segura de que su abuelo no estaba listo para escuchar sus descubrimientos sobre la Soberanía de las Hadas.

La sorpresa inicial de Soledad al ver a las niñas de regreso en compañía del señor Gonzaga fue reemplazada por satisfacción cuando él respondió a su pregunta:

—No. Eva no se unirá al grupo.

Maité le dio un apretón a Soledad al pasar al comedor, insinuando que los detalles vendrían más tarde. Se sentaron a la mesa en silencio hasta que Soledad terminó de servir la sopa y se retiró.

—Sucedió en la isla de Santa Clara —dijo Maité a su abuelo. Emily la miró cejuda, pero Maité mitigó su sorpresa con un guiño antes de continuar—. Fuimos a explorar y caí en un hueco que resultó ser una cueva muy profunda.

—Dios mío, niña —exclamó el señor Gonzaga, lanzándole una mirada inquisitiva a Emily.

Emily solo tiritó y tomó una cucharada de sopa.

—Fue difícil salir y así fue como me hice todos estos rasguños y cortes —dijo Maité encogiéndose de hombros—. Pero por suerte no me rompí nada.

—Es una suerte que David y Emily estuvieran allí para ayudarte —dijo el señor Gonzaga, observándola angustiado.

Soledad entró con el plato principal, y Maité y Emily no tardaron en elogiar su magnífica sopa de verduras mientras ella ponía bandejas sobre la mesa. Dichosa, Soledad desapareció por el pasaje llevándose los platos vacíos.

Cuando se sirvieron la siguiente parte de la comida, Maité volvió a dirigirse a su abuelo.

—Hay algo más —dijo ella, incomodándose un poco cuando el señor Gonzaga le dedicó toda su atención—. Eh... encontré un compartimento en una pared en el desván aquí en la casa.

—¿Perdón?

—Detrás de un retrato. Soledad me dejó subir a mirar las cosas que mi mamá había sacado de la María Celeste — explicó Maité azorada—. Esas cosas significaban mucho para mi mamá y Soledad pensó que me gustaría verlas.

En ese momento en que estaba libre de los tentáculos del hada, las emociones del señor Gonzaga afloraban con naturalidad a través de sus expresiones faciales. Mientras continuaba su relato, Maité observó cómo la tensión se convertía gradualmente en aceptación y el cariño que había comenzado a sentir por su abuelo, en aquel despacho en el Ayuntamiento, se profundizó.

—Quería ver si había fechas o nombres detrás de las pinturas en la pared, para identificar a mis antepasados. Así fue como al descolgar un retrato encontré un compartimento secreto. Lo abrí y había un cofre ahí dentro. Creo que mi madre ni siquiera sabía que el compartimento existía…—. La verdad incompleta que salía de su boca le sonaba demasiado a mentira, pero Maité se dijo a sí misma que esta versión editada de los hechos era solo temporal y que, en unas pocas semanas, a lo sumo, le estaría contando toda la verdad a su abuelo—. En todo caso, ahí es donde estaba el testamento —concluyó dándole a Emily una mirada aguda que decía: «No me contradigas, *please*». Los ojos color avellana de Emily parpadearon hacia donde descansaba Basajaun, pero Maité descartó mencionar la joya. Quería ese pequeño acertijo para ella sola—. Así me enteré de que soy la heredera designada y, cuando se lo mencioné a Emily, ella me habló del testamento de mis padres y, en fin… —Maité dejó la frase colgando, sin ánimo de recordarle que ella, a través de Verónica, tenía la última palabra sobre el legado de la familia.

El señor Gonzaga asintió pensativo y, después de una pausa, dijo:

—Quiero disculparme contigo. —Maité sintió un nudo inesperado en su garganta. Quizás fue por el tono contrito en que lo dijo o quizás fue el sincero arrepentimiento que sombreó su expresión. De cualquier manera, las lágrimas brotaron de sus ojos sin perder de vista a su apuesto abuelo—. Llegaste aquí, una extraña en este país y en esta casa. Una extraña, porque fui demasiado orgulloso para hacer las paces con mi hija, aunque sabía que con ello me excluía de su vida y de la tuya. Si supe que tú existías, fue por Soledad —explicó cuando Maité lo interrogó con la mirada—. Estaba demasiado enojado para perdonar a mi Alba por ir en contra de mis deseos y, cuando las cosas le salieron bien, mi orgullo me impidió aceptar que había encontrado su felicidad, sin que yo no tuviera parte en ello.

Su abuelo hablaba con el aire de alguien que confiesa un horrible pecado y el remordimiento en su voz era palpable. A su lado, Emily se reacomodaba en su silla a cada rato y Maité le apretó la mano, comprendiendo lo tensa que la situación debía ser para ella.

Un nuevo estrato de entendimiento surgió al Maité reflexionar que, hacía apenas once días, ella había descubierto que tenía un abuelo y enterarse de que tendría que vivir con un completo extraño la había enfermado. Cuando se conocieron, la preferencia de su abuelo por Eva y su fría recepción aumentaron su disgusto. Pero Maité solo había tenido once días de malestar por ello, mientras que el desasosiego de su abuelo había existido durante casi veinte años desde el día en que Alba había partido.

Una profunda ternura se coló en el corazón de Maité al mirarlo, pues la nueva disposición del señor Gonzaga coincidía con su idea de cómo debía ser un abuelo.

—No le pedí a Alba que me perdonara —dijo él—. Ahora ella está muerta, y nunca tendré la oportunidad de decirle que todos esos años que estuvimos separados fueron un desperdicio. No puedo decirle lo hermosa que es su hija. —Sus ojos brillaron con sentimiento cuando miró a Maité y ella se secó rápidamente sus propias lágrimas. A su lado, Emily gimió silenciosa—. No le pedí perdón —continuó—. Ni siquiera busqué la oportunidad, pero debo suplicar que tú me perdones. Mi comportamiento antes y después de tu llegada fue injustificable. Te he maltratado tanto.

—No fue tu culpa —dijo Maité, a pesar de que él negó con la cabeza. Un abrumador deseo de abrazarlo se apoderó de ella y, sin pensarlo dos veces, saltó de su silla. Él se levantó de la suya para recibirla.

—Abuelo, lo que les pasó a mis padres no fue tu culpa y yo te amo. Aunque todavía no te conozco muy bien, te quiero mucho mucho —sollozó en su hombro. Algún día le diría exactamente de quién había sido la culpa, pero no en ese momento.

El señor Gonzaga aceptó su abrazo y la apretó contra su pecho.

—Ya, ya —dijo alisando su cabello—. Pienso pasar el resto de mi vida conociéndote a fondo.

Maité lo abrazó más fuerte en respuesta.

Capítulo 48

—Perdón, señor Gonzaga, los señores Córdoba están en la biblioteca —anunció Soledad, pareciendo encumbrar con la mirada al abuelo que todavía estrechaba a su nieta en un abrazo.

Las entrañas de Maité dieron un vuelco. «¡David ya está aquí!».

—Gracias, Soledad, por favor dile a Emilio y a su hijo que enseguida estaré con ellos. —Soledad asintió y se retiró. El señor Gonzaga acarició la mejilla de Maité y dijo—: estoy seguro de que David está aquí para verte. ¿Por qué no vamos todos a la biblioteca?

—Estamos justo detrás de ti —respondió Maité, copiando a Emily, que empujaba su silla debajo de la mesa.

—Intenso, ¿no? —susurró Emily siguiendo al señor Gonzaga fuera del comedor.

—Qué buen mozo y maravilloso es mi abuelo, ¿no crees? —dijo Maité, sonriendo radiante.

—Me gusta especialmente que se deshizo de ese absceso pelirrojo. Quién hubiera creído que bastó con un procedimiento ambulatorio —dijo Emily sonriendo maliciosa antes de rematar con—, una amputación sangrienta hubiera sido mi preferencia.

Maité ahogó una carcajada, pues su abuelo ya estaba saludando a los recién llegados.

—Emilio —dijo el señor Gonzaga, tendiéndole la mano al señor Córdoba.

—Buenas tardes, Fernando.

—Señor Gonzaga —dijo David estrechando la mano tendida, y también saludó a Emily con los obligatorios besos y el apretón de mano. Luego, atrajo a Maité hacia él y la besó en ambas mejillas.

—Te extrañé —dijo ella.

—Vamos al jardín y dejemos que hablen de negocios —sugirió David.

Maité y Emily engancharon sus brazos en los de él y salieron.

—No vaya demasiado lejos, Maité —dijo el señor Córdoba—. Tengo algunos documentos que debe revisar.

—*Okay*.

Los tres continuaron hacia el patio, justo afuera de la biblioteca. El calor del día se elevaba de los grandes adoquines en quieto contraste con la fresca brisa de la tarde. Se sentaron en sillas acolchadas alrededor de la mesa de hierro forjado, bajo el espeso follaje de un magnolio. Con ademán sagaz, David colocó sobre la mesa una carpeta repleta de papeles.

Soledad trajo una bandeja con bebidas que puso a su alcance. Sujetándole la cara entre sus manos, plantó un sonoro beso en la frente de Maité antes de regresar a la casa. Tan pronto como la puerta se cerró detrás de Soledad, David se lanzó a lo que obviamente se moría por compartir con ellas.

—Estoy seguro de que, después de hoy, mi nombre quedará grabado en el salón de la fama de la investigación genética —dijo tamborileando la carpeta con sus dedos.

Emily revoleó los ojos.

—Qué tal si empiezas desde el principio.

—Eh, estoy continuando nuestra conversación de ayer, ¿recuerdas? En el auto.

—Sí, pero recuerda que ella no estaba allí —dijo Emily, señalando con el pulgar en dirección a Maité.

—Entonces, ¿qué son todos esos papeles? —preguntó Maité.

—Son los resultados de unas pruebas, entre otras cosas —dijo David.

Emily se enderezó.

—¿Te refieres a las muestras que te di ayer?

—Precisamente.

—Entonces, ¿soy extraterrestre o qué? —Emily dijo efusiva.

—Lamento decepcionarte, pero parece que la única extraterrestre aquí es Maité.

Emily hizo un puchero.

—¿Por qué siempre le pasan las cosas raras a ella?

—¿De qué hablan? —preguntó Maité alarmada.

—¿Tengo un notición para ti? —David sonrió.

—¿Qué quieres decir?

—Emily me dio muestras de ADN ayer, de ella... y también una tuya.

—¿Cómo? ¿Qué le diste? —exigió Maité, horrorizada de que Emily pudiera haberle dado a David su ropa sudada o algo más vergonzoso aún.

—Solo tu cepillo del pelo —respondió Emily ingenua.

—Ah —exhaló aliviada—. Y, entonces, ¿qué pasó?

—Los hice analizar en mi laboratorio por supuesto y, Maité, ¡tú lo tienes! Tienes el gen dominante que desapareció de monte Perdido —anunció David.

—Lo dices como si hubiera ganado la lotería —bromeó Maité, devolviendo su vaso medio lleno de limonada a la mesa, mientras él continuaba emocionado.

—Es un hallazgo trascendental. Este es el gen que ha estado extraviado durante siglos. No cabe duda de que podremos rastrear a los antepasados de Maité hasta un sobreviviente de monte Perdido.

—Y luego, ¿qué? —Emily se reacomodó en su asiento sonriendo—. ¿Tendrás que hacer algo como una autopsia en vivo? ¿Extirpar órganos enteros para la prueba? ¿Injertar metros cuadrados de piel en nombre de la ciencia?

—No sé si metros cuadrados de piel, tal vez solo centímetros. Y habrá al menos un anestésico local para la autopsia en vivo —respondió él siguiéndole el juego.

Emily rio, pero David carraspeó, notando que Maité no se había unido a sus bromas clínicas.

—Tendremos que hacer una segunda prueba para confirmar lo que encontramos. No hará falta más que un pinchazo en el dedo, te lo aseguro.

—Y, si eso lo confirma, ¿entonces qué? —preguntó Maité.

—Entonces revisaremos tu árbol genealógico.

—¿O sea que Maité puede cambiar su masa corporal a voluntad y volverse invisible y todo eso? —Emily preguntó, mirando asombrada a Maité.

—Teóricamente, sí. Pero... —David se interrumpió preocupado.

—Pero ¿qué? —instó Maité, imaginándose estirada bajo el microscopio.

David sacudió la cabeza.

—Solo que tendremos que hacer muchas más pruebas para formular conclusiones certeras. Es posible que parte de esto ni siquiera tenga que suceder en un laboratorio.

—¿Prometes mantenerlo en secreto si resulta que mis ancestros eran extraterrestres de otras galaxias? —Maité rio inquieta, sin saber cómo tomar semejante revelación.

—Tienes mi palabra —aseguró David—. Idearemos la mejor manera de proteger a tu familia de cualquier horror ancestral que descubramos.

—A menos, por supuesto, que se trate de una excelente raza de extraterrestres. Si ese es el caso, querrás reclamar la relación —observó Emily.

—¿En qué piensas? —preguntó David, captando la expresión distante de Maité.

—En las pruebas que no se llevarán a cabo en un laboratorio. Creo que algunas se pueden hacer aquí mismo. — Maité cerró los ojos sin demora. Confiando en que el placentero aleteo de su vientre acudiría a ella, ordenó que cada nota de su voz mental llegara a Emily y a David, en privado, como había hecho con Ederne.

Maité logró lo que se proponía; les habló sin palabras, encauzando sus pensamientos directamente a sus mentes. Ignorando la mirada paranoica de Emily, les contó toda la historia, su conversación entre sueños con Nahia y cómo el hada se había escapado de Santa Clara antes de que Maité llegara. Les contó cómo Ederne había causado la muerte de sus padres y planificado la muerte de la propia Maité para quedarse con la Soberanía de las Hadas. Que Amets había dado su vida por salvarla. Y cómo anhelaba encontrar a Nahia, porque ella tenía las respuestas a todas las preguntas restantes. Pero Nahia estaba en algún lugar lejano, haciendo Dios sabía qué.

Maité terminó de mostrarles su historia y abrió los ojos a la moteada luz del sol bajo el magnolio. David se estremeció y le sonrió. El ceño fruncido de Emily decía que estaba tratando de procesar la información que acababa de recibir, pero, en lugar de una de las muchas preguntas que Maité esperaba, Emily saltó de su silla y solo dijo:

—¡Nahia! —y salió corriendo hacia la casa antes de que Maité pudiera entender qué le había pasado. Tres minutos después, Emily regresó al trote, agarrándose el costado con una mano, y en la otra, el diario de Xiomara—. Esta es la historia de la tatarabuela de Maité, la mujer llamada Celeste —le dijo Emily a David entre respiros.

—Nahia es uno de los personajes principales de esta historia —aclaró Maité, aunque no tenía idea de adónde quería llegar Emily con aquello—. Nahia es la hija de la reina de las hadas.

Emily pasaba las páginas mostrándole a David las pocas ilustraciones junto con un resumen a grandes rasgos de la historia que Maité le había resumido apenas dos noches antes.

—No son más que garabatos —dijo David, deteniendo con la mano las páginas que Emily abanicaba ante él.

—No lo son para Maité —dijo ella.

—¿Qué quieres decir?

Emily le mostró la página de advertencia, explicándole que actuaba como tomador de muestras y escáner. Por supuesto, David se sintió obligado a comprobarlo, pero los garabatos no se convirtieron en palabras para él, ni siquiera después de que el pergamino absorbiera una sexta gota de sangre. La magnitud del descubrimiento que desafiaba a la ciencia pasó por su rostro como una breve sombra. David miró a Maité con una mezcla de asombro y recelo.

A ella no se le ocurrió qué decir excepto, a través de una sonrisa mal disimulada, lo siguiente:

—Magia. —Extrajo la página debajo de la portada, se la ofreció a David y agregó—: aquí está mi árbol genealógico.

—Lo recuerdo —comentó David—. Lo encontramos en el desván.

Maité asintió. David lo examinó.

—Supongo que puedo leer esto porque nunca fue parte del diario.

Maité se encogió de hombros sin saber la respuesta.

—¿Y dices que, para matar a un hada malvada, un hada debe tener la fuerte sangre matriarcal que solo proviene de la reina y que Nahia la tiene?

—Eso fue lo que ella dijo —confirmó Maité—. También dijo que no podía matar a Ederne ella misma porque comparten la sangre paterna. Son primas.

—Así que no mataste a Ederne, pero podías haberlo hecho —dijo Emily, retomando el hilo—. Tenías el poder de hacerlo porque Nahia te dijo su nombre y porque te transfirió parte de su poder. ¿No es así?

—Pero elegí no hacerlo —aclaró Maité—. ¿En serio crees que podría matar a alguien?

Emily negó con la cabeza.

—Pero, de hecho, la pusiste fuera de comisión. Imagínate eso, todos sus encantos feéricos se evaporaron solo porque sabías su nombre.

—Por lo que escuché —intervino David—, Maité también mostró mucho coraje al enfrentarla.

Maité le sonrió tímida.

—No sé qué tan valiente me sentí; sinceramente, creo que me sentí más enfurecida que nada. Imaginé cadenas de brillantes células de hadas explotando, hasta que no quedó ninguna.

—Fuera de comisión —repitió Emily y Maité rio.

—Mmm... —David levantó la mirada, pensativo.

—¿Encontraste algo más en la genealogía? —inquirió Emily.

—Lo que nos dijiste... Creo que saber el verdadero nombre del hada es solo el principio del misterio. Permíteme latitud con este sondeo, porque creo que hay dos posibilidades. Parece que las hadas pueden comunicarse telepáticamente, pueden cambiar su tamaño a voluntad y pueden volar. También pueden transferir algunas de esas habilidades a un ser humano a través de algo llamado un don de cuna. Y gracias a Dios por tu don de cuna. De lo contrario, ¿cómo hubiera sabido que debía buscarte en Santa Clara? —Maité le voló un beso y David continuó—: no creo que Nahia tuviera la capacidad de transferirte ninguno de sus poderes...

Maité se recostó, ofendida.

—¿De qué otra manera entonces...?

—Nahia te dio un don de cuna y confirmó el verdadero nombre de Ederne, pero no pudo hacer más.

Maité negó con la cabeza.

—David, ella tuvo que darme algo, porque ¿de qué otra forma pude hacer lo que hice sin algún tipo de transferencia de...?

—Tal vez lo que ella te dio fue algo mucho más valioso que los poderes para una sola misión. Tal vez lo que ella te dio fue un don más permanente.

Maité sintió que el aleteo comenzaba de nuevo en su vientre. Emily miraba de Maité a David sin decir nada.

—Estoy perdida. ¿Qué quieres decir? —insistió Maité.

David extendió el árbol genealógico sobre la mesa y señaló una inscripción en particular.

—¿No te has dado cuenta? —Maité y Emily se inclinaron sobre el pergamino mientras él explicaba—. Tu pariente Anahí.

—¿Qué pasa con ella? —preguntó Maité, distraída por los ojos de Emily que volaban sobre las palabras y, para su irritación, Emily pareció entender lo que David pensaba antes de que Maité pudiera concentrarse en el nombre.

—*Holy crap*! —prorrumpió Emily—. Y yo que te traje el diario solo para enseñarte lo de la muestra de sangre...

—No estoy cien por cien seguro de cómo escribirías *Nahia* en el mundo de las hadas. —David sacó un bolígrafo del bolsillo de su camisa—, pero, aquí en el País Vasco, es así. — Escribió la palabra NAHIA en un papel de su carpeta y se los mostró.

—Los dos nombres tienen las mismas letras —dijo David.

—Solo están reorganizadas. —Los ojos de Maité iban de *Anahí* en el pergamino a *Nahia* en el papel—. Tú no crees...

—Claro que lo creo —dijo David, mientras Emily asentía entusiasmada—. Pero déjame continuar. Dijiste que uno debe ser vacunado, o algo así, para entrar a la soberanía y sobrevivir a un encuentro feérico. Además, uno debe recibir el don de vista feérica, pero tú no recuerdas que te hayan dado ninguna de esas cosas, ¿correcto?

—Así es —dijo Maité distante.

—Sin embargo, por lo que nos dijiste, no estabas en un trance en presencia de las hadas. Tal vez un poco mareada y abrumada, pero no delirante, como lo estaríamos el resto de nosotros si nos expusiéramos a ellos. —Maité volvió a asentir—. ¿Dijiste que pediste que te vacunaran, pero Amets te reprochó diciendo que eras de los suyos?

—Sí, pero te dije que su mente no estaba del todo bien. Creía que yo era Celeste. —Y, de repente, las cosas encajaron en su lugar—. ¿Tú crees que Anahí y Nahia son la misma persona?

—De ser así, definitivamente eres una de ellos —dijo Emily, impresionada.

—Tiene sentido y explicaría muchas cosas —respondió David. Luego, poniendo su mano sobre la de Maité, y mirándola muy serio, agregó—: creo que Amets pudo sacarte de la montaña sin transferirte nada de su habilidad, porque tu plataforma genética ya te permite hacer el cambio de forma, tal vez con un poco entrenamiento sobre la marcha, por así decirlo. —La mente de Maité retozaba dichosa—. Creo que lo que le hiciste a Ederne no fue porque Nahia te prestó sus poderes ni por el don de cuna que te dio. Creo que fue porque, como la misma Nahia dijo, tienes la sangre matriarcal requerida —concluyó David, llevándose la mano de Maité a los labios y besándola.

Una poderosa corriente de ideas la arrastró. «Sí. Nahia y Anahí son la misma persona. Aintza dijo que Nahia los traicionó a todos: hadas y humanos. Nahia había propuesto una unión basada en una mentira. La mentira debe haber sido Nahia haciéndose pasar por humana. ¿Por qué no? ¡Ederne lo hizo! Tiene mucho sentido. ¡Estrellas en mi cielo! Un hada es mi pariente. Y eso es probablemente lo que Nahia no acabó de decirme en el sueño. Asumió que yo sabía que Ederne había matado a mis padres. Probablemente esperaba que le leyera la mente…, pero ¿cómo iba yo a saberlo?».

En el intento de ordenar sus pensamientos revueltos, Maité alcanzó a ver que David y Emily la miraban horrorizados, tapándose los oídos con las manos.

—¿Qué pasó? ¿Están bien? —gritó Maité, deteniendo en seco sus conjeturas al dirigirse a ellos en voz alta.

—¡Estabas gritando! —reprochó Emily—. ¡Vas a tener que afinar esa habilidad!

David solo asentía desconcertado.

—Es verdad, ¿no? —Maité murmuró más para sí misma que para ellos.

—A mí me parece una certeza genética —dijo David, palmeando la carpeta con una mano y bandereando el árbol genealógico con la otra—. Alrededor de 1914, la familia Santillán se volvió híbrida —declaró levantando su vaso hacia Maité.

—¿Sabes que significa esto? —Emily intervino, su dedo índice en el aire—. ¿No dijiste que tus muestras de monte Perdido son mucho más antiguas que 1914?

—Son del siglo XVI —dijo David vagamente.

—Eso significa que las hadas se bañaban en la sopa genética humana desde ese entonces —concluyó Emily satisfecha.

David se quedó perplejo. Las palabras de Emily parecían remojarlo en oleadas de comprensión que Maité no tenía problema en interpretar. Casi podía escuchar sus conclusiones: el origen de la anomalía que había capturado su imaginación podría estar relacionado con el acto de hadas obstinadas que rompían sus propias reglas para mezclarse con la raza humana, alterando la composición genética de casi un pueblo entero.

David miró de Maité a Emily.

—No sé qué decir. Necesitamos hacer más pruebas —dijo y agregó casi a la defensiva—: y eso es todo a lo que me comprometo en este momento.

Maité se inclinó hacia él.

—Esta es otra razón por la que necesito encontrar a Nahia, todo lo que estamos haciendo es especular. Estás asumiendo que tengo genes feéricos porque tengo la proteína extraviada. Pero la verdad es que nunca has mirado el ADN de las hadas bajo tu microscopio, por lo que realmente no hay con qué comparar. Y un anagrama no es suficiente evidencia. — Maité agitó la hoja de papel en la que había escrito David.

—Sí, pero tienes que admitirlo —intervino Emily—. Es una coincidencia interesante que un hada y un pariente tuyo tengan las mismas letras en sus nombres. Además, la proteína que David ha estado estudiando le dijo lo suficiente sobre lo que una persona podría hacer si estuviera hecha de ese material y es prácticamente lo mismo que pueden hacer tus hadas.

—Así es. De manera que, Maité, mientras usas tu don de cuna para encontrar a Nahia, yo haré pruebas de comparación entre tu ADN y las muestras que encontramos en monte Perdido. Eso confirmará si tu ADN coincide con las muestras antiguas. ¿Todavía tienes la ropa que usaste durante los ataques y vuelos y todo eso?

—Bien pensado, David —lo felicitó Emily.

—Sí —dijo Maité—. La sangre de Amets, incluso la de Aintza, podría estar en el vestido de Celeste que usé durante toda la pesadilla. Aunque si vamos por la manera en que sus cuerpos desaparecieron en el momento preciso en que murieron, dudo mucho que hayan dejado un rastro genético en la ropa.

David comenzó a enumerar la lista de tareas pendientes.

—Tengo que trazar una estrategia para seguir adelante. Y necesito solicitar financiación, y…

—Creo que puedo ayudar un poco con la financiación —dijo Maité, recordando las joyas—. A cambio de secrecía absoluta —agregó, sin saber de dónde procedía semejante precaución.

—¿Absoluta? —David hizo una pausa solemne y luego dijo—: tienes mi palabra, mi princesa de las hadas.

Capítulo 49

En las últimas cuarenta y ocho horas, los intentos de Maité por localizar a Nahia usando su don de cuna habían fracasado. Solo logró transportarse al lugar que ella había denominado como *el cielo*, donde vivían Alba y Sósimo.

Había tenido un puñado de visiones clandestinas de ellos, durmiendo plácidamente a la sombra de un palmeral, y un par de veces había tenido sueños completos con sus padres. Juntos de la mano, Maité había paseado por una hermosa playa, hablándoles de David. Su padre parecía aceptar poco a poco la idea de su hija con un novio serio. Maité les contó sobre las cosas extrañas que le habían sucedido desde su muerte. En una ocasión, abrió los ojos por la mañana con la risa alegre de Alba tintineando en sus oídos y la voz de Sósimo recordándole que ella sería, primero y para siempre, su princesa de las hadas, sin importar lo que dijera David.

Maité se preguntaba qué tan malo sería morir si eso significaba reunirse con sus padres en el paraíso caribeño en el que parecían vagar a perpetuidad. «No estaría nada mal», pensó. Pero la idea de separarse de David le impedía desearlo de todo corazón.

Maité y David regresaron a Pazo Santillán al atardecer, después de navegar todo el día alrededor de Santa Clara. Tan pronto como abrieron la puerta principal, Emily, que se había

356

quedado atrás para entretenerse con los trabajos de investigación de David, corrió al vestíbulo gritando:

—¡M, no vas a creer lo que ha pasado!

—¿Qué es? —Maité palideció.

—Me he estado comiendo las uñas, las cutículas y todo esperándote —dijo Emily abanicando los dedos frente a Maité; en efecto, sus uñas estaban roídas.

—Emily, por favor —intervino David, alarmado.

—¡Ay, mi niña, mi niña! —Soledad estalló en aullidos, sus palabras temblando al ritmo de su pecho que rebotaba mientras ella también corría a darles el encuentro.

—¿Qué es? —repitió Maité, con su corazón palpitando despavorido.

—Oh, M, recibimos un telegrama —anunció Emily emocionada.

—¿De dónde? —gritó Maité, su mente volando a los Estados Unidos y la seguridad de los Allen.

—¡De las Islas Vírgenes! —Emily declaró.

A Maité le temblaron las rodillas.

—¿Que qué?

David oteaba a Emily aparentemente tan desconcertado y sin palabras como Maité.

—¿Las Islas Vírgenes?

Emily asintió frenética:

—Llegó hace tres horas. ¡Oh, M, son las mejores noticias!

Maité se hundió visiblemente con alivio ante la certeza de que no se trataba de una nueva tragedia. ¿Pero las Islas Vírgenes? No se atrevía a imaginar siquiera.

—Por favor, Em, dime ya lo que decía. —Maité nunca había visto a Emily así, sus ojos brillaban con lágrimas incitando a Maité a tener esperanza. «¿Será?»—. Por favor, Em, ¡habla ya!

—¡Tus padres! —pregonó Emily dando brincos y el resto de la noticia se desbordó entre dichosas exclamaciones y suspiros—. Hace tres días, un barco de pesca en aguas profundas lleno de turistas se salió de su rumbo y atracó en una mota de arena en el Caribe. Planeaban hacer reparaciones y partir por la mañana. Pero, ¡ay!, M, tus padres los habían visto llegar y los recibieron en la playa para ofrecerles su ayuda y recibir ayuda a cambio. Ah, y un tipo llamado Oli estaba con ellos.

Aquello era más de lo que Maité podía procesar; sus piernas se volvieron gelatina. Se deslizó por la pared y acabó sentada en el piso. David y Emily se unieron a ella en las baldosas. Soledad lloraba en su delantal, apoyada en la puerta abierta, demasiado abrumada para participar en el recuento de la noticia milagrosa que los había sumido a todos en un torbellino de eufórica actividad.

—Imagínate que arreglaron el barco y, por supuesto, el capitán se llevó a tus padres con él a las Islas Vírgenes, el puerto más cercano. Tu abuelo está en el aeropuerto, en persona, para arreglar su vuelo directo a San Sebastián y también está haciendo arreglos para que Gabriel y mis padres vengan. ¡Todos estarán aquí para almorzar mañana! —anunció Emily efusiva—. ¿Puedes creerlo? Y, ¡ay!, ¡M, en realidad hablé con tu mamá!

Maité no tenía palabras, su corazón a punto de estallar. Esto parecía casi tan incomprensible como lo habían sido sus muertes. Han estado en una isla del Caribe, no en el cielo. No atinaba más que rogar con los ojos que Emily continuara. Y así lo hizo ella, aunque las cosas que dijo no tenían esperanza de anclarse en la mente arremolinada de Maité. Los detalles tendrían que repetirse una y otra vez.

Al día siguiente, Alba y Sósimo llamaron a Maité desde Madrid, y, aunque ella no había podido decir más que varios «Te amo» muy emotivos y llorosos, escuchó sus voces, no en un sueño, no solo en su cabeza, pero a través de un teléfono fijo. Realmente estaban en la misma dimensión.

Mientras esperaba que aterrizara el vuelo de sus padres, con las manos y la nariz pegadas al ventanal del pequeño aeropuerto de Fuenterrabía, empezó a creer de verdad. Su abuelo, Emily, Soledad, David, el señor Córdoba y hasta Plinio esperaban aunados a que se manifestara el milagro.

El avión aterrizó. El tramo de escaleras portátil rodó hasta a la puerta de la nave. David le rodeó la cintura y solo entonces Maité se dio cuenta de que, abrumada por la emoción como estaba, podría haberse desplomado si él no la hubiera sostenido.

—Gracias —dijo ella.

Dos, ocho, diez pasajeros desembarcaron y luego…

David señaló y susurró.

—¿Son ellos?

La mano de Maité buscó la de David y la apretó.

—Sí. —No podía apartar los ojos de sus padres.

De la mano, en la pista, Alba y Sósimo se acercaban a la terminal.

Maité nunca recordaría exactamente lo que llevaban puesto, solo que, por alguna extraña razón, esperaba verlos en traje de novia y esmoquin. Pero se sacudió de aquella noción y se embebió de la aparición deleitándose en ella.

Sin importarle que no se le permitiera salir del edificio de la terminal, Maité pasó la pierna por encima de las cuerdas que dividían el área de espera y la zona de llegadas y salió corriendo. Alba y Sósimo se detuvieron solo un segundo como para asegurarse de que realmente era su hija y luego corrieron a su encuentro. Maité se perdió en el estrecho abrazo de sus padres.

Esa noche en su cama en Pazo Santillán, con sus padres a cada lado de ella, Maité les preguntó sobre sus experiencias y sobre todo lo que había estado demasiado agotada para entender el día anterior. Alba la complació de inmediato, entrando en detalles sobre lo sucedido.

—El capitán Spencer, del barco de pesca dañado, nos dijo que una luz los había guiado a través de la tormenta, una especie de resplandor verdoso que él tomó como una señal de seguridad intermitente en un punto rocoso en tierra. Si no hubiera sido por ese rayo de esperanza, ciertamente hubieran naufragado. Una vez que llegaron a tierra, el hecho de que no hubiera tal señal de seguridad en ninguna parte de la isla desierta los desconcertó, así que esa noche, mientras disfrutábamos un festín con cangrejos, tu papá y yo les contamos sobre nuestro milagro.

Aquí Sósimo retomó la narración. Maité se acurrucó en sus brazos para escuchar, sus dedos aún entrelazados con los de su madre.

—Un ángel marino nos guio —dijo sonriéndole a su hija—. Un hermoso ángel con rizos rubios veteados de turquesa, dentro de una burbuja verde mar. Se quedó con nosotros durante horas en el agua oscura mientras la tormenta se calmaba. Nos obligó a resistir, nos ordenó vivir y no había manera de desoírla. —Le guiñó un ojo a Maité—. Era muy mandona. Me recuerda mucho a tu madre.

Maité sonrió, preguntándose si tenía idea de cuán precisa era su observación. El ángel marino sonaba como nada menos que Nahia y, si ese fuera el caso, y si la teoría de David fuera correcta, por supuesto que Alba podría haber heredado un poco del temperamento del hada, como había sucedido con Maité.

—Cuando por fin el mar embravecido se calmó, la seguimos a la isla —dijo Alba—. Y una vez allí, hacia agua dulce y a una parte menos ventosa de la isla para que pudiéramos recuperarnos.

—¿Y se quedó contigo todo el tiempo? —preguntó Maité.

—No siempre estaba a la vista —respondió su madre—. Pero sabíamos que estaba cerca.

«Con que allá estabas, Nahia. Por eso no podías estar conmigo». Maité miró de su madre a su padre, quien, a todos los efectos prácticos, habían regresado de entre los muertos. Cualquier resentimiento que anidaba en su corazón fue perdonado; la ausencia de Nahia en Santa Clara, cuando Maité más la necesitaba, quedó plenamente justificada.

—Buenas noches, mi muñeca preciosa —dijo Alba besándole la mejilla. Sósimo ya le había dado un estrecho abrazo y estaba en la puerta esperando a su esposa.

—Los quiero mucho a los dos —dijo Maité.

—Yo te quiero más —respondieron a coro sus padres, como siempre lo habían hecho en años pasados.

La puerta se cerró tras ellos y Maité sonrió.

—Este sí que es un digno cuento de hadas.

Capítulo 50

Siete años después

Las festividades en la espectacularmente renovada mansión María Celeste llegaron a su fin.

Todas las mejoras y reparaciones que Maité había imaginado la tarde de su llegada al País Vasco habían sido llevadas a cabo por el recién fundado estudio Bottini & Santillán, del que Sósimo y el señor Gonzaga eran los principales accionistas. Maité había obtenido su título en arquitectura y, después de una pasantía de un año en la firma, se convirtió en socia *junior* y asumió la masiva remodelación de la María Celeste como su primer proyecto profesional.

La fiesta inaugural, para el bautizo de la bebé de Maité y David, fue todo un éxito. Los diarios matutinos de San Sebastián sin duda lo dirían, ya que varios invitados eran editores de alto perfil de los medios locales.

Pero, en ese momento, todo estaba en silencio dentro de la mansión. Los padres de Maité, que habían llegado la semana anterior, habían salido con Verónica y Michael, pues las damas querían mostrar su ciudad natal a sus maridos. El señor Gonzaga, acompañado por el señor Córdoba, había regresado a Pazo Santillán, donde Soledad, habiendo soltado a la bebé que amaba como a una nieta, había partido con antelación a preparar una última copa para los dos solteros.

Emily y su esposo, Finn Hayes, con quien se había casado hacía un año, conversaban animados con David alrededor de la mesa de billar en el segundo piso, esperando a Maité, quien había llevado a la bebé a su cama.

Afuera, el calor del día se desvanecía en el aire, refrescado por la brisa del río Urumea que fluía perezoso al otro lado de la avenida. En el tercer piso de la casona, en la guardería, Maité miraba enternecida a su hija, Aintza, ya en la cuna. Las cortinas de gasa verde mar se hinchaban con la brisa y el canto del río flotaba sereno en la habitación. La bebé de tres meses dormía profundamente, agotada por toda la atención y actividad del día.

Maité besó una vez más la frente de Aintza y llegó hasta la puerta de la guardería cuando algo le llamó la atención. Un movimiento fugaz, un destello de luz, tal vez el reflejo de un automóvil en la avenida captado en el espejo sobre el armario. Maité volvió a mirar a la bebé para asegurarse de que todo estaba bien.

Una figura encapuchada flotaba cerca de la cuna. ¿Un intruso? Pero sus instintos le aseguraron que ningún peligro había entrado en su casa. «No de esta dimensión», pensó. Ni siquiera le cruzó por la mente pedir ayuda. Maité aquietó su corazón, dispuesta a recibir a la visitante que tanto había esperado. Un extraño eco reverberó en el quieto espacio saturándolo con una exótica melodía. Algo como confeti blanco flotaba alrededor de la bebé y Maité no se atrevía ni a parpadear. De entre los pliegues de la capucha añil emanaron una serie de palabras susurradas en el euskera que Maité ya entendía parcialmente. Se recordó a sí misma que debía respirar, pues no quería perderse ni un instante de la entrega del don de cuna de Aintza.

La brisa volvió a hinchar la gasa de los ventanales disipando el último son del arrullo feérico. «Sabía que volverías», pensó Maité, deseando con todo su ser que sus palabras dieran con el blanco previsto: Nahia. Y así fue. Los luminosos ojos color aguamarina del hada se posaron en ella.

Nahia retiró la capucha, dejando al descubierto los rizos veteados de turquesa que Maité sabía estarían allí.

—Maité —el inesperado llamado de David, aunque tenue, la sorprendió. Rodeándole la cintura y besándole el cuello, él preguntó—. ¿Está dormida?

—Sí —respondió ella, tentada de besarlo en los labios.

—Entonces, ¿estamos listos? —Continuó acariciándola, incapaz de ver al hada que flotaba sobre la cuna.

—Bajo en un minuto —dijo devolviéndole el beso y mirándolo con anhelo mientras salía sigiloso de la habitación, sin notar nada.

«La vista feérica es un don», pensó Maité o Nahia se lo recordó; no podía estar segura. David había estado en su vida durante siete años, dos de los cuales habían sido marido y mujer. Incluso en ese momento, Maité sentía las mismas palpitaciones que había experimentado el día que lo había visto por primera vez.

—Celeste era igual —opinó la melódica voz—. Si Étienne estaba cerca, ella no tenía ojos para nadie más. Claro que esa es simplemente la condición humana —reflexionó el hada—. Pero no. Yo también amé así una vez.

En un instante, Nahia dejó de ondear sobre la cuna y, en el siguiente, habiendo cambiado a la estatura humana, estaba de pie a escasos centímetros de Maité. Estaban tan cerca que Maité podía sentir en su rostro el floral aliento del hada.

—Nahia, ¿dónde has estado todo este tiempo? —susurró Maité para no despertar a la bebé, pero, igual, sus palabras le sabían a reproche—. Han pasado años y no he sabido nada de ti. No he visto ni siquiera un…

El hada le dedicó una sonrisa cómplice, mirando hacia la puerta por la que había salido David. Luego, volviéndose hacia Maité, Nahia dijo:

—Hablemos tú y yo, ¿te parece?

Maité llevaba mucho tiempo esperando esto; su emoción era insoportable, pero logró sosegarse y masculló.

—¿Ahora?

—Ahora mismo —respondió Nahia—. Volvamos al bosque, donde todo comenzó.

El corazón se le aceleró. «Seguro no se puede agendar una cita futura o una conferencia telefónica con un hada». Un fugaz remordimiento la azotó. David la esperaba abajo con Emily y Finn. Ellos habían llegado dos días antes del bautizo de Aintza y, con todos los detalles de última hora, Maité apenas había tenido tiempo de ser una buena anfitriona. «Em es la madrina de mi bebé...».

—Pero yo soy su hada madrina —aclaró Nahia, con una sonrisa traviesa que delataba cuan sonoros eran para ella los pensamientos de Maité.

Los ojos del hada se posaron en Basajaun, que descansaba a plena vista sobre el pecho de Maité. Pero el gesto fue breve como un relámpago y Maité no lo notó, pues su indecisión entre quedarse o irse ya se disolvía en silenciosa hilaridad. El batir de alas en su vientre había comenzado. El ansia de convertirse en líquido la dominó y Maité le dio la bienvenida a la insólita sensación de verterse en una versión reducida de su propio cuerpo.

Incapaz de resistirse, dejó escapar un grito del cual se arrepintió al instante, sabiendo que despertaría a la bebé y que alertaría a David a través del monitor. Nahia la tomó de la mano y se dispararon por la ventana abierta hacia el cielo estrellado.

Aintza lloró; David corrió escalera arriba, seguido de cerca por Emily y Finn. Maité se disolvió en risas, incapaz de contener su euforia. Mirando hacia la ventana abierta, gritó:

—No tardaré. —Sabía que su voz se disiparía en el viento antes de que les llegara ni una sílaba, pero su júbilo era tal que no permitía preocupación o arrepentimiento.

Las miradas de Maité y David se cruzaron por el espacio de un latido que ella no desaprovechó. «Te lo explicaré más tarde, en un sueño —le dijo usando la voz silenciosa de su mente—. Cuida de nuestra Aintza», añadió palpitante.

La mano de Nahia estrechaba la suya con fuerza. Dieron una vuelta triunfal alrededor de la isla de Santa Clara, antes de dirigirse hacia el este. Hacia las montañas. El dulce y fresco aroma alpino destronó al aire cálido y salino de la ciudad costanera, y aquella sutil alteración arrulló a Maité con la promesa de que, muy pronto, todas las respuestas serían suyas.

Basajaun emitía su frescor sobre el pecho de Maité; Nahia irradiaba céfiros de energía que circulaban entre ellas, palma con palma.

Azken - The End - Fin

La leyenda continúa con Nahia.

Reconocimientos

Al igual que mis otras obras, *Un Don de Cuna*, la adaptación al español de *Cradle Gift*, se produjo gracias al constante apoyo de una familia que siempre me impulsó a soñar. Su influencia, belleza, experiencias y personalidades forjaron mi carácter y ahora forman parte del realismo mágico de mis ficciones filosóficas.

Gracias mil a mi Paul; a Nicky y Martin; Kelsey y Ryan; a Blanca; Cuqui; Silvi, y al resto de mi familia encantada, por siempre creer en mí.

Por su parte, la maravillosa familia compuesta de amigos y de mi fantástico equipo de producción tiene mi eterna gratitud por la generosa contribución de su arte mágico, su apoyo incondicional y ese efusivo patrocinio que necesariamente me lleva al siguiente nivel, no podría haberlo logrado sin ustedes; Christina Wilson, Elena, Jese, Magdalena, Mónica, Tania y Ma. Virginia Cinquegrani.

Mi más profundo agradecimiento lo dirijo a Luis, María Cristina, Esteban, Renee, Carolyn y todos mis ancestros; me sería imposible seguir por la senda mágica sin su guía sobrenatural.

A ti, lector, te agradezco por elegir este libro; confío en que la combinación de fantasía y realismo de *Un Don de Cuna* te dirá al oído que, a veces, hay que creer para poder ver y te impulsará a confiar, siempre, en la magia que llevas dentro.

El sentir de quienes ya acompañaron a Maité...

"Las palabras fluyen de un mundo imaginado en minucioso detalle y despliegan un hechizo que no falla".

"*Un Don de Cuna* es verdaderamente una historia de personajes: desde la propia Maité (joven, aventurera y valiente), y su abuelo (huraño y hechizado), hasta la fuerza tenebrosa al centro de la trama. Lo que está en juego en cada momento es algo que te domina y te llena de ansias por saber cómo será superado el siguiente desafío".

"Si te gusta la fantasía urbana para adultos jóvenes, si te encantan los telones de fondo inusuales o la fusión de la magia y la ciencia moderna, entonces te encantará este libro tanto como a mí".

"Cada capítulo te invita a descubrir lo que sucederá a continuación. La historia, una vez leída, no abandona al lector".

"Si te encantan las hadas, los misterios y las jóvenes fuertes que luchan contra las fuerzas del mal, *Herencia Encantada* y *Un Don de Cuna* son libros realmente fantásticos llenos de personajes reconocibles, magia y ese entrañable sentimiento que sólo un verdadero cuento de hadas puede brindar".

"Un cuento lleno de inesperados y maravillosos giros. La forma en que Bossano conecta tantos elementos y personajes a lo largo del relato es magistral".

"Uno de mis tipos favoritos de fantasía es aquel en que la magia se esconde en el mundo real y aparece en los pequeños elementos de la historia. Eso es exactamente lo que ofrece *Un Don de Cuna*".

"Acción, intriga, suspenso, amor, esperanza y tragedia; todo ello envuelto en una magnífica lectura".

"Otro triunfo; *Un Don de Cuna* es el segundo libro de la serie El Legado de las Hadas. La autora es una cronista maravillosa y te vas a perder en el mundo de sus hadas animando a tus personajes favoritos".

Apreciado lector:

Las reseñas son la mejor manera de agradecer a un autor por los meses y, a veces, años de esfuerzo invertidos en la composición de un escape literario para sus seguidores.

Si disfrutó de este relato, por favor, deje su reseña en el punto de compra o en www.WaterBearerPress.com

Patricia Bossano

Galardonada prosista de ficciones filosóficas, literatura artesanal y merodeos sobrenaturales sin inteligencia artificial. Patricia reside en California con su familia y allí compone sus obras.

También en su catálogo literario:

Faery Sight

Cradle Gift

Nahia (próximamente en español)

Seven Ghostly Spins: a brush with the supernatural

Love & Homegrown Magic

Entre Duendes Y Ratones

Herencia Encantada

Cuentan mis Estrellas

Disponible en www.WaterBearerPress.com

www.ingramcontent.com/pod-product-compliance
Lightning Source LLC
Chambersburg PA
CBHW010725310726
48971CB00009B/2733